【臺灣現當代作家
研究資料彙編】117

張系國

國立台灣文學館
出版

部長序

　　十二月，是豐收的季節。在此時刻，國立臺灣文學館執行已十年的「臺灣現當代作家研究資料彙編」計畫，再次推出十位重量級作家研究彙編：吳漫沙、隱地、岩上、林泠、席慕蓉、吳晟、張系國、李渝、季季、施叔青，為叢書再添基石。

　　文化是國家的靈魂，文學如同承載這靈魂的容器，舉凡生活日常、思想智慧，或是歲月淬鍊的情感、慣習，點滴匯為龐大的「文化共同體」，莫不需要作家之眼、文學之筆，將之一一描摹留存，讓後世得以記憶，並了解自身之所來。

　　文化部近年來致力保存全民歷史記憶，透過「重建臺灣藝術史」計畫，找回屬於我們的記憶、我們的靈魂，承繼各個時代、各個領域的藝術家們為我們銘刻留下的時代精神。「臺灣現當代作家研究資料彙編」的出版，恰與此呼應：藉由重要作家與作品研究的系統化整理，從檔案史料提煉出臺灣文化多元、豐富的史觀，並透過回顧作家生平、查找文

學夥伴的往來互動及社團軌跡，再加上諸多研究者的評述，讓讀者不僅能與作家的生命路徑同行，更能由此進入臺灣特有、深邃的文學世界。我相信，當我們對於臺灣文學的認識越深入，對於這塊土地的情感也將更踏實，文化的創發也會更活潑光燦。

是故，欣見臺灣文學館將計畫第九階段的編選成果呈現出來。名單不乏讀者耳熟能詳的文學大家，但更有意義的，是讓許多逐漸為讀者甚至研究者遺忘的作家，再度重登文學舞臺，有重新被更多人閱讀、討論的機會，這正是我們重建文學史價值之所在。在此向讀者推介這一套兼具深度與廣度的文學工具書，提供國內外研究或關心臺灣文學發展者，期待我們能持續點亮臺灣文學的光芒。

文化部部長　鄭麗君

館長序

　　臺灣文學的範圍，遠比想像的長遠寬廣。以文字方式留存的文學、年代至少已三百有餘，原住民口語形式的傳統，歷史更是深厚而靈動。可以說，文學聚攏了我們一整個社會的集體記憶。然而文學不只有創作的努力，作者完成的工作，其實也經由文學的「研究」而散發更多意義。

　　國立臺灣文學館的使命，既是保存臺灣的文學創作史，也就必須借助文學的研究力。雖然臺灣曾有一段時期因為政治情境的壓制，致使臺灣文學科系在 1990 年代後才陸續成立，從而更加辛勤在重建我們應該集體記得的「文學史」。

　　針對作家和作品的評介和賞析，固是文學研究的明確入口，然而閱讀者的回應甚至反擊，其實也是隱含文思交鋒的珍奇素材，很值得系統性的保存、便於未來世代可以補足先人的思想圖譜。臺灣文學館因而開啟「臺灣現當代作家研究資料彙編」的編纂計畫，自 2010 年委託臺灣文學發展基金會執行，以「現當代」文學作家為界，蒐羅散布各處、詮釋多元的研究評論資料，以勾勒臺灣文學的整體面貌。

「彙編」由最早預定出版三個階段、50 冊的計畫，在各界期許中幾度擴編，至今已是第九階段，累積出版已達 120 冊。這一段現當代的範圍，始自 1920 年代臺灣的新文學世代，並融接戰後由中國大陸跨海而來的創作社群。第九階段彙編計畫包含吳漫沙、隱地、岩上、林泠、席慕蓉、吳晟、張系國、李渝、季季、施叔青十位作家的研究資料，探討了含括不同族群、性別、階層而匯聚在臺灣文學的歷程。

「彙編」計畫選定 1945 年以前出生的世代，為的是在勾勒他們共同經歷的特殊史跡——那個寫作相對艱辛、資料相對散佚、意識型態也格外沉重的時期。當然，部落社會的無名遊吟者、清末古典文學的漢詩人、以及在各個時代留下痕跡的文學家們，都同樣是高度值得尊崇的文學瑰寶。臺灣文學館的「彙編」期待能夠是一個窗口，引我們看見臺灣短短歷史撞擊出的這麼多種各異的文學互動，也寄望未來的資料科技協助我們將更多文學史料呈現給臺灣。

國立臺灣文學館館長　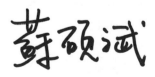

編序

◎封德屏

緣起

　　1995 年 10 月 25 日，在臺灣師範大學教育大樓的 201 室，一場以「面對臺灣文學」為題的座談會，在座諸位學者分別就臺灣文學的定義、發展、研究，以及文學史的寫法等，提出宏文高論，而時任國家圖書館編纂張錦郎的「臺灣文學需要什麼樣的工具書」，輕鬆幽默的言詞，鞭辟入裡的思維，更贏得在座者的共鳴。

　　張先生以一個圖書館工作人員自謙，認真專業地為臺灣這幾十年來究竟出版了多少有關臺灣文學的工具書，做地毯式的調查和多方面的訪問。同時條理分明地針對研究者、學生，列出了十項工具書的類型，哪些是現在亟需的，哪些是現在就可以做的，哪些是未來一步一步累積可以達成的，分別做了專業的建議及討論。

　　當時的文建會二處科長游淑靜，參與了整個座談會，會後她劍及履及的開始了文學工具書的委託工作，從 1996 年的《臺灣文學年鑑》起始，一年一本的編下去，一直到現在，保存延續了臺灣文學發展的基本樣貌。接著是《中華民國作家作品目錄》的新編，《臺灣文壇大事紀要》的續編，補助國家圖書館「當代文學史料影像全文系統」的建置，這些工具書、資料庫的接續完成，至少在當時對臺灣文學的研究，做到一些輔助的功能。

　　2003 年 10 月，籌備多年的「臺灣文學館」正式開幕運轉。同年五月《文訊》改隸「財團法人台灣文學發展基金會」，為了發揮更大的動能，開

始更積極、更有效率地將過去累積至今持續在做的文學史料整理出來，讓豐厚的文藝資源與更多人共享。

　　於是再次的請教張錦郎先生，張先生認為文學書目、作家作品目錄、文學年鑑、文學辭典皆已完成或正在進行，現在重點應該放在有關「臺灣現當代作家評論資料目錄」的編輯工作上。

　　很幸運的，這個計畫的發想得到當時臺灣文學館林瑞明館長的支持，於是緊鑼密鼓的展開一切準備工作：籌組編輯團隊、召開顧問會議、擬定工作手冊、撰寫計畫書等等。

　　張錦郎先生花了許多時間編訂工作手冊，每一位作家的評論資料目錄分為：

　　（一）生平資料：可分作者自述，旁人論述及訪談，文學獎的紀錄。

　　（二）作品評論資料：可分作品綜論，單行本作品評論，其他作品（包括單篇作品）評論，與其他作家比較等。

　　此外，對重要評論加以摘要解說，譬如專書、專輯、學術會議論文集或學位論文等，凡臺灣以外地區之報刊及出版社，於書名或報刊後加註，如中國大陸、香港、新加坡等。此外，資料蒐集範圍除臺灣外，也兼及中國大陸、香港、新加坡、日本、韓國及歐美等地資料，除利用國內蒐集管道外，同時委託當地學者或研究者，擔任資料蒐集工作。

　　清楚記得，時任顧問的學者專家們，都十分高興這個專案的啟動，但確定收錄哪些作家名單時，也有不同的思考及看法。經過充分的討論後，終於取得基本的共識：除以一般的「文學成就」為觀察及考量作家的標準外，並以研究的迫切性與資料獲得之難易度為綜合考量。譬如說，在第一階段時，作家的選擇除文學成就外，先考量迫切性及研究性，迫切性是指已故又是日治時期臺籍作家為優先，研究性是指作品已出土或已譯成中文為優先。若是作品不少而評論少，或作品評論皆少，可暫時不考慮。此外，還要稍微顧及文類的均衡等等。基本的共識達成後，顧問群共同挑選出 310 位作家，從鄭坤五、賴和、陳虛谷以降，一直到吳錦發、陳黎、蘇

偉貞，共分三個階段進行。

　　「臺灣現當代作家評論資料目錄」專案計畫，自 2004 年 4 月開始，至 2009 年 10 月結束，分三個階段歷時五年六個月，共發現、搜尋、記錄了十餘萬筆作家評論資料。共經歷了三位專職研究助理，近三十位兼任研究助理。這些研究助理從開始熟悉體例，到學習如何尋找資料，是一條漫長卻實用的學習過程。

接續

　　「臺灣現當代作家評論資料目錄」的專案完成，當代重要作家的研究，更可以在這個基礎上，開出亮麗的花朵。於是就有了「臺灣現當代作家研究資料彙編暨資料庫建置計畫」的誕生。為了便於查詢與應用，資料庫的完成勢在必行，而除了資料庫的建置外，這個計畫再從 310 位作家中精選 50 位，每人彙編一本研究資料，內容有作家圖片集，包括生平重要影像、文學活動照片、手稿及文物，小傳、作品目錄及提要、文學年表。另外每本書分別聘請一位最適當的學者或研究者負責編選，除了負責撰寫八千至一萬字的作家研究綜述外，再從龐雜的評論資料中挑選具有代表性的評論文章，平均 12～14 萬字，最後再附該作家的評論資料目錄，以期完整呈現該作家的生平、創作、研究概況，其歷史地位與影響。

　　第一部分除資料庫的建置外，50 位作家 50 本資料彙編（平均頁數 400 ～500 頁），分三個階段完成，自 2010 年 3 月開始至 2013 年 12 月，共費時 3 年 9 個月。因為內容充實，體例完整，各界反應俱佳，第二部分的 50 位作家，分四階段進行，自 2014 年 1 月開始至 2017 年 12 月，共費時 4 年，並於 2017 年 12 月出版《百冊提要》，摘要百冊精華，也讓研究者有清晰的索引可循。2018 年 1 月，舉行百冊成果發表會，長年的灌溉結果獲文化部支持，得以延續百冊碩果，於 2018 年 1 月啟動第三部分 20 位作家的資料彙編，為期兩年。2019 年 12 月結束費時十年，120 本的文學工具書之旅。

成果

　　雖然過程是如此艱辛，如此一言難盡，可是終究看到豐美的成果。每位編選者雖然忙碌，但面對自己負責的作家資料彙編，卻是一貫地認真堅持。他們每人必須面對上千或數百筆作家評論資料，挑選重要或關鍵性的評論文章，全面閱讀，然後依照編選原則，挑選評論文章。助理們此時不僅提供老師們所需要的支援，統計字數，最重要的是得找到各篇選文作者，取得同意轉載的授權。在起初進度流程初估時，我們錯估了此項工作的難度，因為許多評論文章，發表至今已有數十年的光景，部分作者行蹤難查，還得輾轉透過出版社、學校、服務單位，尋得蛛絲馬跡，再鍥而不捨地追蹤。有了前面的血淚教訓，日後關於授權方面，我們更是如臨深淵、如履薄冰，希望不要重蹈覆轍，在面對授權作業時更是戰戰兢兢，不敢懈怠。

　　除了挑選評論文章煞費苦心外，每個作家生平重要照片，我們也是採高標準的方式去蒐集，過世作家家屬、友人、研究者或是當初出版著作的出版社，都是我們徵詢的對象。認真誠懇而禮貌的態度，讓我們獲得許多從未出土的資料及照片，也贏得了許多珍貴的友誼。許多作家都協助提供照片手稿等相關資料，已不在世的作家，其家屬及友人在編輯過程中，也給予我們許多協助及鼓勵，藉由這個機會，與他們一起回憶、欣賞他們親人或父祖、前輩，可敬可愛的文學人生。此外，還有許多作家及研究者，熱心地幫忙我們尋找難以聯繫的授權者，辨識因年代久遠而難以記錄年代、地點、事件的作家照片，釐清文學年表資料及作家作品的版本問題，我們從他們身上學習到更多史料研究可貴的精神及經驗。

　　但如何在規定的時間內，完成每個階段資料彙編的編輯出版工作，對工作小組來說，確實是一大考驗。每一冊的主編老師，都是目前國內現當代臺灣文學教學及研究的重要人物，因此都十分忙碌。每一本的責任編輯，必須在這一年的時間內，與他們所負責資料彙編的主角——傳主及主編老師，共生共榮。從作家作品的收集及整理開始，必須要掌握該作家所

有出版的作品，以及盡量收集不同出版社的版本；整理作家年表，除了作家、研究者已撰述好的年表外，也必須再從訪談、自傳、評論目錄，從作品出版等線索，再作比對及增刪。再來就是緊盯每位把「研究綜述」放在所有進度最後一關的主編們，每隔一段時間提醒他們，或順便把新增的評論目錄寄給他們（每隔一段時間就有新的相關論文或學位論文出現），讓他們隨時與他們所主編的這本書，產生聯想，希望有助於「研究綜述」撰寫的進度。

在每個艱辛漫長的歲月中，因等待、因其他人力無法抗拒的因素，衍伸出來的問題，層出不窮，更有許多是始料未及的。譬如，每本書的選文，主編老師本來已經選好了，也經過授權了，為了抓緊時間，負責編輯的助理們甚至連順序、頁碼都排好了，就等主編老師的大作了，這時主編突然發現有新的文章、新的資料產生：再增加兩三篇選文吧！為了達到更好更完備的目標，工作小組當然全力以赴，聯絡，授權，打字，校對，重編順序等等工作，再度展開。

此次第三部分第二階段共需完成的 10 位作家研究資料彙編，年齡層與活動地區分布較廣，步履遍布海內外各地，創作類型也更為豐富多元。出生年代較早的作者，在年表事件的求證以及早年著作的取得上，饒有難度。以出生年代較近的作者而言，許多疑難雜症不刃而解，有些連主編或研究者都不太清楚的部分，作家本人及家屬絕對是一個最好的諮詢對象，對解決某些問題來說，這是一個好的線索，但既然看了，關心了，參與了，就可能有不同的看法，對於選文、年表、照片，甚至是我們整本書的體例，也會有更多想法，於是又是一場翻天覆地的大更動，對整本書的品質來說，應該是好的，但對經過多次琢磨、修改已進入完稿階段的編輯團隊來說，這不啻是一大挑戰。

1990 年開始，各地縣市文化中心（文化局），對在地作家作品集的整理出版，以及臺灣文學館成立後對日治時期作家以迄當代重要作家全集的編纂，對臺灣文學之作家研究，也有了很好的促進作用。如《楊逵全

集》、《林亨泰全集》、《鍾肇政全集》、《張文環全集》、《呂赫若日記》、《張秀亞全集》、《葉石濤全集》、《龍瑛宗全集》、《葉笛全集》、《鍾理和全集》、《錦連全集》、《楊雲萍全集》、《鍾鐵民全集》等，如雨後春筍般持續展開。

　　經過近二十年的努力，臺灣文學的研究與出版，也到了可以驗收或檢討成果的階段。這個說法，當然不是要停下腳步，而是可以從「臺灣現當代作家評論資料目錄」所呈現的 310 位作家、11 萬筆資料中去檢視。檢視的標的，除了從作家作品的質量、時代意義及代表性去衡量外、也可以從作家的世代、性別、文類中，去挖掘有待開墾及努力之處。因此這套「臺灣現當代作家研究資料彙編」，大部分的編選者除了概述作家的研究面向外，均有些觀察與建議。希望就已然的研究成果中，去發現不足與缺憾，研究者可以在這些不足與缺憾之處下功夫，而盡量避免在相同議題上重複。當然這都需要經過一段時間去發現、去彌補、去重建，因此，有關臺灣文學的調查、研究與論述，就格外顯得重要了。

期待

　　感謝臺灣文學館持續推動這兩個專案的進行。「臺灣現當代作家評論資料目錄」的完成，呈現的是臺灣文學研究的總體成果；「臺灣現當代作家研究資料彙編」的出版，則是呈現成果中最精華最優質的一面，同時對未來臺灣文學的研究面向與路徑，作最好的建議。我們可以很清楚的體會，這是一條綿長優美的臺灣文學接力賽，經過長時間的耕耘灌溉、風搖雨濡，百年臺灣文學大樹卓然而立，跨越時代並馳而行，120 冊作家研究資料彙編得千位作家及學者之力，我們十分榮幸能參與其中，更珍惜在傳承接力的過程，與我們相遇的每一個人，每一件讓我們真心感動的事。我們更期待這個接力賽，能有更多人加入。誠如張恆豪所說「從高音獨唱到多元交響」，這是每一個人所期待的。

編輯體例

一、本書編選之目的，為呈現張系國生平、著作及研究成果，以作為臺灣文學相關研究、教學之參考資料。

二、全書共五輯，各輯內容及體例說明如下：

輯一：圖片集。選刊作家各個時期的生活或參與文學活動的照片、著作書影、手稿（包括創作、日記、書信）、文物。

輯二：生平及作品，包括三部分：

1. 小傳：主要內容包括作家本名、重要筆名，生卒年月日，籍貫，及創作風格、文學成就等。

2. 作品目錄及提要：依照作品文類（論述、詩、散文、小說、劇本、報導文學、傳記、日記、書信、兒童文學、合集）及出版順序，並撰寫提要。不收錄作家翻譯或編選之作品。

3. 文學年表：考訂作家生平所進行的文學創作、文學活動相關之記要，依年月順序繫之。

輯三：研究綜述。綜論作家作品研究的概況，並展現研究成果與價值的論文。

輯四：重要文章選刊。選收作家自述、訪談紀錄以及國內外具代表性的相關研究論文及報導。

輯五：研究評論資料目錄。收錄至 2019 年 11 月底止，有關研究、論述臺灣現當代作家生平和作品評論文獻。語文以中文為主，兼及日文和英文資料。所收文獻資料，以臺灣出版為主，酌收中國大陸、香港、日本和歐美國家的出版品。內容包含三部分：

1. 「作家生平、作品評論專書與學位論文」下分為專書與學位論文。

2. 「作家生平資料篇目」下分為「自述」、「他述」、「訪談」、「年表」、「其他」。

3. 「作品評論篇目」下分為「綜論」、「分論」、「作品評論目錄、索引」、「其他」。

目次

部長序　　　　　　　　　　　　　　　　鄭麗君　　3

館長序　　　　　　　　　　　　　　　　蘇碩斌　　5

編序　　　　　　　　　　　　　　　　　封德屏　　7

編輯體例　　　　　　　　　　　　　　　　　　　13

【輯一】圖片集

影像・手稿・文物　　　　　　　　　　　　　　　18

【輯二】生平及作品

小傳　　　　　　　　　　　　　　　　　　　　35

作品目錄及提要　　　　　　　　　　　　　　　37

文學年表　　　　　　　　　　　　　　　　　　59

【輯三】研究綜述

以小說關懷世情、國事與理想世界　　　　須文蔚　127
　　　——張系國評論綜述

【輯四】重要評論文章選刊

《地》增訂本後記　　　　　　　　　　　張系國　149

民生主義系列小說總介　　　　　　　　　張系國　151

《帝國和台客》自序兼導論　　　　　　　張系國　155

我為什麼編「域外集」　　　　　　　　　張系國　161

烏托邦與桃花源　　　　　　　　　　　　張系國　165

理智的尋夢者　　　　　　　　　　　　　　　　夏祖麗　171
　　——張系國訪問記

心繫臺灣遊子魂　　　　　　　　　　　　　　　姚嘉為　183
　　——文學電腦兩棲的張系國

張系國的關心和藝術　　　　　　　　　　　　　楊　牧　197

論張系國的道與志　　　　　　　　　　　　　　王曉波　205

留學「生」文學　　　　　　　　　　　　　　　齊邦媛　211
　　——由非常心到平常心（節錄）

六、七〇年代臺灣重要旅美作家作品論　　　　　蔡雅薰　217
　　——張系國（1944～）（節錄）

位移的南方、想像的鄉愁　　　　　　　　　　　劉秀美　225
　　——張系國七〇年代小說中的故土想像

煩惱的皮牧師　　　　　　　　　　　　　　　　保　真　245
　　——張系國的《皮牧師正傳》

天機欲戲話棋王　　　　　　　　　　　　　　　余光中　247

從「遊子魂組曲」談張系國的精神世界　　　　　黃武忠　255

迷茫的現實關懷　　　　　　　　　　　　　　　林聰舜　261
　　——論張系國的《昨日之怒》

張系國的《黃河之水》　　　　　　　　　　　　劉紹銘　273

奇幻之旅　　　　　　　　　　　　　　　　　　李歐梵　283
　　——《星雲組曲》簡論

回應萬物人神的呼喚　　　　　　　　　　　　　王建元　291
　　——《星雲組曲》的詮釋意義

萬古常新的缺憾　　　　　　　　　　　　　　萬胥亭　303
　　　——試論張系國的《不朽者》

現代沙豬的危機意識　　　　　　　　　　　　李元貞　309
　　　——評張系國的《沙豬傳奇》

歷史與銅像　　　　　　　　　　　　　　　　李有成　313
　　　——評張系國的《一羽毛》

多層折疊反轉的書信　　　　　　　　　　　　胡錦媛　317
　　　——《捕諜人》

最壞的與最好的　　　　　　　　　　　　　　龍應台　331
　　　——評張系國的小說《昨日之怒》與《不朽者》

談張系國的〈超人列傳〉　　　　　　　　　　陳曉林　339

現代主義與「符號化」的中國（節錄）　　　　林運鴻　347

【輯五】研究評論資料目錄

作家生平、作品評論專書與學位論文　　　　　　　　　355

作家生平資料篇目　　　　　　　　　　　　　　　　　357

作品評論篇目　　　　　　　　　　　　　　　　　　　371

輯一◎圖片集

影像◎手稿◎文物

1945年，張系國與父張衍棠（右）母朱敬（左）合影。（張系國提供）

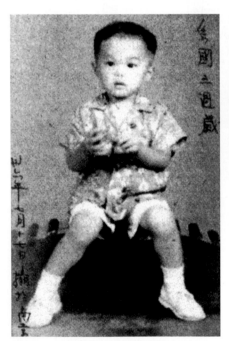

1947年，張系國留影於南京。（張系國提供）

1962年，張系國於新竹中學高中部畢業，刊於紀念冊上的大頭照。（新竹高中提供）

1965年6月，張系國畢業於臺灣大學電機系時所拍攝的學士照。（張系國提供）

1966年，張系國赴美進修，於松山機場留影。（張系國提供）

1969年，張系國懷抱剛出生的長女張采薇。（張系國提供）

1973年，赴美國威廉斯堡觀看少年棒聯盟世界大賽，巧遇中學時代的體育老師。左起：張系國、謝淵泉。（張系國提供）

1973年8月14～16日，張系國（右一）籌畫主辦第一屆國際計算機會議。（張系國提供）

1974年4月，與文友合影於林海音、何凡家客廳。左起：張系國、黃春明、林懷民（前）、隱地。（文訊·文藝資料研究及服務中心提供）

1984年1月，於美國舊金山參加「華美經濟及科技發展協會」文學組討論會議，左起：張系國、葉維廉、林海音、瘂弦、夏祖焯。（翻攝自《寫在風中》，純文學出版社）

1987年5月1日，張系國與三毛（右）受邀至警察電臺，談論《棋王》舞臺劇。（張系國提供）

1988年6月，擔任南加州華人科工會年會人文組講演人，與文友合影。右起張系國、苦苓、梅新、吳玲瑤、周腓力。（張系國提供）

1988年6月18日，於芝
加哥圖書館演講，會後
與聽眾合影。右起：妻
潘芷秋、張系國、華埠
圖書館館長趙逸。（張
系國提供）

1988年12月，張系國於第11屆《中國時報》文學獎頒獎
典禮致詞，下圖為與該屆《中國時報》文學獎增設張系
國科幻小說獎佳作得主許順鏜（右）合影。（張系國提
供）

1990年3月8日，於加州大學聖塔芭芭拉分校
與文友合影。右起：白先勇、張系國、杜
國清。（張系國提供）

1993年6月13日，於舊金山倪匡宅。右起：次女張采芹、妻
潘芷秋、張系國、葉李華、倪匡、佚名、李果珍。（張系
國提供）

1993年，張系國於陽明山錄製張大春（右）主
持節目「談笑書聲」的留影。（張系國提供）

1993年7月11日，張系國訪夏志清（右），於夏
宅書房留影。（張系國提供）

1994年6月7日，與文友於臺北青葉餐廳聚會。坐者右起：張系國、李偉才、張敏敏；立者右起：葉李華、呂應鐘、佚名、張之傑、黃海。（張系國提供）

1997年5月24日，出席美南國建會與美南華文寫作協會合辦之文學座談會「從科幻到幽默，從古典到副刊」。左起：張系國、應鳳凰、姚嘉為、吳玲瑤、錢南秀。（姚嘉為提供）

1998年9月13日，於紐約參加美東華人學術聯誼會留影。右起：張系國、李昂、張鳳。（張系國提供）

1999年11月22日，受邀至中央大學演講「從庫柏利克的電影談起」。右起：劉光能、張系國、康來新、林文淇。（康來新提供）

1999年12月4日，出席北美華文作家協會迎千禧年新書發表會。坐者左起：
潘郁琦、張鳳、張系國、馬克任、鄭愁予、佚名、王鼎鈞。（張鳳提供）

2001年5月26日，於美南國建會與美南華文寫作協會合辦
之文學座談會與李昂對談「文學中的政治情懷」。右起：
張系國、李昂、姚嘉為。（姚嘉為提供）

2004年7月，應邀出席「第三屆桃園全國書
展」。右起：張系國、陳若曦。（文訊・文
藝資料研究及服務中心提供）

2008年10月，張系國（立者）於知識系統學院畢業典禮時致詞。（張系國提供）

2011年12月10日，科幻界同好於臺北公館龐德羅莎餐廳聚餐。左起：林健群、傅吉毅、鄭文豪、李知昂、楊勝博、張之傑、張系國、王以婷、葉言都、黃海、李伍薰、蔡仁傑。右為當日出席人員的留念簽名（黃海提供）

2012年6月27日，張系國（左）出席於美國阿肯色州小岩城舉辦的第12屆英文短篇小說國際會議。（張系國提供）

2013年6月，張系國於北京老舍茶館前留影。（張系國提供）

2013年8月25日，出席Readmoo讀墨電子書店於臺北紀州庵文學森林舉辦的「科科圓桌會」，一排右四起：劉辰岫、張系國、黃海、謝曉昀、佚名、鄭國威。（文訊・文藝資料研究及服務中心提供）

2013年10月16日，出席波士頓紐英崙中華專業人員協會年會。右起：張系國、李昌鈺、王申培。（張系國提供）

2017年5月，張系國參加孫兒艾比（右）的高中畢業典禮。祖孫感情甚好，「海默城三部曲」主角即以其孫命名。（張系國提供）

2017年6月，張系國（右二）與北京喜樂影業導演吳錦源（右一）、編劇張志成夫妻（左一、二）於芝加哥聚會，討論「城三部曲」改編影集相關事宜。（張系國提供）

2017年10月，與《野草》編輯重聚。左起：何步正、李雅明、張系國、馬以南、胡卜凱。（張系國提供）

2017年10月22日，於臺北戲臺咖啡舉辦「海默三部曲——《金色的世界》」新書發表會，會後與文友黃海（左）合影。（黃海提供）

2018年12月，張系國受邀至清華大學擔任講座教授的課堂留影。（張系國提供）

2018年12月，張系國（中）受邀至香港城市大學創意媒體學院演講，與院長Richard Allen（左）、美國領事館文化代表（右）合影。（張系國提供）

2018年，張系國（左）受聘擔任東華大學駐校作家，與須文蔚教授（右）合影。（張系國提供）

1971年，張系國受何步正邀約，參與《大學雜誌》「域外集」編輯作業，圖為當時期刊封面。（文訊‧文藝資料研究及服務中心提供）

1990年1月，張系國創辦並發行本土科幻文學期刊《幻象》，致力於推廣科幻文學，圖為第一期雜誌封面。（文訊‧文藝資料研究及服務中心提供）

昨日之怒手稿　張系國慨贈交大

這本以保釣運動為主軸的小說　在當時還被認為不宜出版

〔記者梁秀賢／新竹報導〕

旅美學者作家張系國二日上午將兩大本厚厚的「昨日之怒」小說手稿，捐贈給國立交通大學圖書館，由館長楊維邦代表接受。張系國說，他與新竹、交大淵源深厚，「昨日之怒」是一部以保釣運動為主軸的小說，在當時含被認為「不宜出版」。該書開頭「火車緩緩駛過頭前溪」，還有許多場景，都是他在新竹成長過程的生活點滴。

捐贈儀式昨日上午十時在交大圖書館舉行，簡單隆重。館長楊維邦說，該館設置「手稿特藏室」，已收藏楊英風、蘇申庸等人手稿，將全數妥善保存，並將部分手稿轉換為數位檔上網供讀者瀏覽。

張系國說，他雖不是在新竹出生，但父親在台肥新竹廠工作，家住東大路與中央路交叉口附近台肥宿舍，小在新竹長大，從師附小、新竹中學六年，先後就讀竹師附小、新竹中學六年，自認是「新竹人」。大學畢業後一度報考清大核工所、交大電子所，因獲保送赴美就讀而放棄，一九七二至七三年曾到交大講學一年。

他又說，因為與交大有淵源，加上「昨日之怒」書中一開始描繪「火車緩緩駛過頭前溪」，另有場景描述自己曾住在已故新竹中學校長辛志平宿舍內，享受陽光穿過樹枝頭灑在臉上的感覺，因此選擇將「昨日之怒」手稿捐贈給交大，日後將再考慮捐贈其他手稿。

（右）捐贈「昨日之怒」手稿給交大圖書館，由館長楊維邦代表接受。
（記者梁秀賢攝）

2001年7月，張系國將長篇小說《昨日之怒》手稿贈與交通大學圖書館之相關報導及部分手稿。（交通大學圖書館提供）

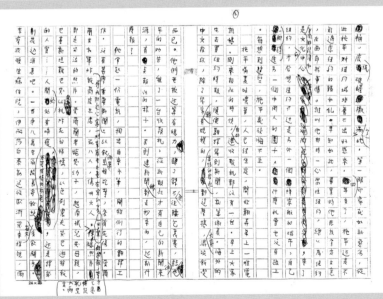

2010年11月，美國專利局頒發之「時間與知識交換管理的裝置與方法」專利證書。此專利係根據張系國短篇小說〈夜曲〉所述的「天長地久計」申請。（張系國提供）

輯二◎生平及作品

小傳◎作品◎年表

小傳

張系國（1944～）

　　張系國，男，筆名域外人、醒石、白丁，籍貫江西南昌，1944 年 7 月 17 日生於四川重慶，1949 年舉家遷臺。

　　臺灣大學電機系畢業，美國加州大學柏克萊分校電腦科學系博士。曾任職於 IBM 華生研究中心、康乃爾大學電機系、芝加哥伊利諾大學、伊利諾理工學院、匹茲堡大學。1972 年受邀回臺擔任中央研究院數學所客座研究員，期間積極推動中文輸入法研究工作與電子產業人才培育。1973 年返美，旅居至今。曾獲 1980 年第一屆臺北《愛書人》雜誌倉頡獎、2012 年第三屆華語科幻星雲獎最佳中篇小說金獎。

　　創作文類包括散文、小說、翻譯等，作品可分為寫實與科幻兩大類，前者涵蓋各文類，後者以小說為主。大學期間開始在《聯合報》、《幼獅文藝》、《大學新聞》等報刊上發表，並自費出版長篇小說《皮牧師正傳》。此一時期作品受沙特存在主義影響，多以探討、諷刺時人心靈空虛的社會現象為主。1966 年赴美攻讀學位，關注議題轉向海外留學生的思鄉情懷、民族認同，於 1968 年加入「大風社」，積極投身 1970 年代的海外保釣運動，並將這段經歷寫成長篇小說《昨日之怒》，同時以〈超人列傳〉為始，開展科幻小說創作。1975 年出版的《棋王》，藉由神童的奇異經歷，刻畫當代知識分子面貌、轉型期間臺灣社會的畸形變化，備受推崇，多次再版。1987 年改編為同名音樂歌舞劇，且有英、德、韓等多國譯本，劉紹銘更將

之與白先勇名著《臺北人》相比，譽為「新臺北人」。

　　張系國於 1982 年與洪範書店合作成立「知識系統出版公司」、1986 至 1989 年間與《中國時報》合作增設「張系國科幻小說獎」、1989 年創辦及主編科幻文學期刊《幻象》，並於 1991 年主辦「世界華人科幻藝術獎」。經常應邀至各地演講、授課，為了推動本土科幻文學發展，提供新生代作家發表園地，可謂不遺餘力，被喻為臺灣的「科幻文學之父」。張系國主張科幻小說應該是「文以載道」的嚴肅文學，認為其「可幫助我們了解各種不同的未來，使我們心理有準備，能承受更大的考驗」。警醒讀者當科學急速發展進步，人類社會價值觀若無法隨之調整，必然產生種種危機。

　　無論寫實或者科幻，「人」永遠是張系國關懷的核心與初衷。堅持「不為藝術，只為人而寫作」，因此並不特別注重詞句的雕飾，行文自有一股「經過漂洗般的潔淨之氣」。小說人物對話生動且富有現實感，自然帶入各階層身分的口吻、語氣，使之躍然紙上。亦敢於嘗試各種形式的小說寫作，諸如書信體、電腦答卷、饒舌散板、互動小說等，活潑多變，開啟創作形式的各種可能。

　　余光中曾說張系國：「研究的是科學，關心的是民族與社會，創作的卻是小說。他寫小說，是有感而發，有為而作，因此對於社會的病態，民族的危機，著墨最多。」張系國懷抱著知識分子的悲憫胸懷，以虛設的科幻文學，解決現實人生的問題；即使跨足科技仍傾心文學，直至今日，猶筆耕不輟。

作品目錄及提要

【散文】

書評書目 1975

洪範書店 1984

讓未來等一等吧

臺北：書評書目出版社
1975 年 3 月，32 開，137 頁
書評書目叢書之 13

臺北：洪範書店
1984 年 1 月，32 開，201 頁
洪範文學叢書 105

本書選輯作者 1969 至 1973 年間發表於報章雜誌的散文、書評。
全書收錄〈試談民族文學的內容和形式——顏元叔著《談民族文學》讀後〉、〈奔月之後——兼論科學幻想小說〉、〈「讓未來等一等吧」〉等 13 篇。正文內附錄張系國〈中西原始類型的哲學根源〉、〈人道主義者宣言一號〉、〈人道主義者宣言二號〉，正文後有張系國〈後記〉。
1984 年洪範版：全書分「讓未來等一等吧」、「民族文學再出發」二輯。正文刪去〈奔月之後——兼論科學幻想小說〉、〈培養中層技術幹部〉、〈由農村看觀念的革新〉三篇，新增〈浪子的變奏〉、〈民族文學的再出發〉、〈民族文學與鄉土中國〉等 14 篇。正文後新增張系國〈洪範版「後記」〉。

橡皮靈魂

臺北：洪範書店
1987 年 2 月，32 開，232 頁
洪範文學叢書 169

全書分「奇幻人間」、「燃燒之雪」、「橡皮靈魂」、「山河歲月」四輯，收錄〈書非書〉、〈書商非書商〉、〈豁而登書店半日遊〉、〈大鼓雷鳴〉、〈愛島的人——兼談海外華人作家為何寫作〉等 60 篇。

男人的手帕

臺北：洪範書店
1990 年 1 月，32 開，205 頁
洪範文學叢書 208

全書分「坦白從嚴」、「舊情綿綿」兩輯，收錄〈男人的手帕〉、
〈硬點子不碎〉、〈沙豬語錄〉、〈沙豬的迷思〉等 40 篇。正文後有
張系國〈代後記：刺青的維納斯〉、〈張系國文學著作書目〉。

造自己的反

臺北：天下雜誌
1998 年 3 月，25 開，208 頁
天下報導 59〈人物觀點系列〉

本書選輯作者 1990～1996 年刊載於《天下雜誌》的文章。全書分
「辦公室裡的恐龍」、「飛越無底洞」、「各說各話」、「造自己的
反」四部分，共收錄〈恐龍的邏輯〉、〈活用二八定律〉、〈雞肋定
律〉、〈三缺一定律〉等 41 篇。正文前有張系國〈自序〉。

男人究竟要什麼？

臺北：洪範書店
2006 年 8 月，25 開，222 頁
洪範文學叢書 330

全書分「台客」、「科技」、「時事」三部分，共收錄〈滔滔邏輯〉、
〈語言反撲〉、〈坎普就是裝模作樣〉、〈從帥哥哥到連爺爺——細
說坎普〉、〈從滔滔邏輯到檳榔西施——也談台客文化〉等 51 篇。
正文前有張系國代序〈男人究竟要什麼？〉。

帝國和台客

臺北：天下雜誌公司
2008 年 10 月，25 開，132 頁
世紀對話 002

本書收錄作者探討臺灣與中國、美國之間關係的文章。全書計
有：1.終極帝國；2.滔滔台客；3.帝國崛起；4.台客恰恰；5.溫暖
明亮的地方共五章。正文前有張系國〈自序兼導論〉。

亂世貝果

臺北：洪範書店
2010 年 9 月，25 開，204 頁
洪範文學叢書 340

本書選輯作者 2006～2010 年發表於報刊雜誌的文章。全書收錄
〈亂世貝果〉、〈顏色用光了怎麼辦？〉、〈豬兒離家時〉、〈武松除
三害〉、〈廁所也瘋狂〉等 53 篇。

【小說】

自由太平洋文化公司　洪範書店 1978
1963

皮牧師正傳

臺北：自由太平洋文化公司
1963 年 12 月，32 開，167 頁

臺北：洪範書店
1978 年 11 月，32 開，220 頁
洪範文學叢書 35

長篇小說。全書共 12 章，敘述光明鎮基督教
恩典會的「皮傳道人」為了壯大教會規模並升
格正式牧師，試圖拉攏地方勢力、打擊天主教
會等，用盡各種方法，終於達成目的。正文前
有〈楔子〉，正文後有張系國〈後記（作者與
皮牧師的對話）〉。
1978 年洪範版：正文與 1963 年自由太平洋文
化版同，正文後新增張系國〈「洪範版」後
記〉。

純文學出版社 1970　　純文學出版社 1973

洪範書店 2002

地

臺北：純文學出版社
1970 年 9 月，32 開，224 頁
純文學叢書 31

臺北：純文學出版社
1973 年 5 月，32 開，252 頁
純文學叢書 31

臺北：洪範書店
2002 年 10 月，32 開，199 頁
洪範文學叢書 311

短篇小說集。全書收錄〈地〉、〈亞布羅諾威〉、〈超人列傳〉、〈流砂河〉、〈枯骨札記〉、〈焚〉共六篇。正文後附錄張系國〈奔月之後——兼論科學幻想小說〉、〈後記〉。
1973 年純文學版：正文新增〈割禮〉。正文後新增張系國〈增訂本後記〉。
2002 年洪範版：正文與 1970 年純文學版同。正文後刪去張系國〈奔月之後——兼論科學幻想小說〉。

言心出版社 1975

棋王

臺北：言心出版社
1975 年 8 月，32 開，240 頁
言心人生叢書 3

長篇小說。全書共 16 章，本書以 1970 年代經濟剛起飛的臺北為背景，敘述一名天才兒童被電視節目「神童世界」發掘後的奇幻經歷。正文前有余光中〈天機欲洩看棋王——張系國小說的新世界〉，正文後有張系國《棋王》後記。

洪範書店 1978

Joint Publishing
Co. (HK) 1986

中國友誼出版公司
1987

北方文藝出版社
1987

Horlemann1992

臺北：洪範書店
1978 年 11 月，32 開，200 頁
洪範文學叢書 37

香港：Joint Publishing Company(HK)
1986 年，11×18 公分，182 頁
Ivan David Zimmerman 譯

北京：中國友誼出版公司
1987 年 5 月，32 開，155 頁

哈爾濱：北方文藝出版社
1987 年 7 月，32 開，159 頁
臺灣文學叢書

巴特洪內夫：Horlemann
1992 年，25 開，197 頁
Chen Chai-hsin、Diethelm Hofstra 譯

首爾：지식을만드는지식
2011 年 2 月，32 開，271 頁
고혜림譯

1978 年洪範版：正文與 1975 年言心版同。正文前余光中〈天機欲洩看棋王——張系國小說的新世界〉更名為〈天機欲覷話棋王〉，正文後新增張系國〈「洪範版」後記〉。

1986 年 Joint Publishing Company (HK)版：英譯本 *Chess King*。正文與 1975 年言心版同。正文前刪去余光中〈天機欲洩看棋王——張系國小說的新世界〉，新增 Joseph S. M. Lau"Foreword"，正文後刪去張系國〈《棋土》後記〉，新增"The Author"。

1987 年中國友誼出版公司版：正文與 1975 年言心版同。正文前余光中〈天機欲洩看棋王——張系國小說的新世界〉更名為〈天機欲覷話棋王〉，正文後刪去張系國〈《棋王》後記〉。

1987 年北方文藝出版社版：正文與 1975 年言心版同。正文前新增〈出版說明〉，正文後刪去張系國〈《棋王》後記〉。

1992 年 Horlemann 版：德譯本 *Der Schach-könig*。正文與 1978 年洪範版同。正文前刪去余光中〈天機欲洩看棋王——張系國小說的新世界〉，正文後刪去張系國〈《棋王》後記〉，新增"Glossar"。

지식을만드는지식
2011

2011 年지식을만드는지식版：韓譯本《장기왕》。正文與 2009 年中文版同。正文前刪去余光中〈天機欲洩看棋王——張系國小說的新世界〉，新增고혜림〈해설〉、〈지은이에대해〉，正文後刪去張系國〈《棋王》後記〉，新增〈옮긴이에대해〉。

香蕉船

臺北：洪範書店
1976 年 8 月，32 開，154 頁
洪範文學叢書 4

短篇小說集。本書收錄作者探討人類肉體或精神飄泊問題的系列短篇小說。全書分為「遊子魂組曲」、「天魁星落草」、「笛」三部分，收錄〈香蕉船——遊子魂之一〉、〈藍色多瑙河——遊子魂之二〉、〈冬夜殺手——遊子魂之三〉、〈本公司——遊子魂之四〉、〈水淹鹿耳門——遊子魂之五〉、〈紅孩兒——遊子魂之六〉、〈天魁星落草〉、〈笛〉共八篇。正文前有楊牧〈張系國的關心和藝術〉，正文後有張系國〈後記〉、〈本集小說原載刊物及日期索引〉。

洪範書店 1978

昨日之怒

臺北：洪範書店
1978 年 3 月，32 開，300 頁
洪範文學叢書 25

長篇小說。作者以 1970 年代發生於美國的「保釣運動」為背景，敘述海外華人的政治活動及思鄉之情。全書計有：1.小雪；2.驚蟄；3.芒種；4.秋分；5.霜降共五章。正文前有林海音〈霜降之後〉、劉紹銘〈釣魚遺恨〉，正文後有張系國〈後記〉。

北京：中國文聯出版公司
1986 年 3 月，32 開，228 頁

1986 年中國文聯版：更名為《他們在美國》。正文與 1978 年洪範版同。正文前刪去林海音〈霜降之後〉、劉紹銘〈釣魚遺恨〉，新增〈張系國先生小傳〉、張系國〈序〉，正文後刪去張系國〈後記〉。

中國文聯出版公司
1986

黃河之水

臺北：洪範書店
1979 年 10 月，32 開，252 頁
洪範文學叢書 49

長篇小說。全書共 23 章，以 1973～1977 年間的臺灣社會為背景，敘述離鄉北上的青年學生詹樹仁的種種際遇。正文前有張系國〈黃河之水〉。

星雲組曲

臺北：洪範書店
1980 年 10 月，32 開，169 頁
洪範文學叢書 62

短篇小說集。本書選輯作者以筆名「醒石」發表於報刊雜誌的短篇科幻小說，勾畫從 20 世紀到 200 世紀未來世界的人類際遇。全書收錄〈歸〉、〈望子成龍〉、〈豈有此理〉、〈翦夢奇緣〉、〈銅像城〉、〈青春泉〉、〈翻譯絕唱〉、〈傾城之戀〉、〈玩偶之家〉、〈歸〉共十篇。正文前有李歐梵〈奇幻之旅——《星雲組曲》簡論〉、張系國〈《星雲組曲》簡介〉，正文後有〈《星雲組曲》刊載日期表〉。

遊子魂組曲

臺北：洪範書店
1989 年 5 月，25 開，274 頁
洪範文學叢書 200

短篇小說集。本書收錄作者以「遊子」意象為創作核心的系列短篇小說。全書收錄〈香蕉船——遊子魂之一〉、〈藍色多瑙河——遊子魂之二〉、〈冬夜殺手——遊子魂之三〉、〈本公司——遊子魂之四〉、〈水淹鹿耳門——遊子魂之五〉、〈紅孩兒——遊子魂之六〉、〈守望者——遊子魂之七〉、〈解鈴者——遊子魂之八〉、〈領導者——遊子魂之九〉、〈決策者——遊子魂之十〉、〈征服者——遊子魂之十一〉、〈不朽者——遊子魂之十二〉、〈天魁星落草〉、〈笛〉共 14 篇。正文前有張系國〈不朽者（代序）〉，正文後有〈小說原載刊物及日期索引〉。

一羽毛——「城」第三部

臺北：知識系統出版公司
1991 年 5 月，32 開，215 頁
SF16

長篇小說。本書為「城」第三部。全書共 11 章，敘述閃族大軍再次進犯索倫城，花豹幫為守城幾乎覆滅，青蛇幫、銅像教亦犧牲慘重。市長馬知黃趁勢坐大，占據索倫城，企圖統一呼回世界。正文前有安留紀末葉呼回世界地圖、〈前情摘要〉，正文後有張系國〈後記〉、張系國〈附錄——邊城〉。

捕諜人（與平路合著）

臺北：洪範書店
1992 年 10 月，32 開，212 頁
洪範文學叢書 232

長篇小說。本書為作者與平路合著的實驗小說，以男女作家通信形式，交織出 1980 年代末傳奇華裔間諜金無怠的故事。全書計有：1.極端的偏見；2.複葉的玫瑰；3.流血到天明；4.罪惡的總和；5.天字第一號；6.迷宮的鑰匙；7.巧得聚寶盆；8.日落的彼岸；9.無敵情報員；10.間諜對間諜共十章。正文前有〈致讀者／作者——代序〉。

張系國集

臺北：前衛出版社
1993 年 12 月，25 開，264 頁
臺灣作家全集・短篇小說卷／戰後第二代 13
陳萬益編

短篇小說集。全書收錄〈孔子之死〉、〈地〉、〈割禮〉、〈笛〉、〈香
蕉船——遊子魂之一〉、〈本公司——遊子魂之四〉、〈紅孩兒——
遊子魂之六〉、〈殺妻——沙豬傳奇之七〉、〈銅像城〉、〈傾城之
戀〉共十篇。正文前有作家照片及手跡、鍾肇政〈緒言〉、許素蘭
〈天涯漂泊遊子魂——《張系國集》序〉，正文後有楊牧〈張系國
的關心與藝術〉、方美芬、許素蘭編〈張系國小說評論引得〉、方
美芬編〈張系國生平寫作年表〉。

金縷衣

臺北：知識系統出版公司
1994 年 11 月，32 開，148 頁
SF17

短篇小說集。本書選輯作者 1988～1994 年發表於報刊雜誌的科幻
短篇小說。全書收錄〈金縷衣〉、〈天籟電腦〉、〈你幾時遇見真
主？〉、〈珍妮的畫像〉、〈君山奇遇記〉、〈繼承者〉、〈人生分列
式〉、〈船〉、〈異鄉人〉、〈紅包的故事〉、〈綠貓〉、〈藍天使〉共 12
篇。正文前有張系國〈幻想有理！——代序〉，正文後附錄張系國
〈向未來尋找歷史的根源〉、《金縷衣》刊載日期表〉、〈張系國义
學著作書目〉。

傾城之戀

臺北：洪範書店
1996 年 9 月，50 開，57 頁
隨身讀 19

短篇小說集。全書收錄〈銅像城〉、〈傾城之戀〉、〈歸〉共三篇。

玻璃世界

臺北：洪範書店
1999 年 4 月，32 開，140 頁
洪範文學叢書 288

短篇小說集。本書選輯作者 1994～1999 年發表於報刊雜誌的「互動科幻小說」，由作者撰寫開頭，發表同時徵求讀者續文，或為故事中段，或為故事結局的接力小說。全書收錄〈紅包的故事〉、〈橙髮辣妹火星人〉、〈黃金鳳梨酥〉、〈綠貓〉、〈藍天使〉、〈靛青的海洋〉、〈紫水晶奇案〉、〈黑石誌異〉、〈灰姑娘〉、〈白山黑水話情橋〉、〈玻璃世界〉共 11 篇。正文後有張系國〈後記〉、〈《玻璃世界》刊載日期表〉、〈張系國文學著作書目〉。

城　科幻三部曲

北京：三聯書店
2000 年 3 月，25 開，545 頁
三地葵文學系列

本書為「城」三部曲合集。全書分為「五玉碟」、「龍城飛將」、「一羽毛」三部分。正文前有〈張系國小傳〉、〈總序〉、安留紀末葉呼回世界地圖、張系國〈楔子〉，正文後有張系國〈五玉碟與獨悟魂——寫在《五玉碟》後面〉、〈附錄一——獨悟源流考〉、〈附錄二——獨悟姿勢〉、〈附錄三——獨悟棋〉、〈附錄四——索倫問題〉、〈附錄五——邊城〉、〈張系國作品一覽〉。

The City Trilogy

紐約：Columbia University Press
2003 年，16×23.3 公分，408 頁
John Balcom 譯

本書為「城」三部曲合集英譯本。全書分為「Five Jade Disks」、「Defenders of the Dragon City」、「Tale of a Feather」三部分。正文前有 John Balcom"Translator's Preface：Chang Hsi-Kuo and Science Fiction in Taiwan"、"Acknowledgments"、呼回世界地圖、索倫城地圖。

星雲組曲

東京：株式会社国書刊行会
2007 年 4 月，32 開，307 頁
山口守、三木直大譯

本書為「星雲組曲」與「星塵組曲」的集結日譯本。全書分為山口守譯「星雲組曲」、三木直大譯「星塵組曲」二部分，收錄「帰還」、「子どもの将来」、「理不尽な話」、「夢の切断者」、「銅像都市」、「青春の泉」、「翻訳の傑作」、「傾城の恋」、「人形の家」、「帰還」、「夜曲」、「シャングリラ」、「スター・ウォーズ勃発前夜」、「陽羨書生」、「虹色の妹」、「最初の公務」、「落とし穴」、「縁の猫」共 18 篇。正文前有張系國「日語版への序」，正文後有山口守「訳者あとがき」。

衣錦榮歸

臺北：洪範書店
2007 年 11 月，25 開，167 頁
洪範文學叢書 331

長篇小說。本書為「民生主義」系列作品之「衣」書，分別以衣錦榮、衣又東父子視角交錯敘事，探討家庭、社會、人性的糾葛與變化。全書計有：1.衣又東；2.衣錦榮；3.衣又東；4.衣錦榮；5.衣又東；6.衣錦榮；7.衣又東；8.衣錦榮；9.衣又東共九章。正文前有張系國〈自序〉、〈前言〉。

城市獵人

臺北：洪範書店
2010 年 3 月，25 開，297 頁
洪範文學叢書 332

短篇小說集。本書集結「民生主義」系列作品之部分短篇小說。全書分「食」、「住」、「行」、「育樂」四部分，收錄〈職業兇手〉、〈賭國仇城〉、〈金光大道〉、〈大法師〉、〈情報販子〉、〈笑面松〉、〈美人如玉劍如虹〉、〈蹓狗〉、〈雨鄉〉、〈黑貓〉、〈瓶塞〉、〈新娘學校〉、〈甜美人生〉、〈散板故事〉、〈城市獵人〉、〈公無與公竟〉、〈長征〉、〈好牧人——網際恩仇錄之一〉、〈神交俠侶——網際恩仇錄之二〉、〈千手水晶——網際恩仇錄之三〉、〈當湯姆克魯斯遇見比爾蓋茲——網際恩仇錄之四〉、〈備用人——網際恩仇錄之五〉、〈動物農場——網際恩仇錄之六〉、〈點商成金記——網際恩仇錄之七〉共 24 篇。正文前有張系國〈自序〉。

多餘的世界——海默城三部曲之一

臺北：洪範書店
2012 年 6 月，25 開，205 頁
洪範文學叢書 344

長篇小說。本書為「海默城」第一部，延續「城」系列的宇宙星族設定。敘述星際聯邦的境遇改造員唐森，奉命至呼回世界海默城執行任務，消滅「多餘的世界」。全書計有：1.聯邦境遇改造員唐森的情境膠囊；2.一張黑色的毛毯緊緊裹住老麥唐諾先生；3.三根竹竿和一條狼狽的落水狗；4.狗臉風箏斷了線飛上天；5.情境膠囊可以當作宵夜嗎？；6.麥老先生有塊地伊呀伊呀哦；7.境遇改造員唐森在小點滴的奇遇；8.壞脾氣的變種太空水狸；9.三個小金人古玩店的祕密；10.一艘黃色的潛水艇；11.誰要吃唐森的肉？；12.海現彩虹橋；13.帝國圓桌會議的首席經濟學家；14.小黑狗嘴一張吐出一個火球；15.沒有人寫信給上校；16.變種水狸亞當六世和亞當七世；17.巡迴法庭上的鬧劇；18.如果投票剛好是兩票對兩票；19.其實三貌夏娃都是我共 19 章。正文後有張系國〈附錄：翻轉的城市〉。

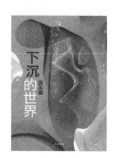

下沉的世界——海默城三部曲之二

臺北：洪範書店
2015 年 11 月，25 開，189 頁
洪範文學叢書 350

長篇小說。本書為「海默城」第二部，主角唐森叛出星際聯邦，和海默城局長之子艾比等人聯手成為反抗閃族帝國的呼回游擊戰士。全書計有：1.七尾馬的鼓聲有一種魔力讓廣場下沉；2.小黑狗四腳朝天變成狗皮艇；3.從宇宙氣化倉庫復活必須經過層層批示；4.可惜犧牲了一鍋才熬好的百蟲湯；5.還是這酒衝得人動；6.重水工廠水槽裡的祕密；7.犯人可以擔任警察局的顧問嗎？；8.呼回法院就是我們的目標；9.宇宙氣化倉庫裡的兩片人渣；10.整個舊海默城都成了危險區；11.三串火龍從不同的方向射向呼回法院；12.唐森一探亡魂谷；13.艾比和尼克大戰憤怒鳥；14.唐森二探亡魂谷；15.在鳥巢底部找到一個不起眼的小木門；16.唐森三探亡魂谷；17.游擊基地的神祕來客；18.包心菜又長大許多倍；19.到金色星球去共 19 章。

金色的世界——海默城三部曲之三

臺北：洪範書店
2017 年 11 月，25 開，189 頁
洪範文學叢書 354

長篇小說。本書為「海默城」第三部，唐森、艾比和尼克分頭前往閃族帝國的大本營「金色星球」，為反抗行動籌備。全書計有：1.穿著破舊軍服的獨臂戰士；2.有人拿我們當活靶；3.唐森一試分身術；4.為什麼臥艙反而比立艙便宜一半？；5.紅髮女歌手開始低聲吟唱；6.金色的世界裡最黑暗的角落；7.出路莫入不像是革命口號；8.唐森二試分身術；9.羽人會和凡人談戀愛嗎？；10.出路莫入是呼回古語；11.唐森三試分身術；12.閃族有太多的幫凶；13.他們真正要打擊的是……；14.教育部在黃金寶殿裡面；15.八面玲瓏的唐森；16.革命者都是走投無路逼出來的；17.乘亂救出老麥唐納先生；18.尋找多餘的世界；19.肩起黑暗的閘門；20.讓人渣到光明的地方去共 20 章。

群傳媒出版社 2017　　KSI Research2018

魔鬼的十億個名字（電子書）

臺北：群傳媒出版社
2017 年 10 月，65 頁

匹茲堡：KSI Research
2018 年 11 月，79 頁
Ronald M. Bloom 譯

短篇小說集，發行於 Readmoo 讀墨電子書平臺。全書收錄〈你幾時為愛人換電池？〉、〈最後的忠狗〉、〈旋轉的陀螺〉、〈裸樹〉、〈白山黑水話情橋〉、〈翻轉的城市〉、〈神殿〉、〈魔鬼的十億個名字〉共八篇。正文前有張系國〈自序〉。
2018 年 KSI Research 版：英譯本 *Ten Billion Names of the Devil*，發行於 Amazon 購物平臺。正文與 2017 年群傳媒版同。正文後新增 "About the Author and the Translator"。

【合集】

雲天出版社 1971

洪範書店 1978

亞當的肚臍眼

臺北：雲天出版社
1971 年 1 月，40 開，229 頁
雲天文庫 20

臺北：洪範書店
1978 年 11 月，32 開，222 頁
洪範文學叢書 36

本書為短評、論著、劇本、小說合集。全書分四部分，「短評」收錄〈亞當的肚臍眼〉、〈到此一遊〉、〈然後呢？——汎論現代小說〉等六篇；「論著」收錄〈城堡、蠅、瘟疫〉、〈理性與存在——雅斯培思想介紹〉、〈理性與信仰〉等六篇；「劇本」收錄〈艾拉克政變記〉、〈勇者的畫像〉兩篇；「小說」收錄〈釣魚〉、〈勝利者〉、〈駝鳥〉、〈孔子之死〉、〈大風吹〉、〈自由之路〉、〈火焰山〉七篇。正文前有〈「雲天文庫」緣起〉，正文後有張系國〈後記〉。1978 年洪範版：更名為《孔子之死》。正文與 1971 年雲天版同。全書分「小說」、「劇本」、「評論」三部分。正文前刪去〈「雲天文庫」緣起〉，正文後新增張系國〈「洪範版」後記〉，。

快活林

臺北：遠行出版社
1976 年 3 月，32 開，221 頁
小草叢刊 1

本書為散文與短篇小說合集。內文多選輯作者刊載於《中國時報・人間副刊》「快活林」專欄文章，其餘選自《聯合報》、《大學雜誌》、《中華日報》等報刊。全書收錄〈劉佬佬的智慧〉、〈「人道主義者宣言」〉、〈吸血鬼翻身〉、〈廣告術〉、〈而加其一焉〉等 84 篇。正文後有張系國〈後記〉。

天城之旅

臺北：洪範書店
1977 年 8 月，32 開，204 頁
洪範文學叢書 16

本書為散文與短篇小說合集。全書分三輯，收錄散文〈天城之旅——從阿克瑪天城到墨西哥的亞瑞城〉、〈美麗之旅——記舒麥克博士講演會〉、〈奇幻之旅——科幻電影縱橫談〉、〈漫談學術工廠〉等 41 篇；短篇小說〈摘星樓上〉、〈奔月〉二篇。正文後有張系國〈後記——一片冰心在玉壺〉。

張系國自選集

臺北：黎明文化公司
1982 年 8 月，32 開，217 頁
中國新文學叢刊 116

本書為小說與散文合集。全書分三輯，「小說」收錄短篇小說〈釣魚〉、〈地〉、〈香蕉船〉、〈水淹鹿耳門〉、〈守望者〉、〈傾城之戀〉、〈夜曲〉共七篇；「評論」收錄〈試談民族文學的內容與形式〉一篇；「散文」收錄〈天城之旅〉、〈傻子的功用〉、〈談諷刺〉等八篇。正文前有作家素描、生活照片、手跡、〈小傳〉，正文後有〈作品書目〉。

英雄有淚不輕彈

臺北：洪範書店
1984 年 1 月，32 開，202 頁
洪範文學叢書 106

本書為短篇小說與散文合集。選輯作者探討國內外政治和文化動向的文章。全書分三輯，「快活林傳奇故事」收錄短篇小說〈金大班的最後一夜〉、〈武林劫〉、〈顏回出山〉、〈五四遺事〉、〈大龍出海〉、〈寒窗之外〉、〈程三刀〉、〈喝鎮靜奶水長大的〉、〈愛烏及齒〉、〈士者之家〉、〈葉公好龍〉、〈除三害〉、〈打擊教練〉、〈扁平人〉、〈畫皮〉、〈花和尚開竅記〉、〈客座情人之夢〉、〈八八八突擊隊〉、〈請產假的男人〉共 19 篇；「莫非有理的定律」收錄散文〈彼得定律〉、〈彼得藥方〉、〈彼得定律外一章〉等九篇；「英雄有淚不輕彈」收錄散文〈英雄有淚不輕彈〉、〈代替經濟成長的途徑〉、〈烏托邦的幻滅與追尋〉等 27 篇。正文內附錄林獻章〈關於「莫非」——的異見〉、黃碧端〈「定律」大觀〉，正文後有張系國〈後記〉。

V 托邦

臺北：天下遠見出版公司
2001 年 5 月，25 開，192 頁
風華館 001

本書為散文與小說合集，選輯作者刊載於《中國時報‧人間副刊》「快活林」專欄文章。全書分七部分，「V 托邦」收錄散文〈V 國家〉、〈美麗新世界〉、〈烏托邦和 e 托邦〉等八篇；「V 觀念」收錄散文〈擾亂科技〉、〈互聯網啟示錄〉、〈戰略反曲點〉等 12 篇；「V 生活」收錄散文〈點商不成金　負我少年頭〉、〈大哥大與左輪槍〉、〈你瘋我瘋〉等五篇；「V 旅行」收錄散文〈在東京機場洗澡〉、〈襲人馬桶〉、〈廁所的奇蹟〉等五篇；「V 讀書」收錄散文〈項羽與張巡如何讀書？〉、〈契可夫極短篇〉、〈暴龍蘇姨〉等六篇；「V 電影」收錄散文〈痛快四則〉、〈黑貓白貓論〉、〈星際大戰答客難〉等四篇；「V 科幻」收錄散文〈陌生的美〉、〈永遠的選舉〉二篇；短篇小說〈傷心城〉、〈備用人〉二篇。正文前有張系國〈自序〉，正文後有「感應地圖」收錄主要觀念、金句、人物索引。

天培文化公司 2002　　天培文化公司 2008

大法師──民生主義系列食書

臺北：天培文化公司
2002 年 7 月，25 開，187 頁
原色調 17

臺北：天培文化公司
2008 年 2 月，25 開，194 頁
原色調 17

本書為小說、散文合集。全書分二部分，「大唐英雄傳」收錄短篇小說〈大唐英雄傳緣起〉、〈職業兇手〉、〈賭國仇城〉、〈金光大道〉、〈大法師〉、〈情報販子〉共六篇；「不朽的菜單」收錄散文〈不朽的菜單〉、〈你說朱古力　我說巧克力〉二篇。每篇文章後均附錄「名家私房菜」食譜。正文前有張系國〈民生主義系列小說總介〉，正文後有「感應地圖」收錄主要觀念、金句、人物索引。

2008 年天培版：更名為《張系國大器小說：食書》。正文與 2002 年天培版同，正文後新增宋雅姿〈當文學遇到科學──專訪張系國先生〉。

天培文化公司 2002　天培文化公司 2008

神交俠侶——民生主義系列育樂書

臺北：天培文化公司
2002 年 7 月，25 開，205 頁
原色調 21

臺北：天培文化公司
2008 年 4 月，25 開，212 頁
原色調 21

本書為小說、散文合集。全書分二部分，「網際恩仇錄」收錄短篇小說〈好牧人〉、〈神交俠侶〉、〈千手水晶〉、〈當湯姆克魯斯遇見比爾蓋茲〉、〈備用人〉、〈動物農場〉、〈點商成金記〉共七篇；「互聯網啟示錄」收錄散文〈互聯網啟示錄〉、〈電腦女王蜂〉二篇；每篇文章前均節錄《上網淘美金》中文版部分內容。正文前有張系國〈民生主義系列小說總介〉，正文後有「感應地圖」收錄主要觀念、金句、人物索引。

2008 年天培版：更名為《張系國大器小說：育樂書》。正文與 2002 年天培版同。正文後新增宋雅姿〈今日文學界的異數——專訪張系國〉。

天培文化公司 2003　天培文化公司 2008

箱子　跳蚤　狗——民生主義系列行書

臺北：天培文化公司
2003 年 7 月，25 開，213 頁
原色調 20

臺北：天培文化公司
2008 年 6 月，25 開，212 頁
原色調 21

本書為小說、散文合集。全書分八部分，「廁所的奇蹟」收錄散文〈箱子　跳蚤狗〉、〈夫妻同遊兩不嫌〉、〈廁所的奇蹟〉等四篇；「旅行小說」收錄短篇小說〈公無與公竟〉、〈長征〉二篇；「旅行阿根廷」收錄散文〈藍色的探戈〉、〈波赫斯在萬華〉、〈呼回世界〉等四篇；「旅行日本」收錄散文〈在東京機場洗澡〉、〈襲人馬桶〉二篇；「旅行瑞典」收錄散文〈魚皮大衣與陽春電視〉一篇；「旅行法國」收錄散文〈木乃伊生猛遊巴黎〉、〈蠶夢　夢殘〉二篇；「旅行意大利」收錄散文〈酒神的雕像〉一篇；「旅行臺灣」收錄散文〈看海的日子〉一篇。每篇文章前均附錄「旅行中常見的騙術與拆招破解術」。正文前有張系國序〈民生主義系列小說總介〉，正文後有「感應地圖」收錄主要觀念、金句、人物索引。

2008 年天培版：更名為《張系國大器小說：行書》。正文與 2002 年天培版同，正文後新增康來新〈器與道：張系國的百姓日用、長征短章〉。

天培文化公司 2004

城市獵人——民生主義系列住書
臺北：天培文化公司
2004 年 7 月，25 開，202 頁
原色調 19

臺北：天培文化公司
2008 年 8 月，25 開，207 頁
原色調 19

天培文化公司 2008

本書為小說、散文合集。全書分二部分，「短篇叢林」收錄短篇小說〈笑面松（一樓自助餐廳）〉、〈美人如玉劍如虹（二樓 KTV）〉、〈蹓狗（三樓 A 號）〉、〈雨鄉（三樓 B 號）〉、〈黑貓（四樓 A 號）〉、〈瓶塞（四樓 B 號）〉、〈新娘學校（五樓 A 號）〉、〈甜美人生（五樓 B 號）〉、〈散板故事（六樓 A 號）〉、〈城市獵人（六樓 B 號）〉共十篇；「活的城市」收錄散文〈隱蔽所與光明地〉、〈從星艦迷航記到桃花源〉二篇。每篇文章前均附錄「隱蔽所與光明地圖片」。正文前有張系國〈民生主義系列小說總介〉，正文後有「感應地圖」收錄主要觀念、金句、人物索引。
2008 年天培版：更名為《張系國大器小說：住書》。正文與 2002 年天培版同，正文後新增郭筱庭〈科幻棋王——悠遊科學與文學的張系國〉。

女人究竟要什麼？
臺北：洪範書店
2006 年 8 月，25 開，211 頁
洪範文學叢書 329

本書為散文、劇本合集。全書分四部分，「女男」收錄散文〈歌唱家的虛擬湯〉、〈新好男人的三從四德〉、〈母雞生小雞〉等 15 篇；「語絲」收錄散文〈防癌語絲〉、〈假如我有超能力〉、〈非典語絲〉等六篇；「藝文」收錄散文〈浮生冰涼〉、〈蛇果生死戀〉、〈狗仔隊上天堂〉等 27 篇；「短劇」收錄劇本〈回到未來：新竹（茶餘版）〉一篇。正文後有張系國後記〈十萬個為什麼〉。

【翻譯】

自印 1963　　　雙葉書店 1964

沙德的哲學思想

新竹：自印
1963 年 8 月，32 開，124 頁

臺北：雙葉書店
1964 年 3 月，32 開，124 頁

本書由 Wilfrid Desan 著，張系國翻譯，譯自
*The Tragic Finale, An Essay on the Philosophy of
Jean Paul Sartre* 的介紹沙德（Sartre）哲學思想
體系部分。全書計有：1.沙德之哲學思考方
法；2.自在；3.他在；4.別人；5.自由與行動共
五章。正文前有張系國〈譯序〉，正文後有
〈沙德小傳〉。
1964 年雙葉書店版：內容與 1963 年自印版同。

海的死亡

臺北：純文學出版社
1978 年 10 月，32 開，178 頁
純文學叢書

短篇小說集。本書由 José Maria Gironella 等著，張系國翻譯，收
錄吉龍內拉〈海的死亡〉、波赫士〈環墟〉、柯茲〈雨日革命三十
九號〉、柯瓦雷克〈犧牲者〉、龍德臥〈碧海青天夜夜心〉、喬治馬
丁〈紫太陽之歌〉、關蕊〈科林斯城傳奇〉、薛克雷〈無中生有〉、
達爾〈偉大的文法創造機〉、尼爾遜〈美麗小世界〉、醒石〈望子
成龍〉共 11 篇。正文前有張系國〈科幻小說的再出發——代
序〉。

文學年表

1944 年	7 月	17 日，生於四川重慶。父親張衍棠，母親朱敏。家中排行第一，下有一妹。
1945 年	本年	因躲避戰亂，舉家自重慶遷至南京
1949 年	本年	舉家遷臺，落腳基隆。因父親任職於臺灣肥料製造公司基隆一廠，進入該廠附設幼兒園就讀。
1950 年	本年	就讀光明國民小學。
1953 年	本年	因父親調職，舉家遷居新竹，轉入新竹師範附屬小學（今清華大學附設實驗國小）就讀。
1956 年	本年	新竹中學（今新竹高級中學）試辦初中免試升學，應屆入學就讀，也在該校完成高中學業。
1962 年	夏	新竹中學畢業，保送臺灣大學電機系。
	本年	因成績優異保送臺灣大學電機系，無需準備聯考，被同學推舉為學藝股長，負責班級壁報製作，因此展露寫作才華。同時大量閱覽科幻小說、電影，奠定創作基礎。
1963 年	5 月	6 日，短篇小說〈勝利者〉發表於《聯合報・副刊》8 版。
		24 日，短篇小說〈釣魚〉發表於《聯合報・副刊》8 版。
	8 月	翻譯 Wilfrid Desan《沙德的哲學思想》，自印出版。
	12 月	長篇小說《皮牧師正傳》由臺北自由太平洋文化公司出版。
1964 年	3 月	翻譯 Wilfrid Desan《沙德的哲學思想》，由臺北雙葉書店

出版。

4 月　　6 日，〈成熟的心靈〉發表於《中國一周》第 728 期。

5 月　　11 日，〈道教與存在主義〉發表於《中國一周》第 733 期。

6 月　　1 日，〈簡介《孤獨的群眾》〉發表於《中國一周》第 736 期。

11 月　　9 日，〈理性與真存──雅斯培（Karl Jaspers）思想簡介〉發表於《徵信新聞報》5 版。

　　　　25 日，〈也談《魂斷太陽下》〉發表於《聯合報‧副刊》8 版。

1965 年　　1 月　　短篇小說〈火焰山〉發表於《幼獅文藝》第 65 期。

3 月　　11 日，短篇小說〈七巧〉發表於《聯合報‧副刊》7 版。

4 月　　短篇小說〈雲〉發表於《幼獅文藝》第 68 期。

5 月　　13 日，短篇小說〈大風吹〉發表於《聯合報‧副刊》7 版。

6 月　　短篇小說〈駝鳥〉發表於《文星》第 92 期。

12 月　　短篇小說〈孔子之死〉發表於《大學新聞》，小說中有一句「天快亮了，我不想看到天亮」被視為政治敏感，發行該刊物的「臺大新聞社」社長因而遭記過處分。

1966 年　　本年　　赴美國加州大學柏克萊分校攻讀電腦科學。

1968 年　　6 月　　〈知識分子的孤獨與孤獨的知識分子〉發表於《大學雜誌》第 6 期，「域外集」。

10 月　　短篇小說〈超人列傳〉發表於《純文學》第 22 期。

本年　　加入普林斯頓大學生留學生社團「大風社」柏克萊分社，與劉大任、郭松棻、胡卜凱等常有往來。後「大風社」發起海外保釣運動，亦積極參與。

1969 年　　3 月　　15 日，與潘芷秋於加州柏克萊結婚。

〈美國的上層階級〉發表於《大學雜誌》第 15 期，「域外集」。

獲美國加州大學柏克萊分校電腦科學博士學位。

4月　〈思想控制初步〉發表於《大學雜誌》第 16 期，「域外集」。

離開加州大學柏克萊分校，至 IBM 華生研究中心擔任研究員。

6月　〈在歧視和誤解的陰影下〉發表於《大學雜誌》第 18 期，「域外集」。

10月　短篇小說〈奔月之後〉發表於《純文學》第 34 期。

〈知識分子抑高等華人〉發表於《大學雜誌》第 22 期，「域外集」。

1970年　5月　短篇小說〈流砂河〉發表於《純文學》第 41 期。

6月　〈談談世界主義和專家主義〉以筆名「白丁」發表於《大風雜誌》第 1 期。

9月　短篇小說〈焚〉發表於《純文學》第 45 期。

短篇小說集《地》由臺北純文學出版社出版。

赴康乃爾大學任電機系副教授，為期一年。期間積極參與海外保釣運動，成為日後寫作《昨日之怒》的素材。

12月　短篇小說〈枯骨札記〉發表於《大風雜誌》第 2 期。

1971年　1月　〈為民族文學說幾句話〉發表於《純文學》第 49 期，「文思集」。

〈現代哲學的展望——存在倫理學〉發表於《大學雜誌》第 37 期，「域外集」。

合集《亞當的肚臍眼》由臺北雲天出版社出版。

3月　翻譯〈論真誠〉發表於《大學雜誌》第 39 期。

〈民族文學是甚麼〉以筆名「醒石」發表於《大風雜誌》

第 3 期

4 月　翻譯 Olsom Warren E.〈理想與原則〉發表於《大學雜誌》第 40 期。

5 月　短篇小說〈割禮〉發表於《純文學》第 53 期。

7 月　〈留學生的心理轉變過程〉發表於《大學雜誌》第 43 期,「域外集」。

回到 IBM 華生研究中心任職。

8 月　〈新五四運動的基本精神〉以筆名「白丁」發表於《大風雜誌》第 4 期。

9 月　創辦海外期刊《野草》,擔任發行人。

〈自由主義者往何處去?〉、〈自由主義何處去?〉以筆名「白丁」發表於《野草》第 1 期。

10 月　〈唯物史觀批判〉、〈借東風〉以筆名「白丁」發表於《野草》第 2 期。

〈亞洲的新形勢〉以筆名「白丁」發表於《野草》第 3 期。

11 月　〈海外的中國人應做些什麼〉以筆名「白丁」發表於《野草》第 5 期。

本年　參與《大學雜誌》「域外集」編輯作業。

1972 年　3 月　1 日,〈從曬太陽談起〉發表於《中國時報・人間副刊》9 版。

4 月　6 日,〈關於貴族〉發表於《中國時報・人間副刊》9 版。

5 月　1 日,〈「也是神話」〉發表於《聯合報・副刊》10 版。

6 月　〈從海外看臺灣〉發表於《大學雜誌》第 54 期。

7 月　〈漢字的構字法〉發表於《科學月刊》第 3 卷第 7 期。

8 月　應中央研究院數學所之邀,返臺擔任為期一年的客座研究員,主持複製迪基多 PDP8 微電腦計畫,培養臺灣電子產業人才。同時推動中文輸入法研究工作,徹底解決中文電

腦輸入問題。期間對於臺灣社會的觀察，也成為日後撰寫
《棋王》的重要材料。

9 月　　〈漫談語言的結構〉發表於《科學月刊》第 3 卷第 9 期。

12 月　　17 日，於中央研究院胡適八二冥誕紀念會，演講「中文
計算機與中國語文研究」。

〈聲音與憤怒──字音檢字法簡介〉發表於《科學月刊》
第 3 卷第 12 期。

1973 年　　1 月　　7 日，〈由農村看觀念的革新〉發表於《聯合報》2 版。

〈注音檢字和中文計算機〉發表於《中國語文》第 187
期。

2 月　　〈中文輸入輸出系統的比較和歸類〉發表於《科學月刊》
第 4 卷第 2 期。

陳鼓應、王曉波因參加 1972 年 12 月 4 日舉辦的「民族主
義座談會」遭警備總部約談、拘捕，張系國為營救友人四
處奔走，卻也因此受到警告，原欲留臺任教計畫取消。待
8 月中央研究院工作期滿即再度赴美，從此長居異鄉。

3 月　　〈大眾生活：中文資料處理電子化的新境界〉發表於《中
央月刊》第 60 期。

4 月　　15 日，〈專家在科技發展裡的功用〉發表於《聯合報》2
版。

5 月　　1 日，〈培養中層技術幹部〉發表於《聯合報》2 版。

短篇小說集《地》（增訂本）由臺北純文學出版社出版。

7 月　　〈讓未來等一等吧〉發表於《書評書目》第 6 期。

〈淺說人工智慧學〉發表於《中央月刊》第 64 期

10 月　　21 日，〈劉佬佬的智慧〉以筆名「域外人」發表於《中國
時報・人間副刊》12 版，「快活林」專欄。

26 日，〈人道主義者宣言〉以筆名「域外人」發表於《中

國時報‧人間副刊》12 版,「快活林」專欄。

11 月　5 日,〈吸血鬼翻身〉以筆名「域外人」發表於《中國時報‧人間副刊》12 版,「快活林」專欄。

13 日,〈季辛吉放白鴿〉以筆名「域外人」發表於《中國時報‧人間副刊》12 版,「快活林」專欄。

19 日,〈廣告術〉以筆名「域外人」發表於《中國時報‧人間副刊》12 版,「快活林」專欄。

24 日,〈而加其一焉〉以筆名「域外人」發表於《中國時報‧人間副刊》12 版,「快活林」專欄。

29 日,〈弱者,你的名字是男人〉以筆名「域外人」發表於《中國時報‧人間副刊》12 版,「快活林」專欄。

12 月　9 日,〈彼得定律〉以筆名「域外人」發表於《中國時報‧人間副刊》12 版,「快活林」專欄。

14 日,〈彼得藥方〉以筆名「域外人」發表於《中國時報‧人間副刊》12 版,「快活林」專欄。

18～19 日,短篇小說〈香蕉船──「遊子魂」之一〉連載於《中國時報‧人間副刊》12 版。

1974 年　1 月　2 日,〈年獸〉以筆名「域外人」發表於《中國時報‧人間副刊》12 版,「快活林」專欄。

5 日,〈必也狂狷乎〉以筆名「域外人」發表於《中國時報‧人間副刊》12 版,「快活林」專欄。

11 日,〈劻克雷舌戰蒙太古〉以筆名「域外人」發表於《中國時報‧人間副刊》12 版,「快活林」專欄。

16 日,〈小鬼定律〉以筆名「域外人」發表於《中國時報‧人間副刊》12 版,「快活林」專欄。

21 日,〈推拉合一論〉以筆名「域外人」發表於《中國時報‧人間副刊》12 版,「快活林」專欄。

26 日,〈拉術入門〉以筆名「域外人」發表於《中國時報・人間副刊》12 版,「快活林」專欄。

31 日,〈寓推於拉〉以筆名「域外人」發表於《中國時報・人間副刊》12 版,「快活林」專欄。

2 月　5 日,〈孟母的煩惱〉以筆名「域外人」發表於《中國時報・人間副刊》12 版,「快活林」專欄。

11 日,〈豈有此理〉以筆名「域外人」發表於《中國時報・人間副刊》12 版,「快活林」專欄。

21 日,〈漲價歸公〉以筆名「域外人」發表於《中國時報・人間副刊》12 版,「快活林」專欄。

27 日,〈請說人話〉以筆名「域外人」發表於《中國時報・人間副刊》12 版,「快活林」專欄。

3 月　4 日,短篇小說〈武林劫〉以筆名「域外人」發表於《中國時報・人間副刊》12 版,「快活林」專欄。

14 日,〈維根斯坦的轉變〉以筆名「域外人」發表於《中國時報・人間副刊》12 版,「快活林」專欄。

16 日,〈天堂鳥和地獄花〉以筆名「域外人」發表於《中國時報・人間副刊》12 版,「快活林」專欄。

25 日,〈子不語〉以筆名「域外人」發表於《中國時報・人間副刊》12 版,「快活林」專欄。

30 日,〈語言的抽象力〉以筆名「域外人」發表於《中國時報・人間副刊》12 版,「快活林」專欄。

4 月　3 日,〈談「巴遊」〉以筆名「域外人」發表於《中國時報・人間副刊》12 版,「快活林」專欄。

14 日,〈美人思古〉以筆名「域外人」發表於《中國時報・人間副刊》12 版,「快活林」專欄。

20 日,〈魔鬼門徒〉以筆名「域外人」發表於《中國時

報‧人間副刊》12 版，「快活林」專欄。

25 日，〈瑪利亞的新面目〉以筆名「域外人」發表於《中國時報‧人間副刊》12 版，「快活林」專欄。

30 日，〈再談日本人〉以筆名「域外人」發表於《中國時報‧人間副刊》12 版，「快活林」專欄。

5 月　4 日，〈五四遺事〉以筆名「域外人」發表於《中國時報‧人間副刊》12 版，「快活林」專欄。

10 日，〈莎喲哪拉，再見！〉以筆名「域外人」發表於《中國時報‧人間副刊》12 版，「快活林」專欄。

15 日，〈大龍出海〉以筆名「域外人」發表於《中國時報‧人間副刊》12 版，「快活林」專欄。

20 日，〈系統科學的一些概念〉發表於《聯合報》2 版。

21 日，〈寒窗之外〉以筆名「域外人」發表於《中國時報‧人間副刊》12 版，「快活林」專欄。

30 日，〈無限的危機〉以筆名「域外人」發表於《中國時報‧人間副刊》12 版，「快活林」專欄。

6 月　8 日，〈登月七法〉以筆名「域外人」發表於《中國時報‧人間副刊》12 版，「快活林」專欄。

11 日，〈饑餓帶〉以筆名「域外人」發表於《中國時報‧人間副刊》12 版，「快活林」專欄。

16 日，〈華權運動的萌芽〉以筆名「域外人」發表於《中國時報‧人間副刊》12 版，「快活林」專欄。

26 日，〈傻子的功用〉以筆名「域外人」發表於《中國時報‧人間副刊》12 版，「快活林」專欄。

29 日，〈彼得定律外一章〉以筆名「域外人」發表於《中國時報‧人間副刊》12 版，「快活林」專欄。

〈中國的腓尼基人〉發表於《綜合月刊》第 67 期。

7月　4 日，〈愛鳥及齒〉以筆名「域外人」發表於《中國時報‧人間副刊》12 版，「快活林」專欄。

8 日，〈緊張時代〉以筆名「域外人」發表於《中國時報‧人間副刊》12 版，「快活林」專欄。

14 日，〈生力麵英雄〉以筆名「域外人」發表於《中國時報‧人間副刊》12 版，「快活林」專欄。

19 日，〈怎樣看電視廣告〉以筆名「域外人」發表於《中國時報‧人間副刊》12 版，「快活林」專欄。

23 日，〈誰愛看電視廣告？〉以筆名「域外人」發表於《中國時報‧人間副刊》12 版，「快活林」專欄。

30 日，〈不必要之必要〉以筆名「域外人」發表於《中國時報‧人間副刊》12 版，「快活林」專欄。

短篇小說〈冬夜殺手〉發表於《幼獅文藝》第 247 期。

翻譯〈人道主義者宣言一號及二號〉，〈評介「人道主義者宣言」〉發表於《大學雜誌》第 75 期。

8月　4 日，〈童工〉以筆名「域外人」發表於《中國時報‧人間副刊》12 版，「快活林」專欄。

6 日，長篇小說〈棋王〉連載於《中國時報‧人間副刊》12 版，至 10 月 20 日止。

10 日，〈大同運動〉以筆名「域外人」發表於《中國時報‧人間副刊》12 版，「快活林」專欄。

14 日，〈密醫〉以筆名「域外人」發表於《中國時報‧人間副刊》12 版，「快活林」專欄。

17 日，〈外籍兵團覆巢記〉以筆名「域外人」發表於《中國時報‧人間副刊》12 版，「快活林」專欄。

19 日，〈美不勝收〉以筆名「域外人」發表於《中國時報‧人間副刊》12 版，「快活林」專欄。

20 日，〈希臘悲劇〉以筆名「域外人」發表於《中國時報・人間副刊》12 版，「快活林」專欄。

22 日，短篇小說〈程三刀〉以筆名「域外人」發表於《中國時報・人間副刊》12 版，「快活林」專欄。

30 日，〈烏托邦和桃花源〉以筆名「域外人」發表於《中國時報・人間副刊》12 版，「快活林」專欄。

9 月　3 日，〈俄式傳奇〉以筆名「域外人」發表於《中國時報・人間副刊》12 版，「快活林」專欄。

14 日，〈肉彈〉以筆名「域外人」發表於《中國時報・人間副刊》12 版，「快活林」專欄。

19 日，〈今日何日〉以筆名「域外人」發表於《中國時報・人間副刊》12 版，「快活林」專欄。

23 日，短篇小說〈貧民醫院〉以筆名「域外人」發表於《中國時報・人間副刊》12 版，「快活林」專欄。

27 日，〈談諷刺〉以筆名「域外人」發表於《中國時報・人間副刊》12 版，「快活林」專欄。

10 月　14 日，〈食無魚〉以筆名「域外人」發表於《中國時報・人間副刊》12 版，「快活林」專欄。

23 日，〈生化電流〉以筆名「域外人」發表於《中國時報・人間副刊》12 版，「快活林」專欄。

11 月　8 日，〈歷史的沉思〉以筆名「域外人」發表於《中國時報・人間副刊》8 版，「快活林」專欄。

18 日，〈小國抬頭〉以筆名「域外人」發表於《中國時報・人間副刊》12 版，「快活林」專欄。

19 日，〈自給自足〉以筆名「域外人」發表於《中國時報・人間副刊》12 版，「快活林」專欄。

25 日，〈所謂運動員精神〉以筆名「域外人」發表於《中

國時報・人間副刊》12 版，「快活林」專欄。

26 日，〈再談少棒〉以筆名「域外人」發表於《中國時報・人間副刊》12 版，「快活林」專欄。

12 月　5 日，短篇小說〈本公司〉發表於《中國時報・人間副刊》12 版。

16 日，〈地球的繼承者〉以筆名「域外人」發表於《中國時報・人間副刊》12 版，「快活林」專欄。

17 日，〈邁向進步的農業國〉以筆名「域外人」發表於《中國時報・人間副刊》12 版，「快活林」專欄。

23 日，〈美國反文化的衰微〉以筆名「域外人」發表於《中國時報・人間副刊》12 版，「快活林」專欄。

26 日，〈心有千千結〉以筆名「域外人」發表於《中國時報・人間副刊》12 版，「快活林」專欄。

1975 年　1 月　27 日，〈流水落花春去也〉發表於《星島日報》。

28 日，〈談恥學於人〉以筆名「域外人」發表於《中國時報・人間副刊》12 版，「快活林」專欄。

31 日，〈乍暖還寒時候〉以筆名「域外人」發表於《中國時報・人間副刊》12 版，「快活林」專欄。

〈試談民族文學的內容和形式——顏元叔著《談民族文學》讀後感〉發表於《書評書目》第 21 期。

2 月　16 日，〈她的故事〉以筆名「域外人」發表於《中國時報・人間副刊》12 版，「快活林」專欄。

3 月　7 日，〈李普曼贊〉以筆名「域外人」發表於《中國時報・人間副刊》12 版，「快活林」專欄。

22 日，〈批判的文學〉以筆名「域外人」發表於《中國時報・人間副刊》12 版，「快活林」專欄。

24 日，〈我看當代小說大展〉以筆名「域外人」發表於

《中國時報・人間副刊》12 版,「快活林」專欄。

〈《讓未來等一等吧》後記〉發表於《書評書目》第 23 期。

《讓未來等一等吧》由臺北書評書目出版社出版。

4 月	28 日,〈請撤柵〉以筆名「域外人」發表於《中國時報・人間副刊》12 版,「快活林」專欄。	
6 月	14 日,〈華權運動初試啼聲〉以筆名「域外人」發表於《中國時報・人間副刊》12 版,「快活林」專欄。	
7 月	6 日,〈考驗〉以筆名「域外人」發表於《中國時報・人間副刊》12 版,「快活林」專欄。	
	15 日,〈心有靈犀一點通〉以筆名「域外人」發表於《中國時報・人間副刊》12 版,「快活林」專欄。	
	18 日,〈士者的家〉以筆名「域外人」發表於《中國時報・人間副刊》12 版,「快活林」專欄。	
8 月	8 日,〈又見歧視・又見歧視〉以筆名「域外人」發表於《中國時報・人間副刊》12 版,「快活林」專欄。	
	長篇小說《棋王》由臺北言心出版社出版。	
12 月	7 日,〈肉食者鄙〉以筆名「域外人」發表於《中國時報・人間副刊》12 版,「快活林」專欄。	
	14 日,〈歷史的研究〉以筆名「域外人」發表於《中國時報・人間副刊》12 版,「快活林」專欄。	
	27 日,〈有類無教〉以筆名「域外人」發表於《中國時報・人間副刊》12 版,「快活林」專欄。	
本年	離開 IBM 華生研究中心,至芝加哥伊利諾大學任教。	
1976 年	1 月	3 日,〈李一哲的大字報〉以筆名「域外人」發表於《中國時報・人間副刊》12 版,「快活林」專欄。
		10 日,〈過度論〉以筆名「域外人」發表於《中國時報・

人間副刊》12 版，「快活林」專欄。

15 日，〈臨界知名度〉以筆名「域外人」發表於《中國時報‧人間副刊》12 版，「快活林」專欄。

20 日，〈唐倩的喜劇〉以筆名「域外人」發表於《中國時報‧人間副刊》12 版，「快活林」專欄。

〈漫談學術工廠〉發表於《大學雜誌》第 93 期。

2 月　〈經建文藝〉以筆名「域外人」發表於《中國時報‧人間副刊》12 版，「快活林」專欄。

3 月　24～25 日，短篇小說〈星雲組曲之一——翦夢奇緣〉以筆名「醒石」連載於《聯合報‧副刊》12 版。

合集《快活林》由臺北遠行出版社出版。

4 月　7 日，〈以小取勝〉以筆名「域外人」發表於《中國時報‧人間副刊》12 版，「快活林」專欄。

29 日，〈文窮後工？〉發表於《聯合報‧副刊》12 版。

5 月　2～3 日，短篇小說〈星雲組曲之二——翻譯絕唱〉以筆名「醒石」連載於《聯合報‧副刊》12 版。

16 日，〈無用之用〉以筆名「域外人」發表於《中國時報‧人間副刊》12 版，「快活林」專欄。

18 日，〈傾城之戀〉以筆名「域外人」發表於《中國時報‧人間副刊》12 版，「快活林」專欄。

23 日，〈少年阿輝的煩惱〉以筆名「域外人」發表於《中國時報‧人間副刊》12 版，「快活林」專欄。

27 日，短篇小說〈星雲組曲之三——兒子的大玩偶〉以筆名「醒石」發表於《聯合報‧副刊》12 版。

6 月　14 日，〈有用無用——駁教育界的奇談怪論〉以筆名「域外人」發表於《中國時報‧人間副刊》12 版，「快活林」專欄。

	7 月	2 日,〈「推銷總統」〉以筆名「域外人」發表於《中國時報・人間副刊》12 版,「快活林」專欄。
		20 日,〈小型雜誌基金〉以筆名「域外人」發表於《中國時報・人間副刊》12 版,「快活林」專欄。
	8 月	〈《香蕉船》後記〉發表於《書評書目》第 40 期。
		短篇小說集《香蕉船》由臺北洪範書店出版。
	9 月	〈滑鐵格之役印象〉發表於《書評書目》第 41 期。
1977 年	6 月	15 日,〈奇幻之旅——科幻電影縱橫談〉發表於《中國時報・人間副刊》12 版。
		21～22 日,短篇小說〈星雲組曲之四——傾城之戀〉以筆名「醒石」連載於《聯合報・副刊》12 版。
	7 月	2 日,〈除三害〉以筆名「域外人」發表於《中國時報・人間副刊》12 版,「快活林」專欄。
		3 日,〈一片冰心在玉壺——天城之旅後記〉發表於《聯合報・副刊》12 版。
		18 日,〈打擊教練〉以筆名「域外人」發表於《中國時報・人間副刊》12 版,「快活林」專欄。
		26 日,〈扁平人〉以筆名「域外人」發表於《中國時報・人間副刊》12 版,「快活林」專欄。
	8 月	5 日,〈住的品質〉以筆名「域外人」發表於《中國時報・人間副刊》12 版,「快活林」專欄。
		16 日,〈生力麵英雄的悲劇〉以筆名「域外人」發表於《中國時報・人間副刊》12 版,「快活林」專欄。
		23 日,〈畫皮〉以筆名「域外人」發表於《中國時報・人間副刊》12 版,「快活林」專欄。
		合集《天城之旅》由臺北洪範書店出版。
	9 月	14 日,〈是我們奮起自救的時候了——為推動「全民外

交」提一點意見〉發表於《聯合報》2 版。

| 10 月 | 19 日,〈英雄有淚不輕彈〉發表於《中國時報・人間副刊》12 版。

23 日,長篇小說〈昨日之怒〉連載於《中國時報・人間副刊》12 版,至隔年 2 月 12 日止。

26 日,〈浪子的變奏——試論「浪子文學」與「鄉土文學」的關係〉發表於《聯合報・副刊》12 版。

11 月　15 日,〈代替經濟成長的途徑〉以筆名「域外人」發表於《中國時報・人間副刊》12 版,「快活林」專欄。

〈民族文學的再出發〉發表於《仙人掌雜誌》第 9 期。

12 月　19 日,〈再吃馬鈴薯的日子——評《二殘遊記》第三集〉發表於《聯合報・副刊》12 版。

20 日,〈勇者的畫像〉以筆名「域外人」發表於《中國時報・人間副刊》12 版,「快活林」專欄。

23 日,〈烏托邦的追尋與幻滅〉以筆名「域外人」發表於《中國時報・人間副刊》12 版,「快活林」專欄。

1978 年　1 月　21 日,翻譯闕蕊(C. J. Cherry)短篇小說〈科林斯城傳奇〉,以筆名「醒石」發表於《聯合報・副刊》12 版。

〈民族文學與鄉土中國〉發表於《法論月刊》第 9 期。

3 月　2 日,〈〈環墟〉與波赫士〉、翻譯波赫士(Jorge Luis Borges)短篇小說〈環墟〉,以筆名「醒石」發表於《聯合報・副刊》12 版。

19 日,〈作家與私德〉發表於《聯合報・副刊》12 版。

31 日,〈情報販子及其他〉發表於《中國時報・人間副刊》12 版。

31～4 月 1 日,翻譯喬治・馬丁(George R. R. Martin)短篇小說〈紫太陽之歌〉,以筆名「醒石」連載於《聯合

報‧副刊》12 版。

長篇小說《昨日之怒》由臺北洪範書店出版。

4 月　1 日，〈科幻‧愛情‧蝴蝶飛〉以筆名「醒石」發表於《聯合報‧副刊》12 版。

5 月　1 日，〈同心保衛釣魚臺！〉以筆名「域外人」發表於《中國時報‧人間副刊》12 版，「快活林」專欄。

13 日，〈談氣節〉以筆名「域外人」發表於《中國時報‧人間副刊》12 版，「快活林」專欄；〈或然世界——釋〈碧海青天夜夜心〉〉、翻譯龍德臥（Sam J. Lundwall）短篇小說〈碧海青天夜夜心〉，以筆名「醒石」發表於《聯合報‧副刊》12 版。

6 月　4 日，〈諷刺科幻小說簡介〉、翻譯柯茲（Luigi Cozzi）短篇小說〈雨日革命卅九號〉，以筆名「醒石」發表於《聯合報‧副刊》12 版。

30 日，〈科幻小說的再出發〉、翻譯柯瓦雷克（Julian Kawalec）短篇小說〈犧牲者〉，以筆名「醒石」發表於《聯合報‧副刊》12 版。

7 月　1 日，出席《宇宙科學》月刊舉辦的「科幻座談會」，與會者有呂應鐘、賴金男、黃海、詹宏志等。

7 日，〈哭泣的音符〉以筆名「域外人」發表於《中國時報‧人間副刊》12 版，「快活林」專欄。

11～12 日，翻譯薛克雷（Robert Sheckley）短篇小說〈無中生有〉，以筆名「醒石」連載於《聯合報‧副刊》12 版。

12 日，〈白吃的午餐——釋〈無中生有〉〉以筆名「醒石」發表於《聯合報‧副刊》12 版。

8 月　16 日，〈客座情人之夢〉以筆名「域外人」發表於《中國

時報・人間副刊》12 版,「快活林」專欄。

30～31 日,短篇小說〈星雲組曲之五——望子成龍〉以筆名「醒石」連載於《聯合報・副刊》12 版。

9月　1 日,〈新型副刊〉以筆名「域外人」發表於《中國時報・人間副刊》12 版,「快活林」專欄。

3 日,〈孝道與色情〉以筆名「域外人」發表於《中國時報・人間副刊》12 版,「快活林」專欄。

5 日,短篇小說〈解鈴人〉發表於《中國時報・人間副刊》12 版。

21 日,〈少年漢生的煩惱——〈我兒漢生〉讀後〉發表於《聯合報・副刊》8 版。

10月　1 日,〈不吃辣怎麼胡得出辣子?——評《色戒》〉以筆名「域外人」發表於《中國時報・人間副刊》12 版,「快活林」專欄。

9 日,〈歷史、現實及文學——報導文學獎評審心得〉發表於《中國時報・人間副刊》12 版。

12 日,翻譯尼爾遜(Niels E. Nielsen)短篇小說〈美麗小世界〉,以筆名「醒石」發表於《聯合報・副刊》12 版。

22 日,〈第三類接觸?〉以筆名「域外人」發表於《中國時報・人間副刊》12 版,「快活林」專欄。

28 日,〈科幻小說的再出發——《海的死亡》代序〉發表於《聯合報・副刊》12 版。

短篇科幻小說譯集《海的死亡》,由臺北純文學出版社出版。

11月　4 日,〈花和尚開竅記〉以筆名「域外人」發表於《中國時報・人間副刊》12 版,「快活林」專欄。

劇本〈迷路的小熊〉發表於《幼獅少年》第 25 期。

7～8 日，翻譯達爾（Roald Dahl）短篇小說〈偉大的文法創造機〉，以筆名「醒石」連載於《聯合報‧副刊》12 版。

長篇小說《皮牧師正傳》由臺北洪範書店出版。

長篇小說《棋王》由臺北洪範書店出版。

合集《孔子之死》由臺北洪範書店出版。

12 月　16 日，於臺北基督教女青年會禮堂演講「漫談小說寫作」。

17 日，〈團結與容忍〉發表於《中國時報‧人間副刊》12 版。

19 日，〈一張王牌〉以筆名「域外人」發表於《中國時報‧人間副刊》12 版，「快活林」專欄。

本年　於美國芝加哥創辦知識系統學院，為專門培養電腦、資訊、生物、管理人才的研究院。

1979 年　1 月　〈當前亟應做的幾件事〉發表於《綜合月刊》第 122 期。

2 月　8 日，〈新春一願〉以筆名「域外人」發表於《中國時報‧人間副刊》12 版，「快活林」專欄。

16 日，〈孝道面面觀〉以筆名「域外人」發表於《中國時報‧人間副刊》12 版，「快活林」專欄。

6 月　1 日，長篇小說〈黃河之水〉連載於《中國時報‧人間副刊》12 版，至 9 月 3 日止。

8 月　11 日，短篇小說〈重見快活林〉以筆名「域外人」發表於《中國時報‧人間副刊》8 版，「快活林」專欄。

9 月　6 日，〈悲劇的預演〉發表於《中國時報‧人間副刊》8 版。

22 日，〈浪漫與現實之間〉發表於《聯合報‧副刊》8 版。

10 月　　長篇小說《黃河之水》由臺北洪範書店出版。

12 月　　10 日，〈可敬的年輕朋友〉以筆名「域外人」發表於《中國時報・人間副刊》8 版，「快活林」專欄。

25 日，〈中國人的理想世界〉以筆名「域外人」發表於《中國時報・人間副刊》8 版，「快活林」專欄。

1980 年　　1 月　　8 日，〈比較語言學的新題目〉以筆名「域外人」發表於《中國時報・人間副刊》8 版，「快活林」專欄。

12 日，〈賀年卡〉以筆名「域外人」發表於《中國時報・人間副刊》8 版，「快活林」專欄。

13 日，〈談發明〉以筆名「域外人」發表於《中國時報・人間副刊》8 版，「快活林」專欄。

19 日，〈莫非定律〉以筆名「域外人」發表於《中國時報・人間副刊》8 版，「快活林」專欄。

長篇小說《黃河之水》獲得第一屆《愛書人》雜誌倉頡獎。

2 月　　1 日，〈瑜亮定律〉以筆名「域外人」發表於《中國時報・人間副刊》8 版，「快活林」專欄。

24 日，〈莫非有理〉以筆名「域外人」發表於《中國時報・人間副刊》8 版，「快活林」專欄。

3 月　　10 日，〈戶籍法應重新解釋〉發表於《中國時報・人間副刊》8 版，「快活林」專欄。

5 月　　3 日，短篇小說〈星雲組曲之七──歸〉以筆名「醒石」發表於《聯合報・副刊》8 版。

30 日，短篇小說〈星雲組曲之八──豈有此理〉以筆名「醒石」發表於《聯合報・副刊》8 版。

7 月　　17 日，短篇小說〈星雲組曲之六──歸〉以筆名「醒石」發表於《中國時報・人間副刊》8 版。

	8 月	18 日，〈關於星雲組曲〉、短篇小說〈星雲組曲之九——城〉以筆名「醒石」發表於《聯合報・副刊》8 版。
	9 月	2 日，短篇小說〈星雲組曲之十——青春泉〉以筆名「醒石」發表於《聯合報・副刊》8 版。
	10 月	短篇小說集《星雲組曲》由臺北洪範書店出版。
	12 月	3 日，〈不朽者〉發表於《中國時報・人間副刊》8 版。
1981 年	1 月	2 日，〈救贖〉發表於《中國時報・人間副刊》8 版。
		26 日，〈假如我是真的〉發表於《聯合報・副刊》8 版。
	2 月	17 日，短篇小說〈星塵組曲之一——夜曲〉發表於《聯合報・副刊》8 版。
	5 月	9 日，〈保釣十年〉以筆名「域外人」發表於《中國時報・人間副刊》8 版，「快活林」專欄。
		15 日，〈括弧內的世界〉以筆名「域外人」發表於《中國時報・人間副刊》8 版，「快活林」專欄。
	6 月	2 日，〈異化與疏離〉以筆名「域外人」發表於《中國時報・人間副刊》8 版，「快活林」專欄。
		16 日，〈紅唇〉以筆名「域外人」發表於《中國時報・人間副刊》8 版，「快活林」專欄。
	7 月	23 日，〈神話的起源〉發表於《中國時報・人間副刊》8 版，「快活林」專欄。
	8 月	12 日，〈請產假的男人〉發表於《中國時報・人間副刊》8 版，「快活林」專欄。
	9 月	11 日，〈第六印——我讀《日頭雨》〉發表於《聯合報・副刊》8 版。
	11 月	9 日，短篇小說〈星塵組曲之二——香格里拉〉發表於《聯合報・副刊》8 版。
1982 年	1 月	4～6 日，短篇小說〈遊子魂——征服者〉連載於《中國

時報‧人間副刊》8 版。

25 日，〈中國夢〉發表於《聯合報》3 版。

30 日，〈從零到一〉（小說獎評審意見）發表於《聯合報‧副刊》8 版。

2 月　20 日，〈偶值茵夢湖〉發表於《聯合報‧副刊》8 版。

3 月　10 日，〈城堡之旅〉發表於《中國時報‧人間副刊》8 版。

5 月　9 日，〈遙祝〉發表於《聯合報‧副刊》8 版。

28～29 日，〈理想與現實——論臺灣小說裡的理想世界〉連載於《中國時報‧人間副刊》8 版。

〈紅與黑：我國煤礦業的痼疾〉發表於《聯合月刊》第 10 期。

出席《聯合報》舉辦的「科幻座談會」，與會者有沈君山、黃凡、黃海、鄭文豪等。

7 月　與洪範書店合作成立「知識系統出版公司」，專門出版科幻及電腦書籍。

8 月　23 日，長篇小說〈「城」第一部——五玉碟〉連載於《中國時報‧人間副刊》8 版，至 11 月 25 日止。

合集《張系國自選集》由臺北黎明文化公司出版。

11 月　21 日，〈野蠻與文明——讀《我們只有一個地球》〉發表於《聯合報‧副刊》8 版。

26～27 日，〈五玉碟與獨悟魂〉連載於《中國時報‧人間副刊》8 版。

12 月　8 日，短篇小說〈星塵組曲之三——星際大戰爆發以前〉發表於《聯合報‧副刊》8 版。

本年　轉至伊利諾理工學院擔任電機系系主任。

1983 年　1 月　長篇小說《五玉碟——「城」第一部》由臺北知識系統出

版公司出版。

2 月　23～25 日，短篇小說〈遊子魂之十二——不朽者〉連載於《聯合報・副刊》8 版。

短篇小說集《張系國短篇小說選》由南昌江西人民出版社出版。

5 月　17 日，〈無字天書？〉發表於《聯合報・副刊》8 版。

6 月　〈自動化與智能型電腦〉發表於《臺灣教育》第 390 期。

7 月　〈時空之旅〉發表於《幼獅少年》第 81 期。

短篇小說集《不朽者》由臺北洪範書店出版。

10 月　1 日，短篇小說〈陽羨書生〉發表於《中國時報・人間副刊》8 版。

27 日，短篇小說〈星塵組曲之五——虹彩妹妹〉發表於《聯合報・副刊》8 版。

12 月　3 日，〈最後的獨角獸——喬治歐威爾簡論〉發表於《中國時報・人間副刊》8 版。

1984 年　1 月　〈漫談科幻小說（演講記錄）〉發表於《幼獅少年》第 87 期。

《讓未來等一等吧》由臺北洪範書店出版。

合集《英雄有淚不輕彈》由臺北洪範書店出版。

4 月　18 日，〈小說中的女性意識——讀蕭颯近作有感〉發表於《聯合報・副刊》8 版。

5 月　2 日，短篇小說〈星塵組曲之七——陷阱〉發表於《聯合報・副刊》8 版。

7 月　14～15 日，短篇小說〈守望者〉連載於《中國時報・人間副刊》8 版。

8 月　〈如何辦好資訊科學教育？〉發表於《科學月刊》第 176 期。

9 月　〈小論《殺夫》〉發表於《新書月刊》第 12 期。

23 日,〈書非書〉發表於《中國時報‧人間副刊》8 版,「快活林」專欄。

10 月　9 日,〈大陸的人權問題〉發表於《中國時報‧人間副刊》8 版,「快活林」專欄。

14 日,〈書商非書商〉發表於《中國時報‧人間副刊》8 版,「快活林」專欄。

21 日,〈迎接科幻的豐收季〉發表於《中國時報‧人間副刊》8 版。

與沈君山、王建元共同擔任第七屆《中國時報》文學獎附設科幻小說獎決審委員。

11 月　14 日,〈異哉所謂一國兩制〉發表於《中國時報‧人間副刊》8 版,「快活林」專欄。

短篇小說〈綠貓〉發表於《聯合文學》第 1 期。

12 月　2 日,〈動感的翻譯〉發表於《中國時報‧人間副刊》8 版,「快活林」專欄。

13 日,〈我們不是喫人的社會〉發表於《中國時報‧人間副刊》8 版,「快活林」專欄。

30 日,〈不可兒戲〉發表於《中國時報‧人間副刊》8 版,「快活林」專欄。

1985 年　1 月　9 日,〈兩個半結〉發表於《中國時報‧人間副刊》8 版,「快活林」專欄。

21 日,〈小處更不姑息〉發表於《中國時報‧人間副刊》8 版。

26 日,〈果食者〉發表於《中國時報‧人間副刊》8 版,「快活林」專欄。

短篇小說集《夜曲》由臺北知識系統出版公司出版。

2 月　8 日，〈駕車心理學〉發表於《中國時報‧人間副刊》8 版，「快活林」專欄。

15 日，〈新春三願〉發表於《中國時報‧人間副刊》8 版，「快活林」專欄。

27 日，〈豁而登書店半日遊〉發表於《中國時報‧人間副刊》8 版，「快活林」專欄。

3 月　15 日，〈算命〉發表於《中國時報‧人間副刊》8 版，「快活林」專欄。

27 日，〈現代人的半衰期〉發表於《中國時報‧人間副刊》8 版，「快活林」專欄。

4 月　10 日，〈紐約地車兇殺案〉發表於《中國時報‧人間副刊》8 版，「快活林」專欄。

17 日，〈大鼓雷鳴〉發表於《中國時報‧人間副刊》8 版，「快活林」專欄。

5 月　10～11 日，短篇小說〈沙豬傳奇之六——匈奴北徙記〉連載於《中國時報‧人間副刊》8 版。

29 日，〈私人興學〉發表於《中國時報‧人間副刊》8 版，「快活林」專欄。

6 月　20 日，〈同人書院〉發表於《中國時報‧人間副刊》8 版，「快活林」專欄。

7 月　12 日，〈燃燒之雪〉發表於《中國時報‧人間副刊》8 版，「快活林」專欄。

18 日，〈未來的信心〉發表於《中國時報‧人間副刊》8 版，「快活林」專欄。

8 月　2 日，〈山河無歲月〉發表於《中國時報‧人間副刊》8 版。

3～4 日，〈黃山〉連載於《中國時報‧人間副刊》8 版。

5 日，〈杭州〉發表於《中國時報・人間副刊》8 版。

10 日，〈快活兔之一──魚蝦科技〉發表於《中國時報・人間副刊》8 版，「快活林」專欄。

15 日，〈快活兔之二──魚蝦國建會〉發表於《中國時報・人間副刊》8 版，「快活林」專欄。

21 日，〈快活兔之三──魚蝦情報網〉發表於《中國時報・人間副刊》8 版，「快活林」專欄。

24 日，短篇小說〈吾家有女〉發表於《聯合報・副刊》8 版。

26 日，〈知名不具〉發表於《中國時報・人間副刊》8 版，「快活林」專欄。

31 日，〈憶海明威〉發表於《中國時報・人間副刊》8 版，「快活林」專欄。

9 月　6 日，〈美哉吾校〉發表於《中國時報・人間副刊》8 版，「快活林」專欄。

20 日，〈快活兔之四──龍戰于野〉發表於《中國時報・人間副刊》8 版，「快活林」專欄。

10 月　12 日，〈提倡具有中國風味的科幻小說──兼評〈我愛溫諾娜〉〉發表於《中國時報・人間副刊》8 版。

27 日，〈樂園奇觀〉發表於《中國時報・人間副刊》8 版，「快活林」專欄。

與沈君山、王建元共同擔任第八屆《中國時報》文學獎附設科幻小說獎決審委員。

11 月　8 日，〈鐵幕笑話〉發表於《中國時報・人間副刊》8 版，「快活林」專欄。

14 日，〈心靈的鏡子〉發表於《中國時報・人間副刊》8 版，「快活林」專欄。

　　　　　　　　　　23 日，〈樹林〉發表於《中國時報・人間副刊》8 版，「快活林」專欄。

　　　　　12 月　4 日，〈陽大俠〉發表於《中國時報・人間副刊》8 版，「快活林」專欄。

　　　　　　　　　　16 日，〈早起的蟲兒〉發表於《中國時報・人間副刊》8 版，「快活林」專欄。

　　　　　　　　　　31 日，〈散文雜說〉發表於《中國時報・人間副刊》8 版，「快活林」專欄。

1986 年　　1 月　5 日，〈精靈屋〉發表於《中國時報・人間副刊》8 版，「快活林」專欄。

　　　　　　　　　　17 日，〈北方〉發表於《中國時報・人間副刊》8 版，「快活林」專欄。

　　　　　　　　　　22 日，〈奇幻人間〉發表於《中國時報・人間副刊》8 版，「快活林」專欄。

　　　　　　　　　　27 日，〈洋八卦〉發表於《中國時報・人間副刊》8 版，「快活林」專欄。

　　　　　　2 月　3 日，〈文化枕墊；生與熟〉發表於《中國時報・人間副刊》8 版，「快活林」專欄。

　　　　　　　　　　20 日，〈沒有中年的文化〉發表於《中國時報・人間副刊》8 版，「快活林」專欄。

　　　　　　　　　　26 日，〈男人不是東西〉發表於《中國時報・人間副刊》8 版，「快活林」專欄。

　　　　　　3 月　6 日，〈關雎〉發表於《中國時報・人間副刊》8 版，「快活林」專欄。

　　　　　　　　　　27 日，〈橡皮靈魂〉發表於《中國時報・人間副刊》8 版，「快活林」專欄。

　　　　　　　　　　長篇小說《他們在美國》由北京中國文聯出版社出版。

4月　2 日，〈管理帽與技術帽〉發表於《中國時報‧人間副刊》8 版，「快活林」專欄。

9 日，長篇小說〈「城」第二卷——龍城飛將〉連載於《中國時報‧人間副刊》8 版，至 7 月 16 日止。

5月　7 日，〈科幻獎緣起〉發表於《中國時報‧人間副刊》8 版。

30 日，〈美感曲線〉發表於《中國時報‧人間副刊》8 版，「快活林」專欄。

6月　18 日，〈動感曲線〉發表於《中國時報‧人間副刊》8 版，「快活林」專欄。

29 日，〈有時候不能妥協〉發表於《中國時報‧人間副刊》8 版，「快活林」專欄。

7月　18 日，〈伊蘭黛拉〉發表於《中國時報‧人間副刊》8 版，「快活林」專欄。

27 日，〈赫索〉發表於《中國時報‧人間副刊》8 版，「快活林」專欄。

8月　6 日，〈艾比〉發表於《中國時報‧人間副刊》8 版，「快活林」專欄。

29 日，〈我們都是這樣長大的〉發表於《中國時報‧人間副刊》8 版，「快活林」專欄。

9月　10 日，〈五十億！〉發表於《中國時報‧人間副刊》8 版，「快活林」專欄。

20 日，〈鏡中人〉發表於《中國時報‧人間副刊》8 版，「快活林」專欄。

應《中國時報‧人間副刊》之邀於臺北耕莘文教院舉辦的「時報文化週」演講「科幻‧歷史‧俠」。

29 日，〈異形〉發表於《中國時報‧人間副刊》8 版，「快

活林」專欄。

長篇小說《龍城飛將——「城」第二部》由臺北知識系統
出版公司出版。

10 月　9 日,〈絲克伍事件〉發表於《中國時報・人間副刊》8
版,「快活林」專欄。

15 日,遭遇車禍,頸骨受傷,原訂 11 月 7 日返臺與戲劇
學者華倫（Stanley A. Waren）討論《棋王》改編舞臺劇事
宜行程因此順延。後續編劇作業也因頸傷無法寫作,交由
三毛負責。

24 日,〈霧鎖南洋〉發表於《中國時報・人間副刊》8
版,「快活林」專欄。

11 月　1 日,〈留連〉發表於《中國時報・人間副刊》8 版,「快
活林」專欄。

9 日,〈懷疑就是最大的恩寵〉發表於《中國時報・人間
副刊》8 版,「快活林」專欄。

17 日,〈矽谷之戰的啟示〉發表於《中國時報・人間副
刊》8 版,「快活林」專欄。

25 日,〈沙文主義豬的末路〉發表於《中國時報・人間副
刊》8 版,「快活林」專欄。

12 月　1 日,〈封神記〉發表於《中國時報・人間副刊》8 版,
「快活林」專欄。

13 日,〈豬的黃昏——沙豬傳奇的緣起〉、短篇小說〈沙
豬傳奇之一——續集〉發表於《聯合報・副刊》8 版。

25 日,〈阿城〉發表於《中國時報・人間副刊》8 版,「快
活林」專欄。

本年　轉至匹茲堡大學擔任計算系主任,於該校任教至今。

長篇小說《棋王》英文版 *Chess King*,由香港 Joint

Publishing Company出版。（Ivan David Zimmerman翻譯）

《中國時報》文學獎增設「張系國科幻小說獎」，與周浩正、葉言都共同擔任第一屆決審委員。

1987 年	1 月	8 日，〈推銷員之死〉發表於《中國時報·人間副刊》8 版，「快活林」專欄。

20 日，〈年輪〉發表於《中國時報·人間副刊》8 版，「快活林」專欄。

2 月　8 日，〈這樣的航空公司〉發表於《中國時報·人間副刊》8 版，「快活林」專欄。

12 日，〈性愛與沙豬〉發表於《中國時報·人間副刊》8 版。

16～17 日，短篇小說〈沙豬傳奇之二——從天空落下來的人〉連載於《中國時報·人間副刊》8 版。

《橡皮靈魂》由臺北洪範書店出版。

3 月　5 日，〈天忍星〉發表於《中國時報·人間副刊》8 版，「快活林」專欄。

23 日，〈打拚記〉發表於《中國時報·人間副刊》8 版，「快活林」專欄。

28 日，短篇小說〈沙豬傳奇之三——愛奴〉發表於《中國時報·人間副刊》8 版。

4 月　18 日，〈國王的理髮師〉發表於《中國時報·人間副刊》8 版，「快活林」專欄。

29 日，〈拍案驚棋〉發表於《中國時報·人間副刊》8 版；〈一個作家的心路歷程〉發表於《聯合報·副刊》8 版。

5 月　3 日，〈知識人的典範〉發表於《中國時報·人間副刊》8 版，「快活林」專欄。

15 日，〈廣告〉發表於《中國時報・人間副刊》8 版，「快活林」專欄。

26 日，〈癮者言〉發表於《中國時報・人間副刊》8 版，「快活林」專欄。

長篇小說《棋王》改編為同名音樂歌舞劇，由華倫執導，三毛編劇，於第八屆新象國際藝術節演出。是臺灣製作的第一齣大型音樂歌舞劇。

長篇小說《棋王》由北京中國友誼出版公司出版。

6 月　6 日，〈硬點子不碎〉發表於《中國時報・人間副刊》8 版，「快活林」專欄。

24 日，短篇小說〈沙豬傳奇之四——試妻〉《中國時報・人間副刊》8 版。

7 月　1 日，〈三十未死〉發表於《中國時報・人間副刊》8 版，「快活林」專欄。

7 日，〈建教合作〉發表於《中國時報・人間副刊》8 版，「快活林」專欄。

13 日，〈臺灣需要笑匠〉發表於《中國時報・人間副刊》8 版，「快活林」專欄。

29 日，〈轉口英文〉發表於《中國時報・人間副刊》8 版，「快活林」專欄。

長篇小說《棋王》由哈爾濱北方文藝出版社出版。

8 月　20 日，〈不會講故事的孩子〉發表於《中國時報・人間副刊》8 版，「快活林」專欄。

27 日，〈喫孔雀的人〉發表於《中國時報・人間副刊》8 版，「快活林」專欄。

9 月　4 日，〈人話與鬼話〉發表於《中國時報・人間副刊》8 版，「快活林」專欄。

14 日,〈50 秒管理者〉發表於《中國時報・人間副刊》8
版,「快活林」專欄。

10 月　9 日,〈補鍋與鋸箭〉發表於《中國時報・人間副刊》8
版,「快活林」專欄。

22 日,〈後發先至〉發表於《中國時報・人間副刊》8
版,「快活林」專欄。

31 日,〈沙豬語錄〉發表於《中國時報・人間副刊》8
版,「快活林」專欄。

12 月　8 日,〈殺君馬者〉發表於《中國時報・人間副刊》8 版,
「快活林」專欄。

16 日,〈黃色的街燈〉發表於《中國時報・人間副刊》8
版,「快活林」專欄。

22 日,〈沙豬的迷思〉發表於《中國時報・人間副刊》8
版,「快活林」專欄。

本年　與沈君山、周浩正共同擔任第二屆張系國科幻小說獎決審
委員。

1988 年　1 月　7 日,〈裸的文化〉發表於《中國時報・人間副刊》18
版,「快活林」專欄。

27 日,〈一家兩治〉發表於《中國時報・人間副刊》18
版,「快活林」專欄。

3 月　3 日,短篇小說〈沙豬傳奇之五——一千零一夜〉發表於
《聯合報・副刊》23 版。

5 日,〈項羽門徒〉發表於《中國時報・人間副刊》18
版,「快活林」專欄。

4 月　3 日,〈玉官〉發表於《中國時報・人間副刊》18 版,「快
活林」專欄。

6 月　3 日,〈資訊金字塔〉發表於《中國時報・人間副刊》18

版,「快活林」專欄。

8 日,〈泱泱小國〉發表於《中國時報・人間副刊》18 版,「快活林」專欄。

12 日,〈書香社區〉發表於《中國時報・人間副刊》18 版,「快活林」專欄。

15 日,〈刺青的維納斯〉發表於《聯合報・繽紛》16 版。

20 日,〈不知有漢〉發表於《中國時報・人間副刊》18 版,「快活林」專欄。

29 日,〈中式婚姻〉發表於《聯合報・繽紛》16 版。

30 日,〈腳步聲遲〉發表於《中國時報・人間副刊》18 版,「快活林」專欄。

7 月　10 日,〈刺客與殺手〉發表於《中國時報・人間副刊》18 版,「快活林」專欄。

18 日,〈晏陽初與梁漱溟〉發表於《中國時報・人間副刊》18 版,「快活林」專欄。

21 日,〈失敗學〉發表於《中國時報・人間副刊》18 版,「快活林」專欄。

31 日,〈大乘肢語〉發表於《中國時報・人間副刊》18 版,「快活林」專欄。

8 月　16 日,〈漫畫三段論〉發表於《中國時報・人間副刊》18 版,「快活林」專欄。

18 日,〈坦白從嚴!〉發表於《聯合報・繽紛》16 版。

9 月　1 日,〈喫掉九七!〉發表於《聯合報・繽紛》16 版。

5 日,〈舊情綿綿〉發表於《中國時報・人間副刊》18 版。

17 日,〈男人的手帕〉發表於《聯合報・繽紛》16 版。

10 月　5 日,〈不出走的諾拉〉發表於《聯合報・繽紛》16 版。

22 日,〈男人究竟要什麼？〉發表於《聯合報‧繽紛》16版。

11月　3 日,〈烏龜也瘋狂〉發表於《聯合報‧繽紛》16版。

8～14 日,短篇小說〈沙豬傳奇之七——殺妻〉連載於《中國時報‧人間副刊》18版。

10 日,張系國、李昂通信對談〈殺夫、殺妻、沙豬〉發表於《中國時報‧人間副刊》18版。

14 日,〈沙豬傳奇〉發表於《中國時報‧人間副刊》18版。

24 日,〈老魔頭武功差〉發表於《聯合報‧繽紛》16版。

12月　12 日,出席於淡江大學舉辦的「國際計算機會議」,演講「超人與超級電腦」。

19 日,〈未來完成式〉發表於《聯合報‧繽紛》16版。

〈張系國談寫作〉發表於《講義》第21期。

短篇小說集《沙豬傳奇》由臺北洪範書店出版。

本年　與葉言都、周浩正共同擔任第三屆張系國科幻小說獎決審委員。

1989年　1月　7 日,〈大俠,你不能這麼做〉發表於《聯合報‧繽紛》16版。

15 日,〈三不政策〉發表於《中國時報‧人間副刊》18版,「快活林」專欄。

17 日,〈女魔頭武功高〉發表於《聯合報‧繽紛》16版。

25 日,〈臺灣未來大趨勢〉發表於《中國時報‧人間副刊》23版,「快活林」專欄。

2月　12 日,〈整個民族都需要「招魂」〉發表於《中國時報‧人間副刊》23版。

21 日,〈臺灣太太受騙記〉發表於《聯合報‧繽紛》22

版。

3 月　10 日，〈上錯飛機搭錯車〉發表於《聯合報・繽紛》22版。

23 日，〈鴨的外遇〉發表於《聯合報・繽紛》22 版。

5 月　29 日，〈殺雞不取卵〉發表於《聯合報・繽紛》22 版。

31 日，〈誰該讀書〉發表於《中國時報・人間副刊》23版。

短篇小說集《遊子魂組曲》由臺北洪範書店出版。

6 月　6 日，〈老人政府的最後反撲！〉發表於《中國時報・人間副刊》23 版。

13 日，〈普樂會〉發表於《聯合報・繽紛》22 版。

18 日，〈革命不是肥皂劇〉發表於《中國時報・人間副刊》23 版。

7 月　14 日，〈成功的女人〉發表於《聯合報・繽紛》22 版。

21 日，〈美麗新世界〉發表於《聯合報・繽紛》22 版。

30 日，〈美食家的話〉發表於《中國時報・人間副刊》23版。

8 月　8 日，〈霍亂歲月的愛情〉發表於《中國時報・人間副刊》23 版。

21 日，〈《查泰萊夫人的情人》：陽具至上，女性臣服〉發表於《中國時報・開卷評論》18 版。

9 月　9 日，〈女人世界裡的殘燭〉發表於《聯合報・副刊》27版。

10 月　9 日，〈小紅帽與大壞狼〉發表於《聯合報・副刊》29版。

11 月　2 日，〈六對佳偶〉發表於《聯合報・副刊》29 版。

12 日，〈齊人的誠實〉發表於《聯合報・副刊》29 版。

15 日，〈尹縣長與黃中國〉發表於《中國時報・人間副刊》27 版，「快活林」專欄。

12 月　8 日，〈夜讀張愛玲〉發表於《聯合報・副刊》25 版。

創辦科幻文學期刊《幻象》，創刊號於隔年 1 月發行。

本年　與倪匡、沈君山、張大春、詹宏志共同擔任第四屆張系國科幻小說獎決審委員。此次也是該獎項最後一屆徵文。

1990 年　1 月　29 日，〈朱高正遊吉隆坡〉發表於《中國時報・人間副刊》23 版，「快活林」專欄。

《男人的手帕》由臺北洪範書店出版。

2 月　22 日，〈英雄未死〉發表於《中國時報・人間副刊》27 版，「快活林」專欄。

3 月　5 日，〈太空餐〉發表於《聯合報・副刊》29 版。

12 日，〈作家多產所為何來？〉發表於《中國時報・開卷評論》18 版。

4 月　5 日，〈文魔〉發表於《中國時報・人間副刊》31 版，「快活林」專欄。

30 日，〈黑貓的故事——介紹嚴家其的科幻小說〉發表於《中國時報・人間副刊》31 版。

張系國主編；向陽策畫之「兒童未來幻想故事」選集《我們的機器人》、《達達的時空隧道》、《幽浮遺失的寶貝》、《宇宙觀光船歷劫記》、《小島上的大冒險》、《心電感應糖》、《靈怪教室》、《機器人媽媽》、《球棒的祕密》、《再見，冰人！》由臺北小天出版公司出版。

5 月　20 日，〈居家男人〉發表於《中國時報・人間副刊》31 版，「快活林」專欄。

6 月　3 日，〈沙豬末日記——關於《恨女人的人》〉，翻譯耿恩（James Gunn）短篇小說〈恨女人的人〉，發表於《聯合

報‧副刊》29 版。

18～24 日，《幻象》舉辦為期七天的「臺北科幻週」。

24 日，〈繼承者〉發表於《中國時報‧人間副刊》31 版。

7 月　3 日，〈機智〉發表於《中國時報‧人間副刊》31 版，「快活林」專欄。

28 日，〈官倒官保〉發表於《中國時報‧人間副刊》31 版，「快活林」專欄。

8 月　10 日，〈在「後冷戰」的歲月裡〉發表於《中國時報‧人間副刊》31 版，「快活林」專欄。

18 日，〈原罪〉發表於《聯合報‧副刊》29 版。

10 月　22～24 日，短篇小說〈大法師──一千零一夜 B 卷〉連載於《聯合報‧副刊》29 版。

31 日，〈保釣如故〉發表於《中國時報‧人間副刊》31 版。

11 月　1 日，〈花非花〉發表於《中國時報‧人間副刊》31 版，「快活林」專欄。

12 月　1 日，〈陳腔濫調〉發表於《中央日報‧副刊》16 版。

29 日，〈不問鬼神問電腦〉發表於《中國時報‧人間副刊》31 版，「快活林」專欄。

31 日，〈摘星歲月〉發表於《中央日報‧副刊》16 版

1991 年　1 月　19 日，〈高科技戰爭〉發表於《中國時報‧人間副刊》31 版。

30 日，〈高科技對低科技〉發表於《聯合報‧副刊》25 版。

2 月　1 日，〈牛的故事〉發表於《中央日報‧副刊》18 版。

3 日，〈電腦吠月〉發表於《聯合報‧副刊》25 版。

27 日，〈莊子說〉發表於《聯合報‧副刊》25 版。

3 月　1 日,〈小勝大敗〉發表於《中央日報・副刊》16 版。

4 月　2 日,〈解放了的女祕書〉發表於《中央日報・副刊》16
版。

5 月　1 日,〈資本主義單幹戶〉發表於《中央日報・副刊》16
版。

長篇小說《一羽毛——「城」第三部》由臺北知識系統出
版公司出版。

6 月　28 日,〈怎樣讀電腦書〉發表於《中國時報・人間副刊》
27 版。

29 日,〈旗正飄飄——解讀平路新作〉發表於《中國時
報・人間副刊》27 版。

7 月　1 日,〈人民的眼睛〉發表於《中央日報・副刊》16 版。

5 日,〈雨債〉發表於《聯合報・副刊》25 版。

10 日,〈種鬼〉發表於《中國時報・人間副刊》31 版。

19 日,〈幸運戰士〉發表於《中國時報・人間副刊》31
版。

8 月　15 日,〈PC 郝思佳〉發表於《中國時報・人間副刊》27
版

23 日,〈四十大惑〉發表於《聯合報・副刊》25 版。

26 日,〈兔武士大戰忍者龜〉發表於《中國時報・人間副
刊》27 版。

9 月　18 日,〈憂樂圓融〉發表於《中國時報・人間副刊》31
版。

27 日,〈歷史的必然〉發表於《中國時報・人間副刊》27
版。

嚴浩、梁家輝結合張系國長篇小說《棋王》與大陸作家阿
城中篇小說〈棋王〉改編為同名電影,由徐克、嚴浩執

導，於香港上映。

10 月　12 日，出席「科幻大對決」座談會，與會者有張大春、葉言都、黃海、呂應鐘等。

11 月　9 日，〈偏見〉發表於《中國時報・人間副刊》35 版。

18 日，〈圖窮匕見〉發表於《中國時報・人間副刊》27 版。

27 日，〈百字憲法〉發表於《中國時報・人間副刊》31 版。

12 月　2 日，〈斯芬克司之謎〉發表於《中國時報・人間副刊》27 版。

13 日，〈獎〉發表於《中國時報・人間副刊》31 版。

28 日，〈邪惡帝國頌〉發表於《中國時報・人間副刊》27 版。

本年　《幻象》主辦第一屆「世界華人科幻藝術獎」，設有科幻漫畫獎與科幻小說獎。後因雜誌停刊，未再續辦。

1992 年　1 月　4 日，〈異議娃娃〉發表於《中國時報・人間副刊》27 版。

20 日，〈兩詞新解〉發表於《中國時報・人間副刊》31 版。

31 日，〈火焰山〉發表於《中國時報・人間副刊》21 版。

3 月　10 日，與平路合著長篇小說〈捕諜人〉連載於《中國時報・人間副刊》31 版，至 5 月 7 日完結。

18 日，〈年輕的感覺〉發表於《中國時報・人間副刊》31 版。

4 月　17 日，〈愛妳，在電腦裡〉發表於《聯合報・繽紛》24 版。

30 日，〈另一個男人會更好？〉發表於《中國時報・人間

副刊》39 版。

5 月　2 日，〈當我停止夢想你〉發表於《聯合報・繽紛》46 版。

9 日，〈還是男人了解你〉發表於《聯合報・繽紛》46 版。

7 月　11 日，〈但丁的新娘〉發表於《聯合報・繽紛》24 版。

22 日，〈雨日革命卅九號〉發表於《聯合報・副刊》25 版。

24 日，〈死人書〉發表於《中國時報・人間副刊》43 版；〈ROC 大戰三 S 黨〉發表於《聯合報・繽紛》42 版。

8 月　31 日，〈把頭交給他〉發表於《聯合報・繽紛》24 版。

9 月　7 日，〈天生萬物以養人〉發表於《中國時報・人間副刊》27 版。

23 日，〈二千年大關〉發表於《中國時報・人間副刊》27 版。

30 日，〈還我派派派〉發表於《聯合報・繽紛》24 版。

10 月　31 日，〈女王的新衣〉發表於《聯合報・繽紛》24 版。

與平路合著長篇小說《捕諜人》由臺北洪範書店出版。

11 月　29 日，〈都是孫悟空惹的禍？〉發表於《聯合報・繽紛》24 版。

12 月　22 日，〈小說・經濟・女強人〉發表於《中國時報・人間副刊》27 版。

31 日，〈失控暴力的年代〉發表於《聯合報・繽紛》23 版。

〈天籟電腦〉發表於《幼獅文藝》第 468 期。

本年　長篇小說《棋王》德文版 *Der Schach-könig*，由德國 Horlemann 出版。（Chen Chai-hsin、Diethelm Hofstra 翻

譯）

1993 年	2 月	17 日,〈不老之城〉發表於《中國時報・人間副刊》27 版,「快活林」專欄;短篇小說〈人生分列式〉發表於《聯合報・繽紛》24 版。
	3 月	25 日,〈新厚黑學〉發表於《中國時報・人間副刊》27 版,「快活林」專欄。
		31 日,〈歷史終結者〉發表於《中國時報・人間副刊》27 版,「快活林」專欄。
	4 月	16 日,〈脫口秀秀秀〉發表於《聯合報・繽紛》42 版。
		21 日,〈鑰匙找鎖〉發表於《中國時報・人間副刊》27 版。
	5 月	3 日,〈金鐘傀儡〉發表於《中國時報・人間副刊》27 版,「快活林」專欄。
		18 日,〈懶人餛飩〉發表於《中國時報・人間副刊》27 版,「快活林」專欄。
	8 月	13 日,〈金色的蛇夜〉發表於《中國時報・人間副刊》35 版,「快活林」專欄。
		14 日,短篇小說〈長征〉發表於《聯合報・副刊》37 版。
		20 日,〈狂人狂言〉發表於《中國時報・人間副刊》35 版,「快活林」專欄。
		《幻象》發行第 8 期,從此停刊。
	9 月	20 日,〈速讀的必要〉發表於《中國時報・人間副刊》27 版,「快活林」專欄。
		短篇小說〈珍妮的畫像〉發表於《幼獅少年》第 203 期。
	10 月	20 日,〈虛擬世界〉發表於《中國時報・人間副刊》27 版,「快活林」專欄。

26 日,〈囍宴〉發表於《聯合報・繽紛》36 版。

12 月　1 日,〈來點黑色幽默〉發表於《聯合報・繽紛》36 版。

3 日,〈一劍震沙豬〉發表於《中國時報・人間副刊》39 版,「快活林」專欄。

29 日,〈劫機武器下限〉發表於《中國時報・人間副刊》39 版,「快活林」專欄。

短篇小說〈金縷衣〉發表於《幼獅文藝》第 480 期。

短篇小說集《張系國集》由臺北前衛出版社出版。

1994 年　1 月　6 日,〈新春懺悔錄〉發表於《中國時報・人間副刊》39 版,「快活林」專欄。

12 日,〈科幻劫機〉發表於《聯合報・繽紛》36 版。

27 日,〈老闆的心〉發表於《中國時報・人間副刊》39 版,「快活林」專欄。

2 月　24～25 日,短篇小說〈公無與公竟〉連載於《聯合報・副刊》37 版。

3 月　17 日,〈它使我變聰明了!〉發表於《聯合報・繽紛》42 版。

〈評介〈尹南〉〉、〈評介〈斷章〉〉發表於《幼獅文藝》第 483 期。

4 月　19 日,〈如此人生,樂透了!〉發表於《聯合報・繽紛》36 版。

5 月　14 日,短篇小說〈銀河流浪的異鄉人〉發表於《聯合報・繽紛》46 版。

24 日,〈別了!賈姬,謎樣的女人〉發表於《聯合報・繽紛》36 版。

7 月　短篇小說〈異鄉人〉發表於《幼獅文藝》第 487 期。

31 日,〈電腦與中文的文藝復興〉發表於《亞洲週刊》第

8 卷第 30 期。

31 日、8 月 24 日,互動式短篇小說[1]〈紅包的故事〉連載
於《聯合報‧繽紛》36 版。

9 月　1、25 日,互動式短篇小說〈綠貓〉連載於《聯合報‧繽
紛》36 版。

〈夢裡花落知多少〉發表於《幼獅文藝》第 489 期。

10 月　5、28 日,互動式短篇小說〈藍天使〉連載於《聯合報‧
繽紛》36 版。

11 月　3 日,〈貓熊你為什麼喫素〉發表於《中國時報‧人間副
刊》39 版,「快活林」專欄。

5、26 日,互動式短篇小說〈紫水晶奇案〉連載於《聯合
報‧繽紛》36 版。

短篇小說集《金縷衣》由臺北知識系統出版公司出版。

12 月　8、28 日,互動式短篇小說〈灰姑娘〉連載於《聯合報‧
繽紛》36 版。

22 日,〈魔電族帝國反撲〉發表於《中國時報‧人間副
刊》39 版,「快活林」專欄。

本年　與瘂弦、王建元、陳長房、鄭明娳、林燿德共同擔任幼獅
文學獎‧科幻小說獎決審委員。

1995 年　1 月　26 日,〈私語事件陰謀論〉發表於《中國時報‧人間副
刊》39 版,「快活林」專欄。

2 月　10～13 日,擔任清華大學舉辦的「科幻文藝營」講師。

3 月　29 日,〈沒有臉的人〉發表於《中國時報‧人間副刊》39
版,「快活林」專欄。

4 月　24 日、5 月 18 日,互動式短篇小說〈黑石誌異〉連載於
《中國時報‧人間副刊》39 版。

---

[1]由作者撰寫開頭,發表同時徵求讀者續文,或為故事中段,或為故事結局的接力小說。

6 月　26 日、8 月 3 日，互動式短篇小說〈叫火星人太沉重〉連載於《中國時報・人間副刊》39 版。

8 月　11 日，〈是誰的錯〉發表於《中國時報・人間副刊》39 版，「快活林」專欄。

31 日，〈後發先至曲線救國〉發表於《中國時報・人間副刊》39 版，「快活林」專欄。

9 月　18 日，〈政治忌語〉發表於《中國時報・人間副刊》39 版。

10 月　2 日，〈動人的故事，驚悸的象徵〉發表於《中國時報・人間副刊》39 版。

20 日，〈老毛搞天人合一〉發表於《中國時報・人間副刊》39 版。

27 日，短篇小說〈紅玫瑰與白〉發表於《聯合報・副刊》37 版。

11 月　20 日，〈說不的勇氣〉發表於《中國時報・人間副刊》39 版，「快活林」專欄。

28 日，〈公主復仇記〉發表於《中國時報・人間副刊》39 版，「快活林」專欄。

12 月　29 日，〈蝴蝶的故事〉發表於《中國時報・人間副刊》39 版。

1996 年　7 月　8 日，〈把太太當成帽子的男人〉發表於《中國時報・人間副刊》19 版。

29 日，〈終結者絕地大反攻〉發表於《中國時報・人間副刊》19 版，「快活林」專欄。

8 月　6 日，〈國家公家是我家〉發表於《中國時報・人間副刊》19 版，「快活林」專欄。

30 日，〈文學雙城・雙城文學〉發表於《中國時報・人間

副刊》19 版,「快活林」專欄。

9 月　18 日,〈偉大作家遠在天邊〉發表於《中國時報‧人間副刊》19 版,「快活林」專欄。

短篇小說集《傾城之戀》由臺北洪範書店出版。

10 月　1 日,〈以釣魚臺為鏡〉發表於《中國時報‧人間副刊》19 版,「快活林」專欄。

10 日,〈山的翅膀〉發表於《中國時報‧人間副刊》19 版,「快活林」專欄。

24 日,〈甯敗好龍〉發表於《中國時報‧人間副刊》19 版,「快活林」專欄。

11 月　4 日,〈憂傷老杜〉發表於《中國時報‧人間副刊》19 版,「快活林」專欄。

1997 年　1 月　3 日,〈和女人共事〉發表於《聯合報‧副刊》37 版。

短篇小說〈玻璃世界〉、〈無翼的天使〉發表於《幼獅文藝》第 517 期。

2 月　28 日,〈大唐英雄傳緣起〉,短篇小說〈職業兇手〉發表於《聯合報‧副刊》37 版。

〈大財主的日子〉發表於《聯合文學》第 148 期。

4 月　17 日,〈人與超人〉發表於《中國時報‧人間副刊》27 版。

5 月　5 日,〈人人需要微寶〉發表於《中國時報‧人間副刊》27 版。

14 日,〈人腦與電腦的生命共同體〉發表於《中國時報‧時論廣場》11 版。

7 月　7 日,〈火星紀事豐富了人類的想像空間〉發表於《中國時報‧時論廣場》11 版。

9 日,〈氣死嫦娥——《玫瑰戰爭》的反思〉發表於《聯

合報・副刊》41 版。

8 月　14 日，〈修煉不成的神〉發表於《中國時報・人間副刊》
27 版，「快活林」專欄。

18 日，短篇小說〈金光大道〉發表於《聯合報・副刊》
41 版。

28 日，〈伊媚兒萬歲〉發表於《中國時報・人間副刊》27
版，「快活林」專欄。

9 月　16 日，〈目睹愛神的誕生〉發表於《中國時報・人間副
刊》27 版。

29 日，〈英雄塚〉發表於《中國時報・人間副刊》27 版，
「快活林」專欄。

10 月　15 日，〈凍省定律〉發表於《中國時報・人間副刊》27
版，「快活林」專欄。

29 日，〈三審王爾德〉發表於《中國時報・人間副刊》27
版，「快活林」專欄。

11 月　6 日，〈白蛇精與北越貨幣單位之戀〉發表於《中國時
報・人間副刊》27 版，「快活林」專欄。

1998 年　3 月　《造自己的反》由臺北天下雜誌出版。

4 月　9 日，短篇小說〈網際恩仇錄〉發表於《聯合報・副刊》
41 版。

13 日，短篇小說〈神交俠侶〉發表於《聯合報・副刊》
41 版。

7 月　3 日，短篇小說〈千手水晶〉發表於《聯合報・副刊》37
版。

16 日，〈偉哥在大陸〉發表於《聯合報・副刊》37 版。

12 月　16 日，短篇小說〈當湯姆克魯斯遇見比爾蓋茲〉發表於
《聯合報・副刊》37 版。

1999 年	1 月	11 日,〈野男人大戰家男人〉發表於《聯合報‧副刊》37 版。
	2 月	13 日,〈懶的本體論〉發表於《聯合報‧副刊》37 版。
		25 日,〈柳案花明又一柯〉發表於《中國時報‧人間副刊》37 版。
	3 月	1 日,短篇小說〈白山黑水話情橋〉發表於《中國時報‧人間副刊》37 版。
		11 日,〈無用之書〉發表於《中國時報‧人間副刊》37 版。
		〈情橋〉發表於《科學月刊》第 351 期。
	4 月	4 日,〈解讀癖〉發表於《中國時報‧人間副刊》37 版。
		12 日,出席於臺北幼獅文化廣場舉辦的「科幻一九九九帝國大反攻」,演講「二十一世紀傳奇」。
		18 日,〈不能承受的輕〉發表於《中國時報‧人間副刊》37 版,「快活林」專欄。
		短篇小說集《玻璃世界》由臺北洪範書店出版。
	5 月	2 日,〈痛快四則〉發表於《中國時報‧人間副刊》37 版,「快活林」專欄。
		16 日,〈戰略反曲點〉發表於《中國時報‧人間副刊》37 版,「快活林」專欄。
		30 日,〈黑鷹栽了〉發表於《中國時報‧人間副刊》37 版,「快活林」專欄。
	6 月	13 日,〈擾亂科技〉發表於《中國時報‧人間副刊》37 版,「快活林」專欄。
		27 日,〈名人狂言,狂人名言〉發表於《中國時報‧人間副刊》37 版,「快活林」專欄。
		短篇小說〈夜曲〉由山口守翻譯,收入『台北ストーリ

一』，由東京株式会社国書刊行会出版。

7 月　11 日，〈星際大戰答客難〉發表於《中國時報・人間副刊》37 版，「快活林」專欄。

25 日，〈契訶夫極短篇〉發表於《中國時報・人間副刊》37 版，「快活林」專欄。

8 月　3～4 日，短篇小說〈城市獵人〉連載於《聯合報・副刊》37 版。

8 日，〈襲人馬桶〉發表於《中國時報・人間副刊》37 版，「快活林」專欄。

22 日，〈傲慢與偏見〉發表於《中國時報・人間副刊》37 版。

9 月　5 日，〈劉邦效應〉發表於《中國時報・人間副刊》37 版，「快活林」專欄。

19 日，〈大哥大與左輪槍〉發表於《中國時報・人間副刊》37 版，「快活林」專欄。

10 月　3 日，〈風吹草偃效應〉發表於《中國時報・人間副刊》37 版。

17 日，〈在東京機場洗澡〉發表於《中國時報・人間副刊》37 版。

31 日，〈廁所的奇蹟〉發表於《中國時報・人間副刊》37 版。

11 月　14 日，〈昨夜你微軟〉發表於《中國時報・人間副刊》37 版，「快活林」專欄。

28 日，〈不朽的菜單〉發表於《中國時報・人間副刊》37 版。

12 月　12 日，〈鈴聲響起時〉發表於《中國時報・人間副刊》37 版，「快活林」專欄。

26 日，〈自由與奴役〉發表於《中國時報‧人間副刊》37
版，「快活林」專欄。

2000 年　　1 月　　23 日，〈黑貓白貓論〉發表於《中國時報‧人間副刊》37
版。

2 月　　13 日，〈國王的新衣〉發表於《中國時報‧人間副刊》37
版。

27 日，〈木乃伊生猛遊巴黎〉發表於《中國時報‧人間副
刊》37 版。

〈黑貓白貓〉發表於《文訊》第 172 期。

3 月　　12 日，〈傷心城〉發表於《中國時報‧人間副刊》37 版。

14 日，應邀於中央大學演講「星雲切片與科幻料理法
則」。

26 日，〈永遠的選舉〉發表於《中國時報‧人間副刊》37
版。

〈情報販子〉發表於《聯合文學》第 185 期。

長篇小說《城　科幻三部曲》由北京三聯書店出版。

4 月　　9 日，〈V 國家〉發表於《中國時報‧人間副刊》37 版。

23 日，〈你瘋我瘋〉發表於《中國時報‧人間副刊》37
版。

5 月　　21 日，〈暴龍蘇姨〉發表於《中國時報‧人間副刊》37
版。

6 月　　4 日，〈不讀書的讀書法——從項羽與張巡談起〉發表於
《中國時報‧人間副刊》37 版。

18 日，〈如果政治像首詩〉發表於《中國時報‧人間副
刊》37 版。

7 月　　2 日，〈女鳥人的幻想〉發表於《中國時報‧人間副刊》
37 版。

16 日,〈創意不傳〉發表於《中國時報‧人間副刊》37
版。

30 日,〈愛與品質〉發表於《中國時報‧人間副刊》37
版。

8 月　1 日,〈一中各自虛擬　兩岸網路大同〉發表於《聯合
報‧民意論壇》15 版。

27 日,〈點商不成金　負我少年頭〉發表於《中國時報‧
人間副刊》37 版。

9 月　10 日,〈舉一反七〉發表於《中國時報‧人間副刊》37
版。

24 日,〈成人童話〉發表於《中國時報‧人間副刊》37
版。

10 月　8 日,〈壞人情結〉發表於《中國時報‧人間副刊》37
版。

〈我們戀愛吧,電腦!〉發表於《幼獅少年》第 288 期。

11 月　19 日,〈美麗新世界〉發表於《中國時報‧人間副刊》37
版。

〈視窗與微軟〉發表於《幼獅少年》第 289 期。

12 月　3 日,〈烏托邦和 e 托邦〉發表於《中國時報‧人間副
刊》37 版。

17 日,〈溫暖明亮的地方〉發表於《中國時報‧人間副
刊》37 版。

31 日,〈蠶夢夢殘〉發表於《中國時報‧人間副刊》37
版。

本年　應康來新教授之邀,擔任中央大學中國文學系「科幻文
學」課程協同教學教師。

2001 年　4 月　15 日,〈吉島有天相　泥馬渡臺灣〉發表於《中國時報‧

人間副刊》23 版。

| 5 月 | 6 日,〈鰻魚腦機器人〉發表於《中國時報‧人間副刊》23 版。 |

26 日,出席美南國建會與美南華文寫作協會合辦之文學座談會,與李昂對談「文學中的政治情懷」。

合集《V 托邦》由臺北天下遠見出版公司出版。

| 7 月 | 8 日,〈浮生冰涼〉發表於《中國時報‧人間副刊》23 版。 |

| 8 月 | 12 日,〈電腦大盲俠〉發表於《中國時報‧人間副刊》39 版。 |

26 日,〈愛因斯坦的腦袋〉發表於《中國時報‧人間副刊》39 版。

| 10 月 | 7 日,〈酒神的雕像〉發表於《中國時報‧人間副刊》39 版。 |

14 日,〈帝國反撲〉發表於《中國時報‧人間副刊》39 版。

| 11 月 | 12 日,〈蛇果生死戀〉發表於《中國時報‧人間副刊》39 版。 |

| 12 月 | 2 日,〈狗仔隊上天堂〉發表於《中國時報‧人間副刊》39 版。 |

14 日,〈以創意取勝──倪匡科幻獎評審意見〉發表於《中國時報‧人間副刊》39 版。

16 日,〈浪子回頭〉發表於《中國時報‧人間副刊》39 版。

30 日,〈微寶自走車〉發表於《中國時報‧人間副刊》39 版。

| 2002 年 | 1 月 | 6 日,〈都是靈修惹的禍?〉發表於《中國時報‧人間副 |

刊》39 版。

20 日,〈權力的奧祕〉發表於《中國時報・人間副刊》39 版。

2 月　3 日,〈黑鷹復活〉發表於《中國時報・人間副刊》39 版。

接受傅吉毅專訪。訪問文章〈科幻小說是一種追求理想的文類——專訪張系國先生〉發表於《文訊》專題「臺灣科幻文學」,第 196 期。

3 月　3 日,〈防癌語絲〉發表於《中國時報・人間副刊》39 版。

17 日,〈亞當的另外一根肋骨〉發表於《中國時報・人間副刊》39 版。

31 日,〈佛洛伊德式失言〉發表於《中國時報・人間副刊》39 版。

5 月　19 日,〈捷運線上〉發表於《中國時報・人間副刊》39 版。

7 月　11 日,〈母雞生小雞〉發表於《中國時報・人間副刊》39 版。

合集《大法師——民生主義系列食書》由臺北天培文化公司出版。

合集《神交俠侶——民生主義系列育樂書》由臺北天培文化公司出版。

8 月　13 日,〈看海的日子〉發表於《中國時報・人間副刊》39 版。

10 月　10 日,〈野上海〉發表於《中國時報・人間副刊》39 版。

14～15 日,短篇小說〈雨鄉〉連載於《中國時報・人間副刊》39 版。

24 日，〈龜血〉發表於《中國時報・人間副刊》39 版。

短篇小說集《地》由臺北洪範書店出版。

11 月　7 日，〈官僚主義的勝利〉發表於《中國時報・人間副刊》39 版。

28 日，〈誰說大象不能跳舞？〉發表於《中國時報・人間副刊》39 版。

12 月　13 日，〈昨日之愛〉發表於《中央日報・副刊》16 版。

14 日，於林語堂故居演講「亞當的另外一根肋骨」。

19 日，〈反蛋白質女孩〉發表於《中國時報・人間副刊》39 版。

2003 年　1 月　16 日，〈隱蔽所和光明地〉發表於《中國時報・人間副刊》39 版。

2 月　6 日，〈看穿和吃死〉發表於《中國時報・人間副刊》39 版。

8 日，〈狗凍〉發表於《聯合報・副刊》E7 版。

27 日，〈法律和香腸〉發表於《中國時報・人間副刊》39 版。

3 月　27 日，〈卵叟贊〉發表於《中國時報・人間副刊》39 版。

30 日，〈誇藥〉發表於《聯合報・副刊》E7 版。

5 月　11 日，〈混球之歌〉發表於《聯合報・副刊》E7 版。

15 日，〈非典語絲〉發表於《中國時報・人間副刊》E7 版。

29 日，〈紐約時報黑白講〉發表於《中國時報・人間副刊》E7 版。

6 月　2～3 日，短篇小說〈魔鬼的十億個名字〉連載於《中央日報・副刊》17 版。

12 日，〈鹹魚雞粒忘言飯〉發表於《中國時報・人間副

刊》E7 版。

20 日，〈生命鑽石〉發表於《聯合報‧副刊》E7 版。

7 月　27 日，〈你幾時穿著整齊？〉發表於《聯合報‧副刊》E7 版。

合集《箱子　跳蚤　狗——民生主義系列行書》由臺北天培文化公司出版。

9 月　2 日，〈我所無心知道的康橋〉發表於《中國時報‧人間副刊》E7 版。

7 日，〈壞人乏招〉發表於《聯合報‧副刊》E7 版。

20 日，短篇小說〈美人如玉劍如虹〉發表於《中國時報‧人間副刊》E7 版。

27 日，〈散板故事——民生主義系列著書 6A〉發表於《自由時報‧副刊》43 版。

10 月　16 日，〈黃色香車〉發表於《中國時報‧人間副刊》E7 版。

11 月　9 日，〈恐龍的故事〉發表於《聯合報‧副刊》E7 版。

短篇小說〈歸之二〉由 Lucas MORENO 翻譯，收入 *Utopiae 2003*，由法國 L'Atalante 出版。

12 月　2 日，〈不打不相識〉發表於《中國時報‧人間副刊》E7 版。

27 日，〈為什麼會有帝國主義者〉發表於《中國時報‧人間副刊》E7 版。

本年　長篇小說「城」三部曲合集英譯本 *The City Trilogy*，由紐約 Columbia University Press 出版。（John Balcom 翻譯）

2004 年　1 月　2 日，〈臺灣是逗點不是句點〉發表於《聯合報‧民意論壇》A15 版。

8 日，〈愛人異志〉發表於《中國時報‧人間副刊》E7

版。

13 日，〈萬用機器人〉發表於《中國時報・人間副刊》E7 版，「快活林」專欄。

短篇小說〈笑面松〉發表於《聯合文學》第 231 期。

5 月　應工研院電通所之邀，回臺主持「天長地久計畫」，構想源自其科幻短篇小說〈夜曲〉。

6 月　11 日，〈創意階級〉發表於《中國時報・人間副刊》E7 版。

7 月　6 日，〈洋人大笑〉發表於《中國時報・人間副刊》E7 版，「快活林」專欄。

合集《城市獵人——民生主義系列住書》由臺北天培文化公司出版。

8 月　16 日，〈追殺比爾〉發表於《中國時報・人間副刊》E7 版。

9 月　5 日，〈給愛麗絲〉發表於《中國時報・人間副刊》E7 版，「快活林」專欄。

10 月　25 日，於中央大學文學院大講堂演講「科幻電影中的成長」。

接受宋雅姿專訪。訪問文章〈當文學遇到科學——專訪張系國先生〉發表於《文訊》專欄「作家行止」，第 228 期。

11 月　6 日，〈喧賓奪主〉發表於《聯合報・副刊》E7 版。

12 月　28 日，〈扁平國〉發表於《中國時報・人間副刊》E7 版，「快活林」專欄。

2005 年　2 月　1 日，〈衣裳沒有國王穿〉發表於《中國時報・人間副刊》E7 版。

10～11 日，短篇小說〈你幾時為愛人換電池？〉連載於

《聯合報・人間副刊》C7 版。

3 月　5 日,〈麻將之必要〉發表於《聯合報・副刊》E8 版。

4 月　20 日,短篇小說〈到海邊散步去〉發表於《聯合報・副刊》E7 版。

6 月　21 日,〈小貓定律〉發表於《中國時報・人間副刊》E7 版,「快活林」專欄。

7 月　4 日,〈部落格之春〉發表於《中國時報・人間副刊》E7 版。

14 日,由張系國主持的「天長地久計——時間機器」於臺北福華文教會館舉辦的國際軟體暨知識工程會議首度公開亮相。

25 日,〈語言反撲〉發表於《中國時報・人間副刊》E7 版,「快活林」專欄。

8 月　8 日,〈度量中國民主的一把尺〉發表於《中國時報・時論廣場》A15 版。

18 日,〈缺水究責動物農莊!〉發表於《聯合報・民意論壇》A15 版。

31 日,〈坎普就是裝模作樣〉發表於《中國時報・人間副刊》E7 版,「快活林」專欄。

9 月　19 日,〈從滔滔邏輯到檳榔西施——也談台客文化〉發表於《中國時報・人間副刊》E7 版。

10 月　31 日,〈從小飛俠到林道乾——談台客文化的悲劇意識〉發表於《中國時報・人間副刊》E7 版,「快活林」專欄。

11 月　15 日,〈請看這裡!〉發表於《聯合報・副刊》E7 版。

12 月　6 日,〈喉嚨深深深幾許〉發表於《中國時報・人間副刊》E7 版,「快活林」專欄。

2006 年　1 月　2 日,〈臺灣傳媒的天空很希臘〉發表於《中國時報・人

間副刊》E7 版,「快活林」專欄。

17 日,〈花東縱谷好去處〉發表於《聯合報‧副刊》E7 版。

2 月　9 日,〈失去了翻譯家〉發表於《聯合報‧副刊》E7 版。

12 日,〈安樂生計畫〉發表於《聯合報‧副刊》E7 版。

3 月　23 日,〈AV 女優愛臺灣〉發表於《中國時報‧人間副刊》E7 版,「快活林」專欄。

4 月　〈旋轉的陀螺〉發表於《科學人》第 50 期。

5 月　6 日,〈佛洛依德式筆誤〉發表於《中國時報‧人間副刊》E7 版,「快活林」專欄。

13 日,〈女人究竟要什麼?〉發表於《聯合報‧副刊》E7 版。

27 日,〈十年核東十年核西〉發表於《中國時報‧人間副刊》E7 版,「快活林」專欄。

〈最後的對手──談長篇小說創作〉發表於《文訊》專題「臺灣長篇小說創作者經驗談」,第 247 期。

6 月　1 日,〈這是多麼美好的世界〉發表於《中國時報‧人間副刊》E7 版,「快活林」專欄。

8 月　8 日,〈男人究竟要什麼?〉發表於《聯合報‧副刊》E7 版。

14 日,〈十萬個為什麼〉發表於《中國時報‧人間副刊》E7 版,「快活林」專欄。

合集《女人究竟要什麼?》由臺北洪範書店出版。

《男人究竟要什麼?》由臺北洪範書店出版。

9 月　6 日,〈亂世貝果〉發表於《聯合報‧副刊》E7 版。

29 日,〈顏色用光了怎麼辦?〉發表於《中國時報‧人間副刊》E7 版,「快活林」專欄。

10 月　29 日，〈豬兒離家時〉發表於《聯合報・副刊》E7 版。

11 月　30 日，〈武松除三害〉發表於《中國時報・人間副刊》E7 版，「快活林」專欄。

12 月　2 日，〈廁所也瘋狂〉發表於《聯合報・副刊》E7 版。

19 日，〈無間道露馬腳〉發表於《中國時報・人間副刊》E7 版，「快活林」專欄。

2007 年　1 月　29 日，〈廁所更瘋狂〉發表於《聯合報・副刊》E7 版。

3 月　15 日，〈斯巴達王吹牛三百壯士賣肉〉發表於《中國時報・人間副刊》E7 版，「快活林」專欄。

19 日，〈黑白無常鬼炒菜〉發表於《聯合報・副刊》E7 版。

25 日，〈氣數時機・歷史決定論〉發表於《中國時報・人間副刊》E7 版，「快活林」專欄。

30 日，〈我為花花公子失眠〉發表於《聯合報・副刊》E7 版。

4 月　「星雲組曲」與「星塵組曲」系列科幻短篇小說的集結日譯本『星雲組曲』，由東京株式会社国書刊行会出版。（山口守、三木直大翻譯）

5 月　1 日，〈我找到了！〉發表於《中國時報・人間副刊》E7 版，「快活林」專欄。

6 月　6 日，〈繃帶城〉發表於《中國時報・人間副刊》E7 版，「快活林」專欄。

7 月　17 日，〈伊甸園、草莓與世界末日〉發表於《中國時報・人間副刊》E7 版，「快活林」專欄。

8 月　18 日，〈工程師治國〉發表於《中國時報・人間副刊》E7 版，「快活林」專欄。

9 月　7 日，〈買錯壞書及其他〉發表於《中國時報・人間副

刊》E7 版,「快活林」專欄。

9 日,〈守株待兔成語新解〉發表於《聯合報·副刊》E7
版。

16 日,〈今夜獅子睡了〉發表於《中國時報·人間副刊》
E7 版,「快活林」專欄。

10 月　13 日,〈湊熱鬧〉發表於《中國時報·人間副刊》E7
版,「快活林」專欄。

11 月　11 日,〈修不完定律〉發表於《聯合報·副刊》E7 版。
長篇小說《衣錦榮歸》由臺北洪範書店出版。

12 月　2 日,〈冷凍熟水餃〉發表於《中國時報·人間副刊》E7
版,「快活林」專欄。

28 日,〈殺法蘭克辛那屈的人〉發表於《聯合報·副刊》
E7 版。

〈神殿〉發表於《聯合文學》第 278 期。

2008 年　1 月　1 日,〈精神上的初夜〉發表於《中國時報·人間副刊》
E7 版,「快活林」專欄。

2 月　合集《張系國大器小說:食書》由臺北天培文化公司出
版。

3 月　21 日,〈四分衛·中鋒·進化論〉發表於《中國時報·人
間副刊》E7 版,「快活林」專欄。

4 月　1 日,〈我希望有一副藍綠 3D 眼鏡〉發表於《中國時報·
人間副刊》E7 版,「快活林」專欄。

8 日,〈網路食客〉發表於《聯合報·副刊》E3 版。

合集《張系國大器小說:育樂書》由臺北天培文化公司出
版。

5 月　30 日,〈我準備好了〉發表於《聯合報·副刊》E3 版。

6 月　6 日,〈慾望城市·夕戲拖棚〉發表於《中國時報·人間

副刊》E7 版,「快活林」專欄。

合集《張系國大器小說:行書》由臺北天培文化公司出版。

7 月	1 日,〈你何時加入四人幫?〉發表於《中國時報‧人間副刊》E7 版,「快活林」專欄。
	17 日,〈聖杯的故事〉發表於《聯合報‧副刊》E3 版。
8 月	合集《張系國大器小說:住書》由臺北天培文化公司出版。
9 月	18 日,〈陽光裡的日子〉發表於《聯合報‧副刊》E3 版。
10 月	26 日,〈道德文章笑死人〉發表於《中國時報‧人間副刊》E4 版,「快活林」專欄。
	《帝國和台客》由臺北天下雜誌公司出版。
11 月	13 日,〈自作孽的時間小舟〉發表於《聯合報‧副刊》E3 版。

2009 年	1 月	24 日,〈兩部好電影〉發表於《中國時報‧人間副刊》E4 版,「快活林」專欄。
		26 日,〈女人的密碼〉發表於《中國時報‧人間副刊》A14 版
	2 月	22 日,〈最後的反動派〉發表於《聯合報‧副刊》E3 版。
	3 月	5 日,〈最後的純潔多情男人〉發表於《聯合報‧副刊》E3 版。
	4 月	14 日,〈我的下一輛車是飛機〉發表於《聯合報‧副刊》E3 版。
		〈女人的密碼〉發表於《文訊》第 282 期。
	5 月	6 日,〈一顆人頭和三顆子彈〉發表於《聯合報‧民意論

壇》A15 版。

6 月	7 日,〈最後的忠狗〉發表於《聯合報·副刊》D3 版。
7 月	3 日,應哈佛中國文化工作坊、北美華文作家協會紐英倫分會、紐英崙中華專業人員協會之邀於美國麻薩諸塞州的揚子江飯店演講「陸上千里行舟記」。
	10 日,〈大食天堂〉發表於《聯合報·副刊》D3 版。
8 月	〈地下室裡的國際歌〉發表於《文訊》第 286 期。
9 月	22 日,短篇小說〈翻轉的城市〉發表於《聯合報·副刊》D3 版。
10 月	4 日,〈宅男翻身〉發表於《聯合報·副刊》D3 版。
12 月	12 日,〈紀念一位副刊編輯〉發表於《聯合報·副刊》D3 版。
2010 年 2 月	15 日,〈白狗黑狗和熟狗〉發表於《聯合報·副刊》A11 版。
	21 日,〈盆栽的臘梅〉發表於《聯合報·副刊》D3 版。
3 月	23 日,〈勝雞男爵和敗犬女王〉發表於《聯合報·副刊》D3 版。
	24 日,〈你我都是死囚!〉發表於《聯合報·副刊》D3 版。
	〈重慶·六十五年以後〉發表於《文訊》第 293 期。
	短篇小說集《城市獵人》由臺北洪範書店出版。
7 月	14 日,〈動刀的必死於刀下〉發表於《聯合報·副刊》D3 版。
8 月	4 日,〈以孫為師〉發表於《聯合報·副刊》D3 版。
	25 日,極短篇小說〈王爾李的智慧〉發表於《聯合報·副刊》D3 版。
9 月	《亂世貝果》由臺北洪範書店出版。

11 月　2 日，美國專利局頒發專利 7827067 號,「時間與知識交換管理的裝置與方法」。此專利係根據短篇小說〈夜曲〉所述的「天長地久計」申請,〈夜曲〉也因而成為目前唯一有專利權保護的科幻小說。

30 日,〈專利天長地久計〉發表於《聯合報‧副刊》D3 版。

12 月　15 日,極短篇小說〈裸樹〉發表於《聯合報‧副刊》D3 版。

2011 年　2 月　長篇小說《棋王》韓文版《장기왕》,由首爾지식을만드는지식出版。(고혜림翻譯)

5 月　3 日,〈人神之間〉發表於《聯合報‧副刊》D3 版。

6 月　22 日,〈偶感四則〉發表於《聯合報‧副刊》D3 版。

7 月　19 日,〈購物五大守則〉發表於《聯合報‧副刊》D3 版。

〈路燈下的姑娘〉發表於《文訊》第 309 期。

8 月　1 日,〈虎媽‧虎妻‧紅色娘子軍〉發表於《聯合報‧副刊》D3 版。

10 月　13 日,〈變形金剛車〉發表於《聯合報‧副刊》D3 版。

12 月　25 日,〈載酒行紀〉發表於《聯合報‧副刊》D3 版。

2012 年　2 月　22 日,〈大海航行靠愛風〉發表於《聯合報‧副刊》D3 版。

〈我為什麼編「域外集」〉發表於《文訊》專題「臺灣知青匯聚:回顧《大學雜誌》」第 316 期。

6 月　27 日,出席於美國阿肯色州小岩城舉辦的第 12 屆英文短篇小說國際會議。

長篇小說《多餘的世界——海默城三部曲之一》由臺北洪範書店出版。

8 月　12 日，〈外星人雜居錄〉發表於《聯合報・副刊》D3版。

27 日，〈未老莫還鄉　還鄉需「臺獨」〉發表於《聯合報・民意論壇》A15版。

9 月　5 日，〈南大荒的野獸〉發表於《聯合報・副刊》D3版。

23 日，出席群傳媒於臺北紀州庵文學森林舉辦的「科幻的未來，未來的科幻」，與郝譽翔、伊格言對談。

10 月　28 日，長篇小說《多餘的世界》獲第三屆華語科幻星雲獎最佳中篇小說金獎。

30 日，〈何處尋老鷹〉發表於《聯合報・副刊》D3版。

12 月　5 日，〈臺灣人懶得提的十件事〉發表於《聯合報・副刊》D3版。

〈浪子回頭〉發表於《文訊》第326期。

2013 年　1 月　9 日，〈少年 PI 是李安版的狂人日記〉發表於《聯合報・副刊》D3版。

2 月　7 日，〈請聽人們在歌唱〉發表於《聯合報・副刊》D3版。

3 月　7 日，〈媽的黑店好〉發表於《聯合報・副刊》D3版。

〈我所沒想到的蘇州〉發表於《文訊》第329期。

5 月　10 日，〈原來是他！〉發表於《聯合報・副刊》D3版。

6 月　18 日，〈孔子也有過穿開襠褲的日子〉發表於《聯合報・副刊》D3版。

7 月　24 日，〈你為什麼不愛我？〉發表於《聯合報・副刊》D3版。

8 月　20 日，〈我以船長的身分主持婚禮〉發表於《聯合報・副刊》D3版。

25 日，出席 Readmoo 讀墨電子書店於臺北紀州庵文學森

林舉辦的「科科圓桌會」，與會者有黃海、謝曉昀、鄭國威等。

10 月　16 日，〈狐狸寺外狐狸遊〉發表於《聯合報‧副刊》D3 版。

〈夏天旅行的日子〉發表於《文訊》第 336 期。

11 月　16 日，〈烏托邦與桃花源〉發表於《聯合報‧副刊》D3 版。

2014 年　2 月　9 日，〈就地成佛〉發表於《聯合報‧副刊》D3 版。

3 月　4 日，〈一道簡單的數學題〉發表於《聯合報‧副刊》D3 版。

〈黃小鴨到匹茲堡〉發表於《文訊》第 341 期。

4 月　4 日，〈上帝的臉書〉發表於《聯合報‧副刊》D3 版。

7 月　13 日，〈追殺比爾〉發表於《聯合報‧副刊》D3 版。

8 月　6 日，極短篇小說〈大預言家〉發表於《聯合報‧副刊》D3 版。

31 日，〈我和你和狗狗小布〉發表於《聯合報‧副刊》D3 版。

〈快鳥櫻桃派〉發表於《文訊》第 346 期。

10 月　27 日，〈不如老圃〉發表於《聯合報‧副刊》D3 版。

11 月　19 日，〈如何做個不講理的快樂恐龍〉發表於《聯合報‧副刊》D3 版。

2015 年　1 月　1 日，短篇小說〈看海的日子〉發表於《聯合報‧副刊》D3 版。

14 日，〈活著〉發表於《聯合報‧副刊》D3 版。

3 月　12 日，〈如何做個全方位的貴人恐龍〉發表於《聯合報‧副刊》D3 版。

6 月　30 日，〈玫瑰和北極熊〉發表於《聯合報‧副刊》D3

版。

〈婉君表媚——王申培《劍橋狂想曲》〉發表於《文訊》第 356 期。

	8 月	6 日,〈這美好的世界〉發表於《聯合報‧副刊》D3 版。
	11 月	15 日,出席 Readmoo 讀墨電子書店於臺北紀州庵文學森林主辦的「異星,與真實遙相呼應——張系國《下沉的世界》新書分享會」。

長篇小說《下沉的世界——海默城三部曲之二》由臺北洪範書店出版。

	12 月	〈湖濱雜記〉發表於《文訊》第 362 期。
2016 年	3 月	24 日,〈誰來晚餐?〉發表於《聯合報‧副刊》D3 版。
	7 月	24 日,〈小小自由圖書館〉發表於《聯合報‧副刊》D3 版。
	8 月	〈知識系統出版社連累了兩代人〉發表於《文訊》專題「時間沉澱出經典——洪範書店 40 週年」,第 370 期。
	9 月	9 日,〈好友佳肴入夢來〉發表於《聯合報‧副刊》D3 版。

〈作家不是人〉發表於《文訊》第 371 期。

	11 月	1 日,〈又見台客‧又見台客〉發表於《聯合報‧副刊》D3 版。
2017 年	7 月	3 日,〈美國學生的夢幻網站〉發表於《聯合報‧副刊》D3 版。
	8 月	20 日,〈麵包塗果醬〉發表於《聯合報‧副刊》D3 版。
	9 月	18 日,〈川普教我們什麼?〉發表於《聯合報‧副刊》D3 版。
	10 月	22 日,出席 Readmoo 讀墨電子書店於臺北戲臺咖啡舉辦的「十年磨一劍——《金色的世界》新書發表會」。

短篇小說集《魔鬼的十億個名字》由臺北群傳媒出版社發行於 Readmoo 讀墨電子書平臺。

11 月　28 日,〈向加泰隆尼亞致敬〉發表於《聯合報・副刊》D3 版。

長篇小說《金色的世界——海默城三部曲之三》由臺北洪範書店出版。

2018 年　2 月　5 日,〈第凡內早餐〉發表於《聯合報・副刊》D3 版。

3 月　擔任東華大學華文文學系駐校作家。

8 月　擔任清華大學華文所榮譽講座教授至隔年 7 月 31 日止。

11 月　短篇小說集《魔鬼的十億個名字》英文版 *Ten Billion Names of the Devil*,由匹茲堡 KSI Research 發行於 Amazon 購物平臺。（Ronald M. Bloom 翻譯）

12 月　25 日,〈最後的黑天鵝〉發表於《聯合報・副刊》D3 版。

2019 年　2 月　3 日,〈捷累沉思錄〉發表於《聯合報・副刊》D3 版。

回收知識系統出版公司股權,由胞妹張敏敏擔任負責人,張系國獨資經營。

3 月　26 日,〈宇文山莊〉發表於《聯合報・副刊》D3 版。

〈以你的名字呼喚我〉發表於《文訊》第 401 期

6 月　短篇小說〈修墓的藍衣女子〉發表於《文訊》第 404 期。

8 月　21 日,於國立臺灣文學館演講「星際大戰爆發以前：談科幻小說創作」。

9 月　3 日,〈俯首甘為孺子牛〉發表於《聯合報・副刊》D3 版。

短篇小說〈賣火柴的女孩〉發表於《文訊》第 407 期。

參考資料：

・方美芬編，〈張系國生平寫作年表〉，《張系國集》，臺北：前衛出版社，1993 年 12 月，頁 259～264。

・陳韋廷，「張系國生平與其文學創作」，〈知識分子與疏離──張系國前期小說研究〉，東海大學中國文學系碩士論文，2011 年，頁 10～38。

・王攸如，「張系國已出版作品書目之篇章原載時間表」，〈張系國小說中的人道關懷與價值反思〉，逢甲大學中國文學系碩士論文，2016 年 3 月。

・宋雅姿，〈當文學遇到科學──專訪張系國先生〉，《文訊》第 228 期，2004 年 10 月，頁 107～113。

輯三◎
研究綜述

以小說關懷世情、國事與理想世界

張系國評論綜述

◎須文蔚

壹、前言

　　張系國筆名醒石、域外人、白丁，臺灣大學電機系畢業，留美專攻電腦科學，獲加州大學柏克萊分校博士。留美期間曾為《大學雜誌》主編「域外集」，積極投入海外保釣運動熱潮。曾任教於康乃爾大學、芝加哥伊利諾大學、伊利諾理工學院電機系主任、交通大學、匹茲堡大學電腦系主任，並兼任中央研究院資訊科學研究員，現任匹茲堡大學教授。在專業領域裡張系國早負盛名，他是電機暨電子計算工程學會會士，已出版的學術論文 290 篇，編輯及撰述的專書 16 部，指導的博士生和碩士生超過兩百人。

　　張系國 1978 年創辦「美國知識系統學院」，1982 年創立「知識系統出版公司」，積極推動資訊科學、系統科學及社會科學的整合研究。曾與《中國時報》合作「張系國科幻小說獎」，創辦《幻象》雜誌（1990 年 1 月～1993 年），積極推廣中文科幻文學，曾獲《愛書人》雜誌倉頡獎。

　　張系國創作文類包括論述、散文、小說等文類。張系國的文學生命發端於大學時期，作品兼採科幻、寓言和寫實手法，亦極重視時代的脈動。1963 年獲得林海音賞識，從此作品常見於《聯合報・副刊》，同年自費出版第一本作品《皮牧師正傳》。長於小說的經營，如科幻小說《星雲組

曲》、《五玉碟》、《龍城飛將》等，作者認為科幻小說「是在更深的層次反省人類的處境」。其他作品如《棋王》，內容描寫到各種知識分子的形象，通過「神童」的故事凸顯出臺灣的教育、文化與人的商品化。《棋王》現已翻成英文、德文等，並曾搬上銀幕、改編成音樂舞臺劇、電視劇等。其膾炙人口的代表作另有《地》、《昨日之怒》、《遊子魂組曲》、《沙豬傳奇》、《一羽毛》、《玻璃世界》、《多餘的世界》等 39 種。除小說之外，其散文與評論如《橡皮靈魂》、《男人的手帕》、《V 托邦》等，雜揉政治關懷與哲理，筆觸幽默中寓有諷諭之意。

張系國創作不懈，近年來依舊推出長篇小說。由於他的成名甚早，作品包含科幻與寫實小說，臺灣、中國大陸與美國漢學界，均不乏評論與研究者，也累積了相當可觀的評述資料。本文將就張系國的生平、科幻小說、寫實長篇小說與寫實短篇小說挑選代表作品，針對評論綜述，分節耙梳討論。

貳、張系國生平研究綜述

張系國是早慧的作家，在大學時，就開始發表小說，1963 年就自費出版了長篇小說《皮牧師正傳》，由臺北自由太平洋文化公司發行。他也展現出對存在主義哲學的關注，同年就翻譯了美國喬治城大學戴山（Wilfrid Desan, 1908-2001）教授的《沙德的哲學思想》（*The Tragic Finale: An Essay on the Philosophy of Jean Paul Sartre*）一書，委由雙葉出版社發行，不僅展露出他多元的知識興趣，也點出他小說書寫中，存在主義是重要的哲學基調之一。

張系國投身「留學生文學」的筆陣，是在 1966 年開始，他赴美國加州大學柏克萊分校攻讀電腦科學，同時寫作時事評論，也創作小說。因為離鄉背井，懷鄉情緒滲透進他的文字中。當時柏克萊人文薈萃，臺灣留學生作家與學者計有：劉大任、王靖獻（葉珊）、傅運籌、鄭清茂、唐文標、水晶、李渝、郭松棻、李家同等人，大家相濡以沫，激發了寫作的熱忱。

　　臺灣的白色恐怖事件傳聞不斷，1968 年的「民主臺灣聯盟案」丘延亮、陳映真、陳述孔等人遭到逮捕與判刑[1]，促成張系國投身時論雜誌的企畫編輯工作。他答應何步正的邀請，協助《大學雜誌》[2]開設「域外集」專欄，由劉大任與張系國輪流向海外留學生約稿，介紹國外思潮，也反省臺灣的社會狀況。[3]在「域外集」為期兩年多（第 15 期到 48 期）的發行過程中，張系國也撰寫了〈知識分子的孤獨與孤獨的知識分子〉、〈美國的上層階級〉、〈思想控制初步〉、〈在歧視和誤解的陰影下〉、〈知識分子抑高等華人〉、〈現代哲學的展望——存在倫理學〉、〈論真誠〉與〈留學生的心理轉變過程〉等文章，透過專欄介紹新知，敘說留學生面對困苦與徬徨，也積極鼓吹知識分子投身改革社會的工作[4]，這個專欄隨著張系國 1972 年的回國，他以為自己不再是「域外人」而告終。

　　1970 年 9 月，張系國應聘康乃爾大學電機系副教授，他曾說：「一到康乃爾大學，正好碰上『保衛釣魚臺運動』。以後的半年，就將全副精力放到這裡面去。回想起來，這些日子，可說是我六年留學生涯，生活得最有勁的一段時光。」[5]在保釣運動時期，張系國參加示威，也和好友劉大任、郭松棻、唐文標等人參與「大風社」，最初的成員橫跨美國東西岸的知識分子。張系國也積極為「大風社」的刊物《大風》寫文章，但隨著運動的路線紛爭越演越烈，左右派對立，劉大任與郭松棻更趨向左傾，表達對臺灣

---

[1] 柏楊，《二十世紀臺灣民主大事寫真》（臺北：遠流出版公司，2005 年），頁 134。

[2] 《大學雜誌》創立於 1968 年，由張俊宏與張育宏發起，執行編輯何步正，是臺灣當時知識青年面對《自由中國》案的肅殺風氣，辦理的文化思想刊物，集合了金耀基、楊國樞、陳鼓應、許信良等人，初期內容偏重文藝、教育、思想等較不具政治色彩的議題。1970 年中改組，更積極呼籲政治改革，頗受到政府重視，成為臺灣鼓吹自由民主的重要園地。參照薛化元編，《臺灣全志・政治志：民主憲政篇》（臺北：國史館臺灣文獻館，2007 年），頁 67～68。

[3] 張系國，〈我為什麼編「域外集」〉，《文訊》第 316 期（2013 年 12 月），頁 83～85。

[4] 張系國曾提及這段時間的徬徨：「1969 年 4 月，我離開加州大學，到了紐約城北二十哩的約克鎮。在那兒我進入華生研究中心任研究員，一方面賣腦汁，一方面認真思索中國的未來以及我個人的未來。我開始為《大學雜誌》主編『域外集』，以後維持了兩年多，一直到去年十月歸國，才正式結束。在華生研究中心工作的一年半，我的心情非常苦惱，覺得思想上沒有出路。」見張系國，〈《地》增訂本後記〉，《地》（臺北：純文學出版社，1973 年）。而他同時也鼓吹知識分子把眼光投向大眾，設法了解大眾的需要，共同爭取大眾的目標。見張系國，〈知識分子的孤獨與孤獨的知識分子〉，《大學雜誌》第 6 期（1968 年 6 月）。

[5] 張系國，〈《地》增訂本後記〉，《地》。

國民政府的不滿，這與張系國的意見並不相同，左右派的鬥爭令張系國心力交瘁，也促使他離開康乃爾。[6]

1972 年 8 月，張系國應中研院數學所之邀，返臺擔任為期一年的客座研究員，主持複製迪基多 PDP8 微電腦計畫，培養臺灣電子產業人才，同時推動中文輸入法研究工作，為中文電腦輸入與應用，提供研究的心得。在此同時，他與王曉波、陳鼓應、王拓等一起編雜誌，一起關心社會發展，在《大學雜誌》聯名發表〈救救孩子們〉（第 59 期）為礦工請命。[7]王曉波曾回首那段熱血的歲月：

> 張系國與友好訪問過礦災遺屬，也與朋友聯袂南下訪問過農村。他看到了哭告無門的礦工遺屬，樸實凋蔽的農村，及在北港媽祖廟前淌著眼淚的老鹽民。因而擬議將當時在《大學雜誌》由他主編的「域外人」一欄，改為「社會心聲」，為基層民眾代言，「共同爭取大眾的目標」。[8]

就在當年底 12 月 4 日，臺大大學論壇社舉辦「民族主義座談會」，臺大哲學系的老師王曉波和陳鼓應發表了批判政府的言論，不久遭警總拘留，短暫逮捕，一時風聲鶴唳，張系國奔走營救好友，也受牽連，所幸中研院院長錢思亮擔保下，仍能回到中研院任職，其後不得不離臺，從此放棄回臺任教念頭，定居在美國。[9]

保釣運動與白色恐怖，都讓張系國累積了豐富的寫作主題，也使他寫

---

[6]在回憶保釣「大風社」的成員時，劉大任提及，大風社的基本人馬有兩批，一批是張系國的老朋友，大都是臺大融融社的骨幹，另一批是劉大任的新同志，也因此埋下左右對立的伏筆。見黃啟峰，《河流裡的月印：郭松棻與李渝小說綜論》（臺北：秀威資訊科技公司，2008 年），頁 16；姚嘉為，〈心繫臺灣遊子魂──文學電腦兩棲的張系國〉，《在寫作中還鄉──在北美的天空下》（臺北：允晨文化公司，2011 年），頁 178～198。

[7]張系國、陳鼓應、王曉波，〈救救孩子們〉，《大學雜誌》第 59 期（1972 年 11 月），頁 60～61。

[8]王曉波，〈論張系國的道與志〉，《良心的挑戰》（臺中：藍燈文化公司，1980 年），頁 188～195。

[9]張系國，〈我為什麼編「域外集」〉，《文訊》第 316 期，頁 83～85；劉秀美，〈位移的南方、想像的鄉愁──張系國七〇年代小說中的故土想像〉，《臺灣文學研究學報》第 18 期（2014 年 4 月），頁 241～260。

作的題材顯得多樣。回美國後，赴 IBM 華生研究中心工作，張系國以筆名「域外人」為《中國時報・人間副刊》「快活林」專欄寫評論，同時在 1975 年發表了反映臺灣現實的長篇小說《棋王》。

1975 年底，張系國離開 IBM 華生研究中心，至芝加哥伊利諾大學任教，進入了他創作的高峰期。他依舊為「快活林」專欄寫雜文，同時以筆名「醒石」連載〈星雲組曲〉系列小說於《聯合報・副刊》。保釣運動跌宕起伏的情緒和經驗，他寫成長篇小說〈昨日之怒〉，在 1977 年 10 月開始連載於《中國時報・人間副刊》。

較少受到評論家討論的是，張系國在此時重拾譯筆，以筆名「醒石」先後為《聯合報・副刊》翻譯了一系列的短篇小說[10]，包括：美國科幻小說作家關蕊（Carolyn Janice Cherry, 1942-）的〈科林斯城傳奇〉、阿根廷詩人與小說家波赫士（Jorge Luis Borges, 1899-1986）的〈環墟〉、美國奇幻作家喬治・馬丁（George R. R. Martin, 1948-）的〈紫太陽之歌〉[11]、瑞典小說家龍德臥（Sam J. Lundwall, 1941-）的〈碧海青天夜夜心〉、義大利導演與編劇柯茲（Luigi Cozzi, 1947-）的〈雨日革命卅九號〉、波蘭小說家柯瓦雷克（Julian Kawalec, 1916-2014）的〈犧牲者〉、美國科幻小說家薛克雷（Robert Sheckley, 1928-2005）的〈無中生有〉、丹麥小說家尼爾遜（Niels E. Nielsen, 1893-1974）的〈美麗小世界〉。這一系列的小說，隨後集結為《海的死亡》一書，由臺北純文學出版社出版，可以看出張系國有意從不同國家與時代，挑選出具有代表性的經典作品，既能反映不同國家的文化傳統、社會環境或政治制度，又能呈現各種不同題材、形式與主題的科幻

---

[10]副刊也登出啟事：「科幻小說的趣味，不僅表現了人類想像力的高度發揮，並對人性有另一方向的探索；對現實世界有所嘲諷或批判。近年，欣賞科幻小說的人日益增加，但創作始終不盛。原因之一可能是沒有一流的科幻小說作品大量選譯，以資借鑑。聯副的『精選科幻小說』專欄開闢以來，譯介並闡釋世界各國重要的科幻小說甚多，這些作品多已成為這方面的經典。相信這個專欄一定能對國內的創作者產生刺激和引導的作用。除由醒石先生主撰外，並歡迎作家、讀者踴躍賜稿。」參見編者按，醒石，〈無中生有〉，《聯合報・副刊》，1978 年 7 月 11 日，12 版。

[11]喬治・馬丁以創作奇幻、恐怖和科幻等風格的小說與戲劇聞名，《冰與火之歌》系列小說最為著稱。

小說。[12]這是張系國在自身創作與論述科幻小說之外，在推廣此一次文類上相當重要的貢獻。

　　張系國為了推動科幻小說寫作，1982 年與洪範書店合作成立「知識系統出版公司」，專門出版科幻及電腦書籍。1986 年到 1989 年之間，還與《中國時報》合作，於《中國時報》文學獎增設「張系國科幻小說獎」，一共舉辦了四屆。1989 年他創辦科幻文學雜誌《幻象》，1991 年《幻象》主辦第一屆「世界華人科幻藝術獎」，鼓勵科幻漫畫與科幻小說創作。張系國在推動科幻小說的努力上，從出版、評論到創作各方面都有所貢獻，也贏得了臺灣「科幻小說之父」的美名。

參、張系國科幻小說評論綜述

　　張系國聞名於文壇的莫過於科幻小說，他在柏克萊時期，寫下第一篇科幻小說〈超人列傳〉，此後他陸續於各大副刊發表了十篇科幻小說，深獲讀者與評論界好評，直至 1980 年始結集出版《星雲組曲》。其後，他接續《星雲組曲》中索倫城與呼回神話史詩的基礎，擴寫成「城」三部曲——《五玉碟》、《龍城飛將》和《一羽毛》。在書寫「城」三部曲時，他同時出版有三本短篇科幻小說：《夜曲》、《金縷衣》與《玻璃世界》。[13]在 2012 年之後，他又交出「海默城三部曲」——《多餘的世界》、《下沉的世界》與《金色的世界》三個長篇小說。在評論界，討論他《星雲組曲》與「城」三部曲的論文較多，也多給予相當高的評價，旁及其他作品者較少。

　　1980 年結集出版《星雲組曲》時，張系國以筆名醒石發了〈關於星雲組曲〉一文，夫子自道，呈現了他的科幻小說世界觀，講述了從 20 世紀到 200 世紀未來世界的想像，涉及了未來的國際政治、星際殖民、人口管制、人工生殖、心靈感應通訊乃至歷史學與語言學的發展等議題，相當有

---

[12]醒石，〈科幻小說的再出發〉，《聯合報・副刊》，1978 年 6 月 30 日，12 版。

[13]姚嘉為，〈心繫臺灣遊子魂──文學電腦兩棲的張系國〉，《在寫作中還鄉──在北美的天空下》，頁177～198。

參考價值。[14]李歐梵則一語道破，張系國的科幻短篇小說集，一方面表現了作者的社會政治理想和對將來中國的憧憬，另一方面代表了在現代主義與寫實主義交相爭執的文學界，張系國從寫實的框框裡掙脫，以科幻的神思帶領讀者奇幻之旅。因之，關心社會與政治的發展，藉由故事批判現實，警惕世人，是張系國創作的終極關懷，他依舊屬於科幻小說中的「文以載道派」，畢竟與「機關布景派」的科幻作家不同。[15]

在眾多的評論家中，王建元則別開生面，以詮釋學的角度解讀《星雲組曲》的十個故事，企圖剖析張系國如何藉由小說，貫穿人類面對時空變幻，歷史文化變遷，認知模式分歧等狀況，而必須不斷重新詮釋、溝通和了解的心靈狀況。如此，確實更能深刻理解張系國之所以重視科幻的題材，能夠一掃現代主義文學挖掘內心，耽溺虛無與悲觀的流弊，正面從科學發展，探討人與自然、環境、社會與科技接觸後，人非分的知識欲望和自欺欺人的種種弱點，也凸顯接觸、誤解與溝通產生的各種困難。[16]王建元進一步點出，張系國企圖以科幻小說撞擊文明與歷史的意圖：

> 「歷史的沉澱」在〈銅像城〉卻變成了一個愈鑄愈大的銅像。此篇氣勢最為宏博，讀後使人驚心動魄，久久不能平復。最成功的地方，當為一個類似伽德瑪的歷史性廣闊面的建立。說到歷史，將未來呈現在歷史的透視中，本來就是科幻小說最獨特之處，非其他小說體類所能做到。[17]

顯然科幻小說虛構的史實、傳說、典故與神話，帶領讀者考證未來的歷史，也同時反省傳統的影響、壓迫乃至詛咒。李歐梵也同樣推崇《星雲

---

[14]醒石，〈關於星雲組曲〉，《聯合報・副刊》，1980 年 8 月 18 日，8 版。
[15]李歐梵，〈奇幻之旅——《星雲組曲》簡論〉，《浪漫之餘》（臺北：時報文化出版公司，1981 年），頁 153～162。
[16]王建元，〈回應萬物人神的呼喚——《星雲組曲》的詮釋意義〉，《當代》第 32 期（1988 年 12 月），頁 138～143。
[17]王建元，〈回應萬物人神的呼喚——《星雲組曲》的詮釋意義〉，《當代》第 32 期，頁 138～143。

組曲》中〈銅像城〉與〈傾城之戀〉兩個短篇,能創造出幾千世紀的「呼回文明」,還為之寫下興亡史與神話,建構出張系國的哲學系統,也超越了他的「中國結」,而臻入神話與哲理思維的境界。[18]

　　張系國隨後花了近十年時間,以〈銅像城〉、〈傾城之戀〉為藍本,以《五玉碟》、《龍城飛將》和《一羽毛》三部長篇,打造出呼回星球的歷史與文化,描述蛇人、閃族和黑衣怪客之間的爭鬥與戰爭。張大春在導讀《五玉碟》時就指出,張系國不打算寫一部窮極聲貌的通俗「讀物」,也不是藉由戰爭場面吸引大眾讀者,作者希望扣問:「人類藉以認知事物的符號,一方面建構起彼此溝通的可能,一方面也因著人言人殊而各自壁立起一份執著的障礙。」[19]因之,戰爭勝利要靠深謀遠慮的權謀,是非黑白的論述,在高科技的戰爭後,人性更加朦朧難解,焦土上呈現出消失的理想、目標與使命,問題的本質根本沒有獲得解決。李有成則進一步探討「城」三部曲中,復興國族的理念,雖然人人都奉若圭臬,但史書受到了扭曲,時空錯置,不再依原先的進程發展,現實也就產生無法確定的惶恐,所有戰爭、犧牲與滅絕,就顯得毫無意義。因此,不妨從歷史主體與目的的爭議入手:

> 讀《一羽毛》(以及「城」的其他兩部)不時讓我想起卞雅明(Walter Benjamin)的〈歷史哲學緒論〉("Theses on the Philosophy of History")。卞雅明顯然懷疑歷史事件的必然性,也不信諸多歷史事件組構起來即可導出進步的觀念。他說:歷史的天使面對過去,「在我們看到一連串事件

---

[18] 李歐梵指出:「《星雲組曲》中哲理層次較深的作品還嫌不夠。我認為全集中最出色的作品是〈傾城之戀〉,因為在這個戀愛故事的背後,充滿了神話的意象(開頭及結尾用幾乎重複的方式描寫蛇人攻陷索倫城,更是神來之筆)和哲理,而且,這一篇與之互相關連的〈銅像城〉——也可以說是作者構思最龐大的作品,張系國在旁敲側擊之下,竟然創造了一個幾千世紀的『呼回文明』,而且還為之寫下了片段的興亡史,這一個星球上世界的塑造,顯示出張系國的幻想,終於超越了他的『中國結』,而臻入神話的境界。」參見李歐梵,〈奇幻之旅——《星雲組曲》簡論〉,《浪漫之餘》,頁153~162。

[19] 張大春,〈《五玉碟》的ㄅㄆㄇ〉,《新書月刊》第1期(1983年10月),頁20。

的地方，他看到一場殘骸堆積著殘骸的災難」。[20]

顯然，張大春所論及的溝通障礙，透過一連串的事件與衝突，李有成則從過度迷信歷史的批判理論，詮釋出世代忠於「縱然是花果飄零，索倫城終將復興」的歷史傳承者，到了《一羽毛》中，故事始於一片死傷與火海，終於索倫城城毀人亡，文明、哲學、法律與制度，最終都將成為廢墟。

陳思和則具體指出，張系國的科幻小說創作，有文學史上的意義：一是透過《五玉碟》、《龍城飛將》與《一羽毛》等作品，他力圖改變科幻故事敘事模式，總是以西方高科技文明、資本主義文化為背景的公式，將科幻與中國傳統文化背景結合起來，將威爾斯式的人文精神東方化。二是他將科幻小說藝術化，不以恐怖、怪誕、機關布景等，來刺激讀者胃口，努力將作品與「五四」新文學的人文傳統結合起來。因此，陳思和稱，張系國在中國新文學的傳統裡，開創了科幻的新品種。[21]

相較於前行代作家的肯定，青年學者林運鴻則不認為張系國真的擺脫了現代主義思潮，也未必充分繼承了五四以來寫實主義傳統。畢竟《五玉碟》、《龍城飛將》、《一羽毛》等長篇，顯然籠罩在美國科幻小說家艾西莫夫（Isaac Asimov, 1920-1992）銀河帝國系列小說，與歷史學家吉朋（Edward Gibbon, 1737-1794）的《羅馬帝國興亡史》之下，但進一步引進的是中國歷史與文化傳承的滄桑感，民族主義鄉愁「花果飄零，靈根自植」的嚮往。於是林運鴻推論：

張系國銅像城系列故事在內容上影射了中國民族花果飄零的「現代化」（modernize）歷史遭遇──這是現代主義中「疏離」（isolation）經驗的

---

[20]李有成，〈歷史與銅像──評張系國的《一羽毛》〉，《洪範雜誌》第48期（1992年1月），3版。
[21]陳思和，〈創意與可讀性──試論臺灣當代科幻與通俗文類的關係〉，孟樊、林燿德編，《當代臺灣通俗文學論》（臺北：時報文化出版公司，1992年），頁278。

一種變形。所謂「疏離」作為歐洲急遽升起的現代性的一種衍生物，比如在卡夫卡（Franz Kafka）《變形記》那裡，是呈現為工業社會中與周圍人群剝離的那種孤寂，但是當這種孤寂移植到了〈銅像城〉系列後，卻變成了在現代化的歷史中，被迫與民族共同體切斷的另一種孤寂。[22]

　　顯然，林運鴻有藉著重新梳理張系國小說中的「中國結」，以及面對歷史產生的疏離感，重新定義其小說的美學價值與意義，也在本土化的觀念下，重新定位張系國創作的精神意義。

　　張系國 2017 年推出「海默城三部曲」，他夫子自道，新作希望點出東西文化的對立：「西方人出走到心目中的光明地也就是烏托邦，東方人則回歸到嚮往的隱蔽所也就是桃花源。」[23]他回到呼回世界，小說場景設在海默城，曾經在風暴中沉落海底，其後重見天日，但政治與經濟的衝突下，呼回人多數希望能拓展經濟，振興文化，擺脫宰制他們的閃族帝國，另一方的保守派則傾向清談古制，反對拓展與發展。於是如何對抗僵化的民族主義、強勢的殖民與國際政經力量，最終如何尋找安身立命的最後家園？成為新作的主題。鄭宛妮的碩士論文，耙梳了短篇小說〈傾城之戀〉、〈銅像城〉、「城」三部曲與「海默城三部曲」的呼回世界，發現張系國打造「中國式科幻」框架的雄心，從早期援引中國古代歷史或五四新文學的人文傳統，到「海默城三部曲」則置入當代歷史、兩岸衝突或臺灣時事，而且援引的科技，從早期的時間旅行，到近年來人工智慧與虛擬實境，在在可以發現張系國與時俱進的獨到美學。[24]

---

[22]林運鴻，〈統治者那無中生有的鄉愁——現代性、文化霸權與臺灣文學中的中國民族主義〉，《臺灣文學研究學報》第 18 期（2014 年 4 月），頁 274～279。
[23]張系國，〈烏托邦與桃花源〉，《聯合報》，2013 年 11 月 16 日，D3 版。
[24]鄭宛妮，〈張系國科幻小說「城」與「海默城」系列比較研究〉（成功大學中國文學系碩士論文，2018 年），頁 101～102。

肆、張系國寫實長篇小說綜述

　　張系國引發文學界爭論最多，正反意見僵持不下的，莫過於他寫實的系列長篇小說。張系國第一部長篇小說《皮牧師正傳》（1963）寫作於大學時代。其後的《棋王》（1975）讓他受到海峽兩岸的重視，聲名大噪，其後接著的兩個長篇都有很深的政治批判意涵，分別是《昨日之怒》（1978）與《黃河之水》（1979）。這些作品關心臺灣在冷戰結構中，經濟上受到美援支持，產業快速發展，逐漸邁向工業化、商業化與都市化，也造成了人際關係的疏離，同時保釣運動凸顯了國際舞臺上處於邊陲，激發青年參與社會，面對家國認同感的辯證。以下就分析正反的批評意見，呈現張系國寫實長篇小說的衝擊與影響。

　　張系國的少作《皮牧師正傳》，故事寫牧師在 1950 年代經濟匱乏的臺灣小鎮，力爭上游，要面對派系鬥爭，勾心鬥角與爾虞我詐的經歷。其中幾乎全是反面人物，各懷鬼胎，甚至出現一段佛教徒來到教堂禮拜中，假意懺悔，盜取財物，捲款潛逃，反映了他的無神論觀點，批判宗教不遺餘力。[25]保真讚揚這篇小說，生動風趣，能呈現社會的黑暗面，但畢竟小說家為了展現強烈的戲劇效果，人事物因過於誇張而不免失真，再三考驗作家的駕馭能力。[26]

　　張系國的《棋王》獲得評論界好評，翻譯成英文、德文等多國語言版本，也曾改編成電影、音樂劇、電視劇，並於 1999 年 6 月獲選為《亞洲週刊》「二十世紀中文小說一百強」，可見其經典意義。余光中為此書寫序，歸納張系國的小說有三個特點：其一是長於思想，饒有知性，但並不流於抽象或炫學，能保有戲劇性；其二是語言豐富而活潑，十分自然，善用口

---

[25]應鳳凰，〈張系國《皮牧師正傳》〉，《文學起步 101—101 位作家的第一本書》（臺北：印刻文學生活雜誌出版公司，2016 年），頁 206。王曉波，〈論張系國的道與志〉，《良心的挑戰》，頁 188～195。

[26]保真，〈煩惱的皮牧師——張系國的《皮牧師正傳》〉，《保真領航看小說》（臺北：九歌出版社，1999 年），頁 177～179。

語與俚語，絕少雕句琢詞，也不刻意著墨意識流的手法；其三是時代性與社會感，能理解知識分子的現實生活和心理狀態而言，更能展現知識分子對於社會深切的關懷與批評。而《棋王》敘述的故事，就具備這三大優點，且生動而緊湊，從頭到尾節奏明快，且文體穩健中透出詼諧與灑脫，也能展露現代派的一些藝術技法，顯得放收自如。[27]劉紹銘則盛讚張系國的對白的維肖維妙，以及一改臺北文壇不夠寫實的弊端，追得上時代脈搏。[28]

相對於《棋王》雜揉都市傳說與奇幻色彩，諷刺社會，《昨日之怒》顯得相當直接面向現實，也展現張系國將臺灣作為創作原型的使命感。[29]《昨日之怒》一書以 1971 年前後發生在美國的釣魚臺運動為背景，點燃海外知識分子的愛恨及強烈的家國之思。張系國謙稱：

> 我並不是最夠資格寫海外保釣運動的人。我心目中至少還有兩三個人，比我更有資格寫這本小說。以他們的文學修養和參與的經歷，寫出來的作品一定更動人。可惜他們一直不肯寫，寫了也未必肯發表。在釣運裡，我屬於中間派，後來且被一些朋友視為叛徒。《昨日之怒》對海外釣運的解釋，只是許多可能的解釋裡的一種。讀者並不必完全接受這種解釋。我也預期，《昨日之怒》會被嚴屬的批判，或將被視為大毒草。但我已盡可能忠實的記載下我所看到的海外釣運的演變。對這次愛國運動功過最後的判斷，應該由讀者來作決定。[30]

顯然這本書在言志的目標上，要大於藝術的嚮往。藉由此書，張系國同時點出身處海外的新生代，「生長在髒亂的華埠，他們面對的是美國社會的種族歧視，他們所要爭取的是在這個社會裡發展，在這個社會裡生根的

---

[27]余光中，〈天機欲覷話棋王〉，《棋王》（臺北：洪範書店，1982 年），頁 1～10。
[28]劉紹銘，〈張系國的《黃河之水》〉，《道德・文章》（臺北：時報文化出版公司，1984 年），頁 15～27。
[29]姚嘉為，〈心繫臺灣遊子魂——文學電腦兩棲的張系國〉，《在寫作中還鄉》，頁 189。
[30]張系國，〈後記〉，《昨日之怒》（臺北：洪範書店，1978 年），頁 299。

權利。」[31]於是華人徘徊在中國文化與新世界中，心繫臺灣青年，或因為經濟因素歸不得，但也不乏因為政治原因，遭到列入黑名單，一樣有家難歸。

　　龍應台在〈龍應台評小說〉中，稱《昨日之怒》為他「最壞的」作品，評價張系國的政治小說過於重視文以載道，掉進了說理的陷阱，失去了藝術價值。她直指：

> 本書主題是保釣運動。書中的人物、對話、情節發展就像木頭模特兒的四肢，經由螺絲釘，硬邦邦的旋轉到保釣運動的軀幹上去。這個軀幹其實不能操縱肢體的活動；模特兒是死的。……他們是作者本身情緒的宣洩，這種宣洩沒有經過藝術的過濾，使《昨日之怒》成為赤裸裸的論文。[32]

　　相對龍應台的負評，評論界有不少聲援張系國的聲音。齊邦媛就認為，《昨日之怒》自有獨特的史料價值，書中角色不時慷慨激昂發表政治意見，高談保釣運動與中國命運，不免減損藝術價值，但是確實記錄了留學生所經歷時代動盪、挑戰與考驗，遠超過先前「留學生文學」中的單純生活，以及僅留下與回國個人抉擇，開創了更具歷史意義的書寫。[33]林聰舜雖也點出了《昨日之怒》若干的缺點，他依舊主張此書比一般中國現代小說成功，源於這部小說的基調是感時憂國，寫出一批理想主義青年，對釣運理想沉淪的黯然神傷，而作者能正視時代的脈搏，同時作為一本有揭露意義的小說，張系國雖有保留，但也坦露出知識分子在政治運動中的怯懦、

---

[31]張系國，《昨日之怒》，頁72。

[32]龍應台，〈最壞的與最好的──評張系國《昨日之怒》與《不朽者》〉，《新書月刊》第 13 期（1984 年 10 月），頁 31〜32。

[33]齊邦媛，〈留學「生」文學──由非常心到平常心〉，《千年之淚》（臺北：爾雅出版社，1990 年），頁 160〜168。

妥協、勢利、不團結、好內鬥等缺點。[34]

《黃河之水》則從海外轉為關注本土，張系國描寫 1970 年代中葉臺灣的政治與經濟變遷，透過來自鄉間的青年學生在臺北的經歷，敘述經濟危機，政商勾結和選舉競爭，反應臺灣在現代化過程中的眾生相。在小說成就上，評論界的回應較為不佳，劉紹銘指出，張系國深入臺灣政經、文教、人情社會的變化，寫了學生、吧女、歌女、商人、小官僚、幫閒教授等等，人物眾多，篇幅有限，以致於細節不夠，結構稍嫌鬆懈。[35]林聰舜則認為，張系國能深入臺灣鄉土與政商的糾葛，希望針砭地方政治，促進國家的現代化，但在《黃河之水》中就本土的寫作，卻比在《昨日之怒》中更避重就輕，對影響臺灣發展極為深遠的重大問題處理，都是蜻蜓點水般的輕輕帶過，不免讓人失望。[36]

伍、張系國寫實中短篇小說綜述

張系國的寫實中短篇小說不斷推陳出新，出國留學初期出版的《地》（1970），奠定了他在文壇的聲望。備受評論家讚許的「遊子魂組曲」，分別是《香蕉船》（1976）與《不朽者》（1983），書寫了當代人在理想與妥協之間的徘徊。轟動一時的《沙豬傳奇》（1988）則以男人對父權懺悔的特殊角度，引發社會的熱烈討論。2000 年以後，以「民生主義系列」推出的《大法師》（2002）、《神交俠侶》（2002）、《箱子　跳蚤　狗》（2003）、《城市獵人》（2004）等書，則還有待評論者討論與研究。

張系國的短篇小說中，《地》可謂是他「留學生文學」的唯一作品。蔡雅薰指出，有別於多數「留學生文學」經常慨嘆美國生活的苦悶與失落，張系國能貼近現實，同時又以「側面迂迴或超現實的手法，如寓言、象徵或書信來寄寓對留學生問題的思考，強調身處異國，遠離土地的失落感。

---

[34] 林聰舜，〈迷茫的現實關懷—論張系國的《昨日之怒》〉，《文星》第 103 期（1987 年 1 月），頁 93。

[35] 劉紹銘，〈張系國的《黃河之水》〉，《道德‧文章》，頁 15～27。

[36] 林聰舜，〈迷茫的現實關懷—論張系國的《昨日之怒》〉，《文星》第 103 期，頁 92～97。

同時，張系國也透過小說討論身分認同的問題，點出一旦人與土地疏離之後，隨之而來的空間迷失與身分迷惘，是情感上最大的困擾。」[37]

張系國的「遊子魂組曲」系列，受到評論界高度的肯定，夏祖麗在訪談張系國時指出，《香蕉船》寫的大部分是海外中國人的故事，描寫在美國、在海上、在香港、在臺灣各種不同的中國人的生活辛酸、血淚與掙扎。楊牧點出這一系列小說悲觀的面向：

> 「遊子魂組曲」六篇所處理的問題是如作者所說，「人的掙扎」，或者應該更明確地說，是人的浪跡，身體和精神的飄泊。這浪跡的結局一律是死滅，從地球的表面消逝，有些人帶著辛酸，怨恨，有些人帶著迷惘，幻想。張系國描寫，甚至研究，人的掙扎的問題，而他所提供的答案是憂鬱的，雖然他也暗示反抗精神的尊貴，可是反抗精神隨時有被淹沒的危險。[38]

齊邦媛就點出，「香蕉船」原本是臺灣冰果店的美食，而在現實中，張系國卻讓希望偷渡到外國的華人，非法登上一艘運香蕉船，失足跌死，充分展現出一旦離開家鄉土地，遊子的掙扎也失去了依憑。[39]

〈香蕉船〉沒有過度政治論述，失去的藝術性。齊邦媛就以其中的〈紅孩兒〉與《昨日之怒》相比較，認為〈紅孩兒〉以書信體寫成，這一束寫給名為高強的留美學生的信，有來自家人的，有來自保釣運動中的各方友人，書信內容充滿了叫囂與紛爭，唯有最後失蹤的高強本人沒有發言。顯然，張系國以含蓄未盡的敘述（understatement）的啟發力量，將一

---

[37] 詳見蔡雅薰，〈六、七〇年代臺灣重要旅美作家作品論──張系國（1944～）〉，《從留學生到移民──臺灣旅美作家之小說析論》（臺北：萬卷樓圖書公司，2001 年），頁 280～288。

[38] 楊牧，〈張系國的關心和藝術〉，收錄於張系國，《香蕉船》（臺北：洪範書店，1976 年），頁 1～11。

[39] 齊邦媛，〈留學「生」文學──由非常心到平常心〉，《千年之淚》，頁 160～168。

切未言明者交給讀者自己去想像、填充，展現了簡潔有力的小說技法。[40]同時值得注意的是，張系國的短篇小說中，以直接淺白的語言更貼近現實，筆調接近社會新聞與調查報導，顯然受到當時流行的報導文學影響[41]，在主題上雖然多半憂鬱且哀傷，但楊牧也提醒在《香蕉船》的篇章中：「這種憂鬱要到〈笛〉裡才稍稍化解，彷彿有一絲陽光，保證人性和大自然之間確有一點共通的靈犀，有待我們去熱心尋覓。」[42]

至於龍應台稱為「實在是不可多得的傑作」的《不朽者》，則沒有耽溺在悲觀與淒涼的基調，反而貼近了譴責小說的犀利與諷刺。《不朽者》所集五個短篇程度很齊，龍應台特別點出〈決策者〉及〈不朽者〉最能表現張系國藝術的成熟，其中〈決策者〉的主題是 1980 年代的「官場現形記」，主角張必敬在國外沒當上系主任，所以回臺灣當官，無論在官場或學界，不斷面對出賣的命運。龍應台強調：

> 這篇小說奇特之處當然在它的表現方式。全文以電腦程式和考卷格式寫成，是一個典型的 tour de force（文學的特技表演）。如果特技只是為了表現作者多智，使他自我陶醉一番，這特技就沒有什麼文學價值（譬如《五玉碟》）。如果這特技與主題習習相關，甚至因它而使主題更深刻，這個 tour de force 就有分量了。[43]

張系國在〈決策者〉中能創造前衛的形式，把小說情節寫成探險遊戲，讀者跟著一步一步闖關，看似嬉戲，但作者也將遊戲的隱喻和人生決策相呼應，主角的人生正如探險遊戲，每一個叉路，每一扇門，都意味著一個決策，各種歧路排列組合之下，有無數個可能的方向，也展現出主角

---

[40]楊牧，〈張系國的關心和藝術〉，張系國，《香蕉船》，頁 1～11。
[41]夏祖麗，〈理智的尋夢者：張系國訪問記〉，《書評書目》第 52 期（1977 年 8 月），頁 33～44。
[42]楊牧，〈張系國的關心和藝術〉，張系國，《香蕉船》，頁 1～11。
[43]龍應台，〈最壞的與最好的──評張系國《昨日之怒》與《不朽者》〉，《新書月刊》第 13 期，頁 32～33。

陷入了電腦遊戲一樣，無論如何繞來繞去，總是會走向歧途。小說家在形
式與意涵中平衡，既能呼應出選擇時的卑劣，又能流露出對失敗者的同
情，塑造出立體的角色。至於〈不朽者〉中，張系國透過敘事觀點的多重
轉換，把一個看似男女的情愛與掙扎的小說，藉由首尾兩節專注於自殺的
解聘工人，帶來特殊的張力。也就是富人與知識分子糾葛在情愛中，底層
人物面對的是生存的最後掙扎，龍應台特別強調：「這個對社會的控訴、對
知識分子的指責，卻不是以文字表達出來。張系國由場景的選擇與敘事觀
點的變化，讓讀者自己去發覺一股暗藏的憤怒──這是〈不朽者〉最突出
的成就。」[44]

　　短篇小說集《沙豬傳奇》描寫兩性關係的弔詭，他創造了「沙豬」一詞，
將「男性沙文主義豬」（male chauvinist pig）簡稱大男人主義者，不但形成流
行語，在每一篇發表時，也引起熱烈的迴響與討論。[45]貫穿這七篇小說的主
旨，廖咸浩稱之為「偏見」或「狂想」：

　　　　每篇都體現了男性對女性一廂情願的想法：希望女性溫柔順從，易於駕
　　　　馭，且又體貼入微，能百分之百滿足男人需求。然而，狂想的底層往往
　　　　又蟄伏著深深的恐懼，生怕女性會反其道而行。[46]

　　而從女性主義角度出發，則從另一個角度批判，《沙豬傳奇》流露出現
代沙豬在男女平等思潮下，不免對兩性關係產生焦慮與敵意，自稱「沙
豬」，表面上是貶抑自身，恭維女性，實際上，隱藏著現代男性充滿困惑，
對變遷中的兩性關係有著深刻的危機感。[47]無論如何，李元貞還是肯定〈一

---

[44]龍應台，〈最壞的與最好的──評張系國《昨日之怒》與《不朽者》〉，《新書月刊》第 13 期，頁
　　33。

[45]姚嘉為，〈心繫臺灣遊子魂──文學電腦兩棲的張系國〉，《在寫作中還鄉──北美的天空下》，頁
　　189。

[46]廖咸浩，〈狂想騎士的夢幻追逐〉，《聯合文學》第 58 期（1989 年 8 月），頁 192～193。

[47]李元貞，〈現代沙豬的危機意識──評張系國的《沙豬傳奇》〉，《解放愛與美》（臺北：婦女新知基
　　金會出版部，1990 年），頁 81～85。

千零一夜〉及〈匈奴北徙記〉兩文：「流露出沙豬對自己所作所為的危機感（男作家與男學者不能再自大下去），卻進一步作了自我檢討，超越了男性作家本位的局限，的確在男女問題的思考上十分深刻，該為張系國喝采。」[48]

張系國在 2002 年提出了「大器小說」的觀念，他指出：「大器小說無所不寫、無所不容、無所不器。活的大器小說不僅包括文字和其他媒體，開拓小說創作的多重空間，並且會不斷生長變化。大器小說不僅描述現實、滲透現實，而且大器現實。大器小說不排斥資訊，卻駕馭資訊。資訊如水般流動不息，大器小說是架在資訊流水上的橋，橋墩是一個個故事，故事間再以雜文鋪陳為橋面，又以圖片等為裝潢。」[49]因此，他以食、衣、住、行、育樂五書，建構了一套「民生主義系列小說」，在短篇小說間，交錯典故、插圖、地圖、新趨勢圖解、食譜與散文等，體例新潮，但未引發評論界的重視。

陸、結論

張系國是少見深入臺灣現實的旅外作家，他所書寫的題目相當重視傳統與鄉土，科幻小說懷抱著對傳統的孺慕之情，寫實小說關心國家與社會發展的問題。張系國曾說：「我唯一真正的愛好就是寫作。如果我不能經常接觸我成長的這片土地，呼吸到自己國家的空氣，我知道我便喪失了我寫作力量唯一的泉源，我的存在亦完全沒有意義。多少年來，我夢寐所思的便是那片土地，每時每刻，我每一個細胞都呼喚著回去。」[50] 新竹與臺北成為他的祕密武器，在他書寫的城鄉對比中，現代與傳統對照中，參差對照出時代的病態、社會的危機與認同的危機，打造出他有別於現代派與鄉土派的小說格局與藝術。

---

[48]李元貞，〈現代沙豬的危機意識——評張系國的《沙豬傳奇》〉，《解放愛與美》，頁 81～85。

[49]張系國，〈民生主義系列小說總介（序）〉，《大法師／民生主義系列食書》，（臺北：天培文化公司，2002 年），頁 5～6。

[50]張系國，〈後記〉，《香蕉船》，頁 145～149。

　　張系國有著強烈的感時憂國的情結，黃武忠評價：「張系國的小說有著相當的震撼力和感染力，包容著廣大的層面，而以整個國家社會為註腳，因此辭采不用雕琢修飾，便能引起讀者共鳴，讀之無不感慨萬千。」相當精準地總括了他的小說特質。在政治與文學的平衡上，在現實與藝術的抉擇中，龍應台就曾提醒：「中國情意結」似乎是張系國的意識形態（ideology），也是他藝術生命的泉源，於是期待他能駕馭這個「結」，能不要過於政治論述，從而重視小說的語言和形式。在此一標準下，張系國的科幻小說固然有其重要性，他的寫實短篇小說與《棋王》，顯然都有較高的藝術價值。

　　至於張系國的鄉土是一種中國傳統的想像，還是對於臺灣故土的關懷？劉秀美就指出，在張系國的小說中，新竹的地理座標往往看似不明確，但在鄉愁想像的結構中是堅實地存在，於是無論美醜，都只是一種「空間遊離」下的想像鄉愁，張系國成就了精神返鄉之路[51]，這是他深刻的臺灣情結。

　　在歷來的張系國研究與評論，多集中在他的科幻小說，以及 1980 年代以前的寫實小說作品上，相形之下，對於張系國的散文與雜文，深入討論的文章並不多見。事實上，張系國大學時期就經常撰寫一些短評和論著，發表在《大學論壇》、《大學新聞》等刊物，其後他長期寫專欄，等到網路出現後，他也勤於發表在部落格上，他關切國際政治對臺灣的衝擊，也關懷時代衝擊下認同的變遷[52]，楊牧就曾提醒：

　　　而張系國更偶爾捨棄他小說的文學形式，開始寫些長短不一的思想性文
　　　章和社會評論，時常有相當中肯有力的見解。我猜想他後來寫隨筆雜文
　　　用「域外人」為筆名，當是這個時期的醞釀啟發，從此張系國除了小說

---

[51] 詳見王德威，《跨世紀風華：當代小說 20 家》（臺北：麥田出版，2002 年），頁 136。
[52] 張系國，〈自序兼導論〉，《帝國和台客》（臺北：天下雜誌公司，2008 年），頁 4～11。

家以外，也變成一個「方塊作家」，而實際上他是科學家。[53]

在未來的研究上，不妨可以從散文與雜文中，對照比對小說的背景，理解張系國如何科幻？又如何寫實？

---

[53]楊牧，〈張系國的關心和藝術〉，張系國，《香蕉船》，頁 1～11。

輯四◎
重要評論文章選刊

《地》增訂本後記

◎張系國

　　《地》出版到現在，已經快三年了。這三年間，我只寫了兩篇小說：
〈割禮〉和〈天魁星落草〉。現在趁著再版的機會，將〈割禮〉也收入這個
集子，同時對我個人六年來的創作，做最後的回顧。

　　《地》一共收集了七篇小說。前面三篇，是 1966 到 1969 年間，我還
在美國布克萊城加州大學念書時寫的。那時剛出國不久，濃厚的懷鄉情
緒，可以在〈地〉和〈亞布羅諾威〉裡看得出來。〈超人列傳〉則從另一個
角度，探討知識分子的未來。1969 年 4 月，我離開加州大學，到了紐約城
北二十哩的約克鎮。在那兒我進入華生研究中心任研究員，一方面賣腦
汁，一方面認真思索中國的未來以及我個人的未來。我開始為《大學雜
誌》主編「域外集」，以後維持了兩年多，一直到去年十月歸國，才正式結
束。在華生研究中心工作的一年半，我的心情非常苦惱，覺得思想上沒有
出路。《地》的其次三篇小說〈流砂河〉、〈枯骨札記〉和〈焚〉，就是這時
候寫的。1970 年 9 月，我到康乃爾大學電機系任副教授。去康乃爾大學，
實在是因為厭煩了研究中心賣腦汁的生活。一到康乃爾大學，正好碰上
「保衛釣魚臺運動」。以後的半年，就將全副精力放到這裡面去。回想起
來，這些日子，可說是我六年留學生涯，生活得最有勁的一段時光。〈割
禮〉是遊行後三個晚上趕出來的，雖然有很多缺點，我還是很喜歡這篇小
說，也許因為它保存了我那時激昂的心境。這篇小說，再遲三個月，恐怕
就永遠寫不出來了。因為，到了 1971 年 6 月。「保衛釣魚臺運動」已經開
始分裂。原來以為能團結海外中國人的運動，到這時卻造成左、右翼的尖

銳對立。實在是件令人傷心的事。我在康乃爾大學,既窮於應付左右兩翼的中國同學,和原先合辦「域外集」的夥伴們,又發生思想上的分歧,因此覺得非常疲乏,心力交瘁。1971 年 7 月,遂又回到華生研究中心。自此到 1972 年 10 月間的一年多,只再寫過一篇〈天魁星落草〉。不過這篇小說,和前七篇風格不同,所以不收入《地》。

以上的七篇小說,大約反映了我六年來各時期的心情。回國後,許多年輕朋友問我,為什麼《地》裡的故事都那麼「灰色」,不夠「健康」。我只能說,我看到的世界,就是這麼灰色。沒法強顏歡笑。也許這就是所謂「留學生文學」的特色?不過,不論如何,我拒絕再充當「留學生文學」這荒謬文學裡的荒謬角色。「留學生文學」是一條死胡同,除非變成那布可夫(Vladimir Nabokov),寫寫《羅麗泰》,否則實在沒有出路的。

我既已向「留學生文學」告別,《地》大約就是我對「留學生文學」僅有的「貢獻」了。和許多人一樣,我也堅信,我還沒有寫出最好的小說。未來的小說,究竟是好是壞,當然沒法預料,但我相信會是真正從中國的泥土裡長出的果實。

1973 年 5 月 7 日於南港

──選自張系國《地》
臺北:純文學出版社,1973 年 5 月

民生主義系列小說總介

◎張系國

　　民生主義系列小說是我構想多年的大器小說的具體實踐。很久以前就有人宣稱小說已經死亡，而且每隔一段時間又有人誤以為這題目還新鮮，跳出來叫嚷一陣。作為一種藝術形式，小說其實無所謂死亡不死亡，因為對永恆的藝術而言死亡的問題根本不存在。但是隨著人們閱讀習慣和閱讀方式的改變，小說逐漸不再是普羅大眾的最愛，也不再能反映小市民的心聲。人們寧可看電視或電影、上電腦網路，也不願意閱讀小說。作為一種傳播媒介，小說的確受到其他傳播媒介的威脅。

　　小說可以退縮成為分眾的傳播媒介，但我認為情況並不一定如此悲觀。一本小說可以在出版時不暢銷，卻產生持久的影響，並且逐漸擴散到全世界，這是別的傳播媒介所不易做到的。我認為小說並沒有死亡，可是小說必須大器化。大器小說無所不寫、無所不容、無所不器。活的大器小說不僅包括文字和其他媒體，開拓小說創作的多重空間，並且會不斷生長變化。大器小說不僅描述現實、滲透現實，而且大器現實。大器小說不排斥資訊，卻駕馭資訊。資訊如水般流動不息，大器小說是架在資訊流水上的橋，橋墩是一個個故事，故事間再以雜文鋪陳為橋面，又以圖片等為裝潢。大器小說是不斷變化生長中的書，這也是近年我在資訊科學研究方面一再鼓吹的所謂「生長中的書」的概念。

　　民生主義系列小說包括食、衣、住、行、育樂五書。民生主義系列大器小說除了小說可讀之外，甚至能夠幫人經營中餐館、設計服裝、購買房地產、出國自助旅遊、使用電腦網路！

　　《大法師》是民生主義系列的「食書」。如果把各種政治口號和族群標籤都除去，中國人真正共通的唯有中餐館了。五湖四海這些家庭經營的中餐館掛著同樣的月曆，供著同樣的神。「大唐英雄傳」把我走遍天下唐人街到過的中餐館、碰到的形形色色人物和聽到的餐館故事寫成小說。區隔頁則用很淡的顏色，和正文區分，不妨礙閱讀。但區隔頁實際上是食譜，包含有價值的資訊，讀者要讀也會有些收穫的。每頁再用菜單鑲邊，菜單分類為廣東菜、湖南菜等，每篇不同。鑲邊的菜單有時會自然和文本產生互動的效果。最後再以文字索引、幽默漫畫等編成感應地圖。我自幼愛看牛哥的漫畫也嗜讀牛哥的小說，所以〈職業兇手〉、〈賭國仇城〉和〈情報販子〉等篇都和牛哥的小說同題。承牛嫂李馮娜妮女士慨允提供牛哥的漫畫作為插圖，真是非常難得，在此致謝。

　　《箱子　跳蚤　狗》是民生主義系列的「行書」。這是一本關於旅行的小書，不僅說明怎麼樣才能夠旅行得愉快，也包括有關旅行的散文以及旅行小說兩篇。最後再以文字索引、自助旅遊須知、分時旅遊網址、地圖等編成感應地圖。

　　《神交俠侶》是民生主義系列的「育樂書」。這是一本關於電腦網路的書，包括七篇小說構成的「網際恩仇錄」。為統一區隔頁的風格，區隔頁用我編的網路入門書《上網淘美金》中文版的第一章「網際網路知多少」、第五章「全球資訊網」及第七章「電子商務」裡既有實用價值、又有圖片的部分。

　　感應地圖和一般的索引類似，可是增加了文章的題目，同時添列了頁數，也可能包括插圖、幽默漫畫地圖、圖片等，不僅便利讀者查尋，而且刺激讀者和作者間的互動聯想。使用方法是每次選擇一個或數個觀念，一方面閱讀感應地圖所指的文章，一方面思考這組觀念的內在關係及外在結構。金句以及人物則是為了激發靈感、觸類旁通。感應地圖依漢語拼音排序。

　　民生主義系列的「衣書」和「住書」將不僅包括小說，感應地圖裡或

許還有紙摺人形及服裝設計、外銷點網址、世界房地產購樓須知等，其實還是以小說為主，別的都是好玩的附加價值。預計在明年或後年可以把民生主義系列的五本書都出齊，到那時國歌和國旗可能都面目全非，便拿這套書紀念三民主義，了卻我一椿心願。

2002 年 2 月 22 日

——選自張系國《大法師——民生主義系列食書》
臺北：天培文化公司，2002 年 7 月

《帝國和台客》自序兼導論

◎張系國

一

　　中文的好處是單數和多數常是同一個字或詞，因此含意豐富，當然這也可能是中文不夠精確的原因之一。這本書的書名《帝國和台客》所說的帝國至少有三種含意。帝國可以指中國，也可以指美國，還有可能並指美國和中國。有一個帝國或許將會衰落（見本書第一章），另外一個帝國顯然正在崛起（見本書第三章），而臺灣正好夾在中間。所以《帝國和台客》一書所要討論的，既是臺灣和一個帝國（中國或美國）的關係，也是臺灣和兩個帝國（美國和中國）的關係。

　　為什麼書名是《帝國和台客》而不是《帝國和臺灣》？因為我想強調的是人的主體性。在寫這篇序文的時候，這本書還沒有交給出版社，封面也未設計好。但是如果能夠依照我的意思設計，封面應該會是一幅漫畫，瘦小棒球打擊手面對左右兩名強壯的帝國投手。他們的大小那麼懸殊，小棒球打擊手會被其中一位帝國投手封殺、甚至被兩人聯合封殺嗎？這是我最關心的，也是我寫這本書的主要動機。我自認是台客的一員，祖先來自一個帝國，自己現居另外一個帝國，和三者都有千絲萬縷的關係和剪不斷的感情。但是我最關心的還是最不起眼的台客。

　　台客究竟是什麼意思，可以寫好幾本書討論。有人會認為如果不愛臺灣，就連討論台客的資格都沒有，但你愛不愛臺灣卻是他們說了算。這就把台客的政治性無限上綱了。我覺得並不必搞得這樣複雜、這麼政治掛

帥。台客的意思，最好從一般人的用法裡去理解。有次我寫一篇文章，講我如何將買來的小快艇改裝成住家船，一位讀者微微女士說我很台。我問她這是稱讚還是批評？她這麼回答：「說台，我的意思當然是稱讚不是批評。你內文改裝過程提到了臺灣的三輪車云云，我看得很開心，自己沒有想太多就脫口而出。不過究竟這個字似乎是敏感了點……解釋太多不知會否越描越黑。何況我還是想不出來有哪些替代的說法，可以形容這種質樸爽快、純真可愛、聰明伶俐、腦筋靈活、隨機應變、山不轉路轉、兵來將擋水來土掩、自行動手解決問題的行事風格。」

其實我明知故問，因為有人說我很台，當然我心中十分高興。微微女士無意間給台客下了絕佳而精確的定義，我的看法也是一樣：所謂的台客就是具備質樸爽快、純真可愛、聰明伶俐、腦筋靈活、隨機應變、山不轉路轉、兵來將擋水來土掩、自行動手解決問題的行事風格的人。他可能是臺灣的本省人，也可能是臺灣的外省人或外省第二代，又可能是生長在臺灣卻在外地或中國大陸旅居的人。台客有他的性格特質，台客文化也有它的特色，在本書第二章會詳細討論。

台客遇到帝國，就如同秀才遇到兵一樣，真是有理說不清，何況遇到的還不止一個帝國呢？帝國和台客的關係，可能是帝國加台客，兩者相輔相成；也可能是帝國夾台客，台客在帝國的夾縫中生存；最好的情況是帝國恰台客。「恰」是呼回語，娶嫁切，所以讀做「恰」。如果讀者不清楚來龍去脈，呼回是我的科幻小說裡所描寫的古文明。但是後來我到阿根廷旅行，居然發現阿根廷有個偏遠省分就叫呼回，所以呼回世界真有其地。怎樣才能帝國恰台客？這是本書第四章和第五章要詳細討論的，也是我近年思考的心得。簡單的說，台客必須像跳恰恰舞一樣，和帝國保持距離但情感融洽，來創造屬於自己的溫暖明亮的小世界。

二

台客文化就是一種混雜和融合的文化，和大一統帝國的文化很不一

樣。《海角七號》電影中有原住民、外省人、閩南人、客家人，也展現了台客的多樣與包容。其實跑到臺灣的人和從臺灣跑出來的人不論身在何處，都可以說是廣義的台客。帝國真的能夠恰台客嗎？我認為有可能，因為後現代社會基本上是融合（fusion）或雜種（hybrid）的時代。不僅 2008 的美國總統候選人歐巴馬，連救世主的形象都由純白種人變成雜種，例如《駭客任務：重裝上陣》裡的基奴李維就有東方血統。提到雜種，我不得想起若干年前到李家同家做客的往事。

那時家同還在美國海軍研究院任職，住在馬裡蘭州華盛頓附近。我有事到華盛頓，晚上就去他家吃飯。原來他還請了別人，姑隱其名，滿豪邁的一條漢子，大家相談甚歡。後來話題不知怎的轉到異族通婚，那漢子表示他贊成異族通婚文化融合。我當年是不折不扣的大漢沙文主義者，立刻就說，文化融合我不反對，但是異族通婚以後兩人生出的孩子就成了……講到這裡我感覺到桌子下面有人踢我一腳，以為誰不小心碰到我，仍舊繼續把話說完：「這一來兩人生出的孩子就成了雜種！」

豪邁漢子哈哈笑道：「不錯，我的兒子就是雜種。」

當時場面的尷尬就別提了。事後家同埋怨我說：「不是已經警告你嗎？」我只好自嘲解釋，恐龍的神經系統比較遲鈍，腳底下發生的事情要三十秒後才能傳達到中樞神經，那時已經太遲。

不過這是多年前的往事了。如果換到今天，雜種不但不是貶詞，可能還是句讚美的話。我自己的觀念也有很大的改變。如果我再度見到那位豪邁漢子，我會說：「不妨事，我最疼愛的小外孫也是雜種！」

不錯，我的女婿是洋人，身高六尺三，是個溫文爾雅的畫家。但是說老實話，從女兒交朋友乃至結婚，我雖故示開明，骨子裡還是有些意見，嘴裡不便明說就是了。這觀念什麼時候改變的？女兒結婚後，其實我也未完全接納洋女婿，看在女兒的分上不積極反對已經算不容易。套一句臺灣的口頭語：雖不滿意但可以接受。

後來女兒懷孕了，他們和我們當然都很興奮。女兒生產那天，兩人直

接去了醫院，一直到艾比誕生後女婿才打電話通知，說昨晚不敢驚動我們，現在母子均安。我和妻立刻趕到醫院，小艾比已經躺在女兒床旁的小床裡面。問女兒想吃什麼，女兒說好想吃廣東粥。這才想起問女婿吃過飯沒有。原來他在產房已經耗了十多小時，十多小時什麼都沒有吃。就帶女婿去醫院附近的一家意大利餐廳。女婿說起生產的經過，女兒一路如何使勁，掙得滿臉都是汗水，十分狼狽。

「可是，」女婿說：「那時候她好美麗，我從未看見她這麼美麗過。」

說也奇怪，女婿說過這話以後，我從此再也看不見他的膚色。他究竟是白的黑的，好像不再重要。或許有人會說：「幸好你的女婿是白人。如果是黑人，看你會不會繼續反對？」不錯，大家對黑人比較不能接受。但是如果像老虎伍茲或飛人喬丹或洋基隊的紀特，做女婿又有何不可？所以完全看個人。

故事似乎講完了，可還有一段蛇足，不能不添進去。前面不是講女兒說她好想吃廣東粥嗎？當晚我就趕去華埠買廣東粥，再回到醫院已過會客時間。怎麼辦呢？教父電影和許多警匪電影的情節立刻浮現在眼前。我停好車，提了廣東粥外賣的紙袋就往急診室跑，果然沒有人管我。從急診室潛入醫院的樓梯，爬上四樓，乘別人按鈴堂而皇之通過醫院內門進了女兒的房間。我這樣很台，對不對？女兒正抱著艾比餵奶，看我進來大為驚異。

「爸，你怎麼進來的？」

我並不回答，打開盛廣東粥紙碗的碗蓋，餵女兒吃粥，女兒一面吃粥一面餵嬰兒。這一剎那我突然領悟，這就是生之循環。從此我這頭老恐龍變得比較不貪生怕死。

本書根據我過去發表的文章重新整合改寫，再加入許多新的材料。這些文章在我的雜文集《男人究竟要什麼？》（洪範書店出版）裡面出現過。雜文集的讀者多半是愛好文學的人。有系統、有主題、有關文化思想的書，讀者多半是喜歡思考文化現象的人，它的架構和雜文集不一樣。所以

同樣的文章，在雜文集裡面只是一篇文章，在本書裡就看得出它的思想脈絡。這也是我編寫本書的主要動機，希望《帝國和台客》這本書能夠在這關鍵時刻，提出問題供大家思考。

2008 年 6 月 15 日

——選自張系國《帝國和台客》

臺北：天下雜誌公司，2008 年 10 月

我為什麼編「域外集」

◎張系國

　　1966 年在我的一生中是頗具關鍵性的一年。那年正在服兵役，同時準備去美國留學，但是還沒有決定到哪一所大學。念臺大時我的外務太多又不用功，所以成績平平，自己也知道拿獎學金的希望不大，就把生平第一篇學術論文和申請書一齊寄給申請的幾所大學。我的本行雖是電機，但從來只愛寫小說，寫學術論文還是頭一遭。那篇學術論文的內容有關邏輯電路，後來居然被美國電機工程學術期刊接受發表，但是當時並不知道好壞。聖母大學（諾特丹大學）不久就寄來通知，給我全額的獎學金，這篇論文應該起了些積極作用。其他幾所大學陸續也都錄取了我，但是都沒有獎學金，其中包括加州大學的柏克萊分校。

　　這反而構成一個難題。照理說我應該選擇聖母大學，因為只有它給我全額獎學金，而且學校的名聲也不錯。家裡人都以為我去定了聖母大學，但是我心裡實在想去柏克萊，因為那是美國學運的大本營，我早就嚮往的革命聖地。老實說，一直到上飛機前我都無法做決定，辦出國手續還是用聖母大學的入學許可辦的。到了舊金山，馮華清兄來接我，安排我暫住在舊金山百老匯街一家餐廳的二樓，晚上被餐廳的樂隊吵得睡不著。清晨起來，我走到百老匯街盡頭，看到晨霧漸消的海灣大橋彷彿從海中冉冉升起。正如歌曲〈我的心留在舊金山〉所唱的，從此我的心就留在那裡。立刻寫信給聖母大學說抱歉不能來了，第二天就到加州大學柏克萊分校報到。

　　當時這樣的決定實在有些冒險，因為帶的錢勉強只夠一個學期的學費

和生活費。從舊金山百老匯街，我搬到柏克萊的青年會館，每天積極找地方住。剛好在當地的社區報上看到有人租房間給學生住，一個月才 35 美元，趕快打電話去問。原來這房間在地下室，下雨天還會積水，所以特別便宜。但我貪便宜還是租下，一直到劉大任也來柏克萊，那時也拿到獎學金，才搬去和他合租了間比較像樣的公寓。

和劉大任相識不過是出國前幾個月的事。那時臺北有一堆喜歡搞思想的朋友經常聚會討論問題，輪流到幾個朋友的家，阿肥家是其中之一。阿肥就是丘延亮，搞現代音樂但對人類學和田野調查也有興趣，和我在臺大文學院 23 號教室的哲學討論會認識後，從此成為臭味相投的朋友。他可以說是最早拒絕聯考的小子，比後來因為寫《拒絕聯考的小子》出名的吳祥輝早了許多年。在一次聚會裡我第一次見到劉大任和陳映真，而他倆那天也是初次見面，大家就談得很投機。劉大任說他才從夏威夷回來，但是覺得夏威夷這人間天堂很無聊不願意留在那裡，想去柏克萊。我說真巧我也想去柏克萊，說不定在那裡我們還會再見面。後來不但再見面，還成了室友。

我先到柏克萊，不久劉大任也來了，然後是王靖獻夫婦從艾荷華大學轉來柏克萊加大。靖獻那時的筆名還是葉珊，後來才改為楊牧。除了大任和靖獻，常相往來的還有傅運籌、鄭清茂、唐文標、水晶等人。一年後，李渝和郭松棻又從洛杉磯加大轉來。這麼多隻健筆，更不要提隱居在柏克萊的張愛玲，一時柏克萊真是人才濟濟，盛況空前。其實還有李家同，不過那時他一心想當神父，寫文章還是後來的事。

在柏克萊我又認識了一批在加大念書的臺灣留學生，參加他們的讀書會。這些朋友和上述的文人朋友不是同一批人，應該說是思想比較左傾的一群。但是這讀書會不久就因為內部鬥爭而散夥，也是我第一次嚐到政治鬥爭的滋味。不過和國內相比，這只能算是茶杯裡的風波。在臺灣的朋友卻真正受到政治的牽連，阿肥、單槓（陳述孔）、陳映真等人統統被捕。直到後來我才明白，個中原因牽扯到權力中心的政治鬥爭，這些朋友全是政

治鬥爭的犧牲品。當時我只感覺到白色恐怖無孔不入，覺得這個社會非徹底改造不行。

　　在臺大時我參與過兩份刊物的編輯工作，一份是《大學新聞》，一份是《大學論壇》，兩份刊物的社長都因為我的文章被臺大記過。1968 年，從前在臺大一起辦《大學論壇》的老友何步正和我聯絡，說他幫忙一群有理想的朋友在臺灣辦一份思想性的雜誌，希望我不但在海外幫他們拉稿，並且設法募款支援。這份刊物就是《大學雜誌》，這群有理想的朋友我也多半認得，多數是無黨派的書生如金耀基、楊國樞、陳鼓應，也有少數和國民黨走得比較近的如許信良、張俊宏。誰知道當時大家以為是老 K 派來臥底的，後來卻成為黨外健將，沒有他倆就沒有民進黨。

　　步正雖是香港僑生，但是對《大學雜誌》特別熱心，他有廣東人的牛勁，這就是為什麼搞革命不能沒有老廣的道理。正好我也深深覺得必須為臺灣做些什麼，至少可以介紹國外思潮趁機點醒眾生。於是積極串連上述幾個圈子裡的朋友，出錢出力創辦了「域外集」。

　　「域外集」裡寫稿的人最初多半是被我強拉進去，不但寫稿，還要捐錢！但是大家的理想相當接近，所以我總是開玩笑告訴朋友，「域外集」也有稿費的，不過稿費是個負數。據步正說，我們捐的錢對當時的《大學雜誌》不無幫助。「域外集」維持了兩年多（《大學雜誌》第 15 期到 48 期），由我和大任等輪流主編。直到保釣風雲驟起，大家的注意力集中到釣運上面去，不久無可倖免開始內部鬥爭。「域外集」改為專欄「域外人語」，斷斷續續以專欄形式又繼續了一陣才結束。這時候《大學雜誌》已經成為臺灣頗有影響力的思想刊物。我也回國，不再是域外人，和王曉波、陳鼓應‧王拓等上山下海，在《大學雜誌》聯名發表〈救救孩子們〉（59 期）為礦工請命。但曉波和鼓應不久被警總短暫逮捕，我再度出國，從此步入人生另外一個階段。

——選自《文訊》第 316 期，2012 年 2 月

烏托邦與桃花源

◎張系國

常常有人對我說：「我不喜歡讀科幻小說，因為它講的都是未來世界虛擬的故事，和現實人生毫無關係！」真的是這樣嗎？

其實科幻小說一個很重要的主題，就是人如何安身立命？所以我就從安身立命談起，然後回顧科幻小說的過去並瞻望科幻小說的未來，最後「老張賣瓜、自賣自誇」介紹我最新科幻小說「海默三部曲」的第一部《多餘的世界》。

一、如何安身立命

華人不管身在何處，似乎都避免不了飄泊的命運，有時候是被動為了逃避戰亂，有時候是主動追尋更好的生活。往深一層次看，都是尋找安身立命的所在。

我有一位英年早逝的好朋友趙寧，他既會畫畫又能動筆。當年他最膾炙人口的就是漫畫配打油詩，有一首模仿王翰的〈涼州詞〉尤其傳誦一時：

葡萄美酒夜光杯

欲飲飛機馬達催

醉臥機場君莫笑

古來出國幾人回？

雖是打油詩，卻有鮮明的時代背景。過去的文人醉臥沙場是因為「古來征戰幾人回」，現在的學子醉臥機場則是因為「古來出國幾人回」，在上世紀 1960 年代的確如此。

但留學生出國一去不返的現象不久就起了變化。首先在臺灣出現了「歸國學人」的新詞。「歸國學人」本是褒揚的話，後來因為許多歸國學人表現不佳竟被視為「公害」，像過街老鼠般人人喊打。1980 年代以後回去的人實在太多，阿貓阿狗都是歸國學人，臺灣人見怪不怪，這些名詞反而被遺忘了。

在大陸也有過類似的變化過程。1990 年代的海龜派回國就坐了直升機青雲直上。但經濟泡沫危機隨即發生，人人羨慕的「海龜」變成到處吃不開的「海鱉」。加上跟隨著父母回去的小留學生種種不適應，反而給大陸社會製造了不少問題。

近年又出現一種現象：回去的不再是學成回國雄心萬丈的「歸國學人」或「海龜」，反而是退休的老僑。這種現象尤其以臺灣最為普遍。我曾經借用韋莊〈菩薩蠻〉的名句「未老莫還鄉，還鄉須斷腸」，指出新的趨勢是「未老莫還鄉，還鄉須臺獨」！

所謂「臺獨」就是「回臺獨居」的簡稱。如果夫妻都健在，多半會選擇留在僑居地。萬一有一方走了或者雙方離婚，單獨一個人留在僑居地沒啥意思，就會考慮還鄉定居。現在不再講究內在美（國）或外在美，而是內在天（堂）或外在地（獄）。

在臺灣只要有個 7-11，所有生活問題基本上都可以解決！所以從前喊：「一二三，到臺灣，臺灣有個阿里山。」現在則喊：「三二一，回嘉義，嘉義遍地七十一！」臺灣的健保也辦得不壞。但最主要還是因為臺灣的人文環境已經相當成熟，讓退休老人可以生活得很愜意，不會感到寂寞無聊。

然而黃美惠在「金山人語」專欄也坦白指出：臺北的經濟成長遠遠落後鄰國，淪為一個「適合養老、不適合衝刺事業的城市」。「若你尚年輕、

有才華，離開臺北到上海或北京發展是比較好的選擇」。

其實人間處處有桃源。華人如何安身立命？是出走或是回歸？可以有各種不同的選擇。

二、科幻的過去和未來

無獨有偶，「如何安身立命」也是科幻小說重要的主題。不僅是科幻小說，在建築理論裡也有學者提出類似的看法。美國華盛頓大學的席德班教授發明「生存美學」的理論，指出原始人為了躲避風雨和野獸必須躲到山洞裡，就是所謂的「隱蔽所」（Refuge）；但為了覓食打獵或收成，必須到空曠的田野去，就是所謂的「光明地」（Prospect）。

席德班教授認為東方和西方的建築，都包涵隱蔽所和光明地的對比。例如美國建築大師萊特（Frank Lloyd Wright）的重要作品強調明暗相間，往往通過黑暗的走廊進入光明的大廳。萊特的設計非常像蘇州獅子林明暗相間的走廊和大廳。不論是建築或其他藝術，到了哲學的境界往往東方和西方都是彼此相通的。

從小說的角度看，隱蔽所和光明地的對比就變化為回歸和出走的對比：人年輕時要奮發出走，邁向光明地；到了功成名就就想回歸鄉土故國，遁入隱蔽所。回歸和出走也就是人安身立命的兩種境界。

從西方和東方文化對立的角度看，西方人出走到心目中的光明地也就是烏托邦，東方人則回歸到嚮往的隱蔽所也就是桃花源。

荷馬的長詩〈奧德賽〉可說是古希臘人的科幻小說，敘述奧德賽和他的部下的飄泊故事。奧德賽離開他甜蜜的家園和美麗的潘羅普去攻打特洛伊城，城陷後卻又到處流浪了許多年。這是安身立命的兩種境界的弔詭：歌頌甜蜜家園的流浪者往往並不急著回家！

經典科幻電影《禁忌星球》（*Forbidden Planet*）改編自莎士比亞名劇《暴風雨》。飄泊的太空星艦是後來電視劇《星艦迷航記》的前身。禁忌星球的少女一心想跟隨她的戀人星艦艦長出走，而她的老父卻認為他已找到

最後的家園。這是安身立命的兩種境界的衝突,最後的勝利當然屬於年輕的生命。

另一本經典科幻小說羅博‧漢藍的《探星時代》(*Stranger in a Strange Land*)裡從地球出走探星的年輕人,竟發現他的太空船比後來出發的太空船走得更加緩慢,後發先至的太空船反而在目的地等他,所以他不是出走而是回歸。這是安身立命的兩種境界的妥協,也可看作「正、反、合」的辨證過程最後「合」的境界。

我還可以舉出許多類似的例子。我的第一篇科幻小說〈超人列傳〉是我出國第一年時寫的,探討的正是我在那時期思索最多的問題;人離開鄉土變成超人,如何安身立命?

科幻小說過去不大為華人世界所接受,但是這個情況正迅速改變。例如 2013 年美國新拍了一部科幻電影《重力》,女主角珊卓布拉克自己的太空船壞了,竟必須逃到中國的神舟宇航站求救。試想這種情況在二十年前可能發生嗎?現在華人世界的年輕人發現宇航不再是美國和俄國的專利,他們變得更有自信大步走出去。科幻文學本來就是樂觀主義的文學。近年科幻文學在大陸發展極為快速,我們樂觀其成。

三、回歸呼回世界

前幾年我有點消沉,少寫科幻小說,三年前才決定再度執筆。關於我這決定有個小故事:2010 年我跑去看一部當年得獎的阿根廷電影《他們眼中的祕密》。這部電影無論攝影、劇情、主角演技以及地方風情都頗有可觀,尤其有句對白深深打動了我:「一個人可以改變姓名、地址、容貌和其他一切,卻改不了他的狂熱嗜好。」

看電影時我不斷在思考我的狂熱嗜好是什麼?我突然明白,不繼續寫,活著還有什麼意義呢?是回歸呼回世界的時候了!

呼回,西班牙語的拼法是 Jujuy,英語拼作 Huhui,是阿根廷北方一個偏遠的州。多年前我為了拜訪詩人作家波赫士的故鄉去布宜諾,意外發現

阿根廷這個州和我筆下的呼回世界同名。我從人間世出走到科幻的呼回世界，但彷彿鬼使神差般，筆下的呼回世界原來真正存在！

　　有趣的是這部影片裡好幾次提到呼回，電影最後甚至有一段很重要的情節就是以呼回為背景拍攝的。我決定再度開始寫科幻小說《多餘的世界》，就在電影裡再度遭遇呼回世界。您說巧不巧？

　　（注：本文摘自作者在波士頓紐英崙中華專業人員協會年會的主題演講。）

——選自《聯合報・副刊》，2013 年 11 月 16 日，D3 版

理智的尋夢者

張系國訪問記

◎夏祖麗*

六月初，張系國回到了臺灣，這次他是應中央研究院的邀請，回來籌設資訊科學研究所，並在淡江文理學院做短期的講座教授。

距離上次，他已有兩年沒有回來了。這兩年裡，國內的朋友都很懷念他的文章。

回來的頭幾天，一天下午，他走在母校臺灣大學的校園裡，看到臺大學生們出民謠唱片的海報，晚上，他在朋友的邀宴中，就忙著打聽哪裡可以買到這張唱片。

白天，他在南港中央研究院和臺北淡江文理學院兩頭跑，晚上，他常常一個人在臺北的街頭巷尾逛，走在公寓的巷弄裡，四面傳來鋼琴聲、人聲、電視聲，他覺得心裡有說不出的舒服。

就像剛下飛機那天一樣，出了機場，坐上計程車，車上收音機裡正播放著全國青少棒選拔賽的實況，一路上，計程車司機很起勁的跟他聊棒球行情，這一切，使他覺得真是回到家了。正如他說的，「如果我不能經常接觸我成長的這片土地，呼吸到自己國家的空氣，我知道我便喪失了我寫作力量的唯一泉源，我的存在亦完全沒有意義。」

19 歲那年，張系國出版了他的第一本書——《沙德的哲學思想》（註：現在多譯為沙特）。

這是摘譯自蒂桑（Wilfrid Desan）所著的一本有關沙特書中的哲學思想

---

*作家，發表文章時為純文學出版社總編輯。

部分。這本是冷門書，而張系國當時也只是臺大電機系二年級的學生。當時沒有出版社願意出這本書，他就以做家教賺來的錢，找到了新竹的一家印刷廠，印了三百本。書出版後，他沒有找人經銷，自然一本也沒賣出，三百本書大部分都送了人。

過了兩年，沙特得了諾貝爾獎，臺灣大學附近的一家書店又重印了這本書。當時給他的報酬是在這家書店換取價值新臺幣兩千元的書。

大學時代，張系國是沙特迷，沙特的小說《牆》、《理性的歲月》（ *The Age of Reason* ），劇本《蠅》（ *The Flies* ）、《無路可走》（ *No Exit* ），都是他很欣賞的。尤其是《蠅》，最後主角帶著他的罪惡（盤旋在頭上的蠅），傲然而孤獨的離去，縱然是痛苦，他認為那也是多麼偉大的痛苦。

當然，沙特的存在主義更是使他深思不已的。他認為沙特的個人英雄主義味道很濃，但是他有法國知識分子特有的敏銳。有人認為他的存在主義過於虛無頹廢，但張系國以為，如果深一步去探討他的作品，會發現他也有積極入世的一面。

出國以後，張系國又接觸到法國哲學家馬羅朋提（Merleau Ponty）的思想，他認為他比沙特更深入。

張系國的第一本小說《皮牧師正傳》是諷刺一個牧師的故事，他寫這本書時是不是受到沙特的存在主義的影響呢？他說：

「寫這本書時我 19 歲，那時我剛剛接觸存在主義，對宗教發生懷疑。

「說到影響，我想，沙特的作品也許對我寫作的意識形態上有些影響，但在寫作技巧上，沒有什麼影響了。」

民國 54 年，張系國從臺灣大學電機系畢業後，就到美國習科學，獲得柏克萊加州大學博士學位。

科學家、計算機應該是理智的、實際的、一絲不苟的，而寫小說卻是感情的、幻想的、羅曼蒂克較多的。這兩者之間會不會有衝突呢？

他認為，一是工作，一是興趣，學科學與他寫小說沒有什麼關係。在他的小說中，只有〈超人列傳〉是比較偏向科學與理性的。這篇小說是描

述在科學高度發展下，產生的人類問題，是從另一個角度探討知識分子的未來，它的寫法有點傾向科幻小說的形式。

　　其實，張系國從高中時代對科幻小說就有濃厚的興趣。在新竹中學高三那年，他就看了數十部科幻電影，一直到現在，他在美國，只要有新的科幻小說出版，他一定不放過。他說：

　　「從前，科幻小說稱為 Science Fiction，現在稱為 Speculative Fantasy。科幻小說的鼻祖是威爾斯（Herbert George Wells），他的《宇宙戰爭》、《時間機器》，都很受歡迎。早期的科幻小說，也就是 19 世紀末，20 世紀初的科幻小說作者，多半對科學有相當的認識，他們搬弄各種科學機關利器，再湊上一個故事，題材不外乎時間機器或四度空間，他們想以科幻來表達一些『哲學思想』，想用科幻小說題材來表現他們的幻想和理想世界，對人性也有非常嚴肅的描寫。

　　「現代的科幻小說作家中，以 Vonnegut 最紅，他最有名的兩本書是《第五號屠宰場》和《泰坦神族女妖》。他的作品都是從很嚴肅的主題，表現人類的命運，探討人類存在有無意義的問題。」

　　張系國以為，科幻小說有的難免「走火入魔」，但好的科幻小說可以達到「文以載道」的效果。真正的科幻小說，一定有一種幻想、理想的精神在裡面。

　　近年來，他也以「醒石」的筆名在《聯合報‧副刊》發表一系列的科幻小說「星雲組曲」。這可以說是純中國式的科幻小說，主角是中國人，內容或多或少也含有中國的意義。

　　目前，國內的科幻小說很少，寫的比較多的是黃海。張系國覺得，好的科幻小說，實在很適合介紹給國內的青少年們。他說：

　　「寫實是中國文學的主流，但有些用寫實無法表現的題材，那時我認為用幻想表現更好，這樣比較放鬆些，也可以隨心所欲的寫。」

　　張系國早期的小說像〈勝利者〉、〈釣魚〉，多半在《聯合報‧副刊》發表，當時他正在大學念三、四年級。那一陣子，他也經常撰寫一些短評和

論著在《大學論壇》、《大學新聞》等刊物發表。這一時期的作品，他都收入《亞當的肚臍眼》一書中。

從這本書裡，可以看出，他當時對理性和信仰問題特別執著。但事過，他認為讀來都不滿意，尤其不滿意某些自以為是的思想。

到美國的頭幾年，他在加州大學讀書，寫下了〈地〉、〈亞布羅諾威〉、〈超人列傳〉等短篇小說。從前二者中，可以明顯的看出他當時濃厚的懷鄉情緒。

民國 58 年 4 月，他離開加州大學，到紐約華生研究中心任研究員。那一陣子，他的心情非常苦惱，覺得自己思想上沒有出路，〈流砂河〉、〈枯骨札記〉和〈焚〉這三個短篇小說就是在那時寫成的，也是他的作品中較灰色的，這六個短篇小說，和另外一篇〈割禮〉，都收在純文學出版社出版的《地》一書中。

〈割禮〉是以「保衛釣魚臺」運動為背景的。那時，他正在康乃爾大學電機系任副教授，他認為那段日子是他生活得最起勁的一段時光。〈割禮〉是在遊行後三個晚上趕出來的。他覺得雖然有很多缺點，但他還是很喜歡這篇小說，也許因為它保存了自己那時激昂的心境。他以猶太人剛出生嬰兒的割包皮儀式穿插在文中，為的是表現什麼呢？他說：

「割禮象徵人的成長，也象徵對舊思想、舊社會的割捨。這是『保衛釣魚臺運動』的最主要精神。很可惜這個本以為可以團結海外中國人的運動，最後分裂了。」

另外，他還有兩本小說集《棋王》和《香蕉船》。

《棋王》是長篇寫實小說，有人批評他是在批評拜金主義，但他卻覺得自己對這批人的同情多於譴責。他沉思了一下說：

「民國 61 年，我有機會回國工作一年，在這一年中，我有機會認識了臺北社會三十歲左右的年輕人，他們在商場打滾，滿口的信用狀，起岸價格的術語，但又保持著幾分知識分子的氣味，對文化仍抱持著一些理想。我了解他們，因為我也屬於這個階層。我可以恨這個階層，我可以不滿意

這個階層，卻難以擺脫這個階層的桎梏。這是我的十字架，我必須面對自己。《棋王》就是描寫這個階層人物的故事。」

正如詩人余光中所說的：「張系國審視的人性，是弱點，不是罪惡，他是一位寬厚，筆鋒略帶漫畫諧趣的諷刺作家。點到痛處，並不刻意傷人。」

《香蕉船》寫的大部分是海外中國人的故事。描寫在美國、在海上、在香港、在臺灣各種不同的中國人在過著不同生活的故事。寫出了這個時代的中國人的血和淚，寫出了他們掙扎的痕跡。

很多人認為這些故事太悲慘了。他說，他計畫中還有幾個故事要寫，但要比《香蕉船》裡的故事愉快些，不那麼悽慘。

《香蕉船》裡的筆調有些像社會新聞式的描寫，他承認他當時曾看了許多報導文學，可能受些影響。

遍讀張系國的小說，會發現他常有感而發，使讀者感到，他要藉一個故事的訴說來表達一個真理，他的小說對社會病態著墨最多，他是一個關心知識分子對現代社會關心的作家。

對於這一點，張系國有他的看法，他說：

「我並不一定贊成『文以載道』。如果說『道』就是小說的『主題』，那麼任何小說必然都『載道』。問題是，是什麼樣的主題呢？

「我認為臺灣的小說有兩種傾向：一是現代文學派，像白先勇、王文興、歐陽子等人。他們認為小說的主題不外乎亙古常新的人的基本情感和經驗，只看小說家以什麼方式來表達。白先勇和胡菊人談話記裡就曾說過，小說的主題無非生老病死，戰爭愛情，重要的是如何表現，小說家無非是用一種技巧來表達一個已知的主題。這樣看來，世界似乎是靜態的、已知的。打個比喻，就好像那條歌已固定了，就看如何唱了。

「另一派是社會寫實派，像王拓、楊青矗、黃春明，他們的作品，表現某些固定的主題，例如，帝國主義是不好的，富人剝削窮人，鄉土是好的。這些主題具有社會意識，當然是好的一面，但如果推到極致，只有這

些主題，也會造成主題上的僵化。

「我的看法不一樣，我認為歷史是向前的，社會不是靜態的，人的經驗也會不斷改變。古人的經驗和現代人的經驗絕不會相同。因此，小說家也應跟著時代有改變，他們應唱唱新的歌。

「現在很多人談鄉土文學，就認為非描寫小店員、農夫、工人不可，好像只有這些題材才能寫。我認為不應這麼狹隘，天底下，可論的故事太多了。

「我覺得小說就是說故事。所謂故事，並不只是情節，而是包括人生對環境、對生命的一種新的認識。說得更高一層，宗教也是說故事，聖經、佛經中都是以故事傳播道理，故事本身是能發人深省的。

「有人認為陳若曦最好的兩篇小說是〈尹縣長〉和〈耿爾在北京〉，這也是作者心裡有故事要說，自發性的從裡面湧出來。大部分小說家有表現的衝動，說來說去小說家還是一個說故事的人。我個人不為藝術而寫作，我是為人而寫作。我認為最重要的，還是如何講出人的故事，而不是表現某一個既定的、僵化的主題。」

張系國小說中的對白，可以說是使他的小說生動而有現實感的一大因素。那些流行的學生俚語，章回武俠小說的用語，都很能充分配合書中主角的身分。余光中曾說過，他的小說中語言豐富而活潑，寫得純淨而流暢，更因融合了少量的文言和歐化語法而多采多姿，他的對話是一絕，從不失誤。

張系國認為這也許是他從小因鼻竇炎使得嗅覺不靈敏，相對的耳朵就特別靈敏，對於人家談話也就有興趣注意。記得他的一位長輩就曾說過，張系國小的時候是親朋眼中的「神童」，過目不忘，過耳不忘。

他認為寫對白非常過癮，尤其它把人物的個性帶出時。但在他的近作《香蕉船》中，他曾試著不用對白，有時表現成功了，有時卻失敗了。

民國 58 年到 60 年間，他曾遠在美國為《大學雜誌》主編「域外集」，邀請在海外的人為國內寫文章，以留學生的眼光做文化上的反哺工作，對

國內的情況做善意及建設性的批評。

　　他認為置身域外的他們，多少也體會到域外人的孤寂和苦悶。但他們相信這一代的中國留學生仍能夠為中國做一點事，並不一定要終老異鄉。他們必須找尋他們的方向，他們必須重建他們的信仰。「域外集」的文章便是反映他們對這些問題思考的一些結果。

　　後來，他又以「域外人」的筆名為《中國時報》撰寫「快活林」專欄。但他認為方塊文章並非他的主要興趣，他最喜歡的還是寫短篇小說。

　　小時候，張系國喜歡讀章回小說，像《東周列國誌》、《水滸傳》、《隋唐演義》、《七俠五義》、《小五義》、《薛仁貴征東》、《五虎平西》等。那時，他常到租書店抱回一大批書，悶在房間裡看。他說：

　　「我從小就是個孤獨的孩子，因為身材胖，性情孤僻，我成了班上同學捉弄的對象。小時候我覺得自己經常受到挫折，因此我寧可躲在自己的小天地裡，只有面對書本，我才感覺自己像個人。」

　　讀到狄更斯的《塊肉餘生錄》，他就幻想自己是大衛科波菲爾，從惡毒的繼父家出走，到處流浪。

　　讀到傑克倫敦的《海狼》，他就幻想自己是那個被無情的壓制的人，最後揮動著肌肉堅實的手臂，迫使那些欺侮他的同伴大聲求饒。

　　記得他曾經這樣寫他童年的學校生活：「每天中午，我焦急的在教室門口等候值日生拿回竹籠，眼睜睜的看竹籠裡的便當一個一個被人取走……卻沒有我的便當蹤影。這時我只有噙著眼淚，在教室裡到處搜尋我的便當。全班同學們便一面吃飯，一面愉快的欣賞我笨拙的到處尋找便當的姿態。他們每次都將便當藏在不同的地方……飯菜撒了一地……我又餓又氣……還必須做出無所謂的姿態。因為我知道，即使我大發脾氣，也找不出惡作劇的同學。即使我找出他，我也打不過他。他們都巴不得我不顧一切找人打架，他們就更有樂子了，可以把我按在泥地上吃砂土，每個人上來捏一把，大家高聲唱著：『胖子胖，打麻將！胖子胖，吃泥巴！』……」

　　看著眼前的張系國，斯文、智慧、開朗、自信。在新竹中學當了六年

高材生，後來保送臺大電機系，現在又是中文計算機科學專家，從今天的他，怎麼也找不出當年那個被人捉弄的胖小子的影子了。是不是成就會改變一個人的氣質呢？他笑了說：

「我覺得我到現在還是沒有自信呢！」

稍長後，他很喜歡看軍事書籍，軍事譯粹社出版，鈕先鍾譯的《島嶼戰爭》、《閃擊英雄》、《隆美爾回憶錄》，都是他百看不厭的。他常幻想自己是沙漠之狐隆美爾，站在戰車頂上，穿著筆挺的軍裝，指揮作戰。只有在那幻想的小天地中，他才感到安全舒適。

有一陣子，他對軍艦入迷的不得了，到處去蒐集英文的《戰艦年鑑》來看。高中快畢業時，他曾很想考海軍官校，做一個邀遊四海的海軍。但後來，他還是打消了這個念頭。

又有一陣子，他迷上了西班牙，看了許多西班牙歷史、哲學書籍。凡是有關描寫西班牙內戰的小說，像喬治歐威爾的《向卡特隆尼亞致敬》，安德列馬羅的《人的希望》，海明威的《戰地鐘聲》，他也讀遍了。那種半小說、半報導文學的寫法，他也非常的喜歡。

中國小說裡，他認為《水滸傳》是百看不厭的，《紅樓夢》他到後來才欣賞，但看的遍數遠不及《水滸傳》。

1940 年代的作家吳組緗是他最欣賞的中國作家之一。他說：

「可以說，我對真實的東西更有興趣，有時真人真事遠比虛構的故事更動人。」

張系國原籍江西南昌，出生於重慶，長於新竹。在美國十年，學的又是最新潮的電腦，但是他的作品，不論是小說或短評，給人的感覺是，他是一個道道地地屬於臺灣的作家，正如詩人楊牧所說的：「他的文學完全是為臺灣而創作的。」

他不但寫文章關心社會，每次回國，他也把他所學的最新的東西帶回來。「中文電腦」就是他頭一個帶回來的，如今國內的中文電腦已做到應用的階段，大專聯考放榜已採用電腦，這和他這些年的推展，有很大的關係。

因此有人說，與那些偶爾回國作客一次，就事事看不順眼國內一切的「旅美學人」比較起來，他做的都是一些比較正面性的建設工作。

記得十年前，張系國剛剛出國時，他曾說過這樣一段話，「現在的中國知識分子，為了他自己，他必須絞盡腦汁，想出一條路來。如果他仍自豪於知識分子的孤獨，終究他只能成為孤獨的知識分子，不了解大眾，大眾也不接受他，他一切『傑作』也只有和他一齊腐朽在象牙塔中罷了！」

作為一個不埋首象牙塔中的海外知識分子是可敬又可愛的。但是，中間隔著一個太平洋，有些事情傳過去已變了，而一腔熱血往往會引起雙方不必要的誤會。

他的一句「我是中國人，我也是臺灣人」曾被誤為臺獨分子，而海外左派人物卻又給他加上「開明中國人」的帽子。

正如他在《香蕉船》的序文中說的：「每次被誤解都是關心出的亂子，但是臺灣目前的處境，作為一個知識分子，怎能埋在象牙塔中袖手旁觀呢？臺灣是我生長的地方，多少年來，我夢寐所思的，便是這片土地。每時，每刻，我每一個細胞都呼喚著要回去。但是我每次按捺不住要打抱不平，每次多管閒事──尤其是管閒事牽涉到政治問題上，別人對我的不諒解也就更增加一分，我回到那片土地的機會也就更減少一分。這是我最大的痛苦與矛盾。」

作為一個留學生，他對於留學生的問題，有什麼看法呢？他說：

「留學生的問題只是很狹義的所謂工作、戀愛、婚姻、學業或生活的問題，現在出國念書的學生不再那麼斤斤計較學位，也較易適應國外的生活。白先勇筆下的〈芝加哥之死〉裡的痛苦，已不復存在於今日的留學生中了。廣義的看，留學生的問題已不成為問題了。它已擴大為海外所有中國人的問題了。

「我認為現在應該做的，應是如何使海外的中國人，不論是香港、美國或日本的中國人對臺灣產生向心力，把這裡當作精神的故鄉，使大家在情感上、文化上，共同擁抱中國。

　　「在海外的中國人會產生『我是誰？』的疑問，而在國內的報紙雜誌上，會讀到『他們是誰？』的話，這些『非我族類』等觸目驚心的標題，令人難受，難道自然環境的限制，竟使我們的胸襟變得比較狹隘？難道中國人的小圈子還不夠嗎？我們應該使海外的中國人的痛苦容納到我們的民族文化中，使我們的民族魂擴大到全世界的中國人，而不限於臺灣這一個地方。我憧憬著我國能建立一個遠大的文化理想，而不僅是狹隘的『鄉土』文化。

　　「最近，我們在芝加哥舉辦了一個『現代中國文藝及電影座談會』，談中國現代詩、現代小說、現代電影和音樂創作，雖然沒談出什麼結果，但我們都發現這方面要有所成就，還要看臺灣，也就是臺灣可以做很多事，這是很令人鼓舞的。也就正如顏元叔所說的，我們應『做一個文化上的大國』。」

　　對於現在中國的年輕人，他覺得他們比較健康了。他說：

　　「現在的年輕人沒有歷史的包袱，也更能適應現代社會。但相對的在文化上的抱負似乎也比較小了。從前的知識分子是以天下為己任，現在不作興這一套了。但是沒有歷史的包袱是可以走出自己的路子來。十年前，提到臺灣文化上的東西，很難說出來。但是現在至少可以講出一點了，像短篇小說，現代詩，雲門舞集，中國民謠，都是年輕人做出來的，雖然都還在起步的階段，方向上也還在摸索，但可以看出他們的路子越走越寬了。」

　　現在，張系國是芝加哥伊利諾大學資訊工程系副教授，兼知識系統實驗所主任，並且是中央研究院數學研究所研究員。

　　寫文章，研究電腦，提倡人權運動，張系國的興趣很廣，他想做的事也很多。

　　最近，他又迷上了電影。閒暇，他和幾個好朋友拍電影玩。他負責編劇，還有人負責拍和導。這次回國，他帶回來了一個他們拍的影片，片名是《雄霸天下》，是默片加字幕，有章回小說的形式。內容是描述一個留學

生學文不成，就去學功夫，自己開館創天下的故事。全片在諷刺功夫片和純情式的戀愛片。片子很短，只有二十分鐘，片中角色也由有興趣的業餘朋友飾演。

　　他說：「我太太就常說我的夢太多。我覺得自己一直到現在還是有一種愛幻想的傾向。索爾貝婁在接受諾貝爾獎時曾說過：『每一個成人的心中都有一個孩子』，我想一個寫作的人經常能保持赤子之情是好的。」

　　張系國正是一個理智的尋夢者，但是不管他的興趣是什麼！他的夢是什麼！他最喜愛的還是寫小說。

　　　　　　　　　　　　　　　　　——選自《書評書目》第 52 期，1977 年 8 月

心繫臺灣遊子魂
文學電腦兩棲的張系國

◎姚嘉為[*]

　　走進丹堤咖啡館，看到張系國正用一臺超小型電腦回覆郵件，當天下午他還有一場電腦專業的演講，行程緊湊。十多年來，我多次和他聯繫演講事宜，總是輕鬆愉快，他很隨和，公事公辦，絕不浪費彼此的時間，所以很快就能把事情敲定。

　　張系國是北美各大城市華人學術團體的最愛，他名氣大，有號召力，請他參加學術研討會，既能在科技座談會上暢談最新科技，又能在文學座談會中侃侃而談，只要把場次錯開就成了。

　　第一次見到張系國是在 1970 年代的臺北，一場討論王文興《家變》的座談會中。那時他不滿三十歲，戴著黑框眼鏡，文質彬彬的白面書生模樣。當時他已經出版了不少小說，擁有電腦科學博士學位，回臺灣中央研究院任職。電腦與文學兩棲，是我們眼中了不得的天才。後來得知，他妹妹是我的大學同窗，不禁對這位酷酷的、英文頂呱呱的女孩更加刮目相看起來。

　　1970 年代的臺灣，兩大報副刊舉足輕重，引領文化走向，張系國的小說《棋王》、《昨日之怒》、《遊子魂組曲》、《沙豬傳奇》、《星雲組曲》，在《中國時報》與《聯合報》副刊連載，常引發文化與文學話題，他成為家喻戶曉的作家。四十多年來他筆耕不輟，創作小說之外，也以筆名「醒石」寫評論和雜文，更寫科幻小說，是臺灣的「科幻小說之父」。

[*]作家。曾任美南華文寫作協會會長，現已退休。

他一人活出三個人的人生——重量級作家，電腦系教授，知識學院創辦人，簡直是超人。他也像超人一樣，飛來飛去，平日在匹茲堡大學電腦系教書，週末飛回芝加哥的家，每年飛回臺灣幾次。

他心繫臺灣的程度，遠超過一般人的想像。他在臺灣買了一間小套房，每年回臺灣幾次，一下飛機，就覺得回到家了。他的作品聚焦臺灣，反映時代脈動和社會現象。幾年前他以為中華民國快要亡國了，寫了「民生主義」系列五本小說，2008 年出版了《帝國與台客》一書，分析臺灣的悲劇性格，未來如何求生存發展。正在寫的長篇科幻《翻轉的城市》中的虛擬國度，也是以臺灣為原型。

六四天安門事件時，張系國登報懸賞捉拿鄧小平、李鵬、楊尚昆三人，直到二十年後他才重訪大陸，2009 年國際電腦科學會議在重慶召開，邀請他擔任主講貴賓，談電腦科技，重慶是他出生的地方。

張系國在《中國時報》和《聯合報》都設有部落格，自比是邀遊四海的快活老船長。從他抱著外孫的照片看來，他是個相當慈祥的外公。

愛說故事的人

張系國從小愛看故事，聽故事，也愛說故事，他特別喜歡《東周列國志》、《水滸傳》、《隋唐演義》、《七俠五義》等章回小說。父親是臺肥的工程師，他也選擇了電腦科學的專業。喜愛文學是受到母親影響，她喜歡寫信，在中學和大學教英文。家學淵源，張系國中學時代就開始看英文小說，很喜歡狄更斯的作品，尤其是長篇小說《趣人趣事》，也很欣賞海明威簡潔的文體。小時候他比較胖，常被同學捉弄取笑，變得內向敏感，鑽進書中世界，沉湎於幻想，對寫作發生了興趣。

1962 年進入臺大電機系求學後，他常在校刊《大學論壇》和《大學新聞》上發表文章，探討哲學、宗教、知識分子的角色等嚴肅的題目。當時在臺大念哲學的王曉波常和張系國一起聊天，從國家大事、哲學，談到文學、文化，宿舍熄燈了，便移陣到餐廳去，繼續聊個痛快。

　　1963 年張系國在《聯合副刊》發表小說〈勝利者〉和〈釣魚〉，並自費出版了《沙德的哲學思想》和長篇小說《皮牧師正傳》。

　　1966 年他到柏克萊加州大學攻讀電腦科學博士學位，當時也在柏克萊念研究所的楊牧說，張系國有一張娃娃臉，年紀雖輕，做事情卻極有條理，凡事按部就班。張系國課餘在《純文學》發表小說，替《大學雜誌》主編「域外」專欄，發表思想性的文章和社會評論。1970 年「純文學」出版了他的短篇小說集《地》。

　　1970 至 1980 年代，張系國創作力驚人，小說在臺灣兩大報副刊連載，寫雜文專欄。他先後出版了小說《棋王》、《昨日之怒》、《黃河之水》、《星雲組曲》、《五玉碟》（「城」三部曲之一）、《不朽者》、《英雄有淚不輕彈》、《夜曲》、《龍城飛將》（「城」三部曲之二）、《遊子魂組曲》、《沙豬傳奇》、雜文集《讓未來等一等吧》、《快活林》、《天城之旅》、《橡皮靈魂》等。

　　《棋王》是他最膾炙人口的創作，口語鮮活，節奏快速，場景如電影鏡頭般移動，情節懸疑，耐人尋思，呈現出 1970 年代臺灣經濟起飛後的脈動和社會現象。1987 年改編為音樂劇演出，1987 年改編為迷你電視連續劇，1991 年拍成電影。

　　《遊子魂組曲》是評論家的最愛，公認為他的藝術登峰之作。這本小說是《香蕉船》與《不朽者》兩個短篇系列的合集。他以悲憫的胸懷書寫海外中國人的天涯飄泊，臺灣社會的眾生相，兩地華人的心靈飄泊。

　　短篇小說集《沙豬傳奇》描寫兩性關係的弔詭，他創造了「沙豬」一詞，指大男人主義者。每一篇發表時，都引起熱烈的迴響與討論，媒體更安排他與李昂越洋傳真筆談〈殺夫〉vs.〈殺妻〉，與陳幼石對談「女人是男人世界裡的黑洞？」等。

科幻小說之父

　　在柏克萊求學時，他愛上了科幻小說和電影，除了在專欄中介紹外，

更自己一顯身手,寫了第一篇科幻小說〈超人列傳〉。1976 年起,他在兩大報副刊發表了十篇科幻小說,1980 年結集出版《星雲組曲》。接著以〈銅像城〉與〈傾城之戀〉為基礎,擴大來寫,完成了「城」三部曲──《五玉碟》、《龍城飛將》和《一羽毛》。他還有三本短篇科幻小說:《夜曲》、《金縷衣》與《玻璃世界》。為了推動科幻小說寫作,他曾創辦科幻雜誌《幻象》,舉辦華文世界科幻小說徵文獎,被稱為「臺灣科幻小說之父」。

他喜歡科幻作家威爾斯(H. G. Wells)和艾西摩夫(Isaac Asimov)的作品,前者具有歷史感,後者的代表作為《帝國三部曲》,對於他寫科幻小說具有啟發作用。

張系國把西方科幻小說分為「機關布景」和「文以載道」兩派。前者以科學機關為主,後者則希望在熱鬧之外,引人思考。他的科幻小說屬於文以載道派,在《星雲組曲》中,以奇詭的想像,創造星際世界,機關布景有遺傳工程、夢幻天視、心靈感應、海底探勘、時光隧道等,他在其中編織故事,探討科技對文明造成的隱憂。「城」三部曲視野更宏大,他創造了一個呼回世界,寫這個虛擬世界的興亡史,它有自己的語言文化,且深具中國風。張系國目前正在寫的科幻長篇小說《翻轉的城市》,以臺灣為原型,寄託他對臺灣命運的關心。

電腦與文學兩棲,兩者也有交集,他的博士論文是《視覺語言》,可以用來教電腦認識中國字,《V 托邦》一書談電子政府,《和電腦談戀愛》用章回小說形式介紹電腦給青少年,「民生主義」系列五本短篇小說集,是立體小說,不僅有小說,更延伸為食譜、地圖、網際網路和漫畫。

昨日之怒

2001 年張系國和李昂在休士頓同臺對談「政治與文學」,這場美南科學工程技術討論會的文藝座談,座無虛席,場面熱烈。臺下的觀眾多半是高科技學者和專家,當年留學來美,不少人曾參與保釣運動。提問時,《昨

日之怒》被一再提起，有人甚至殷切期待他再寫一部像《昨日之怒》那樣「真正的小說」。

張系國回應道：「作家像一隻鳥，心中沒有感覺，是唱不出歌來的。要有愛有恨，才唱得出好的歌。」《昨日之怒》是因為關心保釣而寫，但他不認為是自己最好的小說，因為沉澱的時間不夠，那時心情激動，所以會去寫，若等幾年，也許會寫得好些，技巧上會更成熟些，但也很可能就不寫了，因為激情已過，感覺不同了。

回顧釣運，他說：「左傾和戀愛很像，憑的是一種感覺，一旦左傾，就有一種往事不堪回味的感覺，是非理性的。」

1966 年他到柏克萊念書，閱讀了許多當年臺灣的禁書。留學生圈子裡有幾個讀書會，規模不大，是左翼思想的基地，他也參加了一個中間偏左的讀書會。1969 年畢業後，他到紐約華生研究中心任研究員，1970 年 9 月轉至康乃爾大學任教。不久，保釣運動開始，他去參加示威，心情激動，花了三個晚上，完成短篇小說〈割禮〉，反映了當時校園內知識分子對待保釣的不同態度。

釣運期間，他在「大風社」的刊物上寫政治文章，釣運分裂後，左右派對立，《大風》變成左翼的《東風》，左右派的鬥爭令張系國心力交瘁，他離開康乃爾，回到華生研究中心工作，並創辦《野草》雜誌。

《昨日之怒》於 1978 年出版，是釣運發生的七年後。他以寫實手法描寫釣運過程中，意識形態的尖銳對立和衝突，對參與者的影響，富於真情實感。華府總示威的一幕，讓人如同置身現場，感染到當時激昂的愛國情緒。在後記中他說，這是他對釣運的一個詮釋，是對流散到世界各地的朋友們的交代，尤其是對「大風社」舊友，「歷史會證明，我們是無辜的。」激動的語氣透露了保釣運動對他強烈的衝擊。

也有評者認為，這本小說的處理稍嫌操之過急，收場有點突兀牽強，如葛日新車禍喪生。張系國同意這不是他最好的小說，如果等個幾年，沉澱後再寫，技巧上會更成熟，但也可能就不寫了。

在文壇自成一格

談起寫作觀，張系國說他自己「不為藝術寫作，只為人寫作」。這句話可能會被誤解為不重視技巧。其實，每篇小說他都嘗試用不同的角度與手法書寫。淵博的知識，奇詭的想像，多變的題材，使得他在文壇自成一格，不易歸類。

「為人而寫」可能和中間偏左的政治理念有關，因為他很關心社會議題。早年的作品比較嚴肅，《地》探討的是土地與人的關係，《皮牧師正傳》諷刺宗教與人性間的弔詭，《遊子魂》寫人的掙扎與身體心靈的飄泊，《沙豬傳奇》討論兩性關係與男性沙文主義，《棋王》反映臺灣經濟起飛的萬象。他的作品屬於寫實派，文字流暢易讀，比較不費心神去精雕細琢，也許這就是為什麼他說「不為藝術寫作」吧！

張系國的人物造型活靈活現，口語生動鮮活，想像力有如天馬行空，連一子棋也能寫，有如讀武俠小說般暢快。四十年來，他的作品既多且廣，文類有小說、科幻和雜文，堪稱雜家。短篇小說集內，每篇形式不同，構思出人意表，然而言之成理，邏輯井然，不愧是理工出身的文學怪才。

以《城市獵人》為例，整本小說的結構有如電腦程式，第一篇〈笑面松〉好比主程式，讓整棟公寓的住戶在這裡露臉，每戶都有自己的故事，好比次程式，從主程式跳到次程式，就是整本書的架構。〈美人如玉劍如虹〉像偵探推理，意外層出不窮。〈雨鄉〉有如論文，對「戀愛最高指導原則」做了邏輯推演。〈新娘學校〉描寫如羅生門般的婚姻關係。〈甜美人生〉觸及生活中所謂的正常或異常，耐人尋思。〈城市獵人〉從弱智的華斌來看黑道的姊夫。一個小小公寓裡的故事，無論是情節、意象、手法，各自不同，張系國的才情可見一斑。

作品與時空

1960 年代在臺大念書時，張系國在校刊《大學新聞》上發表小說〈孔子之死〉，有一句很單純的對話「天快亮了，我不想看到天亮」，遭到政治解讀，他和編輯都被學校記過。

1970 年代他回臺灣工作，為了陳鼓應和王曉波被捕事件，熱心奔走，和當時臺灣的白色恐怖有過接觸，這段經驗出現在《棋王》中。然而並沒有影響他愛臺灣之心。

張系國最與眾不同之處是，臺灣是他創作的時空，作品中的人物即使身在北美，也是從臺灣去的。他小說中的語言，是十足臺灣當下的語言，生動鮮活。他的作品都與臺灣的現象和願景有關，寫民生主義五部曲小說，正在寫的科幻長篇《翻轉的城市》，以臺灣為原型，《帝國與台客》從理性的角度，對臺灣的未來提出解決方法，可見他對臺灣的繫念之深。

他的作品還有另一個時空——虛擬世界，這個奇妙的未來世界，有自己的語言和文明，且深具中國風。以科幻創作興寄歷史的塊壘，是他另一個與眾不同之處。

以下是 2009 年 5 月在臺北師大附近丹堤咖啡館的專訪。

臺灣是寫作原鄉

姚：您曾說：「我夢寐所思的，便是那片土地。每時每刻，我每一個細胞都呼喚著要回去」，對臺灣這種強烈的感情是如何產生的？

張：對我而言，臺灣就是中國。對臺灣強烈的感情是由於祖父給我取的名字。「系國」的「系」字是紀念的意思，我在 1944 年出生，當時抗戰還沒結束，日本人已打到南寧，如果南寧被占領，和重慶之間來往唯一的通道滇緬公路就會被切斷。祖父認為快亡國了，給我取名系國，希望我不要忘掉中華民國。我祖父是桂系的軍人，擔任過白崇禧的參謀長，所以我和白先勇有這段淵源。祖父後來擔任軍令部次長，就是

後來的國防部。我對中華民國一直有一份很濃的感情。

姚：您曾在 1972 年回臺灣工作，一年後決定回美國，如果時光倒流，你會有不同的決定嗎？

張：很可能第一次回來後就不走了。1972 年我到中央研究院一年，後來回到美國，主要是因為在臺灣時，發生陳鼓應和王曉波被捕事件，我帶著他們兩位的太太到處奔走，然後又發生臺大哲學系事件。親友認為我在這裡太危險了，不要留下來。經過這次事件，我對臺灣的感情仍然沒改變。

姚：您曾說：「如果我不能經常接觸我成長的這片土地，呼吸到自己國家的空氣，我便喪失了我寫作力量的唯一泉源，我的存在亦完全沒有意義。」四十多年來，您每年都回臺灣數次，將來準備落葉歸根嗎？

張：幾年前我以為中華民國要亡了，寫了「民生主義」系列小說，現在看來大概不會亡了。我每年回來臺灣幾次，有個小套房落腳，好像回到家的感覺，將來還是會兩邊來回跑。現在由於電子報和電視節目，很容易看到資訊，並沒有隔閡之感。

姚：您回過江西的老家尋根嗎？談談您的故鄉情懷。

張：我沒回過家鄉，回不回去無所謂。六四前，我曾到北京和上海講學，最後一次是 1988 年底至 1989 年初在哈爾濱工業大學。我家在上海有棟老房子，是杜月笙送的，我祖父在北伐後，曾當過一年多的上海市長。我到上海時，去看過那棟房子，現在是一所醫院了。六四後，我登報懸賞鄧、李、楊三人，身列大陸的黑名單中。現在沒問題了，但是沒有非去不可的打算。以後可能去觀光，但沒有那種衝動，非在那裡做點什麼不可。

姚：《帝國與台客》是您對臺灣文化和處境的觀察，分析臺灣人的悲劇性格，可否扼要談談您最主要的觀察和論點？

張：臺灣人一方面有一種不服輸的，應付挑戰的能力，所以能一直往前衝。另一方面有一種深層的悲劇性格，知道時不我予，不論怎麼做，

最後都成空。我研究過臺灣的民俗和神話，發現幾百年來都是如此。
以前高雄有個海盜林道乾，勢力很大，想推翻大明王朝。後來仙人賜
他三根神箭，可以射死大明皇帝。卻因為雞啼太早，三根神箭射出時
機不對而失敗。林道乾的故事是臺灣人精神的基本原型，責怪他人，
永遠錯過時機，掌握不住時機。一而再，再而三，有一種失敗的預
兆，想做卻知道做不到。這是互為因果的，因為做不到，你不去做，
因為不去做，就做不到。真正的悲劇是主人翁知道自己的處境，但是
沒辦法，就像哈姆雷特。一代又一代，從林道乾、鄭成功，到老蔣、
阿扁，都是如此，這是文化造成的悲劇性格，耳濡目染，慢慢造成
的，沉澱在身上，做決定時就受到影響。反過來說，這也是文學的寶
藏，很多偉大的文學作品都是悲劇。這是文學創作很大的一個動機。
我準備以此為主題，寫一部長篇科幻小說，三部曲形式，和以前不同
的是，以科幻來詮釋歷史，估計要花五年時間。我要寫的是這個民族
的悲劇性格，短篇講不清楚，只能用長篇。

回首話保釣

姚：釣運中您的立場是屬於哪一派？依您看，釣運快速延燒海外校園的原
　　因是什麼？

張：我屬於中間偏左。以前沒有網際網路和電子郵件，聯絡要靠串連，以
　　一些小組織為基礎，各校都有刊物，有幾十種。我在「大風社」的刊
　　物上寫文章，釣運過後「大風」變成「東風」，釣運變成統運，我離開
　　康乃爾大學後，辦了刊物《野草》，一起的還有李家同和中間派的人。

姚：當年從臺灣來美國的留學生，讀到在臺灣看不到的大陸書籍，造成不
　　少人左傾，也有許多人也不受影響，您有什麼觀察？

張：我也在柏克萊的圖書館，看了很多禁書。有的人想法不一樣，自然而
　　然左傾。我和劉大任在柏克萊有一年是上下鋪的室友。開始時我們都
　　參加讀書會，讀書會是左翼的基本組織，柏克萊就有好幾個，都不

大。奇妙的是，去大陸的人不見得都是左派，早期有些人是為了理想，後來很多人思想很腐敗，想要去大陸當官賺錢。我對大陸沒興趣，因為我不認為大陸的政權是一個左翼的政權。你去問任何一個左派，沒有人會認為現在的大陸是符合社會主義的理想。照歐美的定義，最左的是共產主義，中間是自由主義，中間偏左是社會主義。我是中間偏左，到現在還是。三民主義也是中間偏左，所以國父可以聯俄容共，從思想路線而言，他的理想跟共產主義的距離遠比資本主義接近。

姚：您覺得釣運分裂的主要原因是什麼？當年的左右派分裂是否不可避免？

張：主要是對中國的認同。保釣有五個人被邀請去大陸訪問，然後是尼克森宣布訪問大陸，很多人一下子就倒過去了，我們沒倒過去的，就被打成右派。既然說我是毒草，我就辦個《野草》。釣運的分裂是必然的，幾乎所有的政治運動都一樣，因為人是有私心的，都會變質。

姚：四十年後回顧釣運，您有什麼遺憾？最深刻的感受是什麼？

張：我對政治和權力，沒那麼熱衷，但如果重來，我還是會參加釣運，釣運還是會分裂，我還是會灰心。現在回想，寫《昨日之怒》，嫌快了一點。那時心情激動，所以會去寫，現在我不會去寫，因為那段激情已經過去，感覺不同了。龍應台說，《昨日之怒》不是我最好的小說，我很同意。如果等幾年再寫，可能會寫得好些，技巧上會更成熟些，但也很可能不寫了。

姚：保釣運動發生後，在許多校園裡，留學生研究五四小說，閱讀中國近代史，因此有人說，保釣運動是海外的五四運動，您有同感嗎？

張：五四發生九十年了，你有沒有聽到美國人還在談幾十年前的一個運動？只有一個沒有創造力的民族，才會永遠生活在過去。

姚：您在《昨日之怒》的後記裡說，「釣運中，一些左右中國政治運動的基本問題清楚呈現，這些問題一日不解決，中國的現代化就一日不得完

成」。這些問題是什麼？四十年後這些問題解決了嗎？海外華人能扮演什麼角色？

張：中國人喜歡給人戴帽子，譬如在臺灣，罵人賣臺，就是典型的中國人的表現，魯迅都寫過，就是阿 Q。真正在文化上要有建樹，需要一些特立獨行，有自己的思想，不跟著人家起鬨的人。海外華人是遊子魂，浪跡天涯的人，我們要批評，大陸說你不是我們，臺灣說你不愛臺。但至少現在沒有人會欺負中國了。

為人而寫作

姚：您的創作理念是「不為藝術寫作，只為人寫作」，有人解讀為您不太重視技巧。對於藝術形式與風格，您有什麼樣的追求和嘗試？

張：我追求不同的形式，就像練字，學許多帖子，永字八法一定要會。寫短篇，各種寫作技巧，差不多都嘗試過。從主觀寫，從客觀寫，從全知寫，從正面寫，從反面寫，可以用襯托，這些作家的基本功，我都試過。寫的時候會考慮到是否要用寫實，或是讓讀者很清楚地知道，這是不會發生的，可是有可能發生的。我很喜歡波赫士的魔幻寫實，寫過魔幻寫實的作品。

姚：您為誰而寫？寫作時有理想的讀者嗎？

張：每個作家理想的讀者就是作者自己。

姚：你出國後初期的作品常被歸類為留學生文學，但您說「我拒絕充當留學生文學這荒謬文學裡的荒謬角色」，為什麼有此一說？

張：我的意思是，這種小說我不會繼續寫下去。對我而言，家就是我的寄託，遊子魂就是無所寄託，留學生文學不限於臺灣，每個國家都有。最後都會轉化，到了下一代，就轉化為當地的文學，不會永遠停留在留學生文學，因為本來就是一種過渡的階段。譬如說，愛爾蘭人有很長一段時間不能融入美國的主流社會，最後還是接受了，變成美國的愛爾蘭人。

姚：作品定稿前，您修改得多嗎？寫組曲時，修改一篇，會牽涉全局嗎？

張：手寫時代，沒有改得太多，有一陣子我用鉛筆寫，便於修改。現在用電腦寫作，一篇作品會改很多次。寫組曲時，事先已有個想法了，譬如《遊子魂組曲》中的人物，會在其他長篇中出現。

姚：寫作對於您，是苦還是樂？《沙豬傳奇》中的〈一千零一夜〉寫的是創作遇見瓶頸的情形。寫不下去時，您怎麼處理？

張：寫短篇是樂，容易控制，做技巧的創新。長篇是苦，一寫好幾年。我也寫過三部曲，像「城」，加起來大概二十五萬字。寫長篇會有瓶頸，那時就放下來，有時一放就是兩年。

姚：有些作品如〈第一件差事〉、〈金大班的最後一夜〉、〈傾城之戀〉，篇名是其他作家的篇名、書名或人名，但另設新情節。這樣的寫法是游於藝，還是另有寄託？

張：只有我最佩服的作家，我才會這麼做。就像很好的導演常會引用大師的經典作品，然後重新詮釋。如俄國有名的導演艾森斯坦，拍攝軍人叛變的場面時，有一段是老婦人推著嬰兒車，從樓梯上掉下來，有位軍人把它接住，很經典，後來很多電影沿用。如 *The Intouchables*，講芝加哥警探在中央車站圍堵壞人，有個女人推著嬰兒車從階梯上掉下來，警探一邊阻擋車子掉下來，一邊打死壞人，比艾森斯坦那一段還要好。這是表達對艾森斯坦的崇拜，當然也要重新詮釋，否則就是抄襲了。

姚：您是臺灣的「科幻小說之父」，舉辦過科幻小說徵文獎，發掘新人。您覺得優秀的科幻作品應具備什麼條件？

張：第一是原創性，第二是說服力，不能虛無縹渺，第三是技巧，掌握文字的能力。

姚：1990 年代以前，臺灣的副刊影響力很大，您的小說在《中國時報》和《聯合報》發表，引起廣大的迴響。現在媒體生態不同了，純文學副刊變少，字數和版面縮減，無法大量連載長篇小說，對於您發表小說

的管道有沒有影響？

張：我的小說還是以報紙和文學刊物上發表為主，管道沒變，不同的是，沒有受到以前的那種注意。主要是副刊基本上變了，十幾年前我寫《沙豬傳奇》，每篇都引起討論，現在長篇和中篇小說幾乎不可能連載。

姚：您在兩大報都有部落格，發表新作時還是以平面媒體為優先嗎？部落格在您的創作中扮演什麼角色？

張：我會在出書以後，在部落格上張貼一部分文章，但不會當作發表的平臺，否則誰買書呢？未來的科幻長篇有二十多萬字，要副刊連載就很勉強。可能會部分在部落格刊登，部分在報章雜誌刊登。

姚：您一個人活出三個人的人生，請分享您運用時間的祕訣。

張：Businesslike（公事公辦），事情分輕重緩急，一件一件去做，不和人家浪費時間。我個性比較害羞，不大願意和人深交，公事公辦可以保持一個距離，工作也比較有效率，不會傷害彼此。我的個性是，不做到我不死心。「民生主義」系列，我咬緊牙關寫完，在報章上發表，反響不如預期，當然失望。我有些最好的小說在這裡面，有些是向李費蒙（牛哥）致敬。

——選自姚嘉為《在寫作中還鄉——北美的天空下》
臺北：允晨文化公司，2011 年 10 月

張系國的關心和藝術

◎楊牧*

一

　　從一方面看來，張系國是今日文學界的異數；從另一方面看來，他是現代中國知識界值得驕傲的一個代表。張系國是異數，因為他以科學的專業訓練維生，卻以文學知名。他是值得驕傲的代表，因為他證實知識有用，知識分子有用。更在他積極的社會參與裡，證實他所藉以參與的方式──文學創作──是有效的。張系國以科學家的身分證實文學是一種積極的心智鍛鍊，有意義的社會活動。

　　有人以為文人是有所謂典型的，不外乎孱弱的體質和多幻想的心態──這一個印象到底如何產生，如何成立，我們幾乎無法追蹤了。可是，我猜想有人在看視文人的時候，往往只看例外，未曾看一般。海運開通以後，中國讀者稍窺所謂浪漫派詩人的軼事，而主要的英國浪漫派詩人竟顯得是孱弱和多幻想的。印象的氛圍往往不確實，例如英國浪漫詩人的奮勇吶喊，許多人都未曾專心傾聽過；又例如哥德本是有力而冷靜的日耳曼哲人，然而《少年維特的煩惱》不幸採取了自傳書信體，於是讀它的人，便錯以為哥德即是維特這一個少年，而愛維特，學習維特，即是愛哥德，學習哥德──這判斷失誤的現象，不言可喻。一群例外的歐洲文人影像，加上愛倫玻，加上李賀，黃仲則，郁達夫之流的朦朧側面，竟能使人以為文人合當如此，孱弱的，多幻想的，在社會生命的邊緣徘徊。其實，文學史

*本名王靖獻。詩人、散文家、翻譯家、評論家，發表文章時為洪範書店創辦人。

上最偉大的作家都不是孱弱的，他們的幻想也不是漫無邊界的；他們粗獷有力，他們上下求索，擁抱現實的世界。此於西洋是真，於中國傳統更真。

　　現代的作家更應該是健康進取的知識分子，無論身心都應該是健康進取的。一個健康進取的知識分子，力能磨練自己之所學，以之傳播紹介，啟發大社會的智慧；他關心，他愛。文人不再是象牙塔裡的生物，而是現實世界的一分子；因為他關心和愛，他發言的時候，心情是虔誠的，遣詞是嚴重的。他有時會惹起周遭的誤會，可是他不會考慮退縮，雖然他有時可能像張系國那樣自問：

　　我為甚麼不是一條蟲？如果我是一條蟲，至少還可以在祖國的泥土上遨遊，沒有了意識，也就管不了別人的閒事了。

但他是不會甘心做一條蟲的。現代的作家是現實社會的一分子，他和任何有節操的人一樣，知道飲水思源的意義。張系國在新竹長大，他是一個知道飲水思源的人，他愛新竹，愛臺灣，愛這片領他長大成人的土地。他說：「如果我不能經常接觸我成長的這片土地，呼吸到自己國家的空氣，我知道我便喪失了我寫作力量的唯一泉源，我的存在亦完全沒有意義。」

　　張系國最近十年中大半時間住在美國，可是他的文學完全是為了臺灣而創作的，為他所關心的人而創作。他筆下的人也許不是活在臺灣的人，但臺灣對這些遊子而言，正如圓規的立足點──英國詩人鄧約翰說：你是圓規的立足點，我遊動移轉，可是我的靈魂永遠傾向你不遊移的那一個定點！

二

　　第一次和張系國見面，是 1966 年的夏天，在柏克萊。那時他是加州大學的研究生，我也是。雖然他學電腦科學，我學比較文學，我們卻覺得有

好多東西可以談。起初大家談來談去，無非都和臺灣有關，有時也談到大陸的問題，例如「文化大革命」之類的事件。柏克萊有一個現代中國研究所，資料甚多，我們關心現代中國的人，無論學的是聲光化電，還是文史哲學，都不免會在那研究所的圖書館碰面，碰面輒談論報上的消息，談完都不免搖頭歎氣。那些日子裡，作為一個留學生，想在報上翻到什麼好消息，真是登天之難。

張系國在我們那個小圈圈裡，年紀最輕（比我還小四歲），一張娃娃臉，使大家不得不把他當小弟弟看。他年紀雖輕，做事情卻極有條理，凡事按部就班，相處久了以後，使我們都覺得應該對他刮目相看。那時《純文學》月刊還在出，我們都是經常寫稿的人。張系國的小說常在《純文學》出現。他的小說後來收在一本叫著《地》的集子裡，由純文學出版社印行，其中作品除了顯示出他對臺灣強烈的愛心，對土地深刻的認同以外，我以一個學文學的人，更欽服他文字筆意的明快，和結構布局的完整。不久他和臺北出版的《大學雜誌》聯絡上，更為他們主編該刊的「域外」專欄，我和別的朋友都在「域外」裡寫過稿，而張系國更偶爾捨棄他小說的文學形式，開始寫些長短不一的思想性文章和社會評論，時常有相當中肯有力的見解。我猜想他後來寫隨筆雜文用「域外人」為筆名，當是這個時期的醞釀啟發，從此張系國除了小說家以外，也變成一個「方塊作家」，而實際上他是科學家。

我常常想，人家說「科學報國」，科學想是可以報國的，應該是不成問題的。張系國學的是電腦科學，一定是可以服役社會的。可是他在科學之外，又要從事文學，這勿寧是一種常人所無的勇氣。他說：「別人為藝術而創作，是別人的事，」而他自己不為藝術而寫作，「我只為人而寫作。」這話說來固然甚辯，多少也可窺見張系國「科學之不足，繼之以文學」的心懷。當然，別人為藝術而創作，也不見得便不為人而創作，只是因為一般的作家每日所接觸的泰半已是人的問題，便難以想到「為人而寫作」可以成為一種宣言。也許張系國在本行的事業裡，每日接觸的是電腦，終於對

電腦之「非人性」產生反感，這時想到人方才是他所愛的對象，人的掙扎方才是他所關心的問題，於是寫下了這麼一句號稱他並不在乎藝術的心得。

　　我們在柏克萊的最後一年，張系國在作博士論文，我也在作博士論文。有一次他輕描淡寫地說，他的論文是「教電腦認中國字」，這時大家圍坐吃稀飯宵夜，有人挑一塊味全花瓜入口，隨便問道：「教電腦認中國字？幹嘛？」他輕描淡寫地說：「認中國字啊，用處才大呢！」大家不懂，也懶得追問，話題一轉，還是談政治比較有興趣。不久以後，我忽然感受到我的論文需要電腦為我提供統計資料，我跑去問張系國，解釋給他聽，他說：「沒有辦法。電腦不認識中國字，看不懂《詩經》。」這時我才知道教電腦認中國字多麼重要。電腦不但可以幫你研究英國文學和其他一切拼音字寫作出來的現代文學，還能幫你研究古代文學──我有一位中世紀文學教授即曾委由電腦中心為他做了整部 *Chanson de Roland* 和 *Das Nibelungenlied* 的字彙分析，資料堆滿研究室，令人羨慕不已──只是不能幫你研究中國文學。張系國學科學，想到要使科學為中國服役（這應當是真正的「科學中國化」吧），而他的科學好像還是冷冰冰的，並無法脫胎換骨來為中國服役。科學不行，科學家總行吧。科學家是人，張系國是人，是中國人，深愛國家民族的中國人，他提筆寫作，用藝術的形式，以自己的血肉和感情投入文學之中，「為人而寫作」。

　　張系國說他不為藝術而寫作，而是為人而寫作，這個意思可以了解。這正如我說，我每天上鬧鐘的發條，並不是為了闡揚科學的真理，而只不過是為了叫鬧鐘第二天早晨準時把我喊醒罷了。

三

　　「遊子魂組曲」六篇所處理的問題是如作者所說，「人的掙扎」，或者應該更明確地說，是人的浪跡，身體和精神的飄泊。這浪跡的結局一律是死滅，從地球的表面消逝，有些人帶著辛酸，怨恨，有些人帶著迷惘，幻

想。張系國描寫，甚至研究，人的掙扎的問題，而他所提供的答案是憂鬱的，雖然他也暗示反抗精神的尊貴，可是反抗精神隨時有被淹沒的危險。這種憂鬱要到〈笛〉裡才稍稍化解，彷彿有一絲陽光，保證人性和大自然之間確有一點共通的靈犀，有待我們去熱心尋覓。

〈冬夜殺手〉裡的老夫妻如何被移置於美國下雪的土地上，我們不必追問，於心了然。當年戎裝執劍的東白同志，注視著這一刻「白髮凝結著褐色血塊，灰背心沾滿血跡」的自己，他和他的老妻死於一場平凡簡單的搶劫案。一對尊貴的靈魂——「吃虧是福」——在面對暴力時，是沉默地逸失了。小說以迴異尋常手法的回溯進行，白描出他們流浪生命的最後一天，時間被切斷，空間被移動，數十年堆砌起來的鷹揚記憶和人生哲學是〈冬夜殺手〉背景裡的反諷，人的掙扎是微弱的。張系國小說裡最老的遊子被重擊而死。他小說裡最年輕的遊子（〈藍色多瑙河〉裡的阿貞）自殺身亡。阿貞從大陸逃到香港，先出售她恐怖的記憶維生，繼又以出售她年輕的裸體形象維生，賺了錢捐給小吉他們辦反共雜誌，「拉毛澤東下馬」，她以為流浪到香港，便是解脫，其實並不然；等到她發覺即使流浪到德國，也不見得可以保證是解脫的時候，發覺人家還是要她出售恐怖的記憶才能生活的時候，她終於割腕自殺了。兩相比較，我們覺得阿貞比〈冬夜殺手〉裡的老人更睿智，她能預見後果，她不允許自己繼續受辱，寧可淹沒在她自己幻想的多瑙河裡。

〈香蕉船〉裡跳船的海員好像是瑣碎的生命的代表，可是他的瑣碎正好反映出許多浪跡在美洲的人物的寂寥和挫折。那人說紐約跳船的中國船員有兩萬多人，可是我們知道「跳船」只是象徵，如此，則不僅僅兩萬多人了！嚴格說來，小說裡的我（黃國權，「國家的國，權力的權」）也可以說是一名跳船的海員。這小說以死者的敘事和生者背道而馳的遭遇交織而成。黃國權忙於相親和約會的事，在張系國筆下，也有一種蠅營狗苟的氣味。這樣看來，瑣碎無聊的好像不是香蕉船上的海員，而是「我」。相對於黃國權，「紅孩兒」高強似乎更積極地想做點什麼，他在保衛釣魚臺運動的

時候，忽然左轉，而且一旦進入左派的鬥爭局面，卻永無脫身的機會，終於變成了「大毒草」，被「批倒鬥臭」，最後竟告失蹤，消逝在美國茫茫的人海之中。高強代表精神浪跡的悲慘結束。這時，他周遭的人還在選擇他們的路，他的哥哥高維選擇「替美國人做事，真沒有安全感」的生活；陳紀綱博士口試沒有通過，很迷惘，選擇去大陸「為人民服務」，結果如何，不得而知；王復城選擇回臺灣；鍾貴選擇了上帝，並在上帝的恩典之下，找到了一個太太，覺得非常快樂。一篇〈紅孩兒〉，道盡了十年來留美學生的困惑和悲傷，而高強這名「紅」孩兒所遭遇的正是最大的屈辱，一顆無力拔高的靈魂被埋葬在一個扭曲了的「運動」裡。

高維在美國覺得「替美國人做事，真沒有安全感」，相似的情形見於〈本公司〉。這裡嘮嘮叨叨的葉雖然口口聲聲對臺灣本地的客戶說「本公司」，卻深知那個 1901 年創辦的美國公司並不是他或任何中國雇員的公司，他們只是些供驅馳的牛馬罷了：「還是洋人占便宜，我們幹得再好都沒用。總公司就是不信任我們！」所謂精神的浪跡，也可見於此，葉人雖在臺灣，精神卻是浮飛的；尤其想到宋子佳之死，他不能不覺得戚戚然，可是小說結束時，他還是口口聲聲「本公司」，這是自欺欺人的敬業精神：「本公司將不斷的擴大、擴大、再擴大，本公司永遠在前進，本公司永遠在發展，本公司永遠在替人類造福。有一天本公司將成為世界上最大的公司。謝謝各位！」

一本《香蕉船》裡，所處理的無非都是這種飄泊解體的靈魂，這個時代中國人掙扎的痕跡，在美國，在海上，在香港，在臺灣，奮鬥求生，他們的血和他們的淚。張系國答應繼續寫些比較「不悽慘」的作為「遊子魂組曲」的結尾。我們在期待中，猜測張系國會以廣大的同情和愛寫出像〈笛〉一樣肯定的小說來。

〈笛〉初看起來，好像是形形色色社會問題的暴露，但其實是張系國對於原始價值的肯定。

張系國把一篇社會小說寫成了一篇關於人性意義的宣言。羅黛是山地

姑娘，生前喜歡唱歌，爬山的本領很強，時常打赤腳。她的脾氣和性格異於其他的康樂隊隊員，因為她純真率直，甚至不知道應該保護自己，如何保護自己。別人喜歡她，也許還愛過她，可是那種愛竟摧毀了她。張系國幾次強調羅黛是「安寧」的象徵，完全孤立的純潔抵抗著不斷攻打著她的社會現象。

這個社會展示的現象包括小太保械鬥，縣議員包庇血案，冒牌的天才兒童出國深造，東洋人嫖死 13 歲的鄉下姑娘，不知恥的「歸國學人」，不一而足。敘事者在令人沮喪的現象裡穿梭求生，最後他覺得他已經和羅黛認同了，因為羅黛也曾在那些現象裡穿梭求生。那一個晚上在羅黛的家鄉，他看到鄉下人做聖誕裝飾燈，想像外面的世界如此打擊著無力的五峰鄉，「感到一陣輕微的痛楚」，這時他聽到窗外霧裡的笛聲，「覺得必須對她的一生負責」。一枝笛的抑揚頓挫是羅黛的一生，是鄉土力量的極致，他覺得她比大家都強，能夠奮鬥至於死滅，維持著她的純真，如此說來，她也還算是能夠保護她自己的，「我相信她還活著」。

> 我相信我能夠找到她，我一定會找著羅黛。在一個湖邊，我會遇到她，一個 17 歲的女郎，蓄短髮，眼睛發亮，胸前掛著一串項鍊。

張系國首次逸出分析性的語法，耽於幻想的文字，以之肯定羅黛的永恆，鄉土生命的永恆。羅黛死過一次，可是羅黛在純真裡死，羅黛並沒有死。

四

張系國的關心是一個知識分子對於現代社會的關心，那份關心本是分析性的，他往往和他小說裡受苦受難的人物維持著距離，可是在〈笛〉裡，張系國終於決心打破這一面知識的藩籬，自動介入他人物的宇宙之中。張系國從小說的世界走進詩的世界。

　　張系國走進詩的世界。這話需要解釋。有人以為小說是介入的直接
的，詩是隔離的間接的，然而文學的極致是詩的文學，亦即是作者終於放
棄他客觀的分析精神，一舉暴露出他主觀的好惡時所創造的文學，他的筆
鋒帶了感情，而且不因那感情覺得羞恥。文學之能動人移人，斷非由於其
分析的性質，而是由於其遽爾擁抱，不再矜持的，詩的接觸。張系國容或
是為人而寫作，不為藝術而寫作，可是他所創造的小說，已經不只是一個
科學家藉以宣洩他對社會關心的工具而已了。當張系國突然忘懷科學的紀
律的時候，我們發覺，他所寫的「人的掙扎」已經是一種藝術──不論張
系國喜不喜歡藝術──小說是文學，文學不可能藉關心的深淺而流傳，卻
有可能藉藝術的完成而流傳。

1976・7・20・花蓮

──選自張系國《香蕉船》
臺北：洪範書店，1976 年 8 月

論張系國的道與志

◎王曉波*

一

　　眾所周知，張系國的小說是有為而作的。在當年，「為藝術而藝術」、「為文學而文學」，喊得震天價響的時候，他並不諱言自己是「文以載道」的。在「意識亂流」壟斷臺灣文壇的當兒，張系國是少數有清明理性和知性反省的作家之一。

　　從中國的文學思想來看，向來都是標榜「文以載道」和「詩以言志」的。即使標榜「為藝術而藝術」、「為文學而文學」的作品，整體看來也都脫離不了載道和言志的範疇，充其量不過是此「道」與彼「道」之爭，彼「志」與此「志」之別而已。

　　這個道理很簡單，任何文學都是作家個人的作品，但也是社會時代的產物。一個作家可以自由的反對、擁護、改良、逃避其所處的社會時代，但這一切卻都是針對此社會時代的反應，其所持的理由和思想是「道」，其所有的情感是「志」。因此，一個作家無論其自覺或不自覺，其無法逃避「道」和「志」，亦如吾人無所逃於天地之間。雖然如此，文學畢竟不止於「載道」和「言志」，還必須有一定的藝術形式。這也就是〈民生主義育樂兩篇補述〉中所說的：

　　　　這發源於詩的文學，乃是傳達思想與情感的一種藝術。因為文學是思想

---

*哲學家。發表文章時為美國哈佛大學訪問學人，現已自臺大哲學系教職退休。

與情感的傳達者，所以他必有充實的內容；因為文學是一種藝術，所以他又必須有其優美的形式。

二

孔子說：「行有餘力則以學文。」「學文」尚且需要「行有餘力」，何況為文，由此可知，張系國是屬於「行有餘力」者。然「行有餘力」又可有主觀和客觀的不同。從「文」的廣義——知識——來說，張系國能順利地受完臺灣的教育，並赴美深造完成學業，在客觀條件上，其為臺灣的「行有餘力」者，亦即「有閒階級」，殆無疑義。然從「文」的狹義——文學——而言，他修習及研究的是電腦科學，其能造成「行有餘力」的結果，實為主觀條件的發揮。這也就是說，有極強烈的主觀動機在推動著他「心有外騖」。從他的許多文章中（不僅小說），可以了解，推動著他的乃是由近代民族危機的體認中所產生的愛國意識。至於將這種思想和情感選擇以文學作表達的方式，則為其個人的志趣與才能。

十三年前，還是大學生的張系國就說過：

十五年前，大陸淪陷，有三百萬軍民渡海來臺。到現在也維持了一小康局面。問題是，以後怎麼辦？我從不懷疑，中國將成為世界一等大國。我也從不懷疑，共產黨的那套辦法終將為中國人所棄。……我們當前的大問題是，在這一時期內我們該採取何種的態度？是這樣醉生夢死下去嗎？還是該勵精圖治，有一番作為？

我們生長在臺灣的這一代可說很不幸。既無緣以見祖國江山之美，與過去歷史絕緣，又無辜的要負下前人種下的惡果。但如何不怨天，不尤人，不悲觀，不失望的生活下去，在島國上保持天朝之民的胸襟氣度，努力不懈而又能坦然接受失敗，是我們當前面臨的大問題。(〈兩個值得自覺的問題〉)

在這樣的認識下，包括他對宗教信仰的揚棄，構成了他早期，即從大學時代到留學前後作品的思想主導。這些作品除了《皮牧師正傳》外，大都收集在《亞當的肚臍眼》一書中。

在這段時期裡，他對充斥唯美主義、現代主義和商業化的文學，有過極嚴厲的批評——

> 現在臺灣有一批作家詩人便走上了「文匠」、「詩匠」的路子。對那些只配在軟性雜誌上寫鴛鴦蝴蝶派小說，騙中學女生眼淚的文匠，我沒話好講。但詩人們不同！我必須指出，唯美派的詩不適合於現代人的需要。……詩人們，把李賀忘掉，別再躲在你們的象牙塔裡看星星了！不要忘記，唯美的綺情豔詩，往往是亡國的象徵，墮落的表樣。（〈然後呢？──泛論現代小說〉）

三

1966 年，張系國由臺赴美，對一個思想敏銳、心懷愛國意識的人而言，這無疑是一個極大的衝擊。因為在那個時代，實際上留學已經演變為學而優則留為目的的變相移民。而除了甘為「外黃內白」的「香蕉」（張系國語）外，留學生或「留美學人」是沒有前途的，最多不過偶爾「衣錦榮歸」一下，以驕其崇洋媚外的國人而已。這是要面對歷史、面對中國的張系國極不願意的，但是卻又是他在種種條件下所不得不走上的道路，想擺脫又擺脫不了的桎梏，其內心的苦悶和矛盾可想而知。

此時他的作品，用他自己的話來說吧！

> 那時剛出國不久，濃厚的懷鄉情緒，可以在〈地〉和〈亞布羅諾威〉裡看得出來。〈超人列傳〉則從另一個角色，探討知識分子的未來。
> 在華生研究中心工作的一年半，我的心情非常苦惱，覺得思想上沒有出

路。《地》的其次三篇小說〈流砂河〉、〈枯骨札記〉和〈焚〉，就是這時候寫的。

在苦悶中，在沒出路中，張系國漸尋其思想的出路。他從知識分子的自我批判中去尋出路。在〈知識分子抑高等華人〉一文中，他批判了知識分子的「傲氣」，他說：「這種傲氣，是維護真理的驕傲，是不屈服於強權的驕傲。如果自以為受過大學教育就處處高人一等，還會有『自然流露出的氣質』，這種傲氣可就令人洩氣了！」

他還把批判的方向指向留學生和「留美學人」，在〈知識的流失和人才外流〉中，他說：

知識分子的流失，就是指知識分子有意放棄自己的責任；或者屈服於種種外來的壓力，安於傳播和製造假知識，或失去了繼續奮鬥的勇氣，甘心離國他適，為人作嫁，知識分子的大量流失，便意味著大量知識分子在逃避責任。

針對著知識分子的「頭巾氣」和思想的空疏，他還提出了正面的意見。他說：

在現代社會，知識分子就是「以傳授、販賣知識為業的人」。他並不是統治者，知識也不等於權力。他販賣知識，獲得勞力的代價，並不比工人販賣勞力高尚。

知識分子沒有權力也沒有可能關在象牙塔內，製造出改革整個社會的方案。除非他向工人、向農民請教，他不可能了解工人或農民的問題。

一個新知識分子所能做的，一方面當然是固守他自己的崗位，做好知識分子分內應做的事，另一方面他也得坦率承認自己力量的微弱，把眼光投向大眾，設法了解大眾的需要，共同爭取大眾的目標。（〈知識分子的

孤獨與孤獨的知識分子〉〉

　　在這樣的思想轉折下，1970 年的釣魚臺事件，在留美學界引發一股政治意識覺醒的浪潮，張系國身歷其境。「保釣運動」的日子，也就成為他「六年留學生涯，生活得最有勁的一段時光」。〈割禮〉也就成為他「最有勁」的一篇小說，從此他「拒絕再充當『留學生文學』這荒謬文學的荒謬角色」。另外開始了他以在美華人為寫作對象的小說，如〈香蕉船〉等。

四

　　經過〈割禮〉後的張系國在 1972 年返臺任職一年，在這一年中的前半年，張系國與好友訪問過礦災遺屬，也與朋友聯袂南下訪問過農村。他看到了哭告無門的礦工遺屬，樸實凋敝的農村，及在北港媽祖廟前淌著眼淚的老鹽民。因而擬議將當時在《大學雜誌》由他主編的「域外人」一欄，改為「社會心聲」，為基層民眾代言，「共同爭取大眾的目標」。

　　這半年中，雖然沒有「保釣運動」那麼轟轟烈烈，雖然不是「最有勁」的，但相信應該是他作為知識分子較切實的「了解大眾的需要」。

　　一年後，再返美國，又繼續小說寫作，寫的不是工人，也不是農民，而是「棋王」。《棋王》中，「這些人物既不是遺老遺少，也不是當權新貴，雖然在商場上打滾，滿身銅臭，卻還有幾分知識分子的氣味，懷抱著一些文化理想。」「錢，有幾文，車，有一輛。但，總自知缺少了些什麼。」「就是這樣尷尬的一群。『青年才俊』，『社會中堅』，『新興中產階級』，隨便你怎麼稱呼他們。」「我了解他們，因為我也屬於這個階層。我可以恨這個階層，我可以不滿這個階層，但我難以擺脫這個階層的桎梏。這是我的十字架。我必須面對自己。」「我不知道自己未來如何。我只知道，歷史是太沉重的包袱，但我們不能沒有歷史。」（《棋王》後記）

　　〈割禮〉曾把張系國從灰暗、無理、沒有前途的「留學生文學」中割裂出來，但，現在又落入了「歷史是太沉重的包袱」的喟歎中。敏銳如張

系國者應當知道「這個階層」的文學，亦如「留學生文學」一樣是荒謬的！

在現實與理想的天人交戰中，我們理解張系國「這是我的十字架」的無奈，但我們不承認「但我難以擺脫這個階層的桎梏」。因為，他不就擺脫過「留學生文學」的桎梏嗎？

由於「難以擺脫這個階層的桎梏」，其所剩下的就是「一片冰心在玉壺」了。「一片冰心在玉壺」也許是張系國「境界」的提升，以「憧憬」來代替奮鬥，但無論如何，這只是心物不能合一的「秀才人情」而已。在這新「境界」裡，已看不到「這種傲氣，是維護真理的驕傲，是不屈服於強權的驕傲」。

張系國是這個時代有良心，也是會「傷心」的知識分子，更是一個肯思、肯想、學識豐富、觀察敏銳的青年作家。不該在年紀輕輕的當兒看他由猶豫不決，難定抉擇，讓人為他惋惜著「缺憾還諸天地」。一切愛護他的朋友，共同企望著他能再來一次「割禮」，徹底擺脫「這個階層」的桎梏，重新意氣昂揚、雄姿英發的「把眼光投向大眾，設法了解大眾的需要，共同爭取大眾的目標」！用其生花之筆寫下屬於我們全體國民的文學，而不再是「留學生文學」，也不再是屬於「這個階層」的文學。

最後，筆者亦期望所有為中國而奮鬥的朋友，我們不怕歷史包袱的沉重，當勇敢的背起這包袱，大步的向前進！只要方向是正確的，相信最後的勝利一定屬於我們！

（《婦女雜誌》，1977 年 8 月）

——選自王曉波《良心的挑戰》
臺中：藍燈文化公司，1980 年 2 月

留學「生」文學
由非常心到平常心（節錄）[*]

◎齊邦媛[**]

　　文學作品並非每篇都須反映社會，但是對真實人生的態度至少應該是公平的。一個作家如果想到文章千古事的意義，觀照範圍必廣且深。寫實、寓意、諷刺、預言……都不會離現實太遠。當年的留學生文學也好，今日泛稱為海外華人文學也好，尤其具有敏銳的時代性和地緣性。隨著臺灣十年來經濟政治的進步，出國的動機和留學歐美的心態必然不同。讀者對一再重複的題材和表現形式會產生疲乏厭倦；而作者自覺的創新希望都催促海外作家（許多已不在學，也非「生」了）從訴說失落之苦的灰黯格調中走出來，把關懷個人生活的種種抉擇擴大到對世事、國事、乃至人類共同命運的關懷。持這種態度的小說家中，以張系國最具代表性。

　　張系國的短篇小說集《地》出版於 1970 年，收集了他在美國柏克萊加大讀電腦學位時的作品六篇，而真正面對留學生問題的〈割禮〉到 1973 年增訂本中才收進去。在〈增訂本後記〉中他說那些年剛出國不久，「濃厚的懷鄉情緒」可以在書中的前三篇中看得出來；剛開始任研究員工作時，「一方面賣腦汁，一方面認真思索中國的未來以及我個人的未來。……在那一年半，我的心情非常苦惱，覺得思想上沒有出路。」書中的後三篇就是那時候寫的，「1970 年秋到康乃爾大學任電機系副教授，正好碰上『保衛釣

---

[*]編按：本文選自齊邦媛《千年之淚——當代臺灣小說論集》（臺北：爾雅出版社，1990 年）　第十章「留學『生』文學」第一節「由非常心到平常心」，論張系國部分，頁 160～168。本段始見於《中國時報・人間副刊》，1986 年 11 月 2～3 日，8 版。

[**]作家。臺灣大學外國語文學系名譽教授，發表文章時任教於臺灣大學外國語文學系。

魚臺運動』。⋯⋯以後的半年，就將全副精力放到這裡面去，回想起來，這些日子，可說是我六年留學生涯，生活得最有勁的一段時光。〈割禮〉是遊行後三個晚上趕出來的，⋯⋯它保存了我那時激昂的心境。這篇小說，再遲三個月，恐怕就永遠寫不出來了。」因為保釣運動已經開始分裂，形成了左、右翼的尖銳對立。這種分歧的混亂，爭論，幻滅和現實的困境，成為張系國又一本書——長篇小說《昨日之怒》的主題。雖然在《地》增訂後記的結語中他說：「我拒絕再充當『留學生文學』這荒謬文學裡的荒謬角色。『留學生文學』是一條死胡同，⋯⋯」1976 年出版的《香蕉船》（「遊子魂組曲」上卷）和 1978 年出版的《昨日之怒》卻仍然是一種留學生文學，只是關懷範圍更廣，態度更客觀，文學技巧更成熟了。

　　儘管張系國自己在《昨日之怒》後記中說請讀者不要把它當成文學作品看，它並無藝術價值；龍應台在〈龍應台評小說〉中也稱《昨日之怒》為他「最壞的」作品，但《昨日之怒》自有它獨特的史料價值。它雖然犯了對主題沉溺的大忌，時時令它的角色慷慨激昂地談當年保釣運動與中國的命運，因此政治意識型態遮蓋藝術價值，但是它確實記錄了留學生所經歷的一個極大的考驗和挑戰，遠超過了《又見棕櫚·又見棕櫚》時期的單純環境，也不僅是留下與回國的單純個人抉擇。張系國在致「純文學」編者的一封信中說：「戀愛、吃飯、睡覺、流水帳的『留學生文學』一定會被淘汰！」淘汰的過程是與現實緊密配合的。於梨華所記得的三輪車、煤球爐、下女、和見到一個剛拿了博士學位的「歸國學人」就撲上去大捧的新聞記者已成了我們的歷史陳跡。也只有置身於這四十年家國變遷的人才知道今昔之別。

　　「遊子魂組曲」是張系國藝術成熟之作。由它題材的安排，寫作形式的精緻，可見作者對它的重視。《香蕉船》一書中六篇，張系國曾在〈試談民族文學的內容和形式〉一文中稱「這種圍繞著一個主題，構成一個統一的畫面。⋯⋯利用短篇小說的形式，掌握零碎的經驗。而各短篇又能構成鑽石的多面，有整個的結構，閃閃發光。」的作品為「鑽石短篇小說群」。

「遊子魂組曲」的前六篇的主題是飄泊在海外的中國人的悲慘境遇。後六篇收在《不朽者》中，圍繞在臺灣的一群現代人與理想之間「妥協與背棄的問題」這個主題，構成了另一種靈魂飄泊的畫面。作者在《香蕉船》後記裡說：「對我而言，沒有生活，沒有人的掙扎，就沒有小說。……我不為藝術而寫作，我只為人而寫作。」但是楊牧在此書之序中說得中肯：「他所寫的『人的掙扎』已經是一種藝術。……文學不可能藉關心的深淺而流傳，卻有可能藉藝術的完成而流傳。」

　　飄泊在海外的中國人是如何掙扎呢？在「遊子魂組曲」前六篇中，他們的掙扎全失敗了，都以滅絕為結局。如第一篇〈香蕉船〉裡跳船的船員，原是個暈船的海軍──是人生「適應不良」者。在紐約打工被移民局查到遞解回臺。為了達到賺幾千美金，回鄉開個小雜貨店的願望，他在東京換機時溜走，而在非法登上一艘往來日本及中南美的運香蕉船上失足跌死。這個看似愚鈍，「傻頭傻腦咧嘴笑」的典型中國人，韌性極強，但是離開了家鄉土地，遊子的掙扎也失去了依憑。香蕉船原是臺灣冰果店的美食，而在現實中卻是死亡的陷阱。

　　第二篇〈藍色多瑙河〉建立在理想與現實的尖銳對比上。這一篇的敘述技術與直敘法迥異，通篇敘述「妳」的遭遇，追蹤一個由大陸逃到香港的 19 歲女孩的掙扎求生的過程。為了求生，「妳」為一個德國人錄音講述她極願忘記的大陸生活──迫害和悲慘現實。否則只有去作模特兒或妓女。當這位德國人願帶「妳」去德國時，「妳」的驚喜可想而知。在她有限的知識裡，藍色多瑙河就是德國，「妳渴望見到那蔚藍的多瑙河，多麼寧靜，多麼安詳。妳再不會有憂愁，妳再不會有煩惱。妳將永浴在多瑙河藍色的河水裡。」──但是當「妳」知道去德國仍需靠出賣慘痛記憶為生時，才知天地雖大無「妳」容身之處。「妳」回室割腕自殺，血液「紅色的巨流，似乎逐漸轉變成蔚藍色。妳知道這是多瑙河，藍色的多瑙河，河水帶著妳流向那無牽無掛的地方。」

　　第三篇〈冬夜殺手〉由許多特寫鏡頭式敘述連接出一對中國老夫婦在

美國與兒孫團聚，原期安度餘年，卻被搶匪殺死，鏡頭由書桌移至流血垂死的老人；由紀念兩人一生歷史處世態度的照片和書籍照到生命最後的一日生活。老年的遊子卻這般魂斷異域，連掙扎的機會都沒有。書桌上的《夜雨秋燈錄》、「鄭板橋全集」、「吃虧是福」的格言……這些老中國的文化，在新世界飄零，是多麼屢弱無力！

　　第四篇〈本公司〉的寫法又是別出蹊徑，它讓讀者由一個設在臺北的外國公司職員對客戶的簡報中看出另一種遊子的心態。簡報者固然生活在自己的土地上，卻須仰「本公司」美國總公司的鼻息。工作升遷「還是洋人占便宜，我們幹得再好都沒用。總公司就是不信任我們！」——然而這簡報者的聲音繼續推銷「本公司」產品的優點，似乎抽空了人性中的喜怒真情，完全放棄了為尊嚴而掙扎的念頭。

　　第五篇〈水淹鹿耳門〉和〈香蕉船〉一樣，是一個中國留學生林欣以遊子的心情敘述另一群遊子的故事。林欣由臺灣到美國去留學，對未來是有信心、有期待的。剛到芝加哥的時候為了房租便宜住進一家小旅館，一住半年。這家波蘭移民開的旅館中住的多是東歐移民，其中一位俄國老人綽號「教授」，從前是位船長，曾經是狂熱的理想主義者。一直到托洛斯基失敗，才逃到美國。他年老孤獨，唯一的消遣就是關在自己的小房間裡畫海和船的畫。他對林欣所講鄭成功乘潮水大漲時進了鹿耳門，擊敗荷蘭人的故事特別有興趣，因為他認為這是另一個命運捉弄人的例子。他說：「你知道，如果不是水淹鹿耳門，你現在不會在這裡，我們也不會認識。」他憑想像畫了多幅水淹鹿耳門的蠟筆畫，「專心一意描繪出一艘艘中國帆船，教授一輩子從來沒有見到過的中國帆船。帆船乘著泛紫紅色的浪潮，直駛進鹿耳門。」遊子半生飄泊萬里，終老異鄉之際，惟有靠無聲的畫面上的海與船的千貌，保留他一生勝負興衰的記憶，宣洩他對命運的哀慟吧。圍繞著這老人的形形色色的飄泊人物，或生或死，有緣聚在一個屋簷下，所表現在生死之際的關懷，道盡了同是天涯淪落人的情境。張系國對自己生長土地的摯愛——所謂的「中國情意結」——並沒有侷限他對全人類的關

心。這一篇人與往事掙扎，人與宿命論妥協的故事不以死滅終結，就是悲憫胸襟超越國界的延伸吧。

第六篇〈紅孩兒〉以書信體寫成。這一束寫給名為高強的留美學生的信，來自一再囑咐：「期望努力用功讀書將來成為舉世聞名的大物理學家就是我們的光榮。」的典型中國父母。來自他「替美國人做事，真沒有安全感。」的哥哥；來自他三個保釣運動的朋友（一個回臺灣，一個去了大陸，一個在基督教查經班上找到了愛情而皈依了上帝。這三個典型至少都暫時終止了飄泊。）另有兩封信由針鋒相對的「G埠革命造反總部」和「G埠保釣行動委員會」寄來。前者說高強「落伍了，跟不上群眾了。……我們一定要把高強這株大毒草揪出來，批倒鬥臭！」後者駁斥它的離間。在這些叫囂、紛爭之中，唯有高強本人沒有聲音。最後竟消失在人海，被美國聯邦調查局尋覓不得，登上了失蹤人口名單。在全部的轉變與混亂過程中高強自己怎麼想？想什麼？在簡潔的書信體敘述中，完全沒有說明。作者當然是故意用含蓄未盡的敘述（understatement）的啟發力量達到簡潔有力的藝術效果，將一切未言明者交給讀者自己去想像、填充。只是一般讀者未身臨其境，沒有藉以想像填充的基本資料。兩年後（1978 年）問世的《昨日之怒》幾乎被政治議論填滿。它的鋪張敘述（overstatement）形成了主題的氾濫（龍應台稱之為「主題的沉溺」）。反而是書中穿針引線人物陳澤雄是個自然的棋子，作者塑造這個典型的臺灣小生意人，故意令他善良、懵懂、走遍美國，作當年保釣運動者高談闊論他們曾經有過的理想、行動、和幻滅的聽眾；也看遍了留學生因人性的弱點而陷入的困境，而主角之一，葛日新這麼積極的人仍須撞車而死，敢做敢為的女子王亞男終於帶著五個月大的嬰兒回臺灣娘家來住。她穿著的黑色衣服，在讀完了這些小說的讀者眼中，該不僅是為一個人而穿的喪服吧？——是為那許多肉身或靈魂死在異國的「漢魂」吧。

張系國在後記中說：希望以後的中國青年不必再寫《昨日之怒》。他自己也許將逃回到本行的科學世界，「永遠乾淨、明亮、有秩序的世界，沒有

混亂荒謬而無可奈何的時刻。」但是大多數的小說作者仍留在荒謬混亂而
無可奈何的世界裡。

──選自齊邦媛《千年之淚》

臺北：爾雅出版社，1990 年 7 月

六、七〇年代臺灣重要旅美作家作品論

張系國（1944～）（節錄）[*]

◎蔡雅薰^{**}

一、張系國及其小說簡介

　　張系國 1944 年生於重慶，原籍江西省南昌縣，五歲時隨父親到臺灣。1965 年臺灣大學電機系畢業，其後留學美國，學習電腦，獲柏克萊加州大學博士學位。先後擔任美國康乃爾大學助理教授，臺灣清華大學副教授，現任美國芝加哥伊利諾大學教授。主要作品有短篇小說集《孔子之死》（1978）、《地》（1970）、《香蕉船》（1976）、《不朽者》（1983）；長篇小說《皮牧師正傳》（1978）、《昨日之怒》（1978）、《棋王》（1978）、《捕諜人》（1992）等，另有理論隨筆，如《讓未來等一等吧》、《天城之旅》，以及科幻小說《星雲組曲》、《五玉碟》等。

　　張系國《昨日之怒》是以 1960 年代到 1970 年代的「保釣運動」為背景，「遊子魂組曲」的上卷《香蕉船》是以刻畫在動盪時代下流離的中國人面貌為目的。張系國刻意著力於小說人物的個人命運跟時代脈動的密切關係，允分表現知識分子在那個時代那個社會的精神和特色。他自己曾說：「這些年來，困擾著我的，始終是同一個問題：我們這一群植根於臺灣的

---

[*]本文選自蔡雅薰《從留學生到移民──臺灣旅美作家之小說析論》（臺北：萬卷樓圖書公司，2001年）第七章「六、七〇年代臺灣重要旅美作家作品論」第六節「張系國（1944～）」，頁 280～288。

^{**}發表文章時為高雄輔英技術學院助理教授，現為臺灣師範大學應用華語文學系教授。

中國人，究竟是怎樣的中國人？我們是什麼？我們應如何安身立命？」[1]他關心民族社會，對於社會的病態，民族的危機，著墨最多。張系國的《昨日之怒》，因為將海外保釣運動的慷慨見證，在小說中處處點染，來顯示當時時代環境的景況，為此評論者針鋒相對，對此作品的評價也是毀譽不一[2]，但張系國個人以留美學生為題材的小說，所以在臺灣留學生文學發展上有其獨特地位，確實是對保釣運動記錄的意義在於民族性重於政治性。《香蕉船》每一篇小說則洋溢著濃重的民族意識，小說人物結局悲慘，大都與浪跡海外，失去了生命著立點的「土地」有關，這也反映了張系國當時創作的心情，他說：

> 如果我不能經常接觸我成長的這片土地，呼吸到自己國家的空氣，我知道我便喪失了我寫作力量的唯一泉源，我的存在亦完全沒有意義。多少年來，我夢寐所思的，便是那片土地。每時每刻，我每一個細胞都呼喚著要回去。……我真希望如陀斯朵也夫斯基那樣自問：我為什麼不是一條蟲？如果我是一條蟲，至少還可以在祖國的泥土上遨遊。[3]

張系國善於表達個人生命情思的追尋與海外論國是的嚴肅主題，形成獨特而令人玩味的藝術特色。因著他對寫作的愛好與當時政治的雙元轉變，使得他的作品多了對海外與臺灣社會的關注。

---

[1]張系國，〈後記〉，《讓未來等一等吧》（臺北：書評書目出版社，1975 年），頁 136。
[2]《昨日之怒》因為藉著海外保釣運動作背景，來描寫當時中國人的心態，不少評論者持正面肯定態度，理由是小說反映當時代中國人對中國命運的關切程度，同時題材也有所擴大，突破以往留學生文學風花雪月的風格以及流水帳似的生活記錄，如齊邦媛、許建崑、林聰舜、黃武忠等，都著有專文提出相近的看法。龍應台則認為《昨日之怒》是張系國「最壞的」作品，理由是小說中的「中國情意結」的主題，使得說教載道的意味太重，壓垮了藝術的架構。參見龍應台〈最壞的與最好的〉及〈畫貓的小孩〉，收錄在《龍應台評小說》（臺北：爾雅出版社，1987 年）。
[3]張系國，〈後記〉，《香蕉船》（臺北：洪範書店，1986 年），頁 148。

二、張系國小說之主題特徵

（一）土地失根之艱苦掙扎

張系國小說始終掩藏著海外遊子心中巨大的傷痛與悲憤，尤其在他初到美國後所經歷的強烈情感波動。小說集《地》收集了他到美國最初幾年的作品，也是他以「留學生」身分寫的唯一一本小說集。〈地〉一文側寫立基土地、扎根生活的艱苦掙扎，背景雖是臺灣時期的生活，但是喪失立足土地的情緒卻是作者到美國之後產生；〈割禮〉寫猶太人嬰兒的割禮，由外族對禮節的傳承，對照出中國人的崇洋，映現著民族意識的覺醒。這本小說集中雖也描寫留學生的感情世界，卻少見直接抒發留學生在美國的生活感懷與失落之苦，而以側面迂迴或超現實的手法，如寓言、象徵或書信來寄寓對留學生問題的思考，然而強調身處異國，遠離土地的失落感仍是他小說的情感核心，小說中他明白指出，「要想生根，要想不失落，一定要靠近土地」（《地》，頁 55）。類比人與土地疏離之後，隨之而來的空間迷失與身分迷惘，成了認同身分的艱苦掙扎，這是他小說主題的第一特徵。

（二）揭示海外遊子與社會現實、國家命運之共振現象

強調海外華人與時事背景的聯繫，揭示海外遊子與國家命運的共振現象，是張系國小說主題表現的第二特徵。齊邦媛指出，留學生文學到了 1970 年代的轉變特色是「從訴說失落之苦的灰暗格調中走出來，把關懷個人生活的種種抉擇擴大到對世事、國事乃至於人類共同命運的關懷。持這種態度的小說家，以張系國最具代表。」[4]張系國的小說，如《香蕉船》、《遊子魂組曲》與《昨日之怒》等，都是他要讓留學生小說走出狹窄生活情思與個人抉擇的死胡同的最好例證。[5]《香蕉船》中的題材人物各異，有

---

[4]齊邦媛，《千年之淚》（臺北：爾雅出版社，1990 年），頁 160。

[5]張系國對於 1960 年代以來的臺灣留學生小說有深切的反省，尤其在留學生文學的創作始終圍於表現自我經驗情感感到不滿，他說：「不論如何，我拒絕再充當『留學生文學』這荒謬文學裡的荒謬角色。『留學生文學』是一條死胡同，除非變成那布可夫，寫寫《羅麗泰》，否則實在沒有出路的。」見張系國，〈增訂本後記〉，《地》，（臺北：純文學出版社，1983 年），頁 251。

臺灣留學生、臺灣原住民女子、美國生活的寓公、大陸文革的逃亡者、跳船到海外的謀生者、為美國公司賣命職員等，這些悲劇人物與事件的發生，都有一個共同現象，就是與整個社會現實的大背景緊密相扣，〈冬夜殺手〉強調社會暴力事件的突發性；〈紅孩兒〉與〈藍色多瑙河〉分別與保釣運動及文化大革命的政治事件相連結；〈笛〉與〈本公司〉圍繞社會現象開展等。張系國在小說中並無意進行政治批判，但蓄意揭示海外遊子與國家命運的互動與共振現象，至為明顯。《昨日之怒》是以保釣運動為背景，展現海外留學生受到釣運洗禮的影響與轉變，小說中雖未能掌握整個運動過程的成敗關鍵，或揭露釣運的困境[6]，但從《香蕉船》到《昨日之怒》一脈相承的留學生小說，從小我生活到大我的關懷，由家事、國事到天下事，視野與關懷層面的擴大，是張系國小說的另一在主題特徵上的成就。

三、張系國小說之藝術特徵

（一）以反諷手法，冷靜審視遊子之不幸

　　與 1960 年代旅美作家書寫海外遊子生活比較，張系國的作品擺脫了近距離的自我情感糾結，而是以冷靜態度審視海外遊子的不幸，與早期的留學生小說閱讀時的傷感不同，他的小說帶有明顯的反諷意味，這是他小說藝術的第一個重要特色。他的作品常常通過人物的語言、行為、情境中的矛盾轉化，使事件背離自身的合理推展，情節急轉直下，最終走向反面，戛然而止，從而達到反面諷喻的審美效果。小說〈紅孩兒〉以書信組合而寫成，從父母兄長與朋友寫給高強的信中，都可以明顯看出高強的年輕的生命力及參與保釣的積極性，熱力四射，父母與兄長因而擔心他的課業，如母親的信開頭便是：「強兒：收到你五月十八日的信你父親看完氣得發抖……」；高強大哥的信開頭是：「強弟：昨晚剛打長途電話給你，今天又收到家裡的信……」；一個陌生人給高強的信是這樣的：「高強學長：上週

---

[6]見范怡舒〈張系國小說研究〉頁 66 之申論，及其引論林聰舜指出張系國《昨日之怒》之「最大的敗筆」一段。

參加你們主辦的國是討論會，聽到許多發人深省的議論，我感到非常激動……」。

信中開頭標明高強與他們聯繫的時間、地點，清清楚楚，最後幾封信，情節急轉直下，父親的信：「強兒：好久沒有收到你的信是何緣故你母和我都甚焦急……」；兄長的信：「強弟：你怎麼搞的，幾個月不跟家裡寫信？我昨天打長途電話給你，電信局說你電話因電話費積欠太多，已被截斷……」。緊接著便是聯邦調查局回覆兄長的查詢，確定高強失蹤一案，目前仍下落不明。張系國首先使高強在書信組合中缺席，讓讀者從他人信中構建高強的活力與任性，未料下場是充滿希望的年輕生命無聲無息地失蹤，藉此反面書寫遊子愛國不成的悲劇，更顯現保釣事件的詭譎氣氛。此外〈香蕉船〉、〈笛〉、〈藍色多瑙河〉等篇都有類似反諷手法的運用。

（二）二元對立與擺盪間之現實性

張系國小說常顯現工商社會的時代特徵，而其小說人物總是在精神與物質、情感與慾念、理想與現實的二元對立衝突漩渦中，標誌著社會的趨勢及疏離的人際關係，人物在兩極之間擺盪，從擺盪間的複雜過程，顯示現實裡的人性深度。例如《昨日之怒》中的葛日新與洪顯祖，前者代表在海外堅持理想卻備受冷落的知識分子，後者是現實功利、理想性沉淪的海外知識分子。葛日新走出讀書人的象牙塔，在保釣運動中，心繫祖國，傾注個人力量，但在保釣運動之後，面對現實生活，卻付出沉重的代價；洪顯祖無論對婚姻、對事業，都是使盡所有手段，他具有堅強意志，卻是絕對自私的個人主義者。兩人的性格是清晰的二元對立，因此女主角王亞男的婚戀抉擇與成長歷程，也在他們的價值取向與生命層次的對立之下，有了新的省視與決定。另外一組女留學生的對照，王亞男個人情感及生活轉變，是從物質慾念的現實層面逐步往精神情感的理想層面走去，精微而深入人性；咪咪剛好相反，是從理想落入現實的層面。然而，張系國小說中的二元對立，並非在人物的性格塑造上作單純的對照組，精采的部分是人物游移在兩個極端中的摸索與試探，前進或退卻。〈笛〉裡的主角「我」，

是個不受重用的地方新聞記者，見聞雖多，卻也世故老練，但是現實世故是他身為記者的一種防護色彩，他也有自己的理念堅持，他的頂頭上司郭主任明白嫌他發稿不勤快，其實要他報導吹捧性的酬酢文章，但是「我知道他喜歡什麼樣的新聞稿，偏偏就是不願意寫，再逼我，了不起老夫不幹。」（頁 131）他為了一樁沒有下文的雙屍命案，卻費盡心思，上山下海：「尤其我知道，我是世界上唯一掌握羅黛的一生的人。沒有人知道她的生平，沒有人關心她的死亡，只有我能查出。我因此竟有一種很奇特的責任感。她一生的謎，有待我來揭曉。」（頁 130）作為一位記者追查真相的理想與堅持，由此可見。

張系國的小說，除了人物塑造有二元對立與擺盪的現實性，在題材構思與技巧安排上，又有「通俗」與「反通俗」的藝術特徵。趙順宏說：

> 張系國在撰構故事的時候同樣表現出創作上的二元對立性。以通俗的故事結構展示藝術內容的時候，又總是不失時機地瓦解了小說的通俗結構，防止了通俗小說那種經過懸念直奔高潮式的章法，使作品出現了通俗小說結構上的懸空狀態。[7]

換言之，張系國小說深具故事性的情節衝突，看似通俗小說，可使讀者產生問題而引起尋求答案的好奇，然而小說結尾卻往往沒有答案，使滑翔式的閱讀活動突然中止，使讀者的意識陷於暫時性的停頓，這停頓的困惑與猜想，恰使張系國小說湧現多種詮釋與想像的可能。這樣放棄通俗化的處理，增生了作品的意義，是張系國反通俗的技巧安排。例如〈香蕉船〉的黃國權回國省親兼相親，飛行途中幫忙一位跳機者的託付，帶回美金與短箋給他在臺灣的妻子，結尾卻是黃國權意外地收到一家船公司的信與包裹，說明這位非法登輪者在船上意外失足，包裹竟是僅有一面之緣的海員

---

[7] 見陳賢茂主編《海外華文文學史》第 4 卷第 1 章第 6 節，頁 81，此節由趙順宏撰寫。

死者的遺物。像這樣沒有明白揭示謎底的藝術留白，反而激起讀者的錯愕與反思，更是顛覆了小說情節發展的邏輯，有別於一般通俗小說的結局處理，張系國小說，如〈紅孩兒〉、〈藍色多瑙河〉、〈笛〉、《棋王》、〈決策者〉都有通俗與反通俗、遊戲與非遊戲、高潮與反高潮的雙元擺盪的特性。

（三）從文藝假設性引出文藝真實性

　　張系國小說擅長運用假設的時空、變形的世界或誇示的手法，暗喻人類社會多樣的寫實現象，引出藝術的真實。而他小說中的假設性是幻想世界、也是象徵的藝術，是他「為藝術而藝術」的文學成就；藉假設作為現實的類比，可謂深具「為人生而藝術」的文學使命。例如小說〈焚〉就是變形寫意的小說，藉留學生自焚時的所思所感，反映在美國處境的艱難與絕望。然而張系國虛構這種超現實的場景，卻使自焚者不再感到痛苦，圍觀者不感到驚慌，以過程的平靜，反映出現實的殘酷冷漠，如此更加深了海外遊子心中的哀慟與無力之感。〈決策者〉以電腦探險遊戲的語言新貌，運用是非對錯的作答，隱喻人生的選擇，是寫實與象徵的複合體，新奇的構思魅力，可見其圓熟的小說藝術；《棋王》以大智若愚的神童聚焦，神童背後的功利世界卻是商業社會、金錢周旋的寫實眾生相，張系國以假設性的未來神童，作為一種認知上的調整，藉此更鮮明有力地表達出對於現實的觀感，將幻想與寫實的交集，更突顯了他特殊的寫作風格。

（四）以時代背景描寫環境

　　張系國的《昨日之怒》是以 1960 年代到 1970 年代的「保釣運動」為背景，「遊子魂組曲」的上卷《香蕉船》是以刻畫在動盪時代下流離的中國人面貌為目的。在環境上的表現用法，張系國與於梨華、白先勇的著眼點顯然不同。他刻意著力於小說人物的個人命運跟時代脈動的密切關係，換言之，他描寫環境在表現故事的時代背景，充分表現知識分子在那個時代那個社會的精神和特色。他自己曾說：「這些年來，困擾著我的，始終是同一個問題：我們這一群植根於臺灣的中國人，究竟是怎樣的中國人？我們

是什麼？我們應如何安身立命？」[8]余光中先生則說張系國，「他研究的是科學，關心的是民族與社會，創作的卻是小說。他寫小說，是有感而發，有為而作，因此對於社會的病態，民族的危機，著墨最多。」[9]張系國的《昨日之怒》，因為將海外保釣運動的慷慨見證，在小說中處處點染，來顯示當時時代環境的景況，而張系國個人以留學生為題材的小說令人印象深刻，確實是因為強調用環境來描寫故事發生的時代背景之故。

——選自蔡雅薰《從留學生到移民——臺灣旅美作家之小說析論》
臺北：萬卷樓圖書公司，2001 年 12 月

---

[8]張系國，〈後記〉，《讓未來等一等吧》，頁 136。
[9]余光中，〈天機欲覷話棋王〉，《棋王》（臺北：洪範書店，1978 年），頁 20。

位移的南方、想像的鄉愁
張系國七〇年代小說中的故土想像

◎劉秀美[*]

一、前言

　　張系國在臺灣鄉土文學巔峰期的 1970 年代出版了系列重要作品[1]，當時兩大報副刊正是引領臺灣文化走向的重要標誌，《棋王》、《昨日之怒》相繼於《中國時報・副刊》連載[2]，引發不少文學與文化議題的討論。

　　1944 年出生於四川重慶，1949 年隨父親遷移臺灣，就身分而言，被認定為外省第二代作家。陳芳明論及前世代作家時提到：

> 前世代作家無論是生在臺灣或來自大陸，都背負著沉重的歷史包袱。外省作家的深沉思考裡，都有一個回不去的鄉土。本地作家在他們的感情深處，存在著一個受苦受難的鄉土。……基本上兩種文學取向都強烈帶有流亡的意味，外省作家回不去自己的故鄉，本省作家找不到自己的故鄉。[3]

　　然而 1970 年代展開蓬勃創作的張系國，作品中雖也呈現著精神飄泊與

---

[*]東華大學華文文學系副教授。

[1]張系國創作始於 1960 年代，1963 年以自費出版長篇小說《皮牧師正傳》。1970 年開始，除延續 1960 年代作品發表於報紙副刊外，並出版系列重要作品，如《地》(1970)、《讓未來等一等吧》、《棋王》(1975)、《香蕉船》(1976)、《天城之旅》(1977)、《昨日之怒》(1978)、《黃河之水》(1979)，至 1980 年代的幾部重要著作，如《星雲組曲》(1980)、《不朽者》(1983) 等。

[2]《棋王》1974 年 8 月 6 日、《昨日之怒》1977 年 10 月 23 日開始連載於《中國時報・副刊》。

[3]陳芳明，《臺灣新文學史》(臺北：聯經出版公司，2011 年)，頁 562。

放逐文學的孤臣感，但與上文所提前世代外省作家「回不去的鄉土」感顯然有所不同，白先勇筆下遙望上海的臺北人，余光中回不了家的詩人在在顯現了「回不去大陸」的孤絕，張系國筆下的人物雖然也充斥著世代的迷惘與自我質疑，卻形塑了一個心中想望的鄉土——臺灣。

　　1966 年前往加州大學柏克萊分校就讀，1970 年參加胡卜凱發起的保釣運動，成為臺灣政府的黑名單。1972 年發生臺大哲學系事件，張系國因為奔走營救好友受牽連，原在當時中研院院長錢思亮的擔保下回到中研院任職，卻因為受到警總的「關注」，不得不再度離臺到美國，從此放棄回臺任教念頭。1949 年幼年時期隨家人離開故園南遷到臺灣，因為兩岸政治分裂而回不去；1973 年因為政治因素移居美國，成為留居異域的漂流者，1970 年代的幾樁政治事件是造成他去國他鄉的關鍵。[4]

　　張系國第一次的空間移動是被動式的，第二次的空間移動可說是半被動式。[5]他在懵懂未知的年紀隨著父親「南遷」臺灣，綜觀中國歷史上的南徙，往往與政治動盪有關，王德威進一步解釋這種南渡「泛指任何人民或族群被迫遷離他們的家鄉，同時也指分散世界各地，及相繼而來的文化傳播與發展。」[6]對於祖籍江西南昌，出生於四川重慶，爾後至臺灣再往美國的張而言，這樣的解釋更顯貼切他的兩次空間移動。然而「南方」是相對於「北方」不斷位移的空間與概念，南方作為文學想像，古已有之。而在屬於他的年代，作為少數以「臺灣」為故鄉的外省第二代，「南方」究竟何在？是其心中遙望的鄉土還是寄託理想所在的想像國度？本論文以張系國 1970 年代出版的幾部重要作品《地》、《棋王》、《香蕉船》、《昨日之怒》為

---

[4]張系國的妻子潘芷秋在陳運璞訪問中提到，《遊子魂組曲》出書時曾遭警總阻擾，認為其中幾篇有影射之嫌，明顯反抗國府權威，不准出版。陳運璞，〈作家張系國灣區與妻女團聚〉，《世界新聞網》，2010 年 7 月 5 日（http://sf.worldjournal.com/view/full_sfnews/838893/article）。諸多事件造成張氏日後雖惦念臺灣，卻僅能選擇一種「精神式的回歸」。

[5]本文以半被動式解釋張系國的第二次空間移動，原因在於此時的張系國並非於懵懂無知的年紀踵隨前人腳步，而是在主動思考下的選擇。然而此主動思考卻又受限於當時臺灣的政治氛圍，可說是「不得不然」的抉擇。

[6]王德威，〈國家不幸書家幸〉，《現代抒情傳統四論》（臺北：臺灣大學出版中心，2011 年），頁183。

探討對象，觀察其從海外回望念茲在茲家園的視角，及其文學鄉愁（imaginary nostalgia）[7]的想像來源。

二、世代自覺下的軸心臺灣

1970 年代的臺灣，政治上處於多事之秋期[8]，是一個瀰漫政治氛圍的特殊世代。曼海姆（Karl Mannheim）有關世代的分析，認為「世代表示一群人在整體的社會與歷史過程裡，共處於同樣的位置。所以，同一世代人的思維模式、經驗與行動，在歷史條件的限制下，會趨近相同。……共同命運的打造是世代實踐的標記。」[9]根據曼海姆的理論，蕭阿勤認為 1970 年代回歸現實世代的形成，在於成長於戰後臺灣相同大環境的類似經驗及國民黨遷臺後的國族認同教育，對年輕世代的同化作用，因此降低省籍差異。[10]然而臺灣 1970 年代的政治與社會變遷情況相對複雜許多，即使同一世代的人，卻也產生了實踐模式的部分差異。

國民政府遷臺後，臺灣社會聚合了不同的國民典型，有隨著國民政府撤退到臺灣的異鄉人，始終回望著大陸故土；有或出生或成長於臺灣的第二代放逐者，他們被告知「根」在大陸，自己無法體會上一代的離鄉境遇，卻又無法坐視，因此選擇自我放逐之路；第三類型則是較早在臺灣落地生根的「本地人」。在這樣的歷史氛圍中，1970 年代的青年知識分子被視為是：「充滿了世代意識、批判上一代、要求改革、回歸現實的年輕一代，他們成為一股社會新興的力量。」[11]張系國為 1970 年代新生代群體的

---

[7]王德威曾以「想像的鄉愁」（imaginary nostalgia）一詞，綜論自沈從文以降，鄉土文學逐漸顯露的美學自覺。張系國 1970 年代後的書寫，或可從此角度觀察。王德威，〈南方的墮落──與誘惑──論蘇童〉，《跨世紀風華．當代小說 20 家》（臺北：麥田出版，2002 年），頁 141～142。

[8]1970 年保釣運動的影響；1971 年退出聯合國；1972 年尼克森訪問北平，同年中、日斷交；1978 年中、美斷交。

[9]王智明，〈敘述七〇年代：離鄉、祭國、資本化〉，《文化研究》第 5 期（2007 年），頁 9～10。有關 Karl Mannheim「世代」概念分析可參考蕭阿勤，《回歸現實：臺灣一九七〇年代的戰後世代與文化政治變遷》（臺北：中央研究院社會學研究所，2008 年），頁 16～33。

[10]蕭阿勤，《回歸現實：臺灣一九七〇年代的戰後世代與文化政治變遷》，頁 21。

[11]蕭阿勤，〈世代與時代，現實與鄉土──七〇年代的文化政治〉，《雕塑研究》第 8 期（2012 年 9 月），頁 32。

一員，對於自己的大時代「身世」，他在 1960 年代一篇題為〈兩個值得自覺的問題〉一文中曾提到：

> 我們生長在臺灣的這一代可說很不幸。既無緣以見江山之美，與過去歷史絕緣，又無辜的要負前人種下的惡果。但如何不怨天、不尤人、不悲觀、不失望的生活下去，在島國上保持天朝之民的胸襟氣度，努力不懈而又能坦然接受失敗，是我們當前面臨的大問題。[12]

　　這篇文章刊載於 1964 年，當時還在臺大讀書的張系國和 1960 年代大部分具有批判意識的外省籍青年一樣，埋怨、批判上一代失敗所帶給他們的負擔，本質上關懷焦點之一仍然是「中國」，一個追求「現代化」的中國。

　　1970 年張系國參加了保釣運動，創作上出版了小說《地》，此後在小說創作及雜文中都顯現了其雖長時間居處海外，卻心繫臺灣的傾向，他在 1970 年代出版的《讓未來等一等吧》一書後記中提到：

> 我說「根植於臺灣的中國人」，因為在我看來，籍貫不重要，出生地點不重要，甚至現在身在何處也不重要。只要關心臺灣，自認為是這個社會的一分子，就是根植於臺灣的中國人。[13]

　　他也想「從系統科學、人道主義以及傳統哲學的迷宮裡，整理出一套可行的實用哲學，作為個人安身立命的基礎。」[14]由此可知，張系國似乎試圖將「根」扎在臺灣的土地上。事實上，他是在其世代中少數以臺灣為家鄉的外省人，在 1970 年代政治氛圍中「大陸來臺的，十個有九個家長鼓勵

---

[12]張系國，〈兩個值得自覺的問題〉，《孔子之死》（臺北：洪範書店，1978 年），頁 123。

[13]張系國，〈書評書目版「後記」〉，《讓未來等一等吧》（臺北：洪範書店，1987 年），頁 198。

[14]張系國，〈書評書目版「後記」〉，《讓未來等一等吧》，頁 199。

兒女『明哲保身』，趕快念完出國，取得居留權或入外籍再短期回國觀光或
短期『講學』。」[15]而這一代的許多年輕人也的確選擇了自我放逐至異鄉。

　　小說〈地〉[16]中匯集了戰後世代的三種典型人物，簡政珍認為這篇小說
可視為「作者放逐母題的具象顯影」[17]，這樣的放逐母題指涉的不僅僅是老
一代在政治因素下來到臺灣的外省人，還有己身並未經歷任何流亡經驗，
而是踵隨前代流亡思想的第二代。這世代無根失落感的形成，蕭阿勤認為
主要緣於：「家庭中上一代的口耳相傳，以及戰後教育的國族歷史敘事。這
種來自上一代與國族敘事教化的深重流亡感，可以稱之為一種『擬流亡心
態』或『擬飄泊心態』。」[18]未親身經歷離亂的外省第二代，失落來自上一
代的精神承接，同年代的本地青年其國愁家憂又源於何處呢？蕭氏在同文
中認為：「本省籍年輕知識階層也不免染有的那種家國飄零、迷茫悵惘的感
受……由於本省籍年輕一代更沒有上一代人流離避亂、渡海來臺的實際經
驗，他們的這種感受可稱之為只是『半擬流亡心態』或『半擬飄泊心
態』。」被稱之為「擬流亡心態」的外省第二代或有如張系國者，以臺灣為
己身認同的故鄉所在。一如歷史上身為北方人，家族卻落籍南方的庾信，
因此其〈哀江南賦〉便顯出了不但是地理上的認同駁雜化，也是心理上及
倫理上的定位游移，當「他鄉已成故鄉」，鄉愁的座標也就充滿了不確定
性，是一個移動的座標。這也是張系國在自身及其創作中「不顯自明」的
姿態。[19]

　　上述三種典型人物雖然經歷不同，卻共同擁有屬於那個世代的「飄零
感」。〈地〉中李明的父親是從大陸來到臺灣的外來者，賣了雜貨店買一塊
「在臺灣的地」，落地生根的意味是強烈的。小說不只一次提到「土地」與
「根」的關係，李明的朋友小禹提到「地」，有所感嘆的說：「我們的根是

---

[15]丘宏達，〈「大學生與大學教育」座談會紀錄〉，《大學雜誌》第 39 期（1971 年 3 月），頁 7。
[16]此篇小說脫稿於 1967 年，是張系國離開臺灣將近四年創作的六篇作品之一。
[17]簡政珍，《放逐詩學：臺灣放逐文學初探》（臺北：聯合文學出版社，2003 年），頁 150。
[18]蕭阿勤，《回歸現實：臺灣一九七○年代的戰後世代與文化政治變遷》，頁 87。
[19]此部分論述感謝王德威教授提供觀點上的啟發。

在土地上。離開了土地，我們絕不可能生出根來。現代人的許多痛苦、失落的感覺，我覺得都是離土地太遠所致。」[20]進了美國一流學府讀書的小禹，卻始終認為：「要想生根，要想不致失落，一定要靠近土地……」[21]張系國藉由土地／根隱喻「臺灣」對於三種典型人物的存在意義。然而小說的結局，李明的父親終究把土地轉讓給臺灣本地人石頭仔，外來者「扎根」失敗，意味著即便這些離鄉背井的外省族群嘗試將異鄉轉為家鄉，落實回歸現實卻落空的無奈。小說結尾李明在信中提到父親的地賣掉了，甚至點出「地」是屬於本地人典型石頭仔的：「我們這種人，只配流浪和失落，不配去接近土地……」[22]選擇自我放逐的第二代，在流離的大時代中，看似遠離的「家」總能在歷史、社會事件的擾嚷下，既疏且近的來到眼前。《昨日之怒》一書以保釣運動為書寫主軸，述說了一群處於大時代洪流中的疏離人物，釣魚臺事件引發的歷史情緒與國族使命，使得「家」在何處成為許多異鄉客不得不再次面對與思索的。身處海外的新生代，「生長在髒亂的華埠，他們面對的是美國社會的種族歧視，他們所要爭取的是在這個社會裡發展，在這個社會裡生根的權利。」[23]但也有始終心繫臺灣的金理和、葛日新、施平等人。施平守著待遇不高的華文報紙編輯工作，就是不願意放棄即便是包袱的中國文化，這也是他認為唯一的文化自傲。但施平等人面對的立場卻如葛日新一般，談起臺灣，眼神充滿渴望，卻又僅止於在海外回望，他們各自有著「回不去」的隱情，葛日新的「太關心臺灣」而回不去，施平則在「龍門主義」下回不去。[24]

除了外在形式上的「看似」回不去，這些「留而不歸」的海外飄泊者心靈深處也始終找不到著陸點。葛日新和陳澤雄互相說明自己的出身時，繞了一大圈仍然是連自己都不確定的答案。

---

[20]張系國，《地》（臺北：洪範書店，2002 年），頁 39。
[21]張系國，《地》，頁 53。
[22]張系國，《地》，頁 54。
[23]張系國，《昨日之怒》（臺北：洪範書店，1979 年），頁 72。
[24]葛日新是那個年代被政府列為「黑名單」的代表，施平則是家長以出國讀書為榮的離鄉者之一。

「我是湖南人，可是我生在四川成都，長大在臺灣，現在人卻在美國。
你說我是哪裡人？」

「我不知道。我父親是新竹人，母親是河北人。你要問我是哪裡人，我
也不知道。」

「你是半山。」

「對，我是半山。不管我是什麼人，我喜愛臺灣。……」[25]

陳澤雄正是張系國「根植於臺灣」的實踐者，相當程度的表現了張系國對
於「臺灣」的念慕之情。然而因為其個人的人生際遇及 1970 年代臺灣社會
的複雜化，雖然以臺灣為家鄉，但與臺灣本地人「家」的意義仍然有所不
同，「家」是思歸處，也是令人迷失的「想像中的故鄉」。〈地〉中李明父親
「生根」的失敗，《昨日之怒》中葛日新來不及回到臺灣就客死他鄉，仍然
呈顯了張系國以臺灣為家的焦慮感，然而施平最後說道：「我會回來的，我
一定會回來！」甚至自許成為南部老家的「守望者」[26]，正是張系國對於臺
灣認同的落實情感表現。

　　總之，此時期張系國小說中的主要人物無論是以何種理由去國他鄉，
自認一身扛起文化包袱的施平，遠航走船的李明，遠赴海外求學的小禹，
太過關心回不了臺灣的葛日新，短期離臺的陳澤雄等人，無論立場為何，
卻始終以「臺灣」為回望中心。然而弔詭的是，無論作者或小說中的人
物，追尋的都是一種「身不在此地」的精神式回歸。是否這就是，必須離
鄉才能生成的一種「既親且疏的浪漫想像魅力」[27]下的產物。不同的是，張
系國小說中的原鄉渴望彰顯的並非「今非昔比的異鄉情調」的感嘆，而是
在回望故鄉的當下，直接解剖心目中的原鄉。

---

[25]張系國，《昨日之怒》，頁 49。
[26]張系國，《昨日之怒》，頁 294、288。
[27]王德威，〈南方的墮落──與誘惑──論蘇童〉，《跨世紀風華：當代小說 20 家》，頁 142。

三、再現空間下的臺灣意象

　　國民政府南遷臺灣，形成了戰後外省世代雜揉於三種空間的複雜情緒。張系國 1970 年代文本中的空間敘事是游移的，在混雜著離／返的不同情境中，中國大陸空間的喪失，臺灣空間的生成，美國成為再次考驗離／返的空間。交錯的空間形塑複雜的文本，無論是符碼式的地景或意象，如何連結張系國對「臺灣」及「南方」的想像？是本節要探索的問題。

　　1949 年國民政府遷臺後，在政治政策導向及「暫居臺灣」的心態下，臺灣空間意象被「隱形化」，遠離家鄉的大陸人始終認同臺灣的暫居性，一開始並未懷疑自己回不去。

> 戰後國民政府「暫住」臺灣的政策導致臺灣空間象徵意義的匱乏。在鄉土文學蔚為潮流之前，國民黨構想宣導的國族空間與文藝政策裡並沒有將臺灣形塑成為主要的象徵性符號，……寫實主義文學裡刻畫的空間座標大部分強調在大陸的風土，「神州」、「江南」、「大漠」或「塞北」等模糊的區域指涉反而成為戰後二十年間臺灣文學裡常見的文化符碼。[28]

　　此種現象大約從戰後的二十年延續至 1960 年代的臺灣社會。前文提過 1960 年代張系國和當代大部分的青年知識分子一樣，關懷的仍然是一個「追求現代性的中國」，雖然他們不似前世代的外省人，文化空間始終圍繞著大陸原鄉。但來自上一代的精神傳承，在所謂的「擬流亡心態」或「擬飄泊心態」下，一開始仍然無法擺脫大陸作為象徵性符碼的國族魅影。

　　張系國 1960 年代中期第一次離開臺灣，當時深受西方影響的重要刊物《自由中國》及《文星》，對當代具公共關懷及政治改革意識的知識分子意義非凡。當時，臺灣鄉土文學的醞釀也已開始，王禎和、黃春明等鄉土作

---

[28]范銘如，《文學地理：臺灣小說的空間閱讀》（臺北：麥田出版，2008 年），頁 170。

家的早期作品即成形於此時，此一時期的鄉土文學屬於列斐伏爾（Henri Lefebvre）所論的空間實踐（spatial practice）[29]，是一種經驗與感知的呈現，無明顯的批判意識，但誠如范銘如的分析：

> 早期鄉土小說的地方感幾乎都是藉由一些細微的家禽家畜，家人與鄰里間的互動，建構出一種親切或崩解的家鄉感受。在這些作品裡，鄉里雖然平淡，沒有特殊的雄偉建築或可當作意象的景物，卻有豐富平常生活讓我們記憶……。[30]

1960 年代鄉土文學以人為中心所形成的地方感、社會公共關懷意識及去國後回望臺灣的故土情緒，都可能是張系國臺灣意識生成的重要關鍵。

諾柏格・斯卡爾茲（Christian Norberg-Schulz）將人類生存空間的基本構成要素分成場所（place）、路徑（path）、範域（domain）：「當場所和四周互動時，就產生了內部和外部的問題。……只有當一個人界定出何者內部何者是外部時，我們才真能說他『住居』了。」[31]以此觀看張系國一代的大陸人，無論大陸或臺灣的空間都不曾是「場所」，似乎也沒有在連結兩地的「路徑」中，形構出特殊的「範域」，因此不知鄉土何在？[32]從大陸到臺

---

[29]列斐伏爾的空間三元論（Trialectics of Spatiality）將空間性的形成分成：1.空間實踐包括了生產和再生產。對應於每個社會形構的特殊地方和整體空間，空間實踐確保了一定凝聚力下的連續性。這種凝聚力蘊含了社會空間中，以及某個社會的每位成員與空間的關係裡，特定能力（competence）和特定的實作（performance）。空間再現緊繫於生產關係和這些關係所施加的「秩序」，從而緊繫於知識、符號、符碼，以及「正面」（frontal）關係。再現空間具現了複雜的象徵作用（有編碼或無編碼），連繫上社會生活的隱密面或底面，也加速了藝術，而藝術最終可能比較不會被界定為空間符碼，而是再現空間的符碼。Lefebvre H., *The Production of Space*（Oxford：Basil Blackwell, 1991），p.33. 參見王志弘，〈多重的辯證：列斐伏爾空間生產概念三元組演釋與引伸〉，《地理學報》第 55 期（2009 年），頁 1～24。哈維將列斐伏爾的三分法詮釋為：物質空間（朝向物理接觸和感官開放的經驗空間和感知空間）；空間再現（構想和再現出來的空間）；以及再現空間（納入我們每天生活方式的感官、想像、情感和意義的生活空間）。D. Harvey, *Spaces of Global Capitalism*（London：Verso, 2006），pp. 129-130.

[30]王德威，〈南方的墮落——與誘惑——論蘇童〉，《跨世紀風華：當代小說 20 家》，頁 165。

[31]諾柏格・斯卡爾茲著；王淳隆譯，《實存、空間、建築》（臺北：臺隆書店，1984 年 6 月），頁 24～25。

[32]所謂場所，一般或譯為地方，即是能夠讓其居民產生內外互動與分際的所在。通過經驗與記憶，

灣、臺灣到美國，飄零者對於何者為內？何者為外？似乎是迷茫的，因此不斷的自我質疑「我到底是哪裡人？」。

　　如果「籍貫」是父祖輩諄諄教誨的存在，出生地是此生緣慳一面的處所，「南都」無法確定是偏安的「歇腳盒」[33]還是永恆的「場所」，「哪裡人？」也只能是永遠的提問。

　　1960 年代臺灣鄉土文學空間座標的模糊化，正契合張系國這一代知識分子需選擇以段義孚的「人本中心論」[34]為鄉土認知依據的所在，前世代外省籍念茲在茲的長江、黃河等大中國地景必須消解。〈亞布羅諾威〉中的「亞布羅諾威」是位於外興安嶺西北的一座山，來自大陸的地理老師直接告訴學生：「地名是人加上去的，一個人為的符號而已。讓我們直接看著那些山，那些河流吧。」[35]當固定的地理環境也只是人為的符號，「神州」、「江南」、「大漠」或「塞北」等景自然可以消解，也可以轉移。這些自然地理或空間座標被以「人」為主的鄉土情懷取代後，張系國如何尋求一個心目中的鄉土？〈亞布羅諾威〉一文的開頭，引了一段馬丁路德參加窩姆斯大公會議同僚僧侶的贈語：「小和尚，小和尚，你還有長長一段路要走哪！」[36]這長長的一段路，正是眼看著前一代扎根失敗的新世代，在追尋鄉土認同的過程中必須面對的。

　　土地是根的代表，是穩定的象徵，扎根才能擁有穩定的「居住感」，張系國筆下自我放逐的一代，始終追尋著毫無答案的問題，既無法視異鄉為家鄉的「落地生根」，卻又「回不去」，異鄉成為擺盪於離／返間的矛盾空間。

個體的身分認同與地方空間獲得一致，建構起隸屬於當地的主體意識（想像），以茲區隔外地客。這樣的範域，不管是城市或鄉間，只要是夠大並足以維持人們的生活，就是鄉土。范銘如，《文學地理：臺灣小說的空間閱讀》，頁 156。

[33]1946 年秋臺靜農移居臺灣，任教國立臺灣大學。他原先計畫僅在臺灣做短暫停留，因此稱居所為「歇腳盒」。王德威，《現代抒情傳統四論》，頁 187。

[34]人本中心空間之運動如同人類自己的運動。Yi-Fu Tuan 著；潘桂成譯，《經驗透視中的空間和地方》（臺北：國立編譯館，1998 年），頁 143～144。

[35]張系國，《地》，頁 57。

[36]張系國，《地》，頁 55。

放逐者最禁不起存在的探問，因為一旦時空錯失存有即岌岌可危。在陌
生的新時空裡，所謂「他者」的世界和自我切離。主觀上，放逐者難以
融入他者，而使外在世界變成自我的生活情境。[37]

《昨日之怒》中的施平連一張購物卡都不願申請，「他不願有一絲一毫的安
定生根的感覺。他每天都要提醒自己，這不是自己的國家……。」[38]然而這
一代的去國者，面臨的存在困境是意識與行為的背離，意識上「愛家愛
土」，行為上卻滯而不歸。如葛日新的矛盾在自我探問中顯露無遺：「他不
願意在美國找事。也許他應該回臺灣去？畢竟那是他生長的地方。可是他
還能夠適應國內的環境嗎？……他愛那片土地，他無時無刻不夢想回去。
只有在那片土地上，他能一展所長，他才能問心無愧的生活。」[39]

　　異鄉客除了類似葛日新與施平等在「為何離開？」「回？不回？」的矛
盾下成為頻頻自我質疑的一群，「故國的意象一再提醒自我揮之不去的疑
問：假如我愛那片土地，我為什麼要離開？假如我想念那片土地，我為什
麼不回去？」[40]外，因不同原因留在美國的漂流者，在張系國筆下卻成為永
遠回不了家的異鄉魂。〈香蕉船〉中落海而死的非法偷渡客；〈紅孩兒〉中
不知所終的臺灣留學生高強；思歸最終卻客死美國的葛日新等人，張系國
以「魂斷」或「不知所終」暗喻著美國最終並未成為這些異鄉客的「場所」
（地方）。

　　1966年離開臺灣到美國的張系國，1970年將近四年時間在美國創作的
六篇小說收於《地》一書出版，他在書後記寫到：

離開臺灣將近四年了，一共只寫了這六篇小說，卻越寫越迷惘。在這灰
暗的世界裡不論做什麼都是灰暗的，寫小說也不能例外吧？

---

[37]簡政珍，《放逐詩學：臺灣放逐文學初探》，頁148。
[38]張系國，《昨日之怒》，頁124。
[39]張系國，《昨日之怒》，頁172～173。
[40]簡政珍，《放逐詩學：臺灣放逐文學初探》，頁148。

> 孔拉德曾說過，小說的功用是「使人們看見」。至於看見的世界是美是
> 醜，卻並非小說的作者所能左右。[41]

1960 年代前往美國求學，當他踏上美國國土，作為外省第二代的擬流亡心
態，在漂流異域的過程中顯然「深刻」起來，因而小說越寫越迷惘，然而
迷惘的恐怕是作者自身的游移身分。被臺灣視為黑名單的葛日新、一心一
意想要歸國的施平，在某種面向上其實是作者的化身。而這些「飄泊」或
者說「流亡」至美國的異鄉人（大陸？臺灣？客），美國土地的空間想像對
他們而言顯得百味雜陳。

　　臺灣不但是張系國創作的原鄉也是創作的「原型」，他曾說過：「我夢
寐所思的，便是那片土地。每時每刻，我每一個細胞都呼喚著要回去。」[42]
從兩件事可以見出其心繫臺灣的程度。現實生活中，他在臺北購置一間小
套房作為居所，每年回臺灣幾次，覺得是「回家」。創作上，作品聚焦於臺
灣，反映時代與社會。1970 年代國際冷戰時期進入尾聲，幾件政治事件凸
顯了臺灣在國際政治舞臺上的劣勢情勢，臺灣政治所受到的衝擊，激發了
青年知識分子延續自 1960 年代的社會熱情[43]，進一步啟發了家國認同感。
臺灣經濟快速發展，逐漸邁向工業化、商業化的結果使得「人民趨向『非
人格』關係的『普遍主義』，注重數量和經濟『利益』，貶低存在本質和
『立義』。」[44]農村人口移向都市，人民生活現代化、人際疏離化。

　　《棋王》是張系國 1970 年代創作的一部重要作品，內容呈顯了臺灣社
會經濟起飛的脈動和社會景觀，一個充滿「負面」的臺北景觀。故鄉在工

[41]張系國，〈後記〉，《地》，頁 199。

[42]姚嘉為，〈心繫臺灣遊子魂——文學電腦兩棲的張系國〉，《在寫作中還鄉》（臺北：允晨文化公
司，2011 年），頁 189。

[43]1968 年元月創刊出版的《大學雜誌》，事實上正延續《自由中國》與《文星》深受西方影響的政
治改革與文化改革期望，同時更充分展現具有公共關懷與改革意識的戰後世代知識階層以中國傳
統知識分子的使命自期，並追求西方政治與文化理念實踐的熱情。蕭阿勤，《回歸現實：臺灣一
九七〇年代的戰後世代與文化政治變遷》，頁 93。

[44]許達然，〈六〇～七〇年代臺灣社會和文學〉，《苦悶與象徵：六〇、七〇年代臺灣文學與社會》
（臺北：文津出版社，2007 年），頁 15。

業文明的侵蝕下已然墜入人性黑暗處的深淵，這樣的臺北都會區對於張系國而言，顯得既親近又疏離，如果說他始終圍繞著以臺灣為中心的書寫，類同於中國 20 世紀以來鄉土敘事中所謂的「原鄉的誘惑其實源自於離鄉或無鄉的惶恐」[45]，也是鄉愁的始源之一。張的鄉愁感則進一步的揮起了解剖刀，從負面的批判中「愛」他心中的臺灣。如余光中所言：「我不認為張系國小說的世界是灰暗的，因為他仍然心存批評，而批評就意味著不放棄希望。只有虛無主義那種官能的走馬燈，才是灰暗的。」[46]

《棋王》中的人物圍繞著 1970 年代經濟環境轉變下的「臺北人」，白先勇筆下「舊時王謝堂前燕」懷舊的臺北人早已遠離，小說中有著是金錢掛帥下的知識分子形象，無論是藝術家、教授都沉淪於金錢慾望，甚至將知識分子眼中原是無價的自由與金錢等量齊觀，「我只要賺錢，錢就是自由」。[47]「下棋神童」成為眾生私欲追求下的一顆「棋子」，小說最後神童失常，隱喻了追求理想國度的幻滅，但張系國終究是愛臺灣的，喪失天賦的神童在比賽中贏了，且是靠自己的力量贏得比賽，沒有依照原先設定棋譜下棋的神童，篤定的說：「我自己會下。」[48]張系國的批判並不是一種啟蒙式的「看客」式批判，而是以充滿著浪漫情懷的眼眸自海外回望臺灣，希望與眷顧之情躍然於紙筆。

《棋王》在批判下輕描淡寫一個大時代的座標，然而臺灣地處亞熱帶的「南方性」氣候，卻成為小說中隱含去國他鄉者的精神地標，亞布羅諾威是否必須轉化成阿里山、玉山；長江、黃河是否為濁水溪、淡水河等地景取代已經不重要。「溫度感」成為想像家鄉的路徑，小說中不只一次指出天氣的「熱」，因為「熱」而引出「冷氣」在臺灣經濟快速成長下的「快速登場」。1973 年離開後自此不曾長住臺灣的張系國，社會經濟結構的變化、亞熱帶氣候的溫度感都成為書寫臺灣的象徵，也是作家精神返鄉的指引。

---

[45]王德威，《跨世紀風華：當代小說 20 家》，頁 140。
[46]余光中，〈天機欲覷話棋王〉，張系國，《棋王》（臺北：洪範書店，2011 年），頁 5。
[47]張系國，《棋王》，頁 138。
[48]張系國，《棋王》，頁 201。

　　然而，張系國對於立足於土地的「地方」[49]另有想像，《昨日之怒》中的施平回臺灣後去了一趟南部老家，儘管人事已非，他仍然想永遠做一個「守望者」。

　　　　就好像燈塔的守望者一樣，我願意永遠守望著我的老家。我講我的老家，妳也許會笑話我。老家的房子早已拆掉了，我在那小鎮總共也不過住了八年。可是我仍然認為那地方是我的老家。……住在裡面的人我都不認得，他們也不認得我，……我又有什麼權利認為那是我的老家呢？但我仍然愛那個地方，我仍然愛那些人……至少我有權利做一個守望者。[50]

〈地〉中的李明走遍世界美麗的城邦和港灣，眷念的仍然是屬於他的小鎮：

　　　　我還是懷念我那個小鎮，以及鎮上那些人們。妳知道，那個小鎮實在很平凡，也說不上有什麼美麗。我認識的那些人也都是微不足道的小人物，在哪兒都可以見著的。但是我仍舊渴望著回去。[51]

平凡的鄉土雖然是張系國心中想望的，他透過小說批判工業社會所帶來的人際疏離與價值觀的蛻變，甚至試圖在其中尋找一個可能的「安居」處。然而，南部老家／小鎮；北部／城市同處於當代的臺灣空間，正如《黃河之水》中的詹樹仁的心境：「不能確定他是否喜歡這個城市，他甚至對它有一種莫名的恐懼，但他逐漸發覺他無法擺脫這城。他絕不可能像喜愛小鎮

---

[49]范銘如指出，無論從諾柏格‧斯卡爾茲或是段義孚的研究，地方都是人類移動的停頓點，而且可以使停頓該處的人產生親切感和凝聚感。這個停頓的地點滿足生物性的需求，也會變成感情價值的核心。范銘如，《文學地理：臺灣小說的空間閱讀》，頁161。
[50]張系國，《昨日之怒》，頁288。
[51]張系國，《地》，頁14。

一樣的去喜歡這城的一切，它有太多的罪惡，但是⋯⋯它也有它的魅力。」[52]張系國將臺灣視為自我追尋的「場所」（地方），臺灣空間的生成就在生活與創作上實踐，無論是美的或醜的。五歲來到臺灣，南方／臺灣對他而言不是「偏安之所」也不是「歇腳盦」，而是鄉土的所在。於是，當工業化的臺北都會區無法承載對原鄉的浪漫想像，南方便不斷的位移，即便那不是張系國原本熟悉的土地，卻是織夢的所在。因此小鎮、南部故鄉也成了異鄉客想像的回歸處，但他也明白的點出無法自絕於現代化的都會。

四、結語

張系國 1970 年代書寫中「南方」並非以座標式的地理位置呈現，南方為流離者以臺灣為中心的家園、國土及政治歸所的想像空間。過去南渡所強調的空間移動與遺民意識已經被「擱置」，如陳寅恪感嘆「南渡自應思往事，北歸端恐待來生。」[53]的心態已經成為前世代擬思落土生根的設想緣由。張系國小說中具流亡心態的第一代在複雜的政治情緒與思歸不得的歷史情境中，既無法像臺靜農這樣的知識分子，在抑鬱難解的亞熱帶雜陳情結中以筆墨抒發寄託[54]，只得選擇透過「土地」建立「根」的所在，結局卻是「尋根不得」、「扎根失敗」。

作為南遷第二代的張系國，正逢 1970 年代在臺灣文學史上被視為鄉土文學時期，這段期間的臺灣意識形成也包括了外省作家在內。[55]作為外省籍作家的張系國自大陸重慶游移至臺灣，最後定居美國，但他始終視臺灣為家鄉。作為跨越 1960 年代到 1970 年代覺醒的一代，政治上「回歸現實」，文化上「回歸鄉土」[56]，鄉土對他而言喻指的是這個世代成長的臺灣。

---

[52]張系國，《黃河之水》（臺北：洪範書店，2004 年），頁 96。
[53]陳寅恪，〈蒙自南湖〉，《詩集：附唐篔詩存》（北京：三聯書店，2011 年），頁 24。
[54]相關論述可參考王德威〈國家不幸書家幸〉一文，見《現代抒情傳統四論》，頁 150～201。
[55]陳芳明述及省文藝叢書的撰寫時，認為由於外省作家也受到邀請，有意無意間，他們的文學思考也會呈現臺灣意象。參考陳芳明，《臺灣新文學史》，頁 564。
[56]相關論述可參考蕭阿勤，〈世代與時代，現實與鄉土──七○年代的文化政治〉，《雕塑研究》第 8 期，頁 33。

1960 年代早期張系國在〈兩個值得自覺的問題〉一文中尚以「在島國上保持天朝之民的胸襟氣度」期許,和大多數的外省第二代移民一樣,與父執輩一代的江山、歷史疏離,那是他們無法體會也無法書寫的「祖國」,但祖國魂始終如影隨行在這一代人身上。固然世代無法切割歷史的延續性,世代的浮現的確也如李丁讚所言:「世代意識是一個緩慢的浮現過程」[57],但從前述探論可以發現,1970 年代知識分子的「世代自覺」的確無法切割1960 年代在臺灣尋找「中國性」的一面,但卻也是在這樣的文化自覺下,逐漸揚棄流亡與飄泊心態,在回歸現實與回歸鄉土的認知下,向本土化(臺灣化)轉向。1960 年代中期,離開臺灣前往美國的張系國,自海外回望臺灣,深化了對臺灣本土認同的國族情緒,就像《昨日之怒》中的金理和所說:「不出來,不會知道崇洋的可怕。不出來,也不會知道中國的可愛。」[58]此部分或可作為張系國將臺灣視為國族情懷依歸所在的重要原因之一。

作為「擬流亡心態」下的外省第二代,張系國經歷了中國大陸、臺灣及美國三個空間的移動。五歲離開中國不曾返鄉尋根,對所謂的「大陸原鄉」並無深刻印象,祖籍所在的江西及出生地重慶都是上一代口述下的「存在」,此空間對他而言並非一個經驗空間。被問及是否回鄉尋根?他的答案是:「我沒回過家鄉,回不回去無所謂。」[59]顯然的,中國空間對他而言是無意義的。因此,戰後初期臺灣社會或前世代外省籍始終圍繞著的空間文化符碼已然消逝,大陸成為一個喪失的空間與不必存在的記憶。

當「神州」、「江南」、「大漠」或「塞北」不再是形塑「鄉土」的依據,美國本為「擬流亡心態」一代因無法承擔上一代的放逐悲情,選擇自我放逐的「暫居住」,是無法立足的土地,正如〈地〉中的李明雖然選擇逃離,但在遠離的過程中「家」的意象反而浮顯,「那些美麗的城邦和海港,

---

[57]李丁讚,〈世代如何浮現:評蕭阿勤著《回歸現實》〉,《臺灣社會學刊》第 42 期(2009 年 6 月),頁 194。
[58]張系國,《昨日之怒》,頁 36。此處的中國所指呼應的是張系國一再強調的根植於臺灣的中國人。
[59]姚嘉為,〈心繫臺灣遊子魂——文學電腦兩棲的張系國〉,《在寫作中還鄉》,頁 190。

我總覺得不是屬於我的，我不能夠在那兒安身立命。只有我的那個小鎮，即使它很平凡，卻是屬於我的一塊地方。」[60]正因為「離鄉」所以思圖「返鄉」，「鄉土」的意象反而明確起來。

　　張系國 1973 年因政治敏感事件再度離開臺灣，他曾提過，如果時光倒流，1972 年返臺後可能就不會再離開了。他對臺灣的繫念由其自述可知：「如果我不能經常接觸我成長的這片土地，呼吸到自己國家的空氣，我便喪失了我寫作力量的唯一泉源，我的存在亦完全沒有意義。」[61]然而他畢竟無法立足於臺灣的土地。雖然生於斯，長於斯，卻無法居於斯。1970 年代的張系國正是心態上既無法在美國土地「落地扎根」，卻又「回不去」的異鄉客。事實上，是一種無可奈何的雙重無可返歸。因此，選擇以寫作追尋心目中的原鄉，他以「人」為出發點，批判人性遭致扭曲的臺北都會，以臺灣的自然溫度感連結他的故土想像，以小鎮、南部鄉土召喚潛藏於心中的「想像中的場所」。此處南方是不斷移動的空間，相對於臺北的南方新竹小鎮是李明的鄉愁來源，此南方之南的臺灣南部小鎮則是施平的尋根歸處。南方的地理座標是多麼的不明確，但在鄉愁想像的結構中又是多麼堅實地存在。於是，無論美醜，其實都只是一種「空間遊離」下的想像鄉愁，作家成就的是一種心理上與倫理上的精神返鄉之路或者說「紙上故鄉」[62]的存在。這種以「身不在此」的姿態想像原鄉的各種可能，是一種「身心分離式」的精神返鄉，或許也是一種「回首向來蕭瑟處，歸去，也無風雨也無晴。」[63]的心境。

---

[60]張系國，《地》，頁 14。
[61]姚嘉為，《在寫作中還鄉》，頁 190。
[62]王德威，《跨世紀風華：當代小說 20 家》，頁 136。
[63]北宋‧蘇軾，〈定風波〉。

參考資料

一、專書

- 王德威,《現代抒情傳統四論》,臺北:臺灣大學出版中心,2011 年 8 月。

- 王德威,《跨世紀風華:當代小說 20 家》,臺北:麥田出版,2002 年 8 月。

- 東海大學中國文學系編,《苦悶與象徵:六〇、七〇年代臺灣文學與社會》,臺北:文津出版社,2007 年 5 月。

- 姚嘉為,《在寫作中還鄉》,臺北:允晨文化公司,2011 年 10 月。

- 范銘如,《文學地理:臺灣小說的空間閱讀》,臺北:麥田出版,2008 年 9 月。

- 張系國,《孔子之死》,臺北:洪範書店,1978 年 11 月。

- 張系國,《昨日之怒》,臺北:洪範書店,1979 年 9 月。

- 張系國,《讓未來等一等吧》,臺北:洪範書店,1987 年 8 月。

- 張系國,《黃河之水》,臺北:洪範書店,2004 年 4 月。

- 張系國,《棋王》,臺北:洪範書店,2011 年 9 月。

- 張系國,《地》,臺北:洪範書店,2002 年 10 月。

- 陳芳明,《臺灣新文學史》,臺北:聯經出版公司,2011 年 12 月。

- 陳寅恪,〈蒙自南湖〉,《詩集:附唐篔詩存》,北京:三聯書店,2011 年。

- 蕭阿勤,《回歸現實:臺灣一九七〇年代的戰後世代與文化政治變遷》,臺北:中央研究院社會學研究所,2008 年 6 月。

- 諾柏格·斯卡爾茲著;王淳隆譯,《實存、空間、建築》,臺北:臺隆書店,1984 年 6 月。

- 簡政珍,《放逐詩學:臺灣放逐文學初探》,臺北:聯合文學出版社,2003 年 11 月。

- Yi-Fu Tuan 著；潘成桂譯，《經驗透視中的空間和地方》，臺北：國立編譯館，1998 年 3 月。

二、期刊論文

- 王志弘，〈多重的辯證：列斐伏爾空間生產概念三元組演釋與引伸〉，《地理學報》第 55 期，2009 年 4 月，頁 1～24。
- 王智明，〈敘述 1970 年代：離鄉、祭國、資本化〉，《文化研究》第 5 期，2007 年 3 月，頁 7～48。
- 丘宏達，〈「大學生與大學教育」座談會紀錄〉，《大學雜誌》第 39 期，1971 年 3 月，頁 9。
- 李丁讚，〈世代如何浮現：評蕭阿勤著《回歸現實》〉，《臺灣社會學刊》第 42 期，2009 年 6 月，頁 189～198。
- 蕭阿勤，〈世代與時代，現實與鄉土——1970 年代的文化政治〉，《雕塑研究》第 8 期，2012 年 9 月，頁 20～40。

三、電子媒體

- 陳運璞舊金山報導，〈作家張系國灣區與妻女團聚〉，《世界新聞網》，2010 年 7 月 5 日。

 （http://sf.worldjournal.com/view/full_sfnews/838893/article）

——選自《臺灣文學研究學報》第 18 期，2014 年 4 月

煩惱的皮牧師

張系國的《皮牧師正傳》

◎保真

　　《皮牧師正傳》是張系國的一部小說，故事始自民國 42 年在臺灣北部的小鎮「光明鎮」，鎮上基督教教會「恩典會」有兩間布道所和一間教會。

　　「恩典會」是外國教會在臺灣建立的機構，老林牧師和小林牧師是兩位主控的外國父子，皮牧師那時還是「皮傳道」，後來才升格為牧師。這部小說就是描述在這小鎮教會中的眾生相，裡面充滿了人性的爾虞我詐，可笑亦復可悲。

　　中文小說以宗教為背景的作品不多見，一則因為作家若不是「教友」，就沒有深入的第一手經驗；反之，如果作家是教內人士，信仰虔誠，就會隱惡揚善，作品幾近宣教傳單，也就失去了小說藝術的臨場感。所以一般作家少碰宗教題材，免得吃力不討好。因此，《皮牧師正傳》是一少見異數，足以傳世。作者顯然對基督教和天主教有相當程度的認識，教內術語行話寫得栩栩如生，非常傳神。

　　皮牧師雖然是「奉獻」給神的傳道人，卻也滿是煩惱憂愁。他的煩惱主要是來自兩個洋鬼子宣教士經常苛扣自己微薄的薪水，害得他連豆漿燒餅油條的早點錢都得向燒餅鋪馬得標老闆賒欠。接著，皮牧師必須為建教堂經費煩惱，還有會友的派系問題，與隔鄰天主堂競爭問題等等。天主堂的白神父是皮牧師的「勁敵」，他以免費教英文為手段，吸引不少年輕人；皮牧師也請出兩位老宣教士教英文，還四處張貼廣告：「美國人教英文，免費！」

───────────
[*]本名姜保真。發表文章時為中興大學森林學系副教授，現為中興大學農業暨自然資源學院・國際農學碩士學位學程退休教授。

　　皮牧師眼見星期天禮拜時教友的出席率低落，就去請小林牧師想辦法送一點外國救濟物資。這次小林牧師倒爽快，立即運了一卡車的外國奶粉、玉米粉、麵粉，發放時不但教堂內兩大教友派系起了爭執，連馬得標也想要兩袋麵粉！皮牧師雖然左右為難，畢竟還是發放救濟物資這一招有效，「以後的兩個主日，恩典教會突然空前的興旺。每次主日崇拜，小小的禮拜堂裡坐滿了人，48 位教友幾乎全體出席。」張系國的諷刺本領堪稱一絕！

　　《皮牧師正傳》刻畫了一位卑微平凡的小鎮牧師，他有一切凡夫俗子的煩惱，集眾多神職人員形象融合於一身，正如同恩典會是所有教會的縮影。因此，皮牧師作為一個小說人物，由於一個又一個故事接連發生，使得本書趣味效果十足，高潮迭起，毫無冷場，令熟悉基督教內情的讀者為之捧腹不已。

　　然而，正因為皮牧師與恩典會都是虛構的縮影，這位牧師及這間教會在小說中扮演的角色極其沉重：似乎所有人性弱點都集中在一個人身上，所有醜聞趣事都在這一個小鎮教會發生了。其實，這是小說藝術的矛盾之處，如果企圖展現強烈的戲劇效果，小說裡的人事物因過於誇張而失真；如果小心謹慎的求取接近「實況」，小說可能像清水白麵一樣乏味。取捨之間，考驗了小說作家的駕馭能力。

──原載 1997 年 1 月 28 日《中華日報・副刊》

──選自保真《保真領航看小說》
臺北：九歌出版社，1999 年 5 月

天機欲覷話棋王

◎余光中[*]

　　論者常說，臺灣的小說近來一直陷於低潮，欲振乏力。對於我們的小說家說來，這是不太公平的。我認為這幾年的小說，非但沒有萎縮，而且頗有變化。多采多姿，當然還說不上，可是風格獨具的作品卻不斷出現，而彼此之間在風格上的差異，也顯示了臺灣小說生命的多般性。以「受評量」最大的兩本小說《家變》與《莎喲娜啦・再見》為例，當可發現，無論在主題，語言，或態度上，目前的「熱門書」和於梨華，白先勇，林懷民等等的那個「時代」已經頗有距離了。大致上說來，近年臺灣小說的作者與讀者，已經漸漸把注意與關切的焦點，在空間與時間上加以調整，轉移到 1970 年代的臺灣來了。無可諱言，近年臺灣社會的形態已隨政局的驟變而大為改觀，反映在文學上，這種新的形態也需要新的詮釋。除了少數例外，已經成名的小說家，面對新時代與新形態，似乎詮釋為難，一時無話可說。新的詮釋來自更年輕的一代。在臺灣長大的張系國先生，正是代表之一。張系國在文壇上是一位獨來獨往的人物。他研究的是科學，關心的是民族與社會，創作的卻是小說。他寫小說，是有感而發，有為而作，因此對於社會的病態，民族的危機，著墨最多。以前的小說家批評的對象是農業的舊社會，張系國批評的卻是工業的新文明。他身為科學專家，對於機器壓倒人性的工業文明，自然比一般文科出身的作家了解更深。如果說，白先勇的作品是感性的，回顧的，絕望的，則張系國的該是知性的，

[*]余光中（1928～2017），詩人、散文家、評論家。發表文章時為政治大學西語系主任。曾任中山大
　學文學院院長、香港中文大學聯合書院中文系系主任、美國西密西根州立大學英文系副教授。

前瞻的，企望的。如果說，白先勇的作品是從肺腑中流出來的，則張系國的，該是冷靜的腦加上熾熱的心的結晶。張系國的科學訓練，人道胸襟，和遠矚眼光，令我們想起威爾斯，赫克斯黎，歐威爾，史諾等現代作家的先知精神與知性傳統。中國小說，甚至中國的文學，在這一方面如果不是十分荒蕪，至少也是開墾不力。張系國這樣的作家出現在當前的文壇，可說是一股健康而清醒的活流。

實際上，這股活流注入臺灣的文壇，先後已經有十年了。從早期的《皮牧師正傳》到最近的這本《棋王》，張系國的作品從小說到劇本，從批評到方塊小品，觀察和思考的天地是異常廣闊的。1960 年代的臺灣小說，一度幾乎為盜印版的存在主義和意識流技法所淹沒。年輕的張系國始終把握著他的民族意識和社會良心，不甘隨潮浮沉。他是我們最肯想，最能想，想得最切題的作家之一。

在《讓未來等一等吧》的後記裡，張系國說：「這些年來，困擾著我的始終是同一個問題：我們這一群植根於臺灣的中國人，究竟是怎樣的中國人？我們是什麼？我們應如何安身立命？我說『植根於臺灣的中國人』，因為在我看來，籍貫不重要，出生地點不重要，甚至現在身在何處也不重要。只要關心臺灣，自認是這個社會的一分子，就是植根於臺灣的中國人……我很想從系統科學，人道主義以及中國傳統哲學的迷宮裡，整理出一套可行的實用哲學，作為個人安身立命的基礎。」一位小說家有這樣的抱負，這樣的先知先覺，自然言之有物，立腳點先已高人一等，不用像瘂弦筆下嚅嗫的「走馬燈，官能，官能，官能」那樣，在意識流的盲目世界裡亂衝亂撞。

三十歲一代的青年人物之中，能出現張系國這樣有擔有當，能感能想，既不悲觀自傷也不激傲凌人的角色，是極其難能可貴的。不少所謂「旅美學人」，偶而回國做一次客，事事看不順眼，便指東指西地評論一通，似乎國家興亡全是他人的責任，似乎只有臺灣負他，他卻不負臺灣。張系國每次回來，不是上山下鄉，深入民間，便是發展中文電腦，寫小說

和方塊，做的都是正面的建設工作。我總認為，張系國對於國內青年的意義，不但是文學的，更是文化的。我認為他是一位心胸寬闊而目光犀利的「文化人」，1970 年代海外的中國知識分子之中，他的觸覺該屬於最敏感的一等。值得高興的是，這樣的敏感能生動而具體地表現於小說。

　　張系國的小說大致說來有下列幾個特點。其一是長於思想，饒有知性。此點前文已略加申述。張系國自己也承認他有探討哲學的傾向。儘管如此，他的作品並不流於抽象或炫學。相反地，他的小說頗為經驗化，很有戲劇性，故事的發展簡潔而明快，絕少冗長的敘述或繁瑣的形容。其二是語言豐富而活潑。張系國的白話不但寫得純淨而流暢，更因融合了少量的文言和歐化語而多采多姿。他的語言十分自然，絕少雕句琢詞，或是跑意識流的野馬。他的對話生動而有現實感並且充分配合身分各殊的口吻：〈亞布羅諾威〉和〈地〉兩篇裡的對話就是最好的例子。在處理知識分子尤其是學生的口語上，張系國確乎自成一家，臺灣地區流行的學生俚諺，甚至章回小說，武俠小說的用語，到了他的筆下，每每都有點睛之妙。嚴肅的主題和幽默的語言，在他的作品裡形成了有趣的對照。其三是時代性與社會感。這兩種因素一經一緯，交織成立體的感覺。就知識分子的現實生活和心理狀態而言，張系國是很能夠「進入情況」的一位小說家。近六年來，他間歇回國，定居的時間並不算長，但是由於關心國家和社會，更由於科學修養的背景，他對於臺灣經濟發展的現況和新社會知識分子的處境等等，可說比一般定居國內的作家更有認識。日趨工業化的臺北市，在他的作品裡勾出了一個新的面貌：那裡的臺北人，生活在經濟掛帥的 1970 年代，和白先勇筆下的已有頗大的不同。但是這樣的時代性並不止於表面的描寫，因為背後包含的是知識分子對於社會深切的關懷，以及愛之深責之切的批評。張系國的小說手法有時是寫實，例如〈地〉，有時是寓意，例如〈超人列傳〉，手法儘管不同，社會批評的苦心卻是不變的。他在《地》一書的後記裡說：「孔拉德曾說過，小說的功用是『使人們看見』。至於看見的世界是美是醜，卻並非小說的作者所能左右。」又說：「在這灰暗的世

界裡不論做什麼事都是灰暗的，寫小說也不能例外吧？」我不認為張系國小說的世界是灰暗的，因為他仍然心存批評，而批評就意味著不放棄希望。只有虛無主義那種官能的走馬燈，才是灰暗的。．

上述的三種特色，並見於去年在《人間》連載的小說《棋王》，並且有了更新的組合。《棋王》敘述的故事，生動而緊湊，從頭到尾節奏明快，加速進行，以達於篇末的高潮。就說故事的技巧而言，《棋王》雖不是一篇偵探小說，卻充滿此類小說的懸宕感，令人一開了卷就無法釋手。

《棋王》一開始，故事的線索就牽出了好幾根。電視公司的夥伴是一根，老同學是一根，廣告社的同人是一根，弟弟又是一根。這幾條線都由主角程凌牽出來，起初牽來繞去，似乎很亂，但是等到五子神童的主線拉開來之後，幾根輔線便各就各位，漸漸地扭成一股了。從神童顯靈到祕密洩漏，再從神童失蹤到棋王決賽，故事之索愈扭愈緊，甚至到決賽之後仍不放鬆：張系國說故事的技巧是迷人的。

我認為《棋王》的主題有正反兩面：正面是寓意，反面是寫實，正面是哲學的，反面是社會的。正面的主題在於探討所謂神童的意義。作者在書中的代言人是主角的弟弟，他不時假弟弟之口來思考神童的意義。弟弟先後用來布尼茲的「單子論」和熱力學上的熵，來解釋神童超人的智力。來布尼茲的單子是一個個絕緣的靈魂，由於沒有窗戶，雖有選擇的自由，卻無選擇的先見。超人的智力就像開了窗的單子，能夠參造化，覷天巧。但天機玄妙，豈容洩漏？一個人要獨坐在空而大的暗廳中駭視人類未來的預告片，負擔未免太重了。卡珊朱婀能預卜未來，乃遭天譴。普洛米修司盜火授人，為神所懲。賴阿可昂覷破木馬，為蟒所縊。中國的寓言也是如此：倉頡造字，天竟雨血；渾沌開竅，七日而終。莊子渾沌鑿竅的寓言，和程凌弟弟所說的宇宙留縫的譬喻，有異曲同工之妙。天機既不可洩，超人竟要張目逼視，驚心傷神，自然不堪負荷，為求自保，不如關上窗子，混沌度日。

凡人是常態，超人是變態，變態的東西是不能持久的。正如熱力學上

所說，一樣體系裡熵愈多則愈混亂，熵愈少則愈整齊，但是熵少的體系都不能持久，神童的體系少熵，故不能持久。五子神童處於這樣的反常狀態，前有繁複的天機要他獨力去搏鬥，後有社會的壓力要利用他的神通，他畏縮了。而最饒意義的一點，是他在畏縮不前的緊要關頭，竟發現了人的尊嚴和勇氣；他臨時決定放棄非分的天賦，僅憑人力，僅憑他的「本分」（normal share）來克服難關。天賦猶如中獎，是運氣，也是不幸。人為的選擇才是努力，才是自立，才是真正的自由。與其迷信「成事在天」，不如相信「人定勝天」。這才是存在主義最高的意義。這一點，值得程凌的朋友們，也值得一切關心國家前途的人，細細體味。

解罷主線，再來試解輔線。《棋王》故事的主線，是神童之發現，考驗，與變質，但是在放線的過程之中，本書的反面主題也藉幾根輔線的交織而漸漸展開，呈現在讀者眼前的，是 1970 年代臺灣新型社會裡知識分子的面貌。搞電視的張士嘉，畫裸女的高悅白，炒股票的周培，以這些人物為代表，1970 年代典型的小知識分子都十分現實，為了拜金，不惜投機取巧，甚或嘲弄他人的理想。這些人都是程凌的朋友，至少也是夥伴，他們的弱點程凌都很明白，可是程凌自己也是脆弱的，並無抗拒的力量。在半迎半拒的心情下，他被朋友牽著鼻子走，結果是電視也搞了，裸女也畫了，股票也炒了。

套用張系國愛用的江湖術語，程凌這人不能分入黑白兩道，只能算是可黑可白，一味妥協的灰色人物。他追女孩沒有魄力，搞節目不夠四海，炒股票缺乏狠勁，正經畫畫呢，又沒有自信，不耐寂寞。白道可敬，黑道可恨，可白可黑的人物才是小說裡最可玩味的角色。大賢大奸畢竟不是人性的常態，因為兩者都是「吾道一以貫之」的高度秩序，人生觀的焦點對得非常之準。但是芸芸眾生只能在黑白兩道之間徘徊，為善無志，作惡無膽，對人生的看法只像一具焦點對不準的鏡頭。其實，程凌的朋友們也算不得黑道人物，只是比程凌更灰罷了。

程凌灰得不深，在小人與君子之間，似乎還更近君子，所以他一方面

可以喻於利，另一方面也可以喻於義。《棋王》裡面也盡有肯定的人物，程凌的母親，弟弟，同學黃端淑和馮為民，老師方教授，還有，不要忘了，那位五子神童本身，都可歸入此類。程凌不能投入他們的行列，卻能夠欣賞他們的力量和情操。不過這種欣賞是片段的，不足以形成信仰。早年他也曾信仰過宗教和藝術，也曾和同學辦過雜誌，肯定過文化的價值，但不久即安於「第二流」的自覺，放棄了。馮為民稱讚方教授退休以後還計畫寫書，他說：「他們老一輩的讀書人……硬是守得住。換了我，我就守不住。你守得住嗎？」程凌的回答是「時代變了。我敢說，方先生一輩子沒有為錢操過心。他不會賺錢，也不想賺錢。老一輩都是這樣，價值觀念不同。我們非要賺錢不可。」對於程凌，錢就是自由，而自由，比歷史潮流更重要。可是為了賺錢，首先必須犧牲不少自由。錢所保障的那點自由，是用更多的自由換來的。我認識一些心活手快的優秀青年，他們認為叫化子不能搞文化，得先賺錢，等錢賺夠了再回頭搞文化還不遲。問題是賺了錢之後，一個人的價值觀念就變了。經濟帶頭的社會，對我們的青年真是一大考驗。

五子神童一出現，程凌的價值觀念便受到新的震撼。對於他的朋友們，能夠未卜先知的神童是一株搖錢樹，可以用來號召觀眾，猜考題，測股票。馮為民提議向神童求解人類前途之類的大問題，立刻遭到否決。大家都認為大問題太浪費時間，還是搖錢重要。正當這時，神童忽然失蹤了。等到被尋獲時，他已經喪失了神力，於是搖錢樹倒，財奴四散。臺北社會唯利是圖的現象，到此反映無遺。通俗電影和武俠小說裡群雄奪寶的公式，到了張系國筆下，揚棄了暴力，保留了懸宕，竟用來處理這麼嚴肅的題材。這一點再度證明，廢銅爛鐵，張系國隨手拈來，都能派上用場。

人人都想投機取巧，不勞而獲，身為機巧之鑰的神童，在接受重大考驗的關頭，竟然捨天巧不用，而用人謀。這種死裡求生，自絕以自拯的勇氣，令程凌感愧。這才是真正的自由，誰說歷史是不由人的？神童說：「我不需要未卜先知。我自己會下。」下棋，是一個象徵。世事如弈，成敗還

靠自己。程凌回到自己的畫，他恢復了信心。《棋王》不愧是一部傑出的寓言。

　　書中還有一位獨來獨往的角色，劉教授。這是張系國創造的最迷人的角色之一。（真希望張系國寫一部「儒林新史」，讓我做第一位預約的讀者吧。）我說迷人，因為劉教授也是一位可黑可白彈性很大的角色，偽君子，大蓋仙，江湖學者，青年才俊，似乎交疊在他的身上。初見此人，有點可笑，有點可鄙，也有點可惡。在張系國嘲弄的筆法下，這位大騙子竟然被眾人同謀的騙局所愚，反而處之泰然。看到這一幕，又覺得此人值得同情，竟有點可愛了。劉教授既不願死讀書，也不願死賺錢，只願意戲弈人間，「小混」一場。

　　這麼說來，《棋王》的世界裡並沒有一個真正的惡人。張系國審視的人性，是弱點，不是罪惡。弱點是值得同情的，張系國對他的人物，向來是同情多於譴責。他是一位寬厚的道德家，一位筆鋒略帶漫畫諧趣的諷刺作家，性情溫和，點到痛處為止，並不刻意傷人。他的諷刺畫是線條清晰的鋼筆素描，簡潔而精確，不是刀鋒凌厲的木刻，是庫魯克先克，不是杜米葉。

　　《棋王》的文體穩健中透出詼諧與灑脫；對話，動作，外景，意識，回憶等等組合得自然而流暢，偶而也穿插一點蒙太奇之類的手法，但不耽溺成癖。作者是一位能放能收的文體家。他的對話是一絕，從不失誤。比起他的對白來，某些作家的對白顯得死氣沉沉，像臺詞不熟的排演。他的敘述部分有時稍感逞才，失之駁雜。例如程凌見到丁玉梅，「一股怒氣，頓時飛散到爪哇國」之類的文句，放在敘述裡就不如放在對白裡好。我始終以為，對白的文體應與敘述的文體有所分別，才能收對照相襯之功。此外，長於思考的張系國並不拙於抒情與寫景，他的小說在知性與感性之間乃得保持適度的平衡。他的發展輕快而有節奏，少有拖泥帶水之病。故事說得這麼高明，對白簡直不用改寫，《棋王》如能拍一部電影，即以臺北市為背景，一定非常叫座。就看那些成天在什麼風什麼夢裡捉迷藏的「愛情

卡通」的導演們，有沒有先見之明了。

　　因為這才是臺北。

1975 年 3 月

──選自張系國《棋王》

臺北：洪範書店，1978 年 11 月

從「遊子魂組曲」談張系國的精神世界

◎黃武忠*

　　張系國是學科學的，也是很成功的作家。這句話在我們聽來簡直不可思議，他專門研究的是科學，但是他的抱負和愛國情操卻表現於小說，真是一朵奇葩。

　　他的寫作與不愉快的童年，有著深切的關係，童年因身體矮胖而遭同學的嘲笑，使他沒有朋友而顯得孤獨，於是孕育了無比的幻想力與超人的思考能力。也因為同學給他的惡作劇，使他長大以後害怕與人交往。在這種寧可與別人以書信交遊而不願與人直接接觸的情形下，既養成了獨來獨往的個性，又磨亮了自己的筆尖。其遭人愚弄的童年，更給他塑造了英雄本色，好打抱不平，並且痛恨欺負弱小的人，因此他敢寫出他想講的話，也能站在暗處冷靜的觀察這個世界，而以筆桿反映出來，所以他的故事表現得很寫實。也因為他有這些與人不同的遭遇，所以能在小說中別具一格。[1]

　　這些年來張系國常往來於美國和臺灣之間，一有機會就到鄉下走動。一方面尋求寫作的題材，一方面也可發現更多更細的社會問題，他的小說很少兒女私情，大部分是關心國家的民族意識和種種社會問題。他人雖居住國外，但筆下所呈現的卻是與國內有關的事情，可見他國家民族觀念的強烈，是多麼地熱愛自己的國家。他說：「我唯一真正的愛好就是寫作。如

*黃武忠（1950～2005），臺南人。作家，發表文章時為《幼獅月刊》編輯。曾任行政院文建會第二處處長、歷史博物館籌備處主任、中國青年寫作協會副祕書長。
[1]張系國，〈後記〉，《香蕉船》（臺北：洪範書店，1976 年），頁 145～149。

果我不能經常接觸我成長的這片土地，呼吸到自己國家的空氣，我知道我便喪失了我寫作力量唯一的泉源，我的存在亦完全沒有意義。多少年來，我夢寐所思的便是那片土地，每時每刻，我每一個細胞都呼喚著回去。」[2]家在新竹的他，一直不忘他生根成長的地方。余光中先生曾說：「他研究的是科學，關心的是民族與社會，創作的卻是小說。他寫小說，是有感而發，有為而作，因此對於社會的病態、民族的危機，著墨最多。」[3]所以他的小說是健康的、有建設性的。

張系國更是一位有抱負的青年，他曾說：「這些年來，困擾著我的，始終是同一個問題：我們這一群植根於臺灣的中國人，究竟是怎樣的中國人？我們是什麼？我們應如何安身立命？……」又說：「……我很想從系統科學，人道主義以及中國傳統哲學的迷宮裡，整理出一套可行的實用哲學，作為個人安身立命的基礎。……」[4]其真知灼見，發人深省。也因此近幾年來擺脫了留學生文學，誕生了「遊子魂組曲」。

「遊子魂組曲」共有六個短篇：〈香蕉船〉、〈藍色多瑙河〉、〈冬夜殺手〉、〈本公司〉、〈水淹鹿耳門〉、〈紅孩兒〉，道盡了海外遊子的百般心境。從這六個短篇中，我們約略可歸納出旅居他鄉遊子們的幾點共同心情：

1.飄泊的精神：一個人一旦離開了自己的國家，離開了自己生根的地方，就像樹葉離開了枝幹，隨風飄逝，不知何處才是棲息之所？而產生了飄泊的心情。例：

「妳曾寫下普希金的句子：『世界！哪兒才是我毫無牽掛的路程？』妳的幻想中那無牽掛的地方就是香港。……但是這半年來妳又何曾無牽掛呢？」（〈藍色多瑙河〉）即使到了香港，仍無法得到平息的心境，還在幻想也許德國多瑙河才是真正無牽掛的地方，但何日才能達到願望呢？

「可惜總公司再不用中國人當經理，這是總公司的規定。我回來代理

---

[2]張系國，〈後記〉，《香蕉船》，頁145〜149。
[3]余光中，〈天機欲洩看棋王──張系國小說的新世界〉，《棋王》（臺北：言心出版社，1975 年），頁1〜13。
[4]張系國，〈後記〉，《讓未來等一等吧》（臺北：書評書目出版社，1975 年），頁135〜137。

經理，只是替他們整頓分公司。帳目搞清了，業務上軌道了，我們就得走動。」(《本公司》)宋子佳的這段話，使葉的希望完全破滅，所以葉人雖在臺灣，但精神卻是浮飛的。

2.迷惘的理想：理想與現實往往會脫節，然而一旦脫了節，將使人不知如何來把握這現實的舵，去尋找自己該走的方向，於是產生了迷惘，甚至徘徊迷失在這現實的大海裡。例：

「你想回臺灣，能這樣拍拍屁股就回去？人家回去是歸國學人，你算老幾？講句不客氣的話，沒有博士頭銜，臺灣還沒有你混的餘地呢？」(《本公司》)可見這些留學生一旦博士學位得不到，便不知何去何從。由此可點出留學生的迷惘，心理之恐懼與反映社會的病態。

「高強參加保釣運動，忽然轉左而告失蹤，高維選擇了真沒安全感的美國公司，陳紀綱選擇回大陸為人民服務而告音訊全無，王復城選擇回臺灣，鍾貴選擇了上帝。」(《紅孩兒》)同樣是臺灣赴美的留學生，何以有這麼多不同的選擇呢？可見心境之迷惘。

3.掙扎的人性：人始終生長在矛盾與衝突之間，人與人間、人與外界事物間及人內心中皆有其衝突存在，這種矛盾與衝突的抵制和爭執，就是人性的掙扎。張系國筆下所顯示的人性掙扎卻是很微弱的。例：

一個跳船的人，被逐出境，並且不願受洋鬼子的氣，本可以就此回國，但掙扎的跡象一現即失，立刻被太太的來信「賺錢！賺錢」這種現實給吞噬了，於是有這個決定：「我回美國去，東京我來過一次，神戶我有熟人在船公司，我找他們幫我偷偷弄上一條船，我就又回美國呀。」(《香蕉船》)只為了多賺點錢，而願過那種躲躲藏藏的生活。

「謝謝你的好意。赫曼先生，我覺得……我想，我還是留在香港，我不要去德國了。」在內心裡已起了掙扎，所以做了這個堅決的回答。但是當離去時，這種掙扎隨即被淹沒了。「……也許妳該回去，告訴他妳還是去德國？」還是幻想著德國。(《藍色多瑙河》)

4.愛國的本能：「月是故鄉明，人是故鄉好」；誰不愛自己的家鄉？

「瓜有藤，樹有根。」誰又能忘掉自己生根的地方？尤其這些海外遊子，離鄉背井，寄居異國，嚐受異族人情冷淡的心酸，更倍增愛國的向心力。例：

「……兄弟別的長處沒有，這個國家民族觀念很強很強。討個洋老婆容易，生個兒子便成了雜種，您說怎麼得了？所以兄弟一定要回來。」（〈本公司〉）葉這一段話，正代表著海外遊子強烈的愛國意識。

在旅館老闆的結婚紀念酒會裡，每個人都唱著自己國家的民謠。可見異國的移民，都會想念自己的家園，尤其是林欣，不但唱中國民謠，講中國的故事，最後還帶回一幅畫著中國帆船的，題名「水淹鹿耳門」作為紀念。（〈水淹鹿耳門〉）

5.淒慘的結局：悲劇結局的小說比較討人喜歡，然而，張系國所安排的故事結局，似乎在暗示著什麼？

〈香蕉船〉——跳船的李船員，在偷渡的香蕉船上意外死亡。

〈藍色多瑙河〉——阿貞打開摺刀割腕自殺。

〈冬夜殺手〉——男主人和女主人皆死於暴徒重擊之下。

〈本公司〉——宋子佳於機器試車時觸電死亡。

〈水淹鹿耳門〉——教授中風半身不遂，腦筋不清醒，被送到養老院裡。

〈紅孩兒〉——高強被「批倒鬥臭」，失蹤在美國茫茫人海中，凶多吉少。

張系國的小說所以為大家喜愛，是因為有其特殊風格表現了若干意義。在「遊子魂組曲」中，我們亦可捕捉出三項特點：

1.內容以人性掙扎為主：張系國是學科學的，判斷力和分析力特強，對於事情的觀察特別深入，一切事情的發生皆在人心人性的矛盾與衝突，是故要揭發問題解決問題，要先從人的本身做起。因此他說：「對我而言，沒有生活，沒有人的掙扎，就沒有小說。別人為藝術而創作，是別人的

事，他們是有福的。我不為藝術而寫作，我只為人而寫作。」[5]可知他對人性的重視。

2.表現手法著重寫實：「尊重事實，尊重證據。」這是科學家必有的素養，這一點對張系國的小說不無影響，社會在他敏銳的觀察之後所發現的病態，經冷靜的客觀的過濾，才以嚴謹的態度提出他的觀點和建議，而以小說表現出來，所以每篇小說都給讀者帶來了親切感。他曾說：「孔德拉說過，小說功用是『使人們看見』。至於看見的世界是美是醜，卻並非小說作者所能左右。」又說：「在這灰暗的世界裡不論做什麼事都是灰暗的，寫小說也不能例外吧？」[6]可見他如何的尊重寫實。

3.平鋪直敘質勝於文：他是以說故事的方式來反映問題，他的目的在於讓所有的人看懂，讓所有的人了解他所反映的問題，進而解決問題，至少讓人有所誡惕而勿重蹈覆轍。所以文字淺顯易讀，形式毫不修飾雕琢。隱地曾說：「他的小說，絕不只是一個又一個的故事，而是針對問題，將社會眾生相揭示出來，頗有思想見地。問題在於：內容太過於形式。倘若技巧上再加留心，他的作品除能啟發我們的心智之外，也能勾引起我們對小說藝術本身的愛好，這樣就一舉兩得啦！」[7]讀過張系國小說的人都有同感。然而此一缺點何嘗不也是使他小說可讀性高的優點。

總之，張系國的小說有著相當的震撼力和感染力，包容著廣大的層面，而以整個國家社會為註腳，因此辭采不用雕琢修飾，便能引起讀者共鳴，讀之無不感慨萬千。

——選自《中華文藝》第 75 期，1977 年 5 月

---

[5]張系國，〈後記〉，《香蕉船》，頁 145～149。
[6]張系國，〈後記〉，《地》（臺北：純文學出版社，1970 年），頁 223。
[7]隱地，〈《地》評介〉，《中華日報・副刊》，1970 年 11 月 15～18 日。

迷茫的現實關懷
論張系國的《昨日之怒》

◎林聰舜[*]

一

在國內的小說家中，論視野之大與關懷面之廣，張系國算是數一數二的。加以他的文字乾淨，小說中的人物又具有高度的現實感，所以很得讀者的喜歡。在軟性文字充斥的臺灣文壇中，能出現像張系國這種企圖反映大時代的作家，不管他的成就如何，光是這個創作方向，無疑已具有極大的意義。

「文以載道」是張系國小說的特色之一，他所載的「道」是「一些左右中國政治運動的基本問題」（〈《昨日之怒》後記〉），是「一點一點的往裡面鑿，鑿到問題弄明白為止」（龍應台，〈與張系國一夕談〉），這也是當代中國人難以擺脫的「中國情結」。張系國對「道」的執著，頗受一些人非議，例如李歐梵認為這種感時憂國的框框需要突破（〈星雲組曲·序〉）；龍應台認為文以載道對藝術的純粹是一種威脅，是張系國的政治小說不易躲避的陷阱（《龍應台評小說》，頁 52、203）。對於這些批評，筆者卻有不同看法，因為文以載道的「道」，如果不是僵化的教條，而是人生或人類歷史中最真實的一部分，並且能反應多數人的感情，這種「道」是沒有理由被排斥的。反而，作品若是不表現任何的「道」，充其量只是無病呻吟的夢幻作品罷了。因此，筆者十分支持張系國對「載道」的堅持，他企圖反映我

[*]發表文章時為清華大學中國語文學系副教授，現為清華大學中國文學系教授。

們這個大時代的創作方向絕對是正確的。如果他的小說不夠成功，是另有原因，絕不是文以載道的「陷阱」造成的。

《昨日之怒》寫的是海外的保釣運動，作者雖然不希望讀者把這部小說當成文學作品看，但它卻是作者最暢銷的長篇小說，擁有最多的讀者群，而且《昨日之怒》與《黃河之水》及另一部尚未動筆的小說，是三位一體的「三部曲」，作者一直希望這「三部曲」能把整個海外和大陸邊緣地區這段遭遇做個總結（〈與張系國一夕談〉）。可見這部小說雖然被要求「不要當成文學作品看」，卻相當符合作者的創作目標，算得上是作者現實關懷的一個焦點，因此這裡就可以《昨日之怒》為主，談談張系國的現實關懷。

二

比較起來，《昨日之怒》比一般中國現代小說成功的地方，正在於作者能正視時代的脈搏。這部小說的基調是感時憂國、帶有理想主義色彩的人，對釣運理想沉淪的黯然神傷。而作者在釣運的發展中，也看到了知識分子怯懦、妥協、勢利、不團結、好內鬥等毛病，並藉著他對釣運的敘述一一加以揭穿。在這裡，作者確實已掌握到些值得探討的問題。

在人物的安排上，作者是藉著對幾個與海外釣運有關的人物的刻畫，展現這個運動的真實內容，並藉此對海外釣運作一解釋。由於這部小說是作者對自己參與過、憤怒過的運動之現身說法，因而對小說中的人物，作者具有特殊深刻的感受。加上這是半真實的故事，使這部小說對讀者更具吸引力，而我們也容易藉此看出作者現實關懷的立場。

陳澤雄是作者用來串連所有人物，並把海外釣運的來龍去脈「勾」出來的人物。他是國內一家私人公司的高級職員，因為奉派到美國辦事處，遇到一些與釣運有關的人，才為讀者引出了一大串保釣的故事。他有極可愛的地方，例如他是一個「半山」，但熱愛臺灣，真正把臺灣當作自己的家；他對表妹王亞男的愛慕始終如一，像女神一樣偷偷崇拜她，為她付出

一切毫無怨言；而且對她的男友、丈夫，連一點妒嫉的心情都不曾有過。但他有時卻老實、魯鈍得過了頭；例如表妹的丈夫洪顯祖利用他、榨取他，利用完後又將他踢到一邊，他毫無怨言，像奴才一般逆來順受；他對新世界的事物完全陌生，對留美學人的苦悶完全不能感受，對轟轟烈烈的保釣運動完全隔閡，而且看了保釣的刊物會膽戰心驚，「連忙把刊物放回原處，手心還微微發燙。」（頁57）他一生最大的願望只是像金理和一樣——博士學位到手，又找到待遇很好的工作。總之，他是一個不折不扣的小市民。

　　然而，讀者卻不應孤立地看陳澤雄；他正是臺灣社會的產物，是國內的環境壓力才使他覺得政治「是骯髒黑暗的東西，沾不得也理不得」（頁170），使他與現實完全脫節；是國內流行的價值取向，才塑造他「國事、天下事，事事不關心」，只圖小我溫飽的小市民心態。有了陳澤雄，讀者才更能了解王亞男何以會由一個天真無邪的曼妙少女，一變而為海外釣運的健將；因為這種思想上的轉變，並不是完全能由她與洪顯祖的婚姻危機加以解釋的；當她接觸到另一種生活方式與另一種價值取向後，難道不會突然覺得過去的生命全無意義？另外，有了陳澤雄，讀者也才能更了解葛日新何以會那麼激情，因為冷漠與激情是孿生子，他們往往是相激相成的。

　　胡偉康與陳澤雄氣味完全不同，但卻是臺灣另一種類型的小市民。他沈迷於存在主義，卻一點真正的存在感受也沒有；他否定人們在現實世界的努力，貶之為庸俗文化，自己卻永遠躲入「掩藏在樹叢裡的小木屋」，接受少女的崇拜。他每天高叫荒謬、失落，卻愉快地享受父母給他準備的高級生活；他雖然留美留德，並返回國內大學兼課，卻永遠長不大，永遠當社會的寄生蟲，還覺得自己是一個在哲學徹底沒落的時代中，絕不妥協的殉道者。總之，胡偉康代表臺灣某些人士所過的那種養尊處優、不知民間疾苦，而又愛強說愁的那種莫名其妙的人生；他與陳澤雄共同反應了臺灣小市民社會的兩個面相。

　　葛日新是《昨日之怒》的主角，他是讀者認同的對象，也是作者情感

的寄託。作者以他代表堅持理想卻備受冷落的知識分子,藉此表達具有生命熱力的知識分子,在這個大時代中充滿著無力感的悲哀。葛日新在大學時代就有自己的一套世界觀,不願隨波逐流,頗能繼承他最敬佩的應教授(影射殷海光)那種對自己信念的堅持。他的「中國情結」很強烈,在海外釣運期間,順理成為保釣的大將,而且只有他能堅持釣運的理想性與純潔性,「一個勁兒在傻幹,不求名也不抓權,只談愛國的理想。」(頁180)但卻左右不討好。右派人士認為他「通匪」,後來甚至弄得有家歸不得;左派人士因為他不贊成「把群眾運動提升到更高的層次去」(超越保釣),他堅持原先的保釣理想,不願意操縱控制群眾,而被打成唯心論者。由於他嚐過群眾運動的滋味,群眾運動就成為他的夢魘。釣運高潮結束後,他再也無法回到研究室,成天憧憬釣運時海外中國人為了一個崇高的理想,放棄個人小我的動人一幕。但物換星移,此時的他所面對的只是眾人的冷漠與恥笑,甚至被扣上「職業學生」的帽子。但他卻能耐得住寂寞,承受得住打擊,繼續堅持不妥協的原則。他一方面打破士大夫職業上的尊卑觀念,以加州大學化學博士之尊,寧可自食其力靠著賣包子維生,也不願像他的同學一樣去研究生化戰劑,或到狗食工廠去改造狗食品質;另方面,他又不妥協地繼續搞群眾運動,但群眾的反應卻愈來愈冷淡。唯一值得讀者安慰的是他那種理想主義的狂熱態度,為他贏得了美女王亞男的芳心。

王亞男愛上葛日新,雖是震懾於他理想主義的狂熱,但他們兩人的結合,卻不能完全解釋成為了共同的理想而結合。因為王亞男基本上是一個現實主義者,她離開洪顯祖投向葛日新,是代表她對洪顯祖那種生活方式的厭倦,以及對葛日新所代表的另一種生命與另一種世界的憧憬。因為洪顯祖「簡直就是一架機器,一架幾乎接近完美的機器」(頁 156)。而王亞男則帶有強烈的賭徒性格,她顯然無法忍受洪太太所過的那種太規律、太完美無缺的單調生活;葛日新則恰具有衝破束縛的生命熱力,所以當王亞男先前在臺灣時所崇拜的英雄洪顯祖被「除魅」後,自然是葛日新這種具

有浪漫色彩的人最能吸引她了。何況葛日新追求完美的浪漫精神不但表現在精神上，也表現在肉體上，「和葛日新在一起後，王亞男才真正嚐到肉體上的歡愉……和葛日新初次結合時，葛日新的熱烈，竟使她感極而泣。」（頁181～182）

　　然而，在現實世界中，王亞男遠比葛日新成熟。釣運過後，葛日新的一些堅持，在王亞男眼中已不具有任何意義，所以葛日新雖得到王亞男姐姐對待弟弟般那種被愛、被照顧的幸福，但卻面臨著兩人之間難以化解的矛盾。例如他們之間有該不該拿洪顯祖贍養費的爭執，也有該不該「稍微注意自己生活」的爭執；而為了撫養兒女，不得不謀個「正當的職業」時，葛日新更必須面對「妥協」到何種地步的難題。夫妻、父子間的感情與責任是無所逃於天地之間的，葛日新縱能抵擋住外在世界的重重壓力，對一切苦難甘之如飴，但當他面對這種角色的衝突時，也是莫可奈何的。這種兩難的處境，是理想主義者面對現實人生時的悲哀，作者以此強化了葛日新的悲劇性，但卻沒有勇氣繼續寫下去，接著就以葛日新的撞車身亡，把這個問題輕輕打發掉。

三

　　葛日新是行動派的理想主義者，但這種人在現實世界卻很孤獨，因為他所面對的大多數是洪顯祖、吳寒山那種類型的人。洪顯祖是一個絕對自私的個人主義者，他精明能幹、心狠手辣，只要決定目標就不擇手段，全力以赴，不達目的絕不罷休。他到處吃得開，並以這個方式追到在年齡上可當他女兒的王亞男；但也因為這種精打細算、刻薄寡恩的個性輸掉了王亞男。他是個心目中只有「小我」的功利主義者，是讀者極不喜歡的人物；但他在「強者」的表相下，卻另有難言之隱，若沒有藥物的支持，絕對不敢接近王亞男；所以他的事業雖然飛黃騰達，但始終不能建立起「大丈夫」的自信。作者在此處以性無能象徵喪失改造世界的熱情與生命力的知識分子，藉以鞭撻政治冷感的人士，是否合理暫且不論，卻替自己與讀

者出了一口怨氣。

吳寒山更是一點行動能力也沒有的知識分子，他是某大學歷史系的名教授，卻不滿足做個「學人」，成天想開餐館賺大錢，而又遲遲沒有行動。他一輩子未曾談過戀愛，連婚姻都是在莫名其妙中與房東女兒結婚的。到了四十幾歲，卻因為一位向他請益的雀斑女郎，無意間對他說出了「就這樣嗎？這樣就算了嗎？」因而產生了愛情的幻想，決定「一定要行動」；於是編織了一大堆美夢，最後卻換來一頓極其難堪的羞辱。作者讓我們在吳寒山的身上，看到了知識分子耽於幻想又缺乏行動力的性格。

滿懷理想的葛日新所面對的中國人，就是洪顯祖、吳寒山之流的「知識分子」；以及更多的投機取巧、見風轉舵和盡出桃色新聞的人物，他所要承受的打擊與寂寞就可想而知了。當然，也有一些正派的知識分子，諸如犧牲高薪，在華埠辦報，希望替華人做點事的施平，他本有滿腔熱血，最後卻被大環境銷磨殆盡，甚至懷疑起自己奮鬥的價值。而功成名就，萬人稱羨的金理和，也因釣運的刺激，變得憤世嫉俗，不再懷有人生理想與奮鬥目標，僅藉著釣魚消磨時間，過著萎靡頹唐的日子。這些例子，更襯托出狂熱的理想主義者葛日新處境的艱難，與心力交瘁的悲哀。

作者就以這些人物，交織出海外釣運的圖像，為此一曾經風雲際會的政治運動做出個人的詮釋，也為滿腔熱血，捨身奉獻，最後卻慘遭出賣的憤怒青年留下歷史的見證，「對自己及當日共事過，現在流散到非洲、美洲、臺北、武漢、北平……世界各處的朋友，有個交代，尤其是對大風社舊友。歷史會證明我們是無辜的，我們已盡了最大的努力。」（〈《昨日之怒》後記〉）張系國的願望算是部分達到了，因為他確實寫活了一些人物，而且《昨日之怒》的讀者也多少能感受到葛日新（甚至是施平）所傳達的悲愴氣氛，並多少了解釣運所暴露的「一些左右中國政治運動的基本問題。」（〈《昨日之怒》後記〉）

然而，以上的優點並沒有使《昨日之怒》成為一部成功的小說，而且其原因並不僅在於作者所謙稱的「我不是藝術家，也無能力寫不朽的作

品。《昨日之怒》只能算是個人對中國青年政治運動的一個詮釋，並無藝術價值」（〈《昨日之怒》後記〉），這部小說仍有更大的缺點。

四

《昨日之怒》最大的敗筆，在於它想告訴我們海外釣運的真相，但卻沒有掌握到這個政治運動成敗的真正關鍵，因而並沒有真正揭露海外釣運的困境。亦即作者看到了現實浮面的問題，諸如看到了知識分子的怯懦性與妥協性，看到了中國人好內鬥、趕風潮的投機性，以致造成保釣理想的沉淪。但作者並沒有真正抓住——至少沒有用心處理——造成保釣理想沉淪的社會矛盾，沒有挖掘到釣運失敗的「隱因」，因而《昨日之怒》並未能真正暴露歷史的真相。而且，由於內容上的失敗，更使人物的描寫隨之減色。

就常理而言，一個脫離本土性的群眾運動是不可能成功的。保釣運動失敗的最大原因，在於它得不到海峽兩岸（尤其是中共）的支持，於是本應充當聲援角色的海外釣運，反而成為保釣運動的主體。而海外華人既承擔了超乎他們能力所能承受的擔子，無法繼續撐持下去就成為必然的歸結。因此，在《昨日之怒》中，對知識分子的描寫與撻伐，若孤立來看，雖然極為生動，也反映了一定程度的真實性。但知識分子縱然有這些劣根性（或罪過），若把釣運的失敗歸罪於他們，卻是不合理的；因為他們縱有千千萬萬個罪過，但不熱心釣運卻未必是他們的罪過，因為歷史上的一切改革，都必須繫根在本土之上，不可能是由外而降的，所以釣運的高潮一過，若還責備海外華人各謀其生，不能繼續堅持理想，未免太苛責於人了。

我反而覺得，葛日新那種激昂的愛國情調、那種浮游在現實社會外的理想，在悲愴中卻帶有幾分滑稽。因為喪失本土性的愛國運動本來就不可能開花結果，客觀的條件不夠，葛日新再如何投入，如何熱情，也無法成為真正的英雄。而他把熱情、愛國心、豪情壯志建立在不恰當的基礎上，

他的表現有時也就難免淪於虛矯。例如他極力批評知識分子易於妥協，寧可賣包子過活，不願與資本主義社會妥協，不願在資本主義體制中找個「正當的工作」，又不肯承認自己所過的苦日子，自認「苦不苦，完全看個人想法如何。那些中產階級的華人，每天看上司臉色，愁房子車子的分期付款，擔心不除草被鄰居笑話，才算叫辛苦」（頁 61）。話雖講得豪邁，卻難免予人硬撐的虛矯感覺。又如釣運後，大家又都回復到以前的老樣子，對政治漠不關心，葛日新卻仍不放棄自己的堅持，認為「保釣運動並沒有結束，只是換了一種進行的方式。」「歷史不是直線發展的……我們的工作就是鋪路的工作。」（頁 62）這種毫無希望的堅持，不禁令人愴然。這時還是王亞男以女人的直覺，一眼就看清了問題：

> 「鋪路，鋪路，究竟要鋪到什麼時候才停止呢？」表妹雙手抱頭，恨聲說：「我實在有些厭煩了。每次開會，講來講去都是那些不著邊際的老話，誰也拿不出具體的辦法來。辦活動，參加的人愈來愈少。你說，我們堅持下去。為的是什麼？」……「我們現在這樣子生活，你不覺得苦，我……我也不怕苦。可是萱萱來了以後怎麼辦？我萬一再有孩子怎麼辦？日新，我們必須多想想了。」（頁 62～63）

總之，作者把葛日新塑造成不顧一切，超乎常理的英雄人物，賦予他太重的擔子；結果他的英雄行徑成為不正常的行徑，他的痛苦成為不該有的痛苦，作者雖然替葛日新完成了有光有熱的生命形象，但由於他的英雄行為用錯了地方，因此他的悲劇性就打了一個很大的折扣。有位友人謔稱，《昨日之怒》中，性無能的應該是葛日新而不是洪顯祖，可以說明葛日新的英雄形象，並未普遍被讀者接受。

其實，作者並不是沒有意識到保釣喪失本土性的困境。「霜降」部分，施平就對胡偉康講過，「在海外，保衛釣魚臺運動掀起了一次群眾運動的高潮，但這種運動立刻走到一條死巷，許多留學生就卡死在那裡。……只因

為我們身在國外，出身不對，所以無論如何走不出一條路來。」（頁 279）可惜，作者並未正視這個關鍵性的問題。

五

《昨日之怒》的第二個敗筆，是屬於技巧上的：它不能由人物性格自然帶出情節，再由合理發展的情節豐富人物的內涵；於是我們所看到的《昨日之怒》的結構是很鬆散、很僵硬的，看不出整部小說事事相關、因果互繫的緊密性。這種技巧上的失敗，與作者太急切的現實關懷有關，因為他「有意無意的在為自己的政治立場和觀點辯護」（龍應台，〈與張系國一夕談〉）。所以少掉一份由距離而來的觀點的餘裕，不能像春蠶吐絲般，將他的理念先消化掉再吐出來，而這種技巧上的失敗又反過來傷害到內容的感染力與說服力。

在結構上，《昨日之怒》很簡單的由對政治漠不關心的陳澤雄作引子，將所有人物串在一起，把海外釣運的來龍去脈「勾」出來，就十分不合理。此外，作者也會隨時「徵召」一些人物出來發抒他對釣運的感觸，意見講完後，又從此銷聲匿跡；這種「呼之即來，揮之即去」的處理方式，顯然很不高明。例如在「秋分」部分，林欣與陳澤雄突然在安娜堡一起出現，然後講了一大堆話，緬懷保釣高潮時的風光，就顯得極為突兀。

其次，作者喜歡用劇中人「回憶」或「說故事」的方式交代情節的發展。這種敘述方式，比起由人物性格自然帶出情節，再由合理發展的情節豐富人物的方式，顯然是極粗糙、不自然的，作者若想以這種方式掌握人物的微妙感情，將極其困難。

由於結構與情節發展的不合理，於是《昨日之怒》中的人物，縱使孤立來看有其真實性，但套在整部小說中，有些就成為可有可無的人物；至少他們的角色是完全可以被取代的，諸如吳寒山、林欣等人皆是。它如以性無能的洪顯祖象徵知識分子喪失改造世界的熱情與生命力，也僅成為作者情感的發洩。因為老謀深算、心狠手辣，在現實世界左右逢源、極度成

功的洪顯祖，事實上絕不是沒有行動力的人，讀者只會覺得他壞，對他的性無能倒會覺得十分訝異。

六

《昨日之怒》的第三個敗筆，作者自己也很清楚，他說：

> 這部小說是分春夏秋冬幾段寫的。先寫保釣這些人物從臺灣長大，然後到了海外，接觸到群眾運動，然後到了高潮之後就應該寫到很尖銳的階級鬥爭，我承認寫的比較避重就輕，因為我希望在臺灣發表。所以轉寫吳寒山的故事，我個人並不滿意。有很多尖銳的政治問題我沒有去面對。（龍應台，〈與張系國一夕談〉）

忌諱太多，避重就輕，確定是《昨日之怒》——應該說是張系國的全部小說——很大的缺點。看了這段話，我不禁想到，如果身為「留美學人」，遠離政治風暴，飯碗絕對保險的張系國，為了發表小說，還必須犧牲藝術的完整性，犧牲自己的「怒」，那麼國內文壇只好讓軟性的閨秀文學大行其道了。不過，無論如何我仍要稱讚張系國的坦白，敬佩他說真話的勇氣。

作者所說的避重就輕，可能是指小說中避開了葛日新與王亞男結婚後，兩人同為了是否「稍注意自己的生活」所造成的妥協與不妥協的鬥爭，而以撞車事件解決這個問題。然而，除此之外，若順著這部小說的脈絡發展下去，應該還有很多尖銳的政治問題有待作者去面對。例如保釣的失敗是由於得不到海峽兩岸的支持，那麼保釣人物內心對祖國的哀怨或憤怒就是值得好好處理的題材；又如葛日新「妥協」後，並沒有真正放棄理想，那麼他「妥協」後所面對的衝突與矛盾也值得探討，或許他的「妥協」正代表著「新生」哩！此外，如「霜降」部分描寫那位受機器軋斷手的臺灣工人的善良老實，著墨不多，卻相當感人；這裡面牽涉到制度不良

的問題，還牽涉到身為公營工廠主管之子的施平對下層人民的內疚，也是值得探討的問題，可惜作者欲言又止，又是輕輕把它打發掉了。

作者在寫完《昨日之怒》後，曾一度對寫小說產生厭倦，他說：

> 我一直追求一個有秩序的宇宙。人和土地的和諧關係，始終是我想探討的對象，亦不斷令我感到困惑。但此一關係太複雜，無法納入理想的模式，也不能使之秩序化。寫完計畫中的另六篇「遊子魂」之後，我想可能從此停筆不寫小說。年輕有潛力的新秀甚多，注定該絕滅的一代，也應有自知之明，是鞠躬下臺的時候了。(〈《昨日之怒》後記〉)

這段話是帶有蒼涼之感的，而作者的無力感也許正是他想停筆的主要原因之一，一個文以載道的作家，當發現自己辛勤的創作，結果僅是「證明」自己是一個小說家時，是很悲哀的。

海外釣運由於喪失本土性，使憤怒青年的理想沉淪，這點作者似乎也意識到了；所以他最後把希望寄託在臺灣，而且似乎也看到了一絲希望：

> （施平）太遲才發現國內出現了許多新的雜誌，不少年輕人默默在耕耘著，許多新的東西慢慢在成形。一股本土文化的力量漸漸在成長，這裡、那裡，到處都冒出幾棵幼苗。……他開始明白，保釣運動時種下的幼芽在海外雖已枯萎，在國內卻艱辛的慢慢茁長。這麼說來，一切並未絕望，也許他灰心失望得太早了些？（頁290）

但前途真的是這麼樂觀，或者這些僅是作者的自我安慰？在這同時，施平不也看到了一輩子堅守崗位、淡泊名利的黃老伯，到頭來還是不免感嘆：「東奔西跑，白忙了一輩子，什麼也沒有做好。還不如從政。」（頁267）黃老伯與父親正是施平的一面鏡子，所以他自己對是否回國，也不禁狐疑起來。「回國有許多事情可做，該是沒有問題的。……但丘慧美期待的

是怎樣的生活呢？設法存款分期付款買公寓？搞一輛自用跑天下？一步步
爬上去？爬上去又能做事嗎？他想到黃老伯，想到父親，又狐疑起來。」
（頁 272）

　　的確，把希望寄託在臺灣是對的，但回歸本土同樣有它的困境，而且
基於作者「這些問題一日不解決，中國的現代化就一日不會完成」的理
念，本土的困境應該更值得作者去探索。可惜作者在《黃河之水》中的表
現，卻比在《昨日之怒》中更避重就輕，對影響臺灣發展極為深遠的幾個
重大問題的處理，都是蜻蜓點水般的輕輕帶過。如果我們求全責備張系
國，那麼他的表現，的確讓我有點失望。

　　　　　　　　　　　　　　　　　　——選自《文星》第 103 期，1987 年 1 月

張系國的《黃河之水》

◎劉紹銘*

一

　　《黃河之水》是張系國繼《昨日之怒》後的另一個約十萬字的長篇小說。張系國第一個長篇，是《皮牧師正傳》（1963）。第二個是《棋王》（1975），第三個就是《昨日之怒》了（1978）。

　　看了他四個長篇，我深信張系國的小說才華，更適宜於寫短篇。或者，最多長度如〈地〉的中篇。張系國的幾個短篇，如〈冬夜殺手〉（1974）、〈本公司〉（1974）、〈紅孩兒〉（1976，修訂稿）等，都給中國現代短篇小說開拓了新的領域。

　　可是自《棋王》以來的長篇嘗試，在小說形式上講，沒有創什麼新意。他的優點我在以前兩篇文章談過（〈天機洩後看《棋王》〉和〈釣魚遺恨〉），那就是對白的維肖維妙和寫實追得上臺北的時代脈搏。這兩者除了他小說家的耳朵和眼睛敏銳外，當然還要歸功他每年到臺北繞一次有關。

　　對臺灣政經文教人情社會變化之瞭如指掌，當然給愛寫實的張系國許多方便。但如果一個小說家對「話題人物」太熱中了，會影響到自己的結構。我們讀舊小說如《儒林外史》，有時好生氣惱，因為好不容易把剛上場的一個人物面孔摸熟了，聲音也聽慣了，下一回就失去他的蹤跡。要嘛他從此曲終人不見，要嘛是到結尾時才知道他原來早已結婚生子。

　　張系國的長篇，不時在結構上也犯了這種「傳統」的毛病，想是受了

* 翻譯家、作家。現為香港嶺南大學中文系榮休講座教授。

飽讀舊書的影響。十萬字說長不長，說短不短。要寫好一兩個重要人物，十萬字也許夠用，但如要像《黃河之水》那樣要覆蓋大中學生、吧女歌女、生意人、小官僚、幫閒教授、小鎮人物，這塊畫布不夠大。篇幅不夠，許多應該出現細節的地方，我們只能看到粗枝大葉。

效果因此變得浮光掠影。《黃河之水》是臺北風情畫，是臺北浮世繪。幸好有詹樹仁在全書穿針引線，不然這小說中的大大小小人物和場面，變了沒有玉盤可落的大珠小珠了。

關於詹樹仁，下面還會談到。

二

《黃河之水》結構稍嫌鬆懈是一回事，張系國可是個善於說故事的人。記得《時報週刊》海外版分章回連載此小說時，我追著看。一開始，就給林正吉這個人物吸引。只可惜後來的發展，把他變成了一個「靠邊」角色，一個信念的象徵──「你的意志力夠堅強，就可以改變命運」。正如他死於骨癌的姊姊，代表小鎮上一位任勞任怨的善良女性一樣。

第二章我們看到趙子超帶著詹樹仁去「開眼界」，先是看小電影，後來逛酒吧。

西洋文學批評有 selectivity of details 這一句行話，意思說，不是所有素材都可以入畫，得有選擇。此話言之成理。那麼，趙子超拖著這位大學研究生去觀光地下臺北，與全書的發展，有什麼「有機」的關係？張系國寫這一章的用意，在使我們察覺到夜臺北的風情？或是要我們由此去揣摩趙子超的為人？

我想多少都有一點關係吧。不過，人確不可貌相，這個在本章言談輕佻，在下一章又盜用公款的「北佬」，在小說結尾時卻和他的「小老弟」詹樹仁一同肩負道德良心的擔子。

照我看，第二章的細節，一來是對照第一章的小鎮生活和小鎮人物，二來是給後面出場的如李海文父子、杜方宇（杜胖子）、季湘雲和王佩綸等

人物烘托出一種「荒原」的精神面貌。

　　《黃河之水》如果有什麼超越過張系國以前兩個長篇的地方，那就是他這一次真能把臺北聲色犬馬的生活和在其中打滾的「公子」派人物，都作哀鴻一樣看。外表熱鬧得很，內心蒼涼得可以。如果馬列八股論者說這是資本主義社會追求物欲生活所遭遇到的必然的空虛與失落，也說得過去。

　　先看第二章趙子超跟詹樹仁泡吧女的場面。

　　　　詹樹仁好奇的打量小鳳。她低著頭，只顧玩弄衣角。趙子超對小鳳笑笑。

　　　　「小鳳，你幾歲？」

　　　　「18 歲。」小鳳仍舊低著頭，小聲回答。

　　　　「剛好 18 歲？」趙子超對詹樹仁做個鬼臉。「有心臟病沒有？」

　　　　小鳳搖搖頭。趙子超又問：

　　　　「小鳳，你剛來這裡上班？」

　　　　「兩個星期，差一天就兩個星期了。」

　　　　「從哪裡來的？」

　　　　「臺中。」

　　　　「你是臺中人？」

　　　　「是。」

　　　　趙子超點燃一根香菸，小鳳仍低著頭，大家都沒了話講。……

　　除了趙子超問小鳳有沒有心臟病有點出人意表，上面所引的，可廣義的視為歡場中官式廢話，說了等於沒說。這種話，再說一個鐘頭，還是廢話。如果趙子超和詹樹仁存心來尋歡，而小鳳又肯賣笑，廢話說過就是成交的時候了。

　　那麼，這些廢話，與後面小說情節和人物的發展，又有什麼關係？我想關係很大。趙子超與小鳳言不及義，情理所然。可是，如果我們細心看李海文跟杜方宇、季湘雲（小學的同學）和王佩綸等說的話，何嘗有幾句正經話？

李海文這個花花公子，幾乎每次碰到朋友妻季湘雲時，都忍不住對她說：「嫁給我吧」，弄得湘雲笑話他是「求婚專家」。從這兩人過去的關係看，李海文每次向女方求婚，並沒有開玩笑的意味，雖然他潛意識上可能知道，向季湘雲求婚，成事實的機會遠比向他周圍的女孩子少。如果明知對方不會嫁給他而他又屢屢向對方說「嫁給我吧」，這種對白，其空虛落寞處，與「從哪裡來的？」「臺中」、「你是臺中人？」「是」——實在差不了多少。第二章出現的廢話，因此可看作荒原的序幕。

臺北的滾滾紅塵，透過李海文和季湘雲這兩人演變的關係，傳出陣陣涼意。他們最後一次碰頭，是意外的，在財神大酒店停車場附近。季湘雲沒有吃午餐習慣，因此他們又踅回酒店喝咖啡聊天。原來季湘雲跟杜胖子到了馬德里後，就離了婚。湘雲一個人回到臺北來，大概是自組公司搞生意。李海文呢，據說已改邪歸正，專心事業。下面的文字，出自第 22 章，可能是全書最精采的片段之一。

「我認輸就是。湘雲，我知道你不喜歡我和杜胖子現在這個樣子……」
「我也不喜歡你們從前那個樣子。」
「那麼究竟要怎樣才好呢？」
季湘雲不說話。他也知道沒有什麼可說的。人究竟是人，要求誰改變都已太遲。杜胖子遠在馬德里，他近在臺北，而他們竟都得不到她。但他也許還有機會，至少值得一試。他說：
「我還可以改。湘雲，我承認我做過許多錯事，我實在不是東西。每個人看我，都是唯利是圖的市儈，但是……」
他突然住口不說，她似笑非笑的看著他，太熟悉的場面。多少年了，他們竟還是重複演著同一齣戲，彼此都已感乏味，他開始了解，她和杜方宇為什麼都不再關心對方。這已是結局，不是開始，再扮演什麼角色，都是枉費心機。……
他陪她走出玻璃門，她靠近他身旁時，他又激動起來，不顧酒店門口一

排計程車司機的注視，猛力抱住她。

「不要這麼早回公司，我實在捨不得你走。」

她依偎在他的懷裡，過了一會才抬起頭來。

「好吧。」

「去我家好不好？我等下開車送你去公司。」

「不行，我也有車。」

「那麼我送你回這裡來。」

「你家在哪裡？」

「林森北路底。」

她考慮了一會，說：

「這樣往返太費時了，還是坐我的車去，你自己坐計程車回這裡。」

這下輪到他考慮了，他想起下午的確還有事情。

「我們都開車吧，你跟著我。」

「多麻煩！」季湘雲從他的懷抱掙脫開來。「我最不喜歡跟著人開車，臺北這樣擠，一下就跟掉了。」

「我先告訴你地址。」

「算了，你有我的電話，以後再打電話給我好了。」

「今天晚上呢？」

「今晚我有事。」她頓了一下說：「明晚有空。」

明晚偏偏他有事。他想了一下，決定還是打電話再約。她人在臺北，她不會走的。他總可以打電話找到她。以後還可以見面，還多的是時間。

「我得走了。」季湘雲的聲音又變得冷漠，像對待陌生人般望著他。「再見。」

「我會再打電話給你。」

三

上面花了千多字的篇幅來引文，是值得的，因為這是張系國細心經營

的細節，看似囉嗦，但每一句話都是對李海文想像中的海誓山盟一種諷刺。他說「杜胖子遠在馬德里，他近在臺北」。這想法好美。為了意圖取得湘雲，他還一本正經的說過「我還可以改」。可是也不用經什麼考驗，湘雲只要他坐她車子回去，然後再坐計程車回來，他就想到下午的確還有事情而拒絕了。

東風不惡，只是歡情太薄而已。正如季湘雲所說，李海文本質上不是個壞人。他常有高貴的情緒衝動（譬如說要負起雖不殺伯仁的責任，向周蓉求婚），但僅是止於衝動而已。基本上，他是個有慾無情的人。

人與人之間的隔膜，在臺北的新階級（「經濟人」）中，最為顯著，李海文的爸爸從小訓練兒子玩梭哈，日後兒子羽毛豐了給兒子吃掉，正是求仁得仁的事。這種父子關係，當然不能奢談親情的了。「我們是同一種人」，有一次李海文聽父親說他的廠最後還是交給自己兒子時，做兒子的就不客氣的對李國松說：「如果你該淘汰掉，我也該淘汰。……我要繼承你的事業，我和你一樣自私。」

經濟人的夫婦關係，可從杜方宇和季湘雲間看出來。杜胖子對太太的「愛情」，要靠他多年收集的古玩鐘錶表達出來。

> 「聽哪！」杜胖子喊道：「所有的鐘錶都在走動！我從來不捨得開動這些錶鐘，這是第一次！為什麼我這麼大方？因為湘雲要去歐洲一趟。我真捨不得她走，所以許了願，在她走的這段時間裡，所有的鐘錶都要開動，一起來計算她離開我的時間。湘雲！你聽哪！」

果然湘雲「受到感動，眼圈都紅了」。

滑稽的是，杜胖子和湘雲都是鋼琴家，而丈夫據說還比太太彈得出色，可是杜方宇的驪歌，不自己表演，卻要鐘聲來代替。這也是一種廢話吧？

李海文有一次在季湘雲家，問起杜胖子是否去了日本，湘雲說「我沒問他」。他因此看著季湘雲，「心想他倆真是全臺北最寂寞的人」。

其實他自己何嘗不是？看完《黃河之水》，想到李海文等幾個熱鬧的寂寞人，筆者不禁想起余光中的句子：

> ……今夜情人皆死，朋友皆絕交，沒有誰記得誰的地址（見〈單人床〉）

四

當然，翻滾在臺北紅塵裡面的，不盡是李海文這類新階級。幸好還有詹樹仁這種「土裡土氣」的人來支撐著基本的人倫關係。詹樹仁是《昨日之怒》陳澤雄那類人物──忠誠、厚道，雖在工業化的社會謀生而仍保留著若干「鄉土」本性。而且，巧的是，詹和陳都是臺灣人（陳是「半山」）。陳是「燈塔的守望者」，而詹是「義人」：

> 他似乎又看到跪在海邊的少年。不，那不是林正吉，那就是他自己。不知何時，他已跪了下來，兩手按在沙地上，手心接觸到潮濕微溫的沙粒，灰黑的海洋在眼前升起。
> 他聽到自己在說：
> ──如果有 77 個義人，你還會毀滅這地嗎？

怎樣把好人好事寫好而取信於讀者，這是中外小說家的大難題。張系國對陳澤雄和詹樹仁這類要肩負「使命」的角色，非常 sentimental，這點很容易從字裡行間看出來。為了使詹這個好人不神化，張系國把他寫成一個有內省習慣的人，內心充滿了衝突：

> 他仍舊為情慾所困擾，雖然他現在已不那麼容易衝動，更能控制自己。他仍舊對死亡極端恐懼。……可是他是強者嗎？詹樹仁並不能確定。他甚至不能控制自己的情慾。他一直沒法戒掉自瀆的習慣。……不行，他

不夠堅強，他沒有資格救任何人。

話雖這麼說，當他聽到周蓉懷孕，誤以為是李海文幹的好事，就衝動得拿刀去刺殺人家。可是，他少年私戀著的林佩芬，患了骨癌，他卻沒有「偉大」到去向她求婚，讓她死前感到一些人間的溫暖。為此他一直感到不安。但也只限於不安而已。

由此看來，張系國似乎要我們接受一個事實。那就是，連「義人」都有缺陷，何況李海文那類「經濟人」？在利逐蠅頭，分秒必爭的社會中，照李海文看，與季湘雲約會的價值，實在比不上與廠商的約會來得實際。她既然不肯坐自己的車子到自己的家去，事後再坐計程車回來，只好拉倒。而季湘雲自己也是「經濟人」，當然是人同此心、心同此理了。

可是季湘雲說得也對，杜胖子、李海文這些人不是「壞人」。他們心中的荒原，是因自己的價值觀念選擇出來的結果。換了詹樹仁，他可能坐上季湘雲的車子了。但今天的臺北，已非雞聲茅店的臺北，而是財神大酒店的大都會了，能促成這種經濟成長的人，不是詹樹仁這種有內省習慣的人，因此李海文這類「經濟人」是好是壞，基本上也是個價值觀念的問題。

五

本文開始提到結構與細節選擇兩個問題。這一點與詹樹仁有關。詹和李海文的性格成強烈對比，顯而易見。李海文、杜胖子、季湘雲這種「空洞的人」的言行，我們前面已引證過了，而且印象鮮明。可是詹樹仁的內在生活（因為他是個有內省習慣的人），我們所知不多，僅知他對死亡恐懼，並且常為情慾所擾。「死亡」和「情慾」是兩個小說大題目，既是詹樹仁心態活動的一部分，那麼值得寫又應該寫的細節相信很多。可是張系國沒有在這兩個領域內細探，或者是礙難細探。就目前印出來的文字看，這兩個是虛懸有待完成的題目。

一部小說和一部電影一樣，「跳景」太多，就令人目不暇給，意猶未

盡。我想這與張系國對「話題人物」或「話題事件」特別感到興趣所致。有時可能明知這些話或人物，硬加插進去，無關結構宏旨，但因為太有「趣」了，情難自已。譬如說，「勵行獎」頒獎典禮那一幕：

> 范天穎說得不錯，不一會末獎頒發完畢，主辦人致了幾句謝辭，典禮就結束了。往外走的人堆裡，出現文穗屏憤怒的臉孔，一張麻臉漲得通紅。見到范天穎和李海文，他似乎抓到了發洩的對象，一逕說：「太不像話！太不像話！這些洋奴買辦，從來就沒有想到，文化必須從自己的泥土裡生長出來；眼睛只顧望著天邊的雲彩，卻忘了路邊的小花才彌足珍貴。」文穗屏痛心疾首的說：「這些出過洋的都不可信任，沒有一個可靠的！全該拉出去殺了以謝國人。」

真是此中有人，呼之欲出，雖然此人此事，對不諳來龍去脈的「鄉土讀者」說來，真是莫名其妙。但《黃河之水》既是一幅臺北風情畫，上面一景，自然不能不說是風情之一。

再來一個「跳景」。第 19 章杜胖子家裡，來了許多看他「封劍」的 beautiful people，范天穎是其中一位。只見他高談闊論：

> 「太不像話了，這樣鬧下去，非常危險。我反對他們，就是因為他們為反對而反對。反對得有理，我也贊成，這點民主政治的修養必須有的。為反對而反對，就不對了。況且他們自己說法也不一致，矛盾百出。這等人如果國家交給他們，怎麼得了？都是權力慾太重，可怕。」

又是一個呼之欲出的場面和聲音。李海文和季湘雲的對白，有許多英文所謂 teasing（逗弄）的地方。想不到做張系國的讀者也不容易，接二連三的受他 tease。幸好這種對白多出現於公共場合或雞尾酒會之類的地方，所以一到緊張關頭，張導演就用一個跳景換場。

　　張系國的下一部小說何時動筆，寫什麼，我們不知道。我們做讀者的，更不能借著代謀的告訴他寫什麼，怎麼寫。我們只有等待，並且希望張系國不斷的寫下去。寫出來的作品成功與失敗，有時不是自己控制得了的。但盡心的寫與不斷的寫，確實是作家的分內事。

　　張系國的三個長篇小說（我沒有把《皮牧師正傳》包括在內，因它不屬於這系列），由於作者一直密切地關心臺灣的社會經濟變化，所以每本都有其社會學意識上的參考價值。《棋王》如是，《昨日之怒》和《黃河之水》亦如是。

　　上面說過，張系國對小說人物的「好」和「壞」問題，有異於我們電視連續劇的道德標準。可是就拿張系國的標準來衡量，《黃河之水》也出現了兩個異數。一是趙子超的偷竊公款公物，不但沒有受到法律制裁，而且結尾時還以「好人」姿態出現。二是李海文和季湘雲，在杜胖子去西班牙前，明目張膽的去通姦。

> 他們終於進入別墅。他做得不好，季湘雲完全沒有反應。他們根本不該上山來。季湘雲去沐浴時，電話鈴響了，是杜方宇打來的。
>
> 「你們回來吧，客人都到齊了。」

　　中國新舊小說描寫貪汙通姦的，當然有好多，但像《黃河之水》那麼輕描淡寫的，未見前例。

　　這是現實的新起步？還是新寫實小說的第二步？我們不妨多談談這種問題。

（原載《明報月刊》，第 15 卷第 4 期，1980 年 4 月）

──選自劉紹銘《道德‧文章》
臺北：時報文化出版公司，1984 年 1 月

奇幻之旅
《星雲組曲》簡論

◎李歐梵[*]

　　這篇文章是張系國指定我寫的。我獲此殊榮，當然心情十分振奮，但又暗中不得其解：為什麼在所有的朋友中，張系國選我來寫，我既不會寫小說，又從來沒有看過科幻小說（科幻電影倒是看的，因為我是影迷），實在沒有資格談論這本科幻小說集。

　　再三猜測之後，只想到兩個可能性：一是我時常鼓勵張系國寫科幻小說，因為我認為他是中國作家中寫科幻小說最適當的人才，中國知識分子中，既精科學又懂文學的人絕無僅有——而且又會寫小說的，恐怕只有張系國一位吧。也許因為我鼓勵最勤，作者也就禮尚往來，給我寫序的光榮。

　　至於第二個原因，我想可能是張系國故意和我開一個小玩笑，這十篇小說，每一篇都賣了不少關子，作者不便點明，只好請我這個「批評家」解解題，猜猜他精心布置的科幻之謎。

　　（註：張系國你這個「不務正業」的傢伙，又出了什麼怪招？真想把我難倒，在讀者面前當眾出醜？）

　　根據這兩個猜測，我也只好勉為其難地寫一篇了。

一

　　且不論科幻小說在西方現代文學中是主潮還是末技，在中國現代文學

---

*文學評論家、作家。發表文章時為美國印第安納大學副教授，現為香港中文大學講座教授。

中，科幻小說是「珍品」，好的科幻小說，實在絕無僅有。（註：倪匡先生的作品在港臺非常轟動，我落伍了，至今還沒有讀過，十分不敬。）

我最近有一個怪想法：我覺得中國五四以來寫實主義的傳統，雖然促成了不少涕淚交零，動人心弦的作品，但是也無形中構成了一個寫實的框框：中國現代作家中，大部分都是寫實主義的路線（註：包括張系國在內，而且他也寫過論寫實主義的文章，觀點與我不盡相同），長此以往，似乎只有寫實的作品才是好作品。那麼，幻想呢？在沒有發明「夢幻天視」之前（註：見本集中〈翦夢奇緣〉一文），人還是應該有夢的，有幻想的，作家更應該有幻想。我認為幻想（Imagination）對詩人和小說家同等重要，而中國現代文學中真正屬於幻想的作品實在太少了。且不談古典文學中的〈桃花源記〉和《鏡花緣》，晚清以來，大多數的幻想小說——從梁啟超的〈新中國未來記〉、陳天華的〈獅子吼〉，到老舍的《貓城記》和沈從文的《阿麗思中國遊記》，都逃不了「社會」和「寫實」這個框框。〈新中國〉和〈獅子吼〉都是政治小說，寫的是未來的中國——成了共和政體，現代化以後的中國；《貓城記》和《阿麗思》卻是社會諷刺，用幾個怪角色來襯托中國社會的浮誇和虛偽，就文學的立場而論，這兩本小說都不算真正的科幻小說，因為內中幻想的成分太少了（註：《貓城記》開始幾章頗有創意，使人想到很多年後的一部電影《浩劫餘生》*Planet of the Apes*）。最近我又看到大陸上新出的一部中篇科幻小說——《珊瑚島上的死光》，故事是敘述一個中國華僑科學家被蘇聯間諜假冒商人戲弄，幾乎發明了對人類有害的武器，最後還是在力殲頑敵後，在珊瑚島上把實驗室毀之一炬，然後乘船回「祖國」，「為人民服務」去了。且不論其文筆如何，這又是一個政治意味甚濃的小說。

中國現代文學中的感時憂國精神（註：也就是夏志清教授的名文所說的「Obsession With China」）經過長期的「政治化」以後，真是變成了創作上的框框。我不禁要問：九億人口，難道沒有人真正能夠「幻想」嗎？

張系國的這一個集子，一方面表現了他自己的社會政治理想和對將來

中國的憧憬，另一方面卻也代表一種突破，他從寫實的框框裡掙脫出來，使神思遨遊四海（包括海底），真是帶給讀者不少新世界（和新的星系），讓我們坐上他生花妙筆的飛船，作了一次「奇幻之旅」。

二

　　張系國在一篇談科幻電影的雜文〈奇幻之旅〉中說到：「科幻電影的素材是幻想，幻想並不是胡思亂想，胡湊上幾個怪物、機器人、瘋科學家……絕對搞不出好電影來。比較好的科幻電影都有一個新奇的構想。一個簡單的公式是這樣：『如果……發生了，會怎麼樣呢？』」

　　這一段，恰可用在這本科幻小說集上，雖然張系國自稱「不務正業」，但卻從來沒有「胡思亂想」，本書中比較出色的幾篇小說，都有一個新奇的構想，套用他的公式，我們可以看出：

　　如果人工受孕發展成功，會怎樣呢？──〈望子成龍〉。

　　如果心靈感應式的「夢幻天視」（註：這個名詞非常有創意，電視變成天視，更是神來之筆）發明以後，會怎麼樣呢？──〈翦夢奇緣〉。

　　如果「轉世」真正實現了，會怎麼樣呢？──〈青春泉〉、〈翻譯絕唱〉。

　　如果「時間甬道」可以通車，將來的人可以自由出入於過去的話（註：妙的是不能去將來），會怎樣呢？──〈傾城之戀〉。

　　如果人造生命實驗成功的話，怎麼樣呢？──〈豈有此理〉。

　　諸如此例，還可以再舉下去（註：見「醒石」先生的《星雲組曲》簡介〉）。值得注意的是：作者對於「怎樣呢？」這個問題所提供的答案，卻並不簡單，而且有些還頗發人深思。

　　這一系列小說中很明顯的主題，是在未來的世界中，每一個新發明都會帶來問題：人工受孕生男孩，並不見得十全十美，最後還不得不配到一個醜孩子；人造生命成功，造出了妲己、褒姒、和西施，卻沒有為發明者帶來快樂；中國海底探礦的技術的發展，使 21 世紀的「中國聯邦」（註：

作者的政治理想？）強大，但卻也引起其他列強的窺伺和破壞；「夢幻天
視」發明後，人們從此卻沒有了夢。全書中最引人深思的一篇是〈城〉，作
者以「旅行指南」式的避重就輕的手法，描繪出一個「索倫城」文明發展
到了極致終於毀滅的故事。

　　我覺得張系國仍舊屬於科幻小說中的「文以載道派」，這一派作家，與
「機關布景派」的科幻作家不同，他們很擔心目前的社會「將會走到他所
反對的方向去，因此故意將他所不滿或反對的社會狀況加以擴大渲染，筆
之為書，以警惕世人」，文以載道派的目的既是為了喚醒讀者，「使讀者相
信未來社會可能發展到這般境地，就必須強調他筆下未來社會和今日社會
的共通性和連貫性」（註：引自張系國的一篇論科幻小說的文章——〈奔月
之後〉，收在《讓未來等一等吧》）。然而，作為一個文以載道的科幻作家，
張系國卻與寫《一九八四》的奧威爾不同，他一方面為將來的人類——甚
至其他星際的生靈——擔憂，暗示科學急速發展後，必會影響到社會和人
際關係，因為人類的價值觀不能隨之調整，必會產生種種危機（如〈鵷夢
奇緣〉、〈豈有此理〉、〈望子成龍〉等）。但另一方面，《星雲組曲》中有關
中國的部分，張系國卻相當樂觀。為求得未來社會與今日社會的共通性，
張系國用了不少臺灣的典故，譬如〈豈有此理〉中的大學就有點臺大的影
子，而且還提到臺北的三家電視公司，又如在〈歸〉之一中（註：陳若曦
只寫了一個「歸」，張系國卻寫了兩個「歸」），21 世紀的臺灣小姐，還可
以與蒙古少年談戀愛。最妙的是〈翻譯絕唱〉中蓋文族的語言，對於這一
代臺灣的讀者來說，恐怕並不陌生，因為這個「蓋」字是一般年輕人常用
的。

　　張系國對於臺灣的關心和熱愛，見之於他的《昨日之怒》，和《黃河之
水》，也更印證在他的科幻小說中：臺灣的小姐最聰明，臺灣的電腦工程師
設計了海底工作車，臺灣的科學家發明了夢幻天視、人造生命、和人工受
孕，〈傾城之戀〉中的留學生，恐怕也是從臺灣來的。誠然，目前臺灣的科
學進展較大陸領先，所以將來臺灣的科學對中國和世界必大有貢獻，這是

可以預期的。但是，除了科學以外，目前臺灣社會中的一些價值觀念，在將來的世界中是否仍然站得住腳？這是一個頗饒趣味的問題。

我覺得張系國的「思鄉病」和「中國情意結」已經延展到他筆下的未來世界中去了。《星雲組曲》人物的感情和人際關係，多少都有點中國味道，譬如男女間的愛情，從〈歸〉之一到〈歸〉之二，都是很純情的，甚至〈青春泉〉中那幾個藝術家與女主角敏雯的關係，也使我想到 1950 年代和 1960 年代臺灣大學裡的「文藝青年」，至於〈翻譯絕唱〉中的夫妻關係，〈望子成龍〉中的重男輕女思想，當然更是中國式的了。

事實上，張系國對於未來世界裡的中國社會，並沒有批判得很厲害。而且，還在相當的程度下肯定了某些中國現存的價值觀念。這一個「中國結」，是否在科幻小說的藝術領域中也有存在的價值？張系國突破了寫實的框框，但是否能超越中國？

這是一個足以引起爭論的問題。我覺得可以分三個層次來討論。

中國科幻小說中最低的層次，是令人一看就知道是目前中國社會，科學幻境不過是一個幌子，作者不過借「未來」以諷今（《貓城記》），或製造一個理想國來代替現在的中國（〈新中國未來記〉），這類小說，在內容上太過說教，在技巧上也太過簡單，很少有人成功地運用「雙重曝光」的技巧：「在現代社會的底面上複印了未來社會的幻影」（註：引自〈奔月之後〉）。較高層次的科幻小說，是把將來的世界作為小說的領域，而將中國人和中國文化的貢獻作為最重要的一環，我認為《星雲組曲》中的部分小說應該屬於這一類。而最高層次的科幻小說，我認為是蘊含著深厚的哲理，而且充滿了神話的小說，其所載的「道」，應該是與全人類、整個宇宙息息相關的「道」，中國文化中的哲理，可以推之於「星際」，以此來探討整個人類前途的問題。在《星雲組曲》中，張系國採用了幾個中國哲學和宗教中比較通俗的概念，譬如〈翻譯絕唱〉中就以轉世的幻想把「七世夫妻」的理想實現了。轉世和輪迴，源出佛家，但張系國卻把它巧妙地與威爾斯（H. G. Wells）的「時間機器」相結合，而創造出「轉世中心」、「時間

甬道」等「機關布景」，巧思之下也頗富深意，是值得讚賞的。

然而，《星雲組曲》中哲理層次較深的作品還嫌不夠。我認為全集中最出色的作品是〈傾城之戀〉，因為在這個戀愛故事的背後，充滿了神話的意象（開頭及結尾用幾乎重複的方式描寫蛇人攻陷索倫城，更是神來之筆）和哲理，而且，這一篇和與之互有關連的〈銅像城〉——也可以說是作者構思最龐大的作品，張系國在旁敲側擊之下，竟然創造了一個幾千世紀的「呼回文明」，而且還為之寫下了片段的興亡史，這一個星球上世界的塑造，顯示出張系國的幻想，終於超越了他的「中國結」，而臻入神話的境界（註：可能也受到 Vonnegut 的影響）。我一邊讀，一邊不禁想到《木馬屠城記》、《羅馬帝國興亡史》、聖經的舊約、司馬遷、廿五史、中世紀回教和摩爾人（Moor）的文化，甚至於佛洛伊德所著的兩本書：《圖騰與禁忌》和《文明及其不滿》，當然還有張愛玲的同名小說（註：張系國顯然把張愛玲這個發生在二次大戰香港的故事擴展到幾千萬年前後的神話世界，但二者最後的結局卻是異曲同工的——男女主角都是在一次「歷史」事件中無法分離，張愛玲小說中是被動，張系國小說中是主動，二張先後相映，誠可謂相得益「張」）。張系國「不務正業」的學養和構思的功力，實在令我佩服，我再加附註，還是只能看到一點浮光掠影而已。如果他在人物的塑造上再加一點功夫，這篇小說，將會與張愛玲的小說共同永垂不朽。

我希望張系國繼續寫下去，為呼回文化的各世紀仔細修史，以滿足像我這樣有「歷史癖」的讀者，我認為呼回族的歷史，足可構成幾部洋洋萬言的長篇小說，我且先為張系國訂一個書名：「索倫城興亡史」（註：〈銅像城〉一文可以作為「楔子」）。

使讀者完全忘記自己所處的世界而全心全意浸潤在另一個星球的另一個世界中，這才是科幻小說，而竟然還能夠為這個科幻世界寫出一套「全史」的人，恐怕除了美國的年輕怪傑 George Lucas（註：《星際大戰》的作者和導演，他也正為這一系列的影片「修史」）之外，只有中國的張系國了吧！

我寄望張系國全力以赴，不要讓未來等一等吧。

（註：無「夢幻天視」可看，只好寫稿。）

1980 年 9 月 7 日深夜於布城

──選自李歐梵《浪漫之餘》

臺北：時報文化出版公司，1981 年 9 月

回應萬物人神的呼喚

《星雲組曲》的詮釋意義

◎王建元[*]

以反叛精神衝擊主流文化

　　張系國的《星雲組曲》結集了十篇從 1976 年至 1980 年的科幻短篇，出版以來雖然極受歡迎，但似乎從來未得到比較嚴肅的批評回應。我在臺灣教學數年間，亦曾參與倡介科幻小說的工作，希望能改變一般人的歧視態度：以為科幻只是迎合潮流大眾的二流作品，而拒於文學的殿堂之外。

　　其實科幻小說也不乏嚴肅精采之作；其所觸及的問題也很深遠。但因為這文類的基本反叛精神，顯示要與主流文學領域劃清界限，自居於「次文化」的層面而不斷向主流衝擊，再則更具有一種反現代主義的功能，經常與「社會文化」思潮聯手，質疑批判現代主義以深入個人主體心理分析為目標，而忽視了社會整體價值的弊病。故此拿著評價 20 世紀文學藝術的一般工具，動輒說科幻不入流，說它非人性，人物刻畫粗糙膚淺等，都只能是一些從來不屑仔細閱讀科幻和缺乏另一套批評準則的門外話，須知科幻小說的獨特美學架構，在於蓄意將一個認知過程陌生化和戲劇化，故小說的主角通常不是一個人，而是一個新穎而啟人思考和幻想的科學理念。

　　但這並不意味人的因素不存於科幻，相反的，科幻的主要功能，在於想像和處理人類的環境怎樣演變，科學的可能發展怎樣在人的社會造成影響。而其中最令人怵目的「接觸」（encounter）主題，更是極有利於探討人

[*]文學評論家。發表文章時為香港中文大學現代語言及文化系主任，現為香港樹仁大學英國語言文學系教授。

究竟是什麼的手段。反觀現代主義作家悉力鑽營個人主體的心理潛層，但最後愈鑽愈深，流於虛無頹喪而不能自拔。故此科幻應運而生，通過獨具的手法，從一個「非」人的角度審視人非分的知識欲望和自欺欺人的種種弱點。這其中更涉及人與人之間的懸隔分歧，甚至人與非人之間互相了解的困難等哲理命題，而這些也就是本文要在《星雲組曲》各故事中加以探索的命題所在。

探索《星雲組曲》的命題

〈歸〉：「通訊」為主要母題

　　《星雲組曲》的十個故事中，都或多或少，直接間接地貫穿著人由於時空變幻，歷史文化衍化，認知模式分歧而產生詮釋、交通和了解這主題。第一篇〈歸〉是著筆輕淡的愛情故事；男女主角因一起在海底探礦站工作而生愛意。但主幹卻在於女主角在體內安裝了「心訊擴大器」而能與電腦控制系統進行「心靈感應」，一次由於她惱恨電腦好管閒事，好意安慰她而將「心訊器關掉」，未能及時接收不明物體的破壞的警報，故此故事中，「通訊」為主要母題，雖然作者對此著筆甚輕，但整個情節一直環繞著「瞭望室」、「偵察」、「與外界聯絡」等，而男主角「不懂得心靈感應」，對少女情懷一竅不通，連電腦也不如，更是極饒趣味的插曲。

〈望子成龍〉：了解的痛苦

　　第二篇〈望子成龍〉雖說是作者諷刺中國人重男輕女和虛榮心的小品，並未直接觸及詮釋這主題，但仍然透露了一些偏見以及誤解的基因。故事講述一個男人一直「堅持己見」，十年來因為「死心眼兒」和「絕不妥協」要生個男的，而失了當父親的機會，最後人口計畫局局員「了解他的痛苦」，「同情」他配給他一個剩餘配額。而問題卻發生在這對父母積極委託改良品種公司塑造一個優秀男孩，卻發現人口計畫局因為要從社會觀點不得不控制人口品種，「賢愚不肖一定要有適當的比例」，必須在多餘配額中改變遺傳基因。最後被委託的「代母」產下一個又黑又肥的醜八怪。這

故事道出個人意願與社會整體觀點發生衝突而造成誤會，故也就暗含對人類「了解」行為的能力的諷刺。

〈豈有此理〉〈銅像城〉〈傾城之戀〉：歷史詮釋觀

　　第三篇〈豈有此理〉因為涉及歷史詮釋觀，我把它與第五篇〈銅像城〉和第八篇〈傾城之戀〉放在一起分析，而第四篇〈翦夢奇緣〉卻直接將前面〈歸〉所提出的「心靈感應」母題發展開來。老實說，這個故事寫得並不怎麼成功，由於作者冒著離題的危險，忍不住要諷刺「反對天視聯盟」中的成員包括教授、詩人，比較文學家等，結果使得主題不太明朗，但毫無疑問，此篇利用「夢幻天視」這科技意念，展露一個人失去了做夢的權利的世界。「廉價夢幻奇景」一旦盛行，整個社會便染上了嚴重的心理病症，那就是馬庫色（Marcuse）所提出的現代人從現代公眾媒介得到的「假昇華」（desublimation）的症狀。故事一開始，「她張開心靈的眼睛，朝虛空望去，……她嘆了口氣，心滿意足，對他唱出心靈之歌。」當然，這種「神交」只是「將腦海中理想自我投射」的結果，最後必然會「阻止人類發揮天生的幻想能力」。因為「凡是腦裡裝設了天視收發機的人，都不會再做夢了。」

〈翦夢奇緣〉〈青春泉〉：空間與時間的鬥爭

　　〈翦夢奇緣〉敘述人們怎樣利用科技，企圖把彼此之間的空間距離縮短。但這種「神交」又只能是廉價的虛幻。而作者在第六篇〈青春泉〉中將這個神交意念放在時間差距的向度上，作進一步的探索。「轉世」一方面不能消除人與人之間的隔膜，妄想著享受後世的崇敬的藝術家所獲得的，只是發現他那「最最甜蜜的復仇」美夢，最後變成「最最難堪的折磨」。而另一方面，轉世更是一個自欺欺人的夢魘；在「夾在兩壁鏡子中間，前後都是永恆，重疊著無數個自我」的世界裡，男主角最後經歷了一場「老的我」與「幼的我」的爭奪戰，兩個不同時間幅度的重疊自我意識鬥個你死我活。自我意識在時間歷程中發生分裂，在很多科幻小說中，往往被轉帶入「我」與「非我」的接觸主題。非我可以是非人類或非我族類，甚至任

何具智慧的生命形態。但不論以什麼形式出現,非我仍然只能是繁衍自「自我」的分裂和延續。而第七篇〈翻譯絕唱〉便是一篇演唱出這個將「我」的理念架構橫加在「非我」的本體身上而妄談接觸了解的絕佳作品。

〈翻譯絕唱〉:文化與文化,我與非我的隔閡

故事的主人翁是位資深的翻譯家,他個性不愛動,不喜歡不熟悉的事物,但他工作上卻甚為謹慎,常提醒學生,「不論翻譯什麼語言,千萬不能大意,千萬不能自以為是。」一次,一個星球上發生了劫殺案,涉嫌的一族「人」說的是他們自己的語言蓋文。這位協助調查的翻譯家,在問案中間,發現他原先很有把握的蓋文,其實在語源的探究上是相當無知的。盤問幾個愛好「和平」知名的土著時,一部分問卷是這樣的:

問:「船上的貨物是從哪裡來的?」

答:「在蒙罕城買來的。」(蒙罕城是蓋文族的首都。)

問:「你知道不知道這是贓物?」

答:「我不懂贓物是什麼意思。」

問:「贓物就是偷來的東西,你偷過東西嗎?」

答:「我不懂偷是什麼意思。」

問:「偷就是不經對方許可,拿走對方的東西,你偷過東西嗎?」

答:「我從來不偷,我只從事正當的蓋貿。」(蓋貿是蓋文語裡交易的意思。」

問:「你從前有沒有犯罪紀錄?」

答:「我不懂犯罪是什麼意思。」

問:「犯罪就是法律不能容許的行為,例如你無故殺蓋文,就是犯罪行為。」(蓋文語裡的「蓋文」,相當我們普通語裡的「人」。)

答:「我沒有無故殺過蓋文,我只和別人蓋朋。」(蓋朋是蓋文語裡親熱或友愛的意思。)

這段問答本身簡直就是一個獨立的寓言，直指文化與文化、我與非我之間的隔閡，畢竟巨大如斯。對我這個從事比較文學的人而言，這更是一個譬喻比較模式的內在分歧性的絕佳例子。然而，這段對白的重要性，更在於一則使我們明白，唯有科幻這文類所獨具的表現手法，才能最適切地將詮釋這主題發揮得淋漓盡致；二則又同時證明了《星雲組曲》的確善加利用科幻的獨特功能。這是因為科幻本身最能處理已知與未知的辯證關係。從理論的角度看，科幻小說的美學結構既然在於一個認知能力的陌生化過程，它的作者往往將場景設計在已知和未知、熟悉和陌生之間；將他的想像性架構加於現實經驗世界之上。例如〈翻譯絕唱〉一開始的「我從事翻譯工作，已經有七百多年了。」「翻譯」是我們熟悉的事，但一個人翻譯了七百多年，卻立即硬生生的將讀者從現實世界抽離，強迫我們進入一個以「認知」為主題的幻想世界，放在人與人、我與非我之間的互相交通了解這個向度，翻譯本身便正是一種詮釋行為了。故此這故事的主旨喻意，便是闡述我要了解非我的困難。最後主角無意中發現了「蓋」的原始意義，乃是指稱「吃人後滿足的呼聲」。故此「蓋朋」就是吃人，蓋文人就是吃人族。張系國固然在這裡開個玩笑，意謂臺灣的年輕人喜歡用「蓋」這字來形容一切難以形容的事物。但放在較嚴肅的層面上，這故事的詮釋寓言性是不容置疑的。

〈翻譯絕唱〉又再一次證明了科幻小說的形式與詮釋的內在關係。而科幻作家一直都企圖通過科學理念的推想，來塑造人類理念能力以外的具體形象。但與此同時，就算是外太空的冒險，卻只能回歸到內在心理空間的探究，因為所謂外星生物或是「地球以外有智慧生物」的描繪，到頭來只能從人的角度出發，用人的語言表達一個完全陌生的「它」，例如我們將「ET」翻譯為「外星人」，這個橫加上去的「人」字，的確展示了無論人類如何努力，他所能描寫出來的，只不過仍是人的種種而已。另一方面，人類一直堅持人為萬物之靈的虛榮心，最後終會被某些比我們更「靈」的「什麼」毫不留情地毀滅。像在第九篇〈玩偶之家〉的人類，已變成超越

人類智慧的機器人（唉，又是人）的玩具。可憐那時的人類，居然還被叫作「靈靈」呢！

歷史詮釋觀的展現

詮釋學或了解行為在近代哲學思潮中，成為一門觸目的學問。而現象詮釋學指出，研究詮釋行為的關鍵，在於了解人的存有與時間的關係，故此時間結構、歷史、傳統等均是極重要的環節。而《星雲組曲》的〈豈有此理〉、〈銅像城〉和〈傾城之戀〉一則是整個集子的重頭戲，二則是張系國將他的歷史詮釋觀展露無遺之作。〈翦夢奇緣〉的一位詩人曾慷慨激昂地要「向歷史交卷」，而〈豈有此理〉卻有一個科學家不只想「跟古人講話」，更野心勃勃地要「還原古人的精神面貌」然後據為己有。他的理論是「人的精神活動」所留下的痕跡的「沉澱」可以被「過濾和重組」而重現。結果他成功重組了妲己、褒姒和西施三大美人，享受左擁右抱之樂。故事結局雖然由於主角誤解歷史真義和違反自然規律終而不得好死，但重心並不在此。主旨是提出人類永遠懷著重建歷史，「讓古人和今人直接交談」的普遍願望。這些「還原古人精神面貌」和將「人類過去的歷史活動完整無缺的重新呈現」等意念，我想我們這群文學批評者必定覺得似曾相識，也會令我們聯想到文學詮釋的其中一種歷史觀。它類似史萊亞馬赫（Schleiermacher）和狄爾泰（Dilthey）的歷史詮釋觀。大致上它肯定了一個人的個別經驗與他整個歷史背景的存在的往復互涉關係；故此詮釋的目標，便是冀求盡量的追尋歷史真相。

然而，屬於現象學的詮釋學家伽德瑪（Gadamer）卻批評這個企圖重建歷史和要求認識古人比古人認識自己更深的歷史觀，缺乏了一種真正的「地平線的化合」（fusion of horizons）的對話過程。葛氏主張以一個我向「您」或傳統全然地開放懷抱，以一種不將現在昇華為真理頂點的態度來參與、接納和容許向我發出聲音、訊息的另一個人。傳統一方面向我們說話，但我們又必須緊記自身也共同隸屬於傳統，推展傳統，而不是它的發

言人。不消說，〈豈有此理〉的主角多少犯了以上那種虛幻歷史觀的毛病而自招惡運。雖然他也提出「現實世界就是過去歷史的總和」和「我們沒有必要追索過去」，但整個故事的取向，仍然向企圖重建歷史欲望的人類提出警告，明白指出與歷史建立一種「不健康」的關係，必定會帶來無窮的禍害。

「歷史的沉澱」在〈銅像城〉卻變成了一個愈鑄愈大的銅像。此篇氣勢最為宏博，讀後使人驚心動魄，久久不能平復。最成功的地方，當為一個類似伽德瑪的歷史性廣闊面的建立。說到歷史，將未來呈現在歷史的透視中，本來就是科幻小說最獨特之處，非其他小說體類所能做到。本篇可說是將此特色發揮得恰到好處。它以「摘自索倫古城觀光指南」為形式，將「史實」、「傳說」、「典故」、「神話」揉合為一整體，結果是戲劇性地引導讀者直探「歷史的離奇」本身。整個故事的核心，在於要求讀者充當「未來的史家」，「繼續考證這些離奇的歷史」。

我們當然可以問：故事中的銅像代表或象徵什麼？我們也可以從〈銅像城〉這三個字入手，猜想是否在諷刺一些銅像充塞的城市。但「這些離奇的歷史，究竟和銅像有何關連？」卻是讀者最關心之處。其實銅像就是歷史本身；索倫城中每一個人對銅像的傳誦和詛咒，也就是對歷史的傳誦和詛咒。銅像之「不能不鑄」，正因為「沒有人敢違抗傳統」。傳統的建立和伸延，可以出自戰爭的暴力手段，也可以由人類在其「身上添加一層外殼」（此處真是神來之筆）。在戰亂動盪中，人們以改造歷史為己任；在繁榮盛世時，卻又不得不修飾傳統，以增威信來保存既得利益。但不論如何，歷史傳統可以是一個民族文化的光榮事蹟，也可以使看它一眼的人「都會心膽俱裂」。

這個傳統的正負面的相互交錯，也就是所謂「歷史的離奇性」了。再之，傳統或歷史的另一特徵，便是它一旦發源，就會「一心一意繼續生長」，甚至故事中「氣化」的最終手段，也只能消滅它的形體，卻不能阻止它「再度凝聚成形」的靈魄。索倫市的人與銅像（歷史）的關係不止密切，

更是二為一體，互為表裡。人人的生命精神中有銅像，而銅像卻「成了無數人物的綜合像貌」；它不只是「一個有生命的東西」，更使人「面對銅像時」，感受到「似乎整個呼回歷史的眼睛都回望著他」。張系國這個歷史詮釋觀，無疑反影了伽德瑪的「歷史連續運作意識」（wirkungsgeschichtliche Bewusstsein）。[1]但真正回應這20世紀西方哲學思想體系而又具體地以戲劇化演出這個循環歷史觀的，卻出現在第八篇〈傾城之戀〉中。

感性文字描寫存在哲理

這是一篇蕩氣迴腸，史詩的氣派混和了淒怨感人的作品。〈銅像城〉開展了一個大時代、背景與整個傳統變遷的地平線，而〈傾城之戀〉則從這大時代背景中，選擇並對準了一個焦點，將鏡頭拉近，突出了一雙男女的戀歌。作者細緻地刻畫他們處於戰亂殺伐和柔情似水之間。時空交錯的場景安排，使得他們出現和消失於兩個相隔數千年的時代。男主角王辛是個研究「呼回文明」的古代史學家。一次由朋友帶他通過「時間甬道」回到「安留紀」參觀「蛇人」攻陷索倫城的悲壯場面而「深深受到感動」。此後變得不能自禁地溜到安留紀去觀看古城的陷落；最後竟然更直接參加索倫城的防禦戰。另方面，女主角梅心卻是一千年後的未來人，因為回到王辛這時代研究史學而愛上了他，跟著雙雙捲入了整個以歷史為經緯脈絡的漩渦。

所謂歷史漩渦，便是作者於此經營了一個氣慨恢宏的歷史現實，一個非科幻小說所不能經營的歷史現實：

> 呼回人的史學研究獨步宇宙，乃是玄業紀呼回文明的最大成就。宇宙億萬星球裡，只有呼回人早在一萬年前就編纂成功包括過去未來的完整呼回文明史。在這以前各星球的歷史都是不完整的歷史，只記載過去，不

---

[1]*Truth and Method* (London: Sheed & Ward, 1975), pp. 267-273.

記載未來。自從呼回人開闢時間甬道後，史學研究步入新的領域。歷史不但包括過去，也包括未來。呼回的歷史學家、人類學家、社會學家⋯⋯穿梭往來各個世紀，野心勃勃的蒐集第一手資料，編輯宇宙第一部全史。

問題是，太徹底的宇宙全史卻反過來導致呼回文化由於缺乏好奇心和希望而陷於滅亡：「呼回人既然完全了解歷史未來的發展，又洞悉呼回文明必然盛極而衰，從此喪失了繼續努力的鬥志，聽任呼回帝國崩潰。」誠然，「完全了解歷史」等於將歷史完全客體化；而張系國在這裡也就說明了企圖站在歷史的末端來「研究」歷史是虛幻的。相對地，王辛與梅心明白歷史與未來為一「堅實的存在」，更體驗到切身參與的重要和可貴。

被稱為「廿世紀的一個不屈服於要超離和遺棄歷史之誘惑的哲學大師」的海德格[2]的確不遺餘力地強調「存有」與時間和歷史的密切關係，他將人的詮釋過程緊繫於時間的「情況性」（situatedness）中，反映了存有的「事實性」（facticity）和「被拋入性」（thrownness）。而〈傾城之戀〉正是將這個存在哲學的理念用極感性的文字描寫出來。王辛那冒著破壞「歷史的完整性」而「陷入」歷史的震動天地的感動，正代表了一份毫無保留的面對、涉入和對存有作自我開放的情操。關鍵不在於他要改寫索倫城的歷史，而是「在城陷時，我必須在那裡」。對王辛而言，「時間就跟這片原野一樣，永遠結結實實的存在著」，當他步行「走過一個世紀又一個世紀，一個時代又一個時代」，他深深的「體驗到時間堅實的存在」。

這種將自身存有的一切可能性投射出來的人生觀，最後落實於王辛與梅心那份悲壯哀豔的感情上。這雙戀人處身一個歷史時代交錯的結構中，最後不顧一切，成功地爭取一個既真實又精純的存在經驗。而這特別的一刻的精純可貴，又可以引證於海德格的對過去現在未來的演繹：

---

[2]Frank Lentricchia, *After the New Criticism* (Chicago: Univ. of Chicago Press, 1980), p.81.

唯有「現今存在的存有」（Dasein）亦為一「曾經──現今的我」（I am-as-having been），它才能以一回歸的姿態而又未來地迎向自身。本著這真純的未來性，存有的現今存在亦是其曾經存在。一個人對自身的極度改變的預期能力，即是了然地回到自己極度的「曾經」（been）。唯有它具有未來性，存有才能真正地「存在」（be）於曾經之中。「曾經存在」的特性在某種情況下是由將來所締造的。[3]

海德格這段話讀來艱深難懂，但至少用王辛與梅心的經驗可以作某個程度的具體詮釋和感性演繹。至此，現象學詮釋觀對時間的重視，科幻小說將未來呈現在往昔的透視中的獨特能力，以及〈傾城之戀〉這參與歷史的衝動，三者的關係可以說是互相影照折射。梅心這個未來的人，最後選擇與王辛並肩投身過往，深徹的體驗到真純的現今存在的存有：

她緩緩脫下碎玉串成的長袍，他明白這意味著什麼。他不能再回去，她為了他也不回去了。在浩瀚宇宙無數星球之中，在億萬光年無邊的歲月裡，他們偏偏選擇了這一刻活著，沒有過去，也不再有未來，只有這一刻。

這種人與人，人與世界的徹底互相開放的感人場面，正是詮釋者向萬物人神的呼喚招手作出回應，進而邁入一個新的視野和存有地平線，得以盡量擴拓他的存在畛域。而我相信，這也就是張系國在整本《星雲組曲》所要悉力經營的主旨所在。王辛、梅心固然不能再回去自己的時代，但他們偏偏選擇這一刻活著，卻反過來真正體會到一個未來地迎向自身的回歸。《星雲組曲》的最後一篇，與首篇同名的〈歸〉，又再一次的標示出回憶的「實在性」。若要真正的體會過往這實在性，生命必須全然投入。這故

---

[3] *Being and Time*, trans. John MacQuarrie and Edward Robinson (New York: Harper & Row, 1962), p.276.

事以童話形式揭示了「講故事」與「聽故事」的循環哲理，重申「已故」
的現今存有。「故事之永遠不會重複」，是因為對生命的詮釋必須清楚體認
到現在的參與。而真純的一刻的獲得，也就必須本著一種全心全意以一己
的「故事」為「依歸」的人生態度。

──選自《當代》第 32 期，1988 年 12 月

萬古常新的缺憾
試論張系國的《不朽者》

◎萬胥亭*

　　《不朽者》被稱為「遊子魂組曲」下卷，上接《香蕉船》，實際上《不朽者》的主題或中心與《香蕉船》頗異其趣。二者都是所謂的系列小說，猶如搖滾樂之概念專輯，每篇作品都是一個側面，可獨立視之，一系列的作品亦可合而為一整體的意念或世界。《香蕉船》所處理的是「人的掙扎，或者應該更明確地說，是人的浪跡，身體和精神的飄泊」（楊牧序），如果就這一層說，《不朽者》與之並無二致。但這樣說未免太汎，太籠統了。精確一點地說，《香蕉船》所處理的是這一代的海外中國人普遍的生活情狀，主要是飄泊和歸屬的困擾。堪稱是當年留學生文學的經典之作。而《不朽者》所處理的，就時空而言，已從海外移到本島，書中諸篇的主人公只能在廣義上說（譬如存在主義的說法）是遊子。《不朽者》的主題堪稱更現實，更大膽，甚至於更煽情，即：性與政治。張系國將這兩個禁忌的主題錯綜重疊，表現得淋漓盡致，一點也不流於煽情低俗（不像當前許多標榜大膽前衛的新銳作家，其實比那些「為藝術而犧牲」的豔星高明不了多少）。尤其是政治問題的處理，張系國真的是坦蕩磊落，遊刃有餘，絕不窘迫兢兢。充滿偏狹的意識形態的黨外作家固不以相提並論，高明傑出如陳映真、劉大任者亦微有遜色。

　　這一切實由於張系國作為一個傑出小說家的兩大資稟：「入於其內」的敏銳的現實觀察力，以及「出於其外」的形而上的靈視。不知哪篇書評曾

*文學評論家。發表文章時就讀於政治大學哲學系，現為成功大學中國語文學系副教授。

說過，張系國是個很能進入情況的作家，誠然，張系國筆下的現實總是親切而又新奇，無論是痛苦或快樂，都令人感到津津有味。這或許是作家所特有的一種生命力的透視和貫注。但僅僅如此，也只能停留在黃春明或王禎和的層次，張系國同時也是現代中國作家中少數真正具有哲學心靈的一位，並且能夠分辨哲學與文學的界限（這很重要，否則就會產生像無名氏那樣令人不忍卒睹的哲理小說）。張系國的哲學洞識早見之於《棋王》及《星雲組曲》，《不朽者》的代序更以筆記格言的形式直接展示了張系國一些基本的哲學觀點。但是並無必要按圖索驥地找尋這些格言與小說的關連，文學與哲學畢竟是兩個不同的範疇，雖然二者有密切的關連，但絕不是一對一那麼單純。形上與現實的關係亦是可分（distinct）而不可離（separate），我們相信真正的文學絕不是先有一套抽象的理論架構，再去構想具體的事件來符應，這樣做即使能發人深思，終究是二流的文學，就像《一九八四》、《美麗新世界》之類的作品。張系國最好的作品都能把人帶入最具體的情境當中，即使像本集中極度形式化的〈決策者〉亦是如此。

　　《不朽者》的兩大主題是性與政治，政治不外乎是權力慾如何展現的問題，性與權力是人類慾望兩種最主要的表現形式，也可說是人生兩種最重要的意義實現方式。有人想將性慾化約為權力慾，也有人想將權力慾化約為性慾，其實兩種慾望都是對於他人的一種主宰和支配，是一種想要成為主體的衝動，一種對形而上自由的追求，依沙特之說：「這種慾求往往是建立在將他人化約為客體的基礎上。」張系國在代序中嘗復述沙特的思想：「人追求尊嚴，而我的尊嚴建築在別人對我的膜拜上面。可是我不能知道別人真正想什麼。我希望把別人化為物，但又不能真正把別人化為物——物不會膜拜我，只有人才會膜拜我。我的根本矛盾在此。」對於沙特而言，自為主體（intersubject）是不可能的，布柏所說的「我與你」（I and thou）的關係只是一個神話。性與政治之所以帶給人生如此多的困擾，便是由於這種人際關係無法兩全的缺憾。張系國雖未必如沙特那麼偏激，但至少很能體諒這

種沙特式的困境和無奈。

　　本集中恐怕以〈決策者〉和〈征服者〉兩篇的藝術成就最高。形式與內容都出人意表，並且配合完美。〈解鈴者〉與〈不朽者〉都是水準之作，〈領導者〉一篇稍弱，像黨外雜誌的作品。

　　〈決策者〉探討的政治是廣義的。它以出人意表的試卷形式展示出一段學術圈內人際關係的傾軋。在文中第 12 題解釋何謂政治，就有一項沙特式的定義：「政治是最精純的人際關係。人與人間只有一種基本關係——主奴關係。你是主我即是奴，你是治者我即是被治者，你是王我即是寇。」

　　〈決策者〉的形式是極堪玩味的。文中的主人公，也就是作答者，是一個年過半百的教授，一個靠替學生評分以維生的人。如果人生也像試場，必須面對一道一道的考題，他自己的一生是否及格呢？根據作者所附的標準答案，他的一生許多重大的決定都犯了嚴重的錯誤，在人生的試場中，他是徹底的不及格？讀者或許會問，又是誰在出題呢？誰有資格去考人呢？主考與被考的關係未嘗不可視為一種廣義的權力關係。每個人都想考人而不想被人考，而每個人終究逃脫不了被考的命運。最後的主考者是誰呢？命運之神？上帝？形而上的至高決策者？在他面前，又有幾個人可以及格通過？

　　〈決策者〉的形式之妙是很難傳述的，但前文已說過，它不只是形式的設計，它所呈現那種人生的困境，主人公重蹈覆轍，一蹶不振的絕望和疲倦——是如此的具體動人，只有在契訶夫的小說中才能找到相似的境界，一種對生命的極限之無可奈何的觀照，以獲得一種無法超越的超越。

　　〈征服者〉一篇偏重於性慾問題的處理，旁及權力慾問題。它的技巧形式亦是一新耳目。意識流式的蒙太奇跳接得十分大膽，卻不令人感到突兀生硬，反而有一種內在的節奏律動帶領著讀者。全篇一開始就是「精采鏡頭」，三流歌星的女主角與三流詩人的男主角做愛，女的卻要求在上面，象徵的意味不言可喻，整篇小說實在是沙特哲學最好的例示：人透過對客體的占有（包括性愛，藝術創作，政治權力等形式）以獲得意義的不朽，

終究是一種無用的熱情。

〈征服者〉也是全集中最有文字魅力的一篇。許多片段獨立視之都是玲瓏剔透的散文詩，譬如底下這一段：

> 火車在黑暗之絕域裡奔馳，世界逐漸在變形，無限的黑暗化為有限的蒼茫。紫色的原野慢慢呈現在眼前，山的輪廓變得分明，窗外的電線忽高忽低，彷彿震動著的琴弦。火車轉過山麓，一束金光陡然從一小方池塘上反射入車廂。他痛苦呻吟了，轉頭一看，車廂內滿滿都是慘白無助的臉孔。[1]

雖沒有司馬中原的〈黎明列車〉那麼浪漫繁麗，但另有一種蒼茫精微之致，遠勝陳映真《夜行貨車》的感傷濫情。

文字魅力的另一展現便是床戲的描寫，文中每一段床戲無不極盡纏綿之至，餘韻無窮，卻出之以乾淨俐落，沉著痛快的白描筆觸，將那永遠無法填滿和超越的慾望深淵展露無遺。

與本書同名的短篇〈不朽者〉，有點像現代閨怨派的作品，描寫一對漂亮能幹的姊妹從一個男人流浪到另一個男人之典型的現代女性悲劇。不同的是，姊姊的情夫是一個黨外的政治人物，妹妹的情夫則是為富不仁的奸商。透過這兩個人物的描繪或多或少影射了一些現實狀況，使得這篇小說超越了閨怨派作品的小圈子。

〈解鈴者〉用第一人稱的筆法敘述一個三流散文作家牽扯入一個女讀者的婚姻危機。三流作家原以為可以演出一段動人的情奔，沒想到卻被那位女讀者利用，用來刺激她丈夫的醋意和愛意。乍看下，故事和技巧似乎都略嫌平淡，其實是頗堪玩味的。它反映了小市民生活的平庸和無奈。那位三流作家最後自我解嘲地說：「幸福原只存在於人生某些短暫的瞬間，唯

---

[1] 張系國，〈征服者〉，《不朽者》（臺北：洪範書店，1983 年），頁 112。

有缺憾能萬古常新。」

　　一人之不朽或許就在於他永遠有一些無法彌補的缺憾。

原載《政大文藝》第 8 期

——選自《洪範雜誌》第 25 期，1986 年 2 月 5 日，2 版

現代沙豬的危機意識
評張系國的《沙豬傳奇》

◎李元貞*

　　翻開張系國的《沙豬傳奇》目錄前的扉頁，有一句俏皮話：「女人是／男人世界裡的黑洞」，足以說明這本集子的主旨，一方面將現代女性定義在與傳統女性一樣的身體意象「黑洞」上，另方面又借「黑洞」這個解釋宇宙的科學名詞，來說明女人的威力無窮，使得現代沙豬一個個掉到黑洞中被扭曲變形，流露出現代沙豬在男女平等思潮下對兩性關係的焦慮與敵意，表面上是恭維女性之威力，實際隱藏著現代沙豬對兩性關係面臨調整的危機感。

　　此本集子裡面的七篇作品，有四篇是以非常通俗而煽情的手法，來寫現代社會裡的男女關係，像〈從天空落下來的人〉、〈愛奴〉、〈試妻〉、〈殺妻〉。而第一篇〈續集〉亦寫得很通俗、浪漫，只是煽情的程度略減。其他兩篇像〈一千零一夜〉及〈匈奴北徙記〉，除流露了現代沙豬的危機意識外，因其深刻的題旨較隱晦，難與前五篇在一般讀者的心目中爭寵，對讀者的影響力恐怕較少，較難將現代沙豬自我反省的深意傳達出來，殊為可惜。

　　前五篇的男主角，像〈從天空落下來的人〉中的好人王博恩與壞人鄒野，〈愛奴〉裡高大魁梧的性愛玩家胡奇峯，〈試妻〉中既好色又愛查妻照的莊慶典教授，以及〈殺妻〉裡瘋狂愛寫殺妻方法日記的吳子喬，加上〈續集〉裡事業失敗後騰達的沈子平，一個個都在現代女性（包括古典風

*作家。發表文章時為婦女新知基金會董事長，現已退休。

味的景玉蘭）面前跌倒，甚至墮落、自毀。作者對這些男主角的個性缺點，也不留餘地地冷嘲熱諷，像好人王博恩的脆弱本質，鄒野的粗暴無能，莊慶典的好色慳吝、陷於粉紅色圈套的愚蠢無奈，胡奇峯的自大冷酷、大意失荊州的性瘋癲，加上吳子喬自怨自艾而陷入精神分裂症，不敢面對殺妻之事實，竟在法庭上看見蒙著黑紗又像自己妻子的女人——這是作者有意將妄想狂的幻影寫得如濫情片一樣哀感頑豔，讓這些沙豬們一個個下場楚楚可憐。只有〈續集〉中的沈子平，在妻子離婚他去後，痛定思痛，不再大話連連而抓住了發財機會，造成以後其妻的重回懷抱，以及〈從天空落下來的人〉中那位不好不壞的敘事者小季，因未受到丁小佩的誘惑而未掉落在黑洞中，保持住正常生活的安穩。由於沙豬個性都有人性的缺點，他們遭到不好的下場，自是情理之常，似乎看不出作者要為沙豬講話。但是，這些沙豬的人性缺點，若在傳統社會裡則較不會出太大的問題，是因為到了現代男女平等的社會裡，才遭到大的挑戰，所以作者在後記裡要「中國男人必須覺悟，不能再當沙豬，娜拉出走，沙豬懺悔，中國男人往何處去？」來告訴讀者「現代男人真命苦」的處境。

再看這五篇的女主角，除了〈愛奴〉中的莎莉較有柔情外，其他像〈續集〉裡的沈安妮、〈從天空落下來的人〉中的丁小佩、〈試妻〉裡的三位佼佼者何恕、顧秀霞、景玉蘭，〈殺妻〉中的胡玉珊，一個個都是聰明美麗但現實厲害，甚至冷酷無情。即使柔情的莎莉，在洞悉胡奇峯的自私以後，雖然送給他引人性遐思的鋼手銬，終也不聲不響遠離，讓胡奇峯害了性瘋顛的不治之症。作者在諷刺胡奇峯的沙豬醜態的同時，也暗示了柔情莎莉的強悍。五篇中除莎莉的強悍引人同情外，其他六位女主角皆與故事中的沙豬一樣，具有自私、算計的人性。在男女都缺少真情的鬥爭中，女主角比男主角更冷酷無情，甚至沒有原則。拿丁小佩來說，形象上是個白衣聖女，走路姿態優雅，骨子裡則是個花癡（只有粗暴的性行為才征服得了她），同時她對任何男人都可以勾引合作而無真情（文中說她只對收銀機癡情）。沈安妮對沈子平雖有舊情，但在沈子平連連事業失敗下即有美國男

友，等沈子平騰達後又設計遇到沈子平，輕易利用沈子平對其舊情難忘而重修舊好，兩人之間誰比較現實利害，可一目瞭然。至於胡玉珊被殺，固然十分令人同情，但胡玉珊體形如白象般凌駕吳子喬，看見吳子喬發洩式的殺妻方法日記，並不體貼到丈夫的內心痛苦，只一口咬定其想殺自己的惡毒心思，理性得近乎冷酷，真是逼瘋了吳子喬，也逼死了自己。再說到〈試妻〉中的三位美女，何恕被描寫成一味往高枝爬的漂亮女博士，顧秀霞則是利用同學何恕之美來揀教授夫人便宜的女大學生，景玉蘭則用傳統陰柔使壞之術整死莊慶典，達到人財兩得的最終目的。這三位美女與莊慶典同樣自私自利，最後莊慶典卻被三位美女打敗了，可見活在現代社會的男女，在男女平等思潮下，女人如何地凌駕男人呢！女人的機會一多、權利一多，使出女性陰壞（黑洞之意的引申）更容易，且不會像傳統女人那樣受到酷刑（景玉蘭比潘金蓮幸運多了，因其生逢此時吧！），充分流露出女性權力高漲後，男性自然湧現的危機與焦慮感。亦可說明張系國在現代男女平等的思潮下，對兩性關係的思考程度，正符合美國華人及臺灣中國人一般男性的反應，即只注意到男女地位升降中誰占上風的問題，屬於兩性解放思潮下負面的現象，並未掌握到兩性解放後正負現象混雜調整的複雜內容。作者雖然寫出了部分的事實，即男性地位的下降所引起的危機感，即女性地位上升，較可以堂而皇之地與男性一樣自私自利，但作者只傳達這種負面的訊息，對男女平等與兩性解放思想及社會發展過程的思考，不免失之片面及單調。尤其在女性角色的塑造上，缺乏個性及血肉之軀的具體描寫，易給人櫥窗模特兒的道具感受。

　　然而，張系國在〈一千零一夜〉及〈匈奴北徙記〉中，雖同樣沒寫出任何複雜的女性人物，卻對男性沙豬自身有了深刻的批評。〈一千零一夜〉是作者討論「創造」的問題，不但有趣地以己身寫作的情況（妻女對作者的寬容關懷）來檢討寫作本身的意義，而且以一則香港小報上象棋棋癡盧元抱著母親屍體餓死的社會新聞，隱喻了男性依賴女性──母性才能創造的含意，因為男性皆從母體而出，母體是生命創造的原始動力，然後男性

又被女人（母親加妻女）餵養服侍而大，男性卻握筆而驕傲自大，以為自己是創造者，實在是不該。作者並在其中又借用阿拉伯女說故事者色赫拉沙妲《一千零一夜》之典故，表明男作家的寫作追求，竟也有超越不過女作家的地方，因而感到男作家驕傲自大的原罪。另外，在〈匈奴北徙記〉中，作者藉皮爾遜博士編造出的櫥中少女小傳，也有趣地批評了男性學者對女性的歷史記載，恐怕也常常假學術研究的方式編造了不少幻想中的女性來。而且何者是虛何者是實，何者是沙豬腦中的幻覺，何者是女性真實，單看文字記錄、單論學術研究的方法嚴謹，實在都是真偽難辨，隱喻出男性學者的沙豬意識形態，十分自以為是，且很習慣對女人自欺欺人。

這兩篇作品放在張系國的《沙豬傳奇》裡面，雖然是較不討好一般讀者的故事，也流露出沙豬對自己所作所為的危機感（男作家與男學者不能再自大下去），卻進一步作了自我檢討，超越了男性作家本位的局限，的確在男女問題的思考上十分深刻，該為張系國喝采。可惜的是，這兩篇作品的說理性比戲劇和煽情的傳奇性格濃厚，易被粗心的一般讀者忽略其深刻的含意，無法敵過其他五篇所輕易傳達的消息。

──選自李元貞《解放愛與美》

臺北：婦女新知基金會出版部，1990 年 1 月

歷史與銅像
評張系國的《一羽毛》

◎李有成*

　　張系國在《一羽毛》的〈後記〉中說，就他而言，科幻小說的人文意義乃是「歷史浪漫情懷的再現」。[1]至於什麼是「歷史浪漫情懷」，作者並未細加說明，我猜測其中或許包含著對歷史發展中另一種可能性的反省，這一點可見於張系國對石達開和毛澤東的長征結果所引發的困擾與惋歎。《一羽毛》所敷演的，依我看來，正是歷史進程中另一種選擇的檢討：時空妖孽的出現，造成時空錯置，智者阿占與戚姑娘竟脫離他們當下的時空，進入三年後的呼回世界，並且親身參與光復索倫城之役（雖然功敗垂成），最後目睹銅像教主為時空妖孽所噬，而索倫城終為呼回世界的原住民蛇人、豹人、羽人和蓋文人所破。正確無誤的呼回全史也因此出現錯誤，因為「史書裡的史實都被時空妖孽破壞掉，已經完全喪失價值」。[2]換言之，整個呼回世界的歷史因時空妖孽的介入而不再依原先的進程發展；阿占說得好：「自從時空妖孽出現之後，一切都不確定了」。[3]不過，即使沒有時空妖孽出現，歷史真的是那麼確定的嗎？

　　《一羽毛》中的歷史其實是一堆瓦礫。「縱然是花果飄零，索倫城終將復興。」這句話彷彿魔咒，呼回世界的人大概都會琅琅上口。但是正如戚姑娘所質疑的，「如果這信念是錯的呢？如果索倫城已經萬劫不復，這麼多

---

*文學評論家。發表文章時就讀於臺灣大學外國語文學系，曾任中央研究院祕書組主任、歐美所所長、中央研究院歐美研究所特聘研究員，現已退休。
[1]張系國，《一羽毛》（臺北：知識系統出版公司，1991 年），頁 204。
[2]張系國，《一羽毛》，頁 149。
[3]張系國，《一羽毛》，頁 157。

人的犧牲，為的是什麼？」[4]我們看《一羽毛》中所敘述的呼回歷史，只見血流成河，死屍枕藉，甚至滅族滅種的事，也不乏實例。這樣的呼回歷史——似乎這也是人類的歷史——使得有關歷史主體與目的的爭議顯得矯飾而毫無意義。讀《一羽毛》（以及「城」的其他兩部）不時讓我想起卞雅明（Walter Benjamin）的〈歷史哲學緒論〉（"Theses on the Philosophy of History"）。卞雅明顯然懷疑歷史事件的必然性，也不信諸多歷史事件組構起來即可導出進步的觀念。他說：歷史的天使面對過去，「在我們看到一連串事件的地方，他看到一場殘骸堆積著殘骸的災難」。《一羽毛》一開始就是一片死傷與火海，結束時整個索倫城更是城毀人亡，烈焰騰空，可以想像整個京城最後必將淪為瓦礫一堆，不論理由何等冠冕堂皇，最終不免是一場「殘骸堆積著殘骸的災難」。

在《一羽毛》所構築的呼回世界中，最為詭譎、最蠱惑人心的當然是那一尊似幻似真的龐然巨物的銅像。對索倫城的居民而言，這尊據說在第四次星際戰爭時，被龍級無畏戰艦氣化的銅像，無異是一部面貌難以捉摸，意義變動不拘的文本，時而被視為時空妖孽，時而被當作索倫城的靈魂，時而又被認為是索倫城的原罪，甚至它的存在是實質或是幻影，是它操控銅像教主，或是被銅像教主所控制，在《一羽毛》的整個敘事過程中，這一切顯得曖昧難明。這一層晦澀詭異其實隱藏著政治潛意識。銅像一旦變成政治圖騰，其與權力之間的辯證勢成糾葛：究竟是銅像具現權力，還是權力依附銅像，鎮懾人心，或者兩者互為表裡，相因相成？《一羽毛》中銅像的真假難分，其實也隱含權力的虛實難辨。真假虛實甚至可能並不重要，就如銅像教主所言，「要緊的是你我心中都有銅像，銅像並不是身外之物」[5]；換言之，銅像乃是不假外借或幻由心生的魔障，因此，《一羽毛》臨結束時戚姑娘放膽痛斥銅像為「沒有生命的東西」[6]，銅像隨

---

[4]張系國，《一羽毛》，頁 152。
[5]張系國，《一羽毛》，頁 13。
[6]張系國，《一羽毛》，頁 198。

即消逝得無影無蹤，呼回世界的未來也因而被導正過來。**歷史顯然不需要銅像**。

　　張系國對當代文學理論似乎缺少同情，職是，《一羽毛》中施老將軍所服用的解鬱丹之被視為解構藥，恐怕是別有寓意了。《一羽毛》的敘事者說：「解鬱丹雖然使他（施老將軍）心智恢復正常，卻也逐漸摧殘著他」[7]，這樣的寓意解構主義者恐難接受。其實《一羽毛》一書才是一部不折不扣的解構文本，張系國所解構的正是銅像所具現的理體中心主義（logocentrism）：本質、根源、中心等觀念在銅像的虛實真假辯證之餘，在敘事過程中一一被顛覆殆盡。甚至歷史──作為真相的再現──這個觀念，在阿凸與戚姑娘的反覆辯詰之下，也不再穩然確定。至於《一羽毛》結束時呼回世界原住民的反撲，不正是邊緣對中心所進行的顛覆嗎？這種種解構現象，恐怕連《一羽毛》的作者也是始料未及的。

　　　　　　　　　　原載民國 80 年 8 月 25 日《中時晚報》時代文學

──選自《洪範雜誌》第 48 期，1992 年 1 月

---

[7]張系國，《一羽毛》，頁 137。

多層折疊反轉的書信
《捕諜人》

◎胡錦媛*

　　平路與張系國合著的《捕諜人》（1992）以其多層「折疊反轉」（pli, fold）的性質寫就了當代最精采傑出的中文書信體小說。

　　就形式而言，《捕諜人》是「雙音式的」（duophonic）[1]書信體小說，不同於一般只有一個發言者的「單音式的」（monophonic）當代中文書信體小說。在全書十個篇章中，男作家 SK 與女作家 PL（或 TS）各自輪流交替分寫五章，兩者之間的「對話」鋪陳了小說的情節，也是有利於小說中各種辯證得以展開的先決條件。這種形式與內容的緊密結合，驗證了艾特曼（Janet Gurkin Altman）所說的：「在書信體作品中，信件在形式上與功能上的特質深深地影響了作者與讀者建構意義的方式」（頁 4）。

　　就內容而言，《捕諜人》摒棄中國書信體小說舊有的情書傳統[2]，不再千篇一律地寫男女之間的情愛糾葛，而出奇地透過書信交換來對談「真實與虛構」、「作者與讀者」以及「間諜事業與文學創作」之間的辯證。在多重複雜的辯證之下，美國／中共的雙面間諜金無怠撲朔迷離的死因像隻飄

---

*發表此文時為政治大學英國語文學系副教授，現為政治大學英國語文學系教授。

[1]《捕諜人》是當代第三本「雙音式」的中文書信體小說。靳凡《公開的情書》（1980 年）與七等生《兩種文體——阿平之死》（1991 年）亦採用雙音形式，但兩書的作者都是單一的個人。《捕諜人》由男女二位作家合寫一本雙音式的小說是前所未見的獨特形式。關於書信體小說的單音／雙音形式的研究，可參考 Carrell, *Le Soliloque de la passion féminine ou le dialogue illusoire: Etude d'une formule monophonique de la littérature épistolaire.*

[2]在現有的八本臺灣當代中文書信體小說中，除了《捕諜人》與七等生《兩種文體——阿平之死》以外，其餘六本都是情書式的：靳凡《公開的情書》（1980 年）、七等生《譚郎的書信：獻給戴安娜女神》（1985 年）、李昂《一封未寄的情書》（1986 年）、楊青矗《給臺灣的情書》（1987 年）、陳輝龍《不婚夫婦愛戀事情》（1990 年）與李黎《浮世書簡》（1994 年）。

舞的蝴蝶，兩位作家則是鍥而不捨的捕蝶（諜）人，前仆後繼地企圖解開金無怠死亡之謎的結。[3]解讀金無怠所遺留下的語碼（生前寫的報告、遺書、遺物等），SK 與 PL 這兩位作家也成了「讀者」。[4]而在現實世界中的「真實讀者」（real reader）在讀完這本沒有結論的小說之後，必須自行解讀全書的語碼，行使詮釋權，才有可能使全書產生意義，讀者也因此成為另一個作者，另一個追捕意義的「捕諜人」。在〈讀者／作者——代序〉中，「作者」就這樣解釋說：

> 每位聆聽我們講述金無怠／董世傑故事的朋友都有意見一籮筐；金無怠／董世傑又主動不斷提供更多線索。其實《捕諜人》至少有五位作者：金無怠、董世傑、平路、張系國和您。……《捕諜人》既然是互動小說，每個版本的內容都可能不一樣。所以如果您不滿意手頭的版本，不妨尋找過去的版本或等待未來的版本。您也可以拔刀相助，自行撰寫下一個版本。[5]

金無怠、董世傑、平路、張系國與真實讀者之間的關係一反固定的「思惟主體」，成為交互輪替的「位移主體」（addresser, addressee and referent）（Boeve 54）。他／她們彼此互動的多重結構可以用下列的簡圖表示：

男／女作家（捕諜人）──→金無怠（間諜／蝴蝶）

男／女作家（讀者）──→金無怠（間諜／作者）

---

[3] 《捕諜人》的「作者」在〈讀者／作者——代序〉中寫道：「《中國時報・人間副刊》主編楊澤先生特別安排，讓《捕諜人》能逐章刊載完畢」（頁 iii），諧音的「蝶」取代了「諜」，也許不是校對的失誤？

[4] 在《捕諜人》中，SK 以作者身分自述其解讀金無怠文本的讀者身分：「他（真正的金無怠）才是真正的小說家，成功創造了金無怠這位你以為只有卑微夢想的小角色。如果我們跟隨他所布下的線索追查，就變成最不用心的讀者」（頁 183）。

[5] 張系國、平路，《捕諜人》（臺北：洪範書店，1992 年），頁 2～3。

真實讀者（捕諜人）────→小說《捕諜人》[6]

簡圖中的每一重結構都像信件的「折疊」一般，意義的產生會因折疊信件／詮釋內容的角度而產生差異，正如姜森（Barbara Johnson）所指出：「架構總是為內容所建構……架構的問題因此總會因自身的折疊（fold with itself）而使所詮釋的內容問題化」（頁 234）。而讀者恆久的喜悅也來自於解讀急速轉換的多重結構／意義時，似乎漫無頭緒又似乎有所領悟的交集感受。

書信契約，反轉契約

就書信本質而言，所有的書信往來都是以交換為原則，艾特曼解釋說：「書信敘事與日記敘事的區別在於交換的欲望。在書信敘事中，信件的讀者（收信人）被要求以書信對來信做一種回應，他／她的回信因此對書信敘事有所貢獻，而成為敘事整體的一部分……這就是書信契約──要求某個特定的讀者對自己所寄發的信息有所回應」（89）。寫信就是參與溝通行為，而每個溝通行為都預先假定有個收信人存在。在書信言談中，收信人的重要性是不言而喻的。當書信作者在寫信時，他／她一方面在履行書信契約，另一方面也在使收信人成為訂立書信契約的另一個契約人，因為作為收信人的讀者在回信時轉而成為寄信人的作者。正如布魯克斯（Peter Brooks）所說：

---

[6]當然，本篇論文的讀者也可能是另一個捕諜人，在閱讀本文時進行追捕作者胡錦媛所試圖提供的詮釋與意義。巴斯（John Barthes）就指出「當小說中的角色成為她／他們身處其中的小說本身的讀者或作者時，我們便警覺到自己經驗中的虛構層面」。主角身兼（對方信件的）讀者與（自己信件的）作者的多重身份是書信體小說的特性，而這種特性往往導致「小說」與「現實」之間界線的模糊，使書信體小說充滿「後設小說」（metafiction）的色彩。楊照就以「後設」的觀點來解釋《捕諜人》的結構，雖然他並未將書信體小說的特性與後設小說的特性結合來看待。在〈「後設」的道德教訓──評平路、張系國的《捕諜人》〉中，他說：「『後設小說』一般增加文本厚度的方法就是層層暴露敘述者的身分及其權威的虛構性。亦即是以「關於說故事的故事」為核心，再複雜化為『關於說故事的故事的故事』。理論上這種敘述聲音後退可以有無窮層次。從基本的遊戲規則看，《捕諜人》是典型的『後設小說』。」見《文學的原像》（臺北：聯合文學出版社，1995 年），頁 113。

> 書信以期待收信人的閱讀來實現其溝通行為，這一點是書信比其他任何
> 文學形式都要顯著的。寫信的「我」永遠對他或她所交談對象的「你」
> 保有自覺，「我」自覺到這個「你」將以其一己的「我」來閱讀信件。最
> 好的書信寫作者永遠巧妙地設想（對方）閱讀的情境。（頁 542）

書信作者／讀者、寫作／閱讀的交換原則也可以班文尼斯特（Emile Benveniste）所主張的語言交換理論來闡釋：「每個人以『你』與『他』為基準來安置『我』……當代名詞『我』出現於一個句子中時，它會明顯或含蓄地喚出代名詞『你』，而這兩者一起喚出『他』」（頁 1～2）。

換句話說，書信作者之所以可以稱自己為「我」，端賴收信人「你」的存在。在這種我／你共生的情境中，書信作者「我」對收信人「你」的期待與預料的反應都在在影響信件內容的語調、風格與語意結構（Bakhtin 205）。而書信作者自己原先所傳達出去的話語也包含在對方的來信中，自對方的來信反轉回來。這種「折疊反轉」在拉岡（Jacques Lacan）看來就是「書信溝通理論」（the theory of epistolary communication）的要義。「折疊反轉」（pli, fold）可指包覆訊息的信封，信紙折疊後裝入信封，信紙上的內文就被掩蓋了，所以「折疊」的動作不但將訊息封入信封內，也將內容與形式、內部與外部、寄信人與收信人做了隔離（Beebee 223）。這個隔離是暫時性的。當收信人收到信件時，他／她首先必須將信紙自信封中抽離出來，再將信紙反轉、攤開、去折疊，才能閱讀並詮釋信件的內容。藉著「去折疊」的動作，收信人將寄信人的訊息與一己的解讀予以交互指涉。在回信給寄信人時，原收信人成了寄信人，同樣重複原寄信人的折疊動作。以信件傳遞訊息因此便是一連串將外來的訊息予以內化的動作，形成折疊運動。在「『失竊的信件』座談研討會」（"Seminar on the Purloined Letter"）中，拉岡引伸「pli」的意思，對訊息傳遞的折疊運動問題便如此下結論：「寄信人以反轉的方式自收信人那兒接收自己的訊息」（The sender……receives from the receiver his own message in reverse form）（頁 52

～53）。

　　然而，收信人「去折疊」的詮釋活動必然使訊息在折疊反轉的過程中產生「差異」。在《折疊：萊布尼茲與巴洛克》（*The Fold: Leibniz and the Baroque*）中，德勒茲（Gilles Deleuze）比較萊布尼茲（Gottfried Wilhelm von Leibniz）、海德格（Martin Heidegger）、波赫士（Jorge Luis Borges）與馬拉美（Stéphane Mallarmé）對「pli」的定義與用法，並解釋說「pli」是「意義」本身的比喻，是「差異」的基本形塑（頁 27～38）。在《捕諜人》的文本之內，訊息經過折疊反轉後以差異的變貌回到原寄件人，可見於下列的三個現象：1.真實對虛構：男作家與女作家對真實與虛構的辯證討論；2.間諜對間諜，男性對女性：男作家與女作家發言情境中主體與客體的位移關係；3.間諜對作者，作者對讀者：雙面間諜金無怠的死亡黑函與書信的多層摺疊運動。

真實對虛構

　　在全書起始，男作家在信中向一位遠居他方的女作家談到任職於美國中央情報局的「中共頭號間諜」金無怠離奇自殺死亡，希望能夠追查真相，揭開其死亡之謎，而與女作家約定以通信方式合寫間諜故事。一開始，男作家以近似歷史學者的精神企圖藉各種資料還原金無怠的死亡真相，他說：「我確信金是被人謀害，所以這工作有其意義。我想了解金是為什麼死的」（頁 9）。相對於男作家「相信沒有什麼是虛構」（頁 59）的態度，女作家則「相信沒有什麼是真實的」（頁 59），而寧願凝視「死亡幽光裡的複葉玫瑰」，探索「永恆的星辰」，她說：「一幅幅神祕的意象，反而更接近於文學世界的諸般可能。這麼說，我們又何必急於揭開謎底！」（頁 29～30）。

　　女作家傳給男作家「相信沒有什麼是真實」的訊息使男作家在下一封回信中改口說：「真實和虛構原來無甚差別！」（頁 44）而女作家在男作家不斷催促下尋訪金無怠的太太，逐漸在閱讀真實的資料、會見真實的人

物、組織多方的線索後,感到自己一步步接近真相:「不論你把各種空戰海戰間諜大戰寫得多麼精采,那畢竟是小說家的魔術。這片刻,我眼前卻是這個女人一步一腳印走過來的人生」(頁 74)。下圖(頁 59)清楚說明了這種反轉的情況:

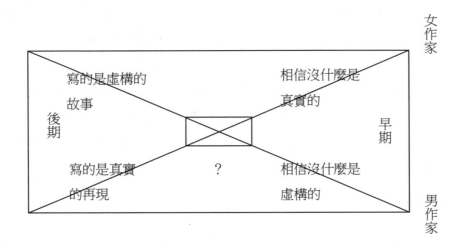

男作家「由實入虛」,女作家「由虛入實」的反轉情況正呈現信件書寫一方面去折疊、解讀訊息,一方面折疊訊息,形成反轉。

間諜對間諜,男性對女性

然而,男作家與女作家是否就在真實/虛構的交會點上達成共識了呢?在寫到第四章時,女作家質疑說:「我們倆的不同版本終能夠在小框框裡相遇嗎?」(頁 59)男作家與女作家之間互動的後繼發展也證明他/她們共同屬於不斷反轉又交會的曲線家族。

首先,他/她們經驗了反轉,形成對立。為了追查間諜金無怠的死因,為了寫間諜小說,他們「免不了自己率先變成間諜」(頁 157)。而間諜彼此之間永遠是處在競爭狀態,必須「戴著墨鏡去看彼此互不信任的世

界」（頁 81），不能落敗於對方之手。「間諜對間諜」是間諜的宿命，正如女作家自問：「我怎樣才能夠從派定的角色下顛覆出來，創造一個勢均力敵的局面？」（頁 60）競爭到極致時，雙方更「以恫嚇彼此為樂」（頁 174）。

在尋求勢均力敵局面的努力中，女作家對自己的間諜／寫作工作動了真情，男作家則漠然保持距離（頁 138），彼此之間因此形成「各說各話」（138）的情勢。而既然他／她們藉以溝通的工具是文字，彼此都是對方信件的讀者，都必須藉閱讀來解讀對方的訊息，他／她們的「各說各話」使彼此都介入一種「傷痛性的詮釋」（the interpretation of a trauma）以及「詮釋的傷痛」（the trauma of interpretation）之中　（Kauffman xxii）。一個明顯的例子是：因為信紙上書寫傳送所造成的文字缺漏，男作家誤將女作家所寫的「thoughtful」揣測為「trustful」，然後反問女作家：「你怎麼知道我信賴你？」（頁 40）

這種文字填空遊戲式的誤讀是男作家與女作家之間溝通的一種典型範例。男作家與女作家之間的個別差異使彼此的溝通產生困難。自第六章開始，女作家就一再發現彼此的差異產生了實際效應。她說：「你顯然是故意忽略了我努力拼湊起來的真相，只想逃到一個完全虛構的故事裡去……」（頁 107～108）她認為男作家藉文字來建構虛構的故事的做法就像虛矯的中國傳統書生，「各種為天地立心、為生民立命的想像，對應於真實的人生，這一類的幻覺不過是投射本身自戀的情懷」（頁 108）。而其根本原因則在於男作家「一向活在男性中心的社會裡……需要的只是一個虛構的故事，將浪漫撐起來」（頁 108、110）。

女作家這樣的批評並非單方面一廂情願的偏見。事實上，從第一章開始，當雙方約定寫作方式時，女作家建議「一人輪流寫一章」（頁 6），男作家則決定「我從金無怠的角度寫，你從金妻的角度寫」（頁 6）。他解釋說這種分法是基於「男自寫男，女自寫女。你始終不肯介紹我認識金妻，我對她毫無了解，所以我們這樣安排，也是最自然不過」（頁 6）。但是，弔詭的是，這個案件原本是金無怠自殺的疑案，從來沒有任何資料顯示金

無怠的妻子與間諜案有任何關聯，她純粹是個對先生的工作一無所知的局外人。在男作家的認知中，一個無辜無知的局外人能對複雜的間諜案提供多少完整具體的線索呢？讓女作家去寫這樣的局外人不就是在「瑣碎化」（trivialize）女作家的書寫工作？男作家「最自然不過」的安排其實早已是「男主女從」的階層關係的具體呈現，早已是文化的建構。男作家與女作家之間「間諜對間諜」的對立關係歸根究底是「男性對女性」的主從關係。正如西蘇（Hélène Cixous）所指出，任何無可避免的正反價值判斷都可追索到背後隱藏的、範例性的男／女對立的體系上[7]：「任何階層關係皆是以二元對立排列。父權價值系統或理體中心論最後總是將所有思想、觀念、文化符碼與價值體系歸結於男尊女卑的二元對立層次上」。[8]在《捕諜人》一書中，兩位信件通訊者不被稱呼為「作家 SK」與「作家 PL」，而被稱呼為「男作家」與「女作家」，而以性別為區分兩者的基準，不也印證其間「男性對女性」的關係？

　　女作家對於男作家「派定」給她的「女性」角色是不甘心的，她抗拒男作家對她掌控的意圖：「你為什麼要警告我？為什麼在傳真中你要我住手，阻止我追查下去？是因為你知道我已經掌握住某些線索？」（頁 156）她決心從「派定的角色下顛覆出來」的策略是將被派定的、偏限性的「女性」（the female）角色轉變為具有多種潛能的「陰性」（the feminine）角色。男作家要女作家「女自寫女」就是要女作家從女性的角度、位置來寫作（to write from the place of Woman）。男作家並未警覺到女性的位置是「非位置」（non-place）[9]，而正因為女性處於「非位置」的空間中，被排除於象徵的真理中心之外，她反而得以對既有的思維邏輯進行批判與顛

---

[7]Toril Moi, *Sexual/Textual Politics*, p105.

[8]Cixous, "Sorties," p.366. 克莉絲提娃（Julia Kristeva）也抱持著相同的看法：「所有的社會運動，包含女性主義，都是一種『區分』的結果。這種區分比另一種建立於意識型態的區分更根本，這種區分建立於『再生產』的框架中──亦即是性別差異」（Lechte, 202）。

[9]Derrida, *Spurs/Epersons*, pp.111-113, pp.119-121。在 *Spurs/Epersons* 中，德希達以「女人──書寫──真理」的連結為「陰性邏輯」來挑戰西方形上學的傳統。亦請參見 Spivak, 23 與 Jardine, 178-207。

覆，得以超越既有的二元對立體系，呈現開放式的陰性邏輯。正因為男作家派女作家寫金無怠的太太，她得以批判男作家的男性中心思想：金無怠的太太在男作家心目中只是金無怠的「未亡人」，沒有自己的名字。男作家辯解說「未亡人」是「約定俗成」的說法，而且「如果不說遺孀或未亡人，還真不容易找到簡潔的稱呼」（頁 139）。這種辯解其實更突顯了他僵化的男性思維，被既有的思維邏輯所限制。對於男作家的男性中心思維邏輯，女作家認為是「殘忍」的，是「罪惡的總和」：「間諜可以輕易被犧牲的生涯，或許正反映了這種殘忍。為了一切怎麼說都很虛妄的目標，需要賠上小人物的身家幸福。……但是為什麼，還有人執意要浪漫化這樣的悲劇人物呢？……小人物一點也不浪漫的生涯，竟然成為你贗造歷史的腳本」（頁 111）。

　　女作家與男作家之間的對話、辯論，使書信成為雙方角力的場域。在一來一往的角力中，「pli」 的法則產生作用，信件中的發言情境產生折疊反轉，發言主體與客體的關係產生不穩定的游離狀態。在第六章，女作家自信地說：「我相信，我們只要繼續合作下去，你將依從於我的邏輯」（頁108）。寫到第十章，男作家體認到女作家強勢的顛覆力，稱她為「最會顛覆的你」（頁205）。他擔心自己主導性的優勢發言位置有可能是虛幻的：

　　……我就是生活在——

　　你所創造的世界裡！

　　這個念頭令我不寒而慄，我突然想起你不經意在電話裡說過的一句話：「是我選擇了你合作，不是你選擇了我合作。」

　　太可怕了！我一直以為是我選擇小說題材，然後邀請你提供線索，所以遊戲必然會依照我的規則進行。但仔細回想起來，是你邀請我合寫小說，我才欣然同意。那麼，有沒有可能是你計誘我進入你創造的世界？（頁204）

雖然男作家接著立即否認這種可能性，並宣稱「我有足夠的證據證明這是我創造的世界」（頁 205），但是卻終究未曾提出那些「足夠的證據」。男作家在最後一封信的末尾所加的註腳──「全文完」（頁 210）──昭然若揭地顯示他縱然沒有「足夠的證據」卻仍意欲提供一個「圓滿自足的答案」（頁 207）。而女作家則認識到自己的呈現是「殘缺不足」（頁 207），而以開放式的「待續」（頁 212）總結她寫的所有信件。這種「待續」與「全文完」之間的差異再次突顯女作家與男作家之間的差異不只是生理實證性別的差異，更是在書寫中所展現出來心理文化的「陰性」與「男性」之間的差異。[10]

但是，正因為他／她們之間的溝通困難，女作家再三請求溝通：「SK，我亟需你的投入，一同參與遊戲」（頁 115）、「SK，我自己整天纏縛在這樁案子裡，多麼想聽聽你身為『局外人』的意見」（頁 124）、「PS：請傳來你的近稿，或者盡速約地方見一面，我們亟需溝通」（頁 132）。正因為他／她們之間的差異區分他／她們，差異也交會他／她們，男作家這麼說：「在不同世界裡，我創造了你，你創造了我」（頁 210）。男作家與女作家信件書寫、訊息傳遞的折疊產生差異，但是「折疊」移動穿梭於差異之間，始終未以固定的終極形貌出現，始終「延異」（differ）， 使一己得以持續展現。

間諜對作者，作者對讀者

金無怠究竟為何而死？自殺或他殺？金無怠在美國中央情報局的上司安伯樂在探監時告訴他：「我們甚至還做過這樣的試驗：一份故意洩漏給你的資料，經由你傳送到北京後，再由我們在那邊臥底的間諜傳送回來。整個過程，就如傳真一般迅速準確，不過四天時間就收回原件，只錯漏了十

---

[10] 「陰性」在語言中以「過程」、「異質性」與「流動性」來再現，而「男性」則以閉鎖式的固定語彙如「二元對立」來再現（Humm 148）。在此要特別說明的是：不同於「女性」（the female），「陰性」（the feminine）並不是以生理實證性別來決定，男性也可以擁有陰性特質。關於「女性」與「陰性」的區分，參見 Alice A. Jardine, *Gynesis: Configurations of Woman and Modernity.*

一個字」（頁 188）。金無怠送出去的訊息經由對方解碼後再送回來的過程是間諜工作的運作，也是「pli」的法則。金無怠一定會同意拉康所說的：「寄信人以反轉的方式自收信人那兒接收自己的訊息」。金無怠將資料傳送出去，原希望對中共與美國間的和平有所貢獻，卻不料反轉回來的資料產生差異，變成了死亡黑函。除了美國中情局所供給的資料以外，金無怠還刻意將在美國暢銷的間諜小說《迷宮》擇要虛構成密件提供給中共，而遭致殺身之禍。可以說，金無怠是小說家，死於一場文字遊戲，正如間諜服膺的詩人艾略特（T. S. Eliot）所說：

> 這是終結世界的方法
> 這是終結世界的方法
> 這是終結世界的方法
> 不是轟然巨響，而是在耳語中終結。（頁 201）

而金無怠案件令作家著迷之處就在於間諜工作與文學創作雷同，都對語言文字進行解碼的工作。作家與間諜一樣，都在「謊言（虛構）裡尋獲真實，或將真實藏入謊言（虛構）」（頁 86），都在解碼工作中「尋求精神的充實」（頁 62）。藉著金無怠間諜案的探索，女作家尤其盼望在語碼的迷宮中找尋到出路：「解開金無怠之謎，一定有助於我們對真實、虛構、乃至於小說創作的理解」（頁 115）。

可歎的是，既然金無怠「所有洩漏國家機密的事蹟純屬虛構」（頁117），金無怠之謎就是真實／虛構之謎，（間諜事業的）真實／虛構之謎本身如何解開（文學創作的）真實／虛構之謎？作為金無怠及其案件的「讀者」，男作家與女作家並未真正解開「金無怠之謎」，但是他／她們都堅持繼續寫下去：

> 「年壽有時而盡，榮樂止乎其身，二者必至之常期，未若文章之無

窮。」我親愛的朋友，這將是我們唯一的救贖。（頁 210）（男作家）

為了一些未解的謎題，生者卻必須繼續追索下去。我們的小說並沒
有寫完，它永遠也不會寫完……
「終點又是我的起點。」
這是艾略特的詩句。漫漫長夜裡，我自己將努力地、不懈地寫下去！
（頁 212）（女作家）

女作家準備「不懈地寫下去」的決心與男作家「曾有兩個世界偶然相
遇，在故事結束時又成為平行的兩個世界……在平行線的窮盡處……我們
亦將再度相遇」的期盼都是經驗感知與世界構成的「折疊點」（fold
point），都將形成運動，延伸至「無限」（infinity）（Deleuze 18）。而如果
《捕諜人》是男作家與女作家寫給我們（真實讀者）的信，它的訊息也終
將在《捕諜人》出版後三年的今天傳送回去給男作家與女作家，而其間
「差異」的各種形貌就是本文所談的「折疊反轉」——pli。

引用書目

- Altman, Janet. *Epistolarity: Approaches to a Form.* Columbus: Ohio State University Press, 1982.

- Bakhtin, Mikhail. *Problems of Dostoevsky's Poetics.* Tr. R. W. Rotsel. Ann Arbor: Ardis, 1973.

- Barth, John. "The Literature of Exhaustion." *The Atlantic.* （August 1967）: 29-34.

- Beebee, Tomas O. "The Letter Killeth: The "Pli" of Death in Jean-Paul Marat's Epistolary Novel." CLIO 21.3 （1992）: 218-241.

- Benveniste, Emile. "Language and Human Experience." *Diogenes* 51 （1965）: 1-7.

• Boeve, Lieven. *Lyotard and Theology: Beyond the Christian Master Narrative of Love*. London: Bloomsbury, 2014.

• Brooks, Peter. "Words and 'the thing'." *A New History of French Literature*. Ed. Denis Hollier. Cambridge and London: Harvard University Press, 1989. 537-543.

• Carrell, Susan Lee. *Le Soliloque de la passion feminine ou le dialogue illusoire: Etude d'une formule monophonique de la litterature epistolaire*. Tubingen: Gunter Narr Verlag and Paris: Editions Jean-Michel Place, 1982.

• 張系國、平路，《捕諜人》，臺北：洪範書店，1992 年。

• Cixous, Hélène. "Sorties." *Feminist Philosophies*. Eds. Janet A. Kourany, James P. Sterba and Rosemarie Tong. New Jersey:　Prentice Hall, 1992. 362-377.

• Deleuze, Gilles. *The Fold: Leibniz and the Baroque*. Tr. Tom Conley. Minneapolis: University of Minnesota Press, 1993

• Derrida, Jacques. *Spurs/Eperons*. Tr. Barbara Harlow. Chicago:University of Chicago Press, 1979

• Humm, Maggie. *A Reader's Guide to Contemporary Feminist Literary Criticism*. New York & London: Harvester Wheatsheaf, 1994

• Jardine, Alice A. *Gynesis: Configurations of Woman and Modernity*. Ithaca: Cornell University Press, 1985

• Johnson, Barbara. "The Frame of Reference: Poe, Lacan, Derrida." in *The Purloined Poe*: Lacan, Derrida, and Psychoanalytic Reading. Eds. John P. Muller and William J. Richardson. Baltimore: Johns Hopkins University Press, 1988. 213-251

• Kauffman, Linda S. *Special Delivery: Epistolary Modes in Modern Fiction*. Chicago: The University of Chicago Press, 1992

• Lacan, Jacques. "Seminar on 'The Purloined Letter'." Tr. Jeffrey Mehlmann.

The Purloined Poe: Lacan, Derrida, and Psychoanalytic Reading. Eds. John P. Muller and William J. Richardson. Baltimore: Johns Hopkins University Press, 1988. 28-54

· Lechte, John. Julia Kristeva. London and New York: Routledge, 1990

· Moi, Toril. Sexual/ Textual Politics: Feminist Literary Theory. London and New York: Methuen, 1985

· Spivak, Gayatri. "Love Me, Love My Ombre, Elle." Diacritics 14（Winter 1984）: 19-36

· 楊照，〈「後設」的道德教訓──評平路、張系國的《捕諜人》〉,《文學的原像》，臺北：聯合文學出版社，1995 年，頁 112～117。

──選自《女性主義與中國文學》

臺北：里仁書局，1997 年 4 月

──於 2019 年 9 月 23 日修改

最壞的與最好的
評張系國的小說《昨日之怒》與《不朽者》

◎龍應台[*]

從 1977 年以來，張系國寫了四本非科幻的小說：《香蕉船》、《昨日之怒》、《黃河之水》，以及《不朽者》。四部作品中，最好的是《不朽者》，最壞的是《昨日之怒》——最壞的卻最暢銷。

《昨日之怒》

我想張系國並不希望有人評這本小說。在〈後記〉中他說：「請讀者不要把《昨日之怒》當成文學作品看……我不是藝術家，也無能力寫傳世不朽的作品。」這本小說「並無藝術價值。」（洪範書店，20 版，1984 年，頁 300）

是不是因此評論家就沒有置喙的權利吧？我認為不是。做豆腐的人不能對買豆腐的人說：「我只是業餘的」，或說：「昨晚沒睡好，所以豆腐裡有渣。」豆腐不上市則已，一日上了市，就成為大眾的財產，品評在人。文學作品一經發表，也就脫離了作者的掌握，形成自己的生命。作者無法要求或指示讀者如何去接受他的作品。換句話說，作品的好壞與作者的意圖或願望沒有關係；唯一的憑證是白紙黑字的作品本身。

我吃到一塊壞豆腐時，並不考慮這做豆腐的人是否業餘，或他昨晚是否鬧情緒；我只能說：這是一塊壞豆腐。

政治小說有一個不易躲避的陷阱：文以載道的陷阱。《昨日之怒》也掉

[*]作家。發表文章時為中央大學客座副教授，曾任臺北市文化局長、文化部長，現已退休。

在這個坑裡。本書主題是保釣運動。書中的人物、對話、情節發展就像木頭模特兒的四肢，經由螺絲釘，硬邦邦的旋轉到保釣運動的軀幹上去。這個軀幹其實不能操縱肢體的活動；模特兒是死的。

　　陳澤雄就是一個相當機械化的角色。作者安排他到美國各地，以他為引，促使當年的參與者現身說法——把保釣的來龍去脈說出來。陳是個對政治一向毫無覺醒的生意人，卻偏偏他每到一處，別人就慷慨激昂的談當年的保釣與中國的命運；這個安排不合情理。同時，這個角色從頭到尾沒有任何成長。他開始時最關心的是表妹的生活，到小說末章，他的心態完全一樣。中間那兩、三百頁的保釣巡禮好像沒發生過似的。陳因此處理得像個臨時演員；有事時叫來上臺，沒事時就被忘了，是個太明顯的幌子。

　　「秋分」部分的吳寒山也構成一個問題：這一章到底有什麼作用？基本上，作者似乎想藉不同的人以不同的角度來回顧保釣，但是吳對保釣的言論（頁 218～224）和林欣的說法（頁 238～240）大同小異，並沒有單獨存在的必要。如果想以他怯懦的愛情幻想來代表「硬挺不起來」的知識分子（頁 260），我們已經有了一個洪顯祖，吳寒山只是畫蛇添足罷了。這整個第四章顯得可有可無，表示這本小說結構鬆垮。

　　作者對主題的沉溺（Obsession）嚴重的破壞了小說的藝術。葛日新坐在法庭裡，他未來的日子困難重重（同居的王亞男已懷孕，自己仍靠賣包子度日），法官正在問話。在這樣的情況下，他的思緒卻是激昂的愛國高調：

　　　　分散的個人像無數個方向各異的小磁石。只有通過民族感情的大磁場，這些小磁石才會整齊指向一個方向，凝聚成一股力量。這就是大我。這就是民族精神的泉源。（頁 164）

　　緊接著是大篇幅的對保釣高潮的眷戀（別忘記在頁 236～242 之間，無關緊要的林欣也突然冒出來發表一番，緬懷保釣的風光）。這些高昂的情緒

和政治意識（Ideology）與故事本身的發展情況格格不入。他們是作者本身情緒的宣洩，這種宣洩沒有經過藝術的過濾，使《昨日之怒》成為赤裸裸的論文。

張系國說《昨日之怒》沒有藝術價值，我完全同意。但是他同時也說「可能從此停筆」，因為「一直繼續寫又寫不好，實在沒有多大道理」，我卻希望他言不由衷。

因為《不朽者》實在是不可多得的傑作。

《不朽者》

《不朽者》所集五個短篇程度很齊，但〈決策者〉及短篇〈不朽者〉最能表現張系國藝術的成熟。（洪範書店，五版，1984 年）

1. 決策者

〈決策者〉其實可以改名「現代儒林外史」或「八十年代官場現形記」。13 年前張必敬被同事出賣，系主任沒當成，所以回臺灣當官；13 年後試圖報復不成，再度被出賣，只好傷心的離開臺灣。小說的主題很清楚：知識分子之間的權力爭奪。

這篇小說奇特之處當然在它的表現方式。全文以電腦程式和考卷格式寫成，是一個典型的 tour de force（文學的特技表演）。如果特技只是為了表現作者多智，使他自我陶醉一番，這特技就沒有什麼文學價值（譬如《五玉碟》）。如果這特技與主題習習相關，甚至因它而使主題更深刻，這個 tour de force 就有分量了。

〈決策者〉呢？

小說一開始的問答題：「由左門進入，向左轉走廿步，再向右轉……」（頁 67）使讀者置身迷宮。作者所模仿的，我想，是流行的 adventure game（電腦探險遊戲）。遊戲中一個典型的問題是：「你正面對一條大路，左方是樹林，右方有建築，地上有串鑰匙，你往哪裡去？」玩遊戲尋寶的人總是面臨抉擇。開錯一扇門，門後也許是條綠蛇擋道。在最後尋到寶物

之前，有千百個決定要下，許多人一輩子也找不到答案。〈決策者〉的第一段（第一題至第五題）或許可以當成一個隱喻（Metaphor）來看。

張必敬的人生也像一場探險遊戲。面臨千百個叉路、千百扇門；每一個叉路，每一扇門，都意味著一個決策。一條路引向另一條路，一扇門開了，導致另一扇門；一個決策牽連出另一個決策。排列組合之下，有無數個可能的方式。張必敬在人生的迷宮之中，對「有幾條路通往決策者」答以「不知道」，正確的答案，當然是「無數多條路」。張必敬在他自己的人生裡，就是那個在電腦遊戲中繞來繞去，老是走錯路、開錯門的人。

小說中，電腦程式的框子也非虛設，它和主角的人生遭遇平行呼應：

A. Go To	人生的迷局開始
B. If（如果）	如果能控制光化會
C. Then（那麼）	與曼倩裝聾作啞
D. Else（換個情況）	當年若當成系主任，今日生活大不相同
E. Begin（開始循環）	勾心翻角的遊戲又開始；舊事即將重演
F. Do（操作）	設法「打垮范小子」
G. End（結束）	被曼倩出賣；被宋出賣；一敗塗地
H. Go To	回到原地；又一次被放逐

主角的人生際遇以電腦程式來表達收到兩個效果。一是隱喻：張必敬的人生就像一張答錯了的卷子，一個邏輯有毛病（bug）的程式，一步錯一步步錯。另一個是反諷的作用（irony）。張其實也是個耍弄手段的政客，到頭來被別人耍弄，就好像他是個決策者，卻盡做錯的決策；他是個科學家，面對生命這場電腦遊戲的時候，卻看不透、玩不過生命的原則。

　　這篇小說寫得「聰明」，但是給予這個作品深度和感情的，卻是作者對人性的了解與寬容。

　　張必敬的心機計算令人唾棄，但作者並不把他畫成完全反面的角色，反而試圖去了解他的動機。17 歲的張陷在黑暗的防空洞裡：

> 「鐵門關住了，開不開呀，救命啊！」人們像獸般嘶喊，像蟲般掙扎……我才 17 歲，我不能死在這裡，我一定要擠出去，擠出去……（頁72）

　　是這種可怕的經驗使缺乏安全感的張必敬繼續排擠他人。有了這樣的了解，張也就不那麼可厭。尤其當他一再的自言自語「我已 56 歲我很疲倦」的時候，作者所刻畫的是一個自戰場上頹敗下來、一無所有的老人，不是個可鄙可恨的知識販子。

　　〈決策者〉有奇特的表現手法，但不流於賣弄。作者一邊冷酷的把知識分子卑劣的一面揭出來，一邊又流露出對人性的同情。這兩種態度的平衡使張必敬成為一個有血有肉的角色；〈決策者〉是篇佳作。

2. 个朽者

　　許多人覺得〈不朽者〉不太容易看得「懂」。主要有兩個難題：表面上，這篇小說在談男女的情愛與掙扎，那麼為什麼第一節與最後一節卻專注於自殺的解聘工人？第二個問題，是敘事觀點的多重轉換（從完全客觀，到小玲、小芸、藍齊的角度，最後又回到完全客觀）究竟有什麼作用？

　　如果去掉第一節「塔頂的男人」和第十二節「塔頂的女人」，這篇小說的範圍，就是一個男歡女愛（或男怨女艾）的小世界。主題是背棄。藍齊有女人，是對妻子的背棄；他對王小玲的恣意利用，是對感情本身的背棄。王小玲、王人傑、鄭立功、王小芸，幾乎每一個人都在背棄別人，同時被別人背棄。所以「成功的男人」或「女人」同時也是「失敗的男人」

或「女人」，隨時可以易地而處。作者似乎在問：如果人隨時可以出賣甚至於最親近的人，世上又有什麼「永恆」、「不朽」可言？

但是第一節與最後一節顯然占很重要的地位。兩節都是以客觀的角度寫成（objective point of view）。讀者的眼睛好像貼在照相機的鏡頭上移動，沒有任何一絲感情的滲透。第一幕：工人爬到塔頂想自殺，卻被哀慟的妻兒所勸而下塔來，沒看到好戲的群眾「失望」的散去。閉幕：工人已自殺，身心憔悴的妻子爬上塔頂要求「還我丈夫」。這兩幕為〈不朽者〉增加了一個層面——社會意識的層面。原來作者不只有意寫男女之間的虛情假意，他還勾勒出社會階級的掙扎：當高級知識分子如藍齊、工廠老闆如鄭立功等，在妻子與情人之間周旋的時候，一個遇難的工人正在生與死之間作最後的掙扎。

這個對社會的控訴、對知識分子的指責，卻不是以文字表達出來。張系國由場景的選擇與敘事觀點的變化，讓讀者自己去發覺一股暗藏的憤怒——這是〈不朽者〉最突出的成就。

第二節到第十一節之間，讀者由小玲、小芸、藍齊的觀點而分別深入他們的內心世界，看到這些教育良好、衣冠楚楚的紳士淑女如何在情慾裡浮沉，背棄別人也背棄自己。第一節與最後一節卻沒有人稱，沒有主觀，沒有任何內心的流露，沒有感情。所發生的情事與觀眾（讀者）似乎隔得非常遙遠，好像我們隔著一層透明厚實的玻璃看傾盆大雨。這個角度有很強烈的暗示作用。如果作者以工人或工人妻子的觀點來寫，這兩節就無可避免的會充滿直接的怨懟與指控。這個題材，一旦直接，小說就變成「為民喉舌」、搖旗吶喊的宣傳品了，用客觀的鏡頭，達到了「無聲勝有聲」的效果。

在前後這兩節中，讀者與工人之間的距離也是有意義的。由於第二至十一節中主觀鏡頭的運用，讀者很接近小玲、藍齊等人，知道他們的慾望與困境；相對之下，對跳塔的工人我們就一無所知，只能遠遠的觀望。這是一種疏離的作用（alienation）。原來對工人的命運漠不關心的還不只藍齊

與鄭立功；在塔下圍觀熱鬧的群眾也一樣的冷酷。而讀者，由於這個鏡頭的使用——隔著一層冷冷的玻璃，也切身的感覺到自己與這個工人毫無溝通——毫無溝通的可能。工人的處境，因此就更像「困在荒島遇難的船員」（頁 127），作者利用鏡頭的轉換，將工人硬逼在一個孤立的死角；不說一句話，卻說了很多話。

去掉第一節和最後一節，〈不朽者〉就是一篇平凡的作品，講講男女之間無可奈何的感情遊戲。加上這兩節，整個故事就頓時立體起來。縱情任性的歡愛世界與苦難掙扎的世界形成強烈的對比。張系國能憑靠鏡頭的選擇來表現這個對比——不用一聲吶喊，實在顯露了他高度的藝術能力。

所以——

《昨日之怒》壞，因為它充滿了宣洩性的吶喊；主題太重，壓垮了藝術的架子。或許這是因為保釣經驗對作者有切膚之痛，處理起來太動感情，藝術所需要的透視與距離就顧不到了。《不朽者》卻是一個資深藝術家的作品。

「中國情意結」似乎是張系國最根本的意識形態（Ideology），也是他藝術生命的泉源（見本期《新書月刊》訪問稿），但是如果他要成為「不朽」的藝術家，我想他必須學會如何駕馭這個「結」，而不是受這個「結」所限制。

我希望他說「停筆」的話言不由衷；我希望他有比《不朽者》更嚴謹清冷的作品獻給中國。

——選自《新書月刊》第 13 期，1984 年 10 月

談張系國的〈超人列傳〉

◎陳曉林*

這些年來，臺灣文壇上那夥子人馬所表現不學無能、顢頇浮濫，是早已令人腐心掩鼻、不忍卒睹的了，可是，旅居海外中國人，有時倒還能有些很出色的表現，他們的作品，偶而竟會給我們一種「空谷聞足音，跫然而喜」的感覺，大概一方面是由於遠離了文壇上那種俗濫柔靡的精神氛圍，能夠保持一點耳根的清淨、與靈臺的純明；另一方面，遠適他鄉，寄人籬下，方才能更進一步體會到自己那苦難的祖國的偉大，進而對自己這多難的祖國產生了擺脫不了的責任感的緣故。譬如於梨華的《又見棕櫚，又見棕櫚》中那種遊子的心曲，故國的縈戀，就是此地的作家們作夢都不會體驗到的，雖然她的筆仍然只能寫出這一代青年人心底的一部分，而且還只是較為浮泛的一部分，然而那已夠了，實在夠了，看看此地文壇上那種恬不知恥的作風，我們對她還能有什麼苛求呢？

張系國不是學文學的，他在臺大時讀的是電機工程，留美迄今仍不曾離開他的本行，而且已得到了博士學位，可是他一直不曾放棄他對文學的愛好與狂熱，他在臺大讀書時就曾出版過一個中篇小說《皮牧師正傳》，以他現在的水準來說，那當然已是十分幼稚的「少作」了，可是，嗣後他所寫的對存在主義哲學家雅士培（Jaspers）的介紹，對卡夫卡的《城堡》、沙特的《蠅》及卡謬的《瘟疫》的剖析，在在都表示了他在人文方面的知識素養已日漸精到深入，且漸趨向成熟，果然，他後來的一些創作，如〈地〉、如〈亞布羅諾威〉，都有了不凡的表現，這些小說，不但已很有時

* 文學評論家、散文家，發表文章時就讀臺灣大學機械系，現為風雲時代出版公司發行人。

代的感受與思想的深度，而且已有了自己的風格。

〈超人列傳〉是繼〈地〉與〈亞布羅諾威〉之後，又一出色的中篇小說，就我個人來說，我較為偏愛〈地〉與〈亞布羅諾威〉，因為這兩篇小說，張系國都是以細膩但深刻的筆觸，處理青年人心底親切而瑣細的事情。由於這些都是張系國親身經歷的、自己感受過，所以，寫來既具有真實感，且具有親切感，那種成長的痛苦、那種稚氣的豪放、那種含淚的微笑、那種天機一片渾然忘我的境界，都是我們這個年齡的年輕人最熟悉最懷念的，張系國娓娓寫來，不事雕琢、不加渲染，但卻真摯動人，令人嚮往不已，「如影歷歷，逼取便逝」，頗有王國維先生所謂：「入乎其內，故能寫之，出乎其外，故能觀之」的味道，雖然雅量高致，恐有未逮，然而言情寫景，因亦迥異流俗了。

〈超人列傳〉則異於是，張系國寫它時，雖然仍用的是一貫的文學上「反諷」（ironical）的筆調，一貫的嬉笑怒罵但卻暗蘊淚水的態度，但他的意圖顯然想處理一個很嚴肅很深刻的主題：科學與人文的衝突，以及科學侵入了人文的領域、甚至占領了人文的領域之後，人文的處境如何？由於目前科學的發展，浸浸然已席捲了大部分人文的領域，甚至已經影響了大部分人類的思想與生活，所以，這個主題已經成為一個很迫切、很廣泛、很重要的問題——人類何處去？

當然，像這樣一個主題，歐美的作家早已嘗試過了，在已翻譯到中國來的作品中，就有喬治·歐威爾的《百獸圖》（*Animal Farm*）以及《一九八四》，赫胥犁的《美麗新世界》（*Brave New World*），以及愛爾畢的《誰怕吳爾芙》（*Who Is Afraid of Virginia Woolf?*）……等，《百獸圖》雖然是在諷刺俄國的共產暴政，反共的色彩非常鮮明，然而那種集權的組織、刻板的生活、反人性的思想，已經隱隱指出了未來科學籠罩一切以後的世界景況，到了《一九八四》及《美麗新世界》，試管製造人類、電視管制思想、價值觀念的削平、人類尊嚴的毀棄，已經很明顯的凸現在作家筆下了，《誰怕吳爾芙》雖然是以鬧劇的形式出之，然而，卻寫盡了科學侵入了人文世

界之後，人類的墮落、顛頂、荒淫無恥，人類的遠景、人類的尊嚴、人類的信念、人類對真善美的永恆的追求，都被無情地揭除、踐踏、棄之若敝屣，雖然劇本的最後，愛爾畢以女主角的「我怕吳爾芙」來表示人類終將尊重人文精神及其價值，然而，人們可以看出，那將仍是很縹緲很遙遠的一個希望，因為，至少在目前，科學仍然氣焰萬丈，咄咄逼人，絲毫沒有向人文妥協或調和的跡象……

　　在這種情形下，張系國創作他的〈超人列傳〉，其態度自然是十分嚴肅，作為一個受了極嚴格的科學訓練，但卻始終熱愛文學的人，張系國自己心底的科學與人文的衝突，自然要比一般人嚴重，他對科學與人文衝突的認識，自然也要比一般人深刻，所以他的〈超人列傳〉，絲毫沒有浮泛地調融科學與人文的意向，他只著重於人文精神的挽救，也就是人類的挽救，他很明白科學的厲害，所以他的挽救竟只是逃避，只是伊甸園的再現與人類的再生，他這種悲觀的態度，十足說明了他對這個問題思考的深入與了解的透澈，他以近乎輕鬆瀟灑的筆觸，表現那種哀苦無告的心境，他真是用心良苦。從這個角度看來，我對有些人竟把他的〈超人列傳〉與此間曉風女士〈潘渡娜〉相提並論，感到實在有些擬於不倫，〈潘渡娜〉雖然蓄意處理人文與科學之衝突這一主題，可是因為曉風對於科學，所知畢竟有限，失之毫釐，終脫不了「象牙塔」作品的意味，居然還有顏元叔博士認為「她讓劉克用通過懺悔而救得了他自己的人性」，所以「曉風與張系國對人性的看法，都是基督教式的」——事實上，張系國頗受尼采思想的影響，他雖未必真有「超人」的概念，但基本上是反基督教的，看他的《皮牧師正傳》就可以了解了，至於曉風，對於基督教的認識，當然頗有善男信女式的虔誠，可是這對真正深刻而尖銳的現代人文與科學之爭，實在發揮不了多少實際的作用。

　　由於張系國基本上是反基督的，所以他最後以一個「人」——十足的人，中國人，雖然是經過移腦手術的「超人」，〈超人列傳〉的主角裴人傑——來反諷地再造了伊甸園，並且反諷地描寫後人又把他當作「神」，

「……又不知過了幾世幾劫，突然有聰明人出來說『神』已經死了，『神』早就不在了。有些固執的人不肯相信，那愚蠢的尚且提著燈籠到市場裡找尋『神』，地上遂起了大混亂，到處都有刀兵，成千成萬的人被殺，屍積如山，血流成河。」「神」在那裡呢？張系國反諷地寫道：「當然，聰明人和愚人都不知道，真正帶他們的祖先來到這星球的裴人傑的確已經死了，死在距他們的小行星五十光年的一顆冷星上。他的面貌仍栩栩如生。離他的屍體不遠處，有一座雕像，雕的是一個嬌小玲瓏的女郎，在雕像的底座，刻著一小排字：「『丹娜，我永恆的愛。』」

像這種反諷的筆調，和這種堅持人文精神、暗示人類自救的思想，構成了〈超人列傳〉的基本指向和內容。張系國對太空科學及生物科學的基本常識很夠，像裴人傑「腦移植」而成「超人」的一幕、像裴人傑巡行星際與另一「超人」提摩太博士鬥法的一幕、乃至像最後「超人」們討論「人工腦」的發明的一幕，張系國用的都是「行話」，寫來有板有眼，一絲不苟。然而，〈超人列傳〉真正成功的地方，還不在此，他對於科學籠罩一切，「超人」真正誕生之後的正面情形、光明遠景及無限前程，也有很深刻的描寫，絕不像一般反科學的作家，盡對未來的世界攻擊揶揄、明諷暗刺、極口誅筆伐之能事，而且，他對於科學發展的最終目的、科學本身的精神價值、科學成就的人文意義，也有他的一套看法，例如：

「老弟，你剛成為超人不久，才會這麼想，別的超人可就不了。首先我得問你，你為什麼要做超人？」
「為了研究科學，追尋真理！」
「對！我想你一定也知道，人類不過是經過一連串物種突變、生存競爭、自然淘汰而偶然演化成功的動物。既然是盲目演化的產物，人類當然並不是一起頭就明白他最終的任務。所以他發展出來的身體，雖然幫助他在生存競爭中取得最優勝者的位置，現在卻不一定件件有用。老實

說，在我們看來，人除了他的腦子，其餘的部分都可以捨棄不要！古人說『人為萬物之靈』，人之所以靈於萬物，就得力於他的大腦皮層特別發達，能夠從事思考。因為有了大腦，人頭才有理性，但是他的身體只帶給他獸性的需要。所以從古至今宗教家、哲學家的努力，都是設法克服人類獸性的低級慾望，擴展理性的思維能力。你想佛家為什麼要練打坐求度脫呢？就是要消滅這造業種因受盡生老病死四苦的肉體，達到不生不滅的涅槃境界。咱們中國的老子不是也說過：吾所以有大患者，為吾有身，及吾無身，吾有何患？可見很久以前人類裡頭聰明的就知道，肉體是人類進展到更高境界的一大障礙，必須設法擺脫的。可是人又偏偏擺脫不掉這臭皮囊，所以只好發明出精神肉體二元的理論，以為肉體雖死，精神仍可長存。這個理論，在我們現在看來，當然是荒謬的了。人所以引以自傲的意識，其實也不過是腦神經細胞活動到了一定強度的結果，並沒有什麼神祕。不過，人消滅肉體昇華精神的願望，卻從來不會斷絕。從前的人，有過種種可笑愚昧的嘗試，都毫無例外的失敗了。一直到我們理性的廿三世紀，科學的進步才第一次使人類超越他的肉體，成為超人！」

　　這一番話，透澈淋漓地把人類古老的夢想與近世科學的成就之間的關係剖析明白，說明了人類目前的科學成就，實在是人類一直夢寐以求的，到了科學發展至人類無法駕馭之時，人類又大惶恐了，以為大難臨頭了，不可終日了，這不是很反諷的筆法嗎？

　　當然，張系國在這段話裡，就暴露了科學的弱點，原來「在我們看來，人除了他的腦子，其餘的部分都可以捨棄不要！」這種純科學的論調，正是人文主義者最反對的，人文主義者認為，人除了要滿足大腦之外，還必須滿足心靈，大腦滿足了，充其量成為一個「理性人」，心靈滿足了，才能成為一個「整體人」，所有人性的尊嚴、道德的價值、生命的意義、幸福的追求，應該歸之於心靈，而不僅歸之於大腦，而科學的發展，

勢必迫使人們忽略了這一點，這便是人文與科學衝突的癥結所在。

張系國在〈超人列傳〉中，思精筆銳，有出人意外的表現，例如他描寫一位「超人」戈德博士，雖然身為「超人」，然而人性畢竟仍在，甚至為了滿足性慾，自己塑造了一個三世紀前的性感豔星瑪麗蓮夢露（按：〈超人列傳〉情節都被安排在 23 世紀以後，20 世紀在文中乃是「近古時代」，尚未啟蒙哩！遠居世外，坐對佳人，倒也別有意味，表示即使「超人」，畢竟仍然是人，仍有人的慾望，這對於「超人世界」，不啻又是一大諷刺。張系國進而描寫裴人傑巡行星空 50 年 ，發現「超人」們：「有的忙著從事研究工作，就盡快打發他走路。也有的會留他小住一陣，談談人間世和超人的婚姻問題，末了總是相對唏噓。裴人傑發現，能夠像戈德博士那樣金屋藏嬌的並不多見。也許別的超人不及他手巧，也許唯獨他的星球特產那種膠泥，沒有誰能複製出另一個瑪麗蓮夢露來。住得近些的『超人』，有時還可以聚聚，湊桌僑牌，那孤苦伶仃的，也只有淒淒涼涼冷冷清清的熬上個幾百年。見識的超人多了，裴人傑腦中存積下一大堆問號。回想當初他自己做超人的動機，是為了研究科學，追求真理。但他親眼看見到至少有半數的超人已放棄了研究工作，又無顏回地球，便在太空裡鬼混。這和從前胡博士對他鼓吹的大有出入。他不由得漸漸開始懷疑，人畢竟還是人，硬要刻出腦子，使他變成超人，恐怕是不自然、不正常的事吧！」這些話，很平淡，但卻很值得玩味，因為這是很人性的話，對於那些堅持要做「理性人」的人們而言，這些話「說與旁人渾不解」。對於人世間大部分平凡的「整體人」而言，這些話卻該是很能扣人心弦的。

張系國就是以這種人性的筆調、流利的文句，表現那嚴肅的主題與深刻的衝突，表面看來，這會顯得不平衡、不調和，而事實上，這卻自成一種風格、一種韻味。譬如下面的一大段話，有笑聲、有淚影，有暗藏笑聲和淚影裡面的嚴肅的氣氛和深邃的思想，便是張系國的拿手好戲：

「超人中除了自然科學家外，也有不少位社會科學家。他們的表現，同

樣令裴人傑失望。例如在陶塞蒂星系第二顆行星上，他曾見過一位文學創作科學批評家，達賽博士。達賽博士極驕傲的引導裴人傑參觀他的圖書館，據他說世界上所有圖書的磁帶拷頁，都收藏在這圖書館裡，窮數百年之力，達賽博士剛完成了最精密、最完善、最科學化的圖書分類工作。他宣稱幾百年來文字創作科學的批評，到此算大功告成，告一結束。

「以後呢？」裴人傑問道。

「以後嗎？如果再有了新書，就拿我科學的文學批評法加以分類批評歸檔就得了。我不妨做個示範表演。」他順手拿起桌上的一捲磁性錄音帶。

「這是一本新出版的小說。你看，我把它放進轉盤，再一撳電鈕，好了！我的計算機開始研究批評這本小說。它首先一句一句的閱讀，分析作者的基本文字技巧。然後一章一章的閱讀，分析作者是否適用了對比，象徵，暗示？主題再現的頻率多少？引用了多少典故？和前人的作品何處相似？何處暗合？最後它再整個閱讀一遍，做一個綜合分析，並從資料檔案中找出這位作者從前所有的著作，加以比較批判。你看現在磁帶已向回轉，這表示計算機已讀完一遍，正準備進入第二階段的文學批評。驚人的迅速，對不對？普通一本二十萬字的著作，計算機可以在五分鐘之內分析批判完畢。假如你來做這工作也許幾天還做不完呢，哈哈！」

正說間，計算機格登格登直響，吐出一疊卡片。達賽博士拿起卡片勝利的說：

「好了，全在這裡了！」

裴人傑湊過去看看，只見卡上打滿了密密麻麻的小孔，他不禁迷惑了。

「這就是……這就是文學批評嗎？」

「不錯，你看看這些統計數字！」計算機又答答作響，吐出一捲圖表。「你瞧瞧這些美妙的曲線！全在這裡了。」

裴人傑拿起一張圖表，直看橫看左看右看，看不出啥苗頭來。

「哦，很抱歉，我是個外行。我只想問一個簡單的問題，從這些卡片和圖表，我能夠看出這本小說是好是壞嗎？」

「噓！」達賽博士的眼睛睜得比銅鈴還大，跳過來摀住裴人傑的嘴。「不許說這種褻瀆的話！好壞關乎個人的價值判斷。文學批評是一門嚴謹的科學，怎可做價值判斷？」

「但是，但是，」裴人傑在達賽博士有力的鐵腕中掙扎著。「如果文學批評只能給我一大堆圖表和數字，卻不能分析給我看一本小說的好壞，這樣的文學批評有什麼用呢？」

像這樣言簡意賅的情節、像這樣言之有物的筆調，豈是那些名噪一時的閨秀派「作家」所能夢想得到的？

張系國在〈超人列傳〉之後，又創作了不少小說，像〈流沙河〉、〈枯骨札記〉、〈焚〉，然而一篇比一篇陰鬱、一篇比一篇黯澹，到了〈焚〉，簡直令人擔心張系國本人是否最近有很不幸的心路歷程，或是他的思想是否一時踏入了死滅黝黯的境域之中。當然，他的小說，仍然充滿了人性的氣息與味道，他這三篇小說，儘管寫的是絕望、墮落、屠戮、自焚、幻滅，然而，那畢竟是「人」的絕望、「人」的墮落、「人」的屠戮、「人」的自焚與幻想，比起國內那些根本沒有人味、根本作不謂人話的所謂「家」來，他仍是不可企及的。

也許，他的〈超人列傳〉中科學與人文的衝突，不惟在他的小說中沒有能夠調和，而且他的心中也不曾能夠解脫，那麼，讓我仿他引尼采的話：「對地球忠實吧！」作為他對人類登月後的結論，讓我用下面的話作為本文的結果：「對文學忠實吧！」（因為中國文壇太需要像你這樣的人。）

——選自陳曉林《知劍一生輕》

臺北：領導出版社，1976 年 11 月

現代主義與「符號化」的中國（節錄）[*]

◎林運鴻[**]

在反共文類自身漸趨疲乏、同時包括美國介入臺灣海峽問題等外在條件也稍稍緩解國共對峙的劍拔弩張之後，臺灣文學便接來了西方的火種。經過紀弦與《藍星》的現代詩派、夏濟安等學院中人對於歐美現代主義的推介、《現代文學》同仁的努力，「現代主義」終於在臺灣文壇生根發芽。儘管臺灣的現代主義文學開宗明義便是要「橫的移植」，但是，這個「移植」絕不見得是意味著民族主義的退位。對於這些不忘故國的現代主義者而言，「創新」一直伴隨著「繼承」，他們自我期許的是進行一些「破壞的建設工作（constructive destruction）」。[1]在這何其豪邁的宣言當中，恐怕比起「破壞」，更為真誠的願望會是（關於現代文學的）「建設」，這一許諾自然是對於中國民族文化的更新。

然而，由於臺灣現代主義有時採取某種尖銳的姿態與傳統決裂，甚至比較極端的例子當中還有「反對西化便是反對文化」、「把美日帝國主義請出去我們靠什麼來過活」[2]這樣激憤決絕的發言，故而上述這種「繼承中華文明」的願望，常常是以迂迴的方式出現，因之難以被察覺。為了觀察中國民族主義敘事如何吸收現代主義文學典範，我將從純文學的邊界，一個

---

[*]編按：本文選自林運鴻〈統治者那無中生有的鄉愁——現代性、文化霸權與臺灣文學中的中國民族主義〉第三章「現代主義與『符號化』的中國」，頁 274～279。

[**]發表文章時就讀東華大學中國語文學系博士班，現為促進轉型正義委員會副研究員。

[1]劉紹銘，〈現代文學發刊詞〉，《現代文學》第 1 期（1960 年 3 月），頁 2。

[2]王文興，〈鄉土文學的功與過〉，尉天驄編，《鄉土文學討論集》（臺北：遠景出版社，1978 年），頁 533～540。

時間上較晚的本土科幻小說文本，來觀察躲藏在文學「現代化」背後的「民族主義」。首先，我們來看看小說家張系國曾寫過的一個有趣短篇〈銅像城〉以及其系列作，並思考其中採行了哪些與中國民族主義敘事重合的現代主義技巧。[3]

這篇〈銅像城〉說的是宇宙中遙遠的「呼回」世界所發生的興衰榮辱故事，其敘事位置相當特別，並不是直接描寫任何角色，而是採用一位綜覽「呼回帝國全史」的史書讀者的口吻。這似乎有點類似於福克納（William Faulkner）著名短篇〈獻給艾蜜莉的玫瑰〉中，以某個有感知能力的「抽象集體」作為潛在的、真正的敘事者的手法。這位虛構史書的閱讀者娓娓說道：在古代的一次叛亂之後，帝國分裂成擁護封建制的帝黨，與擁護共和制的民黨，兩方始終爭戰不休。而每一次戰爭後，勝利的一方都將失敗者軍隊的盔甲融化，重鑄成一尊新的巨大銅像，以資紀念。當千年的內戰慢慢地過去，一層又一層的外殼被加在原始銅像外部，這巨大銅像的臉孔：

> 原本是不同朝代歷史人物的肖像。也許是因為年代久遠的關係，也許是受到地心引力的影響，這一層層的外殼自然而然壓縮黏合在一起，它的面貌不再是某位歷史人物的樣貌，而成了無數人物的綜合相貌……（看到這銅像的人）彷彿看到的不是數百噸的金屬，而是一個有生命的東西。有人說面對銅像時，似乎整個呼回歷史的眼睛都望著他。[4]

最後，新興的「銅像教」終於透過銅像這個共同象徵而將整個呼回世界統合成一個牢固、團結的國家。不幸的是，銀河更遠處的高等文明為了制止

---

[3]審查意見提到，本文將 1980 年發表的〈銅像城〉歸入現代主義時期，可能不夠精確，評審建議如果將該篇歸入「保釣世代」可能會在時間上更為準確。我同意在歷史分期上，本文在此確實有疏失，不過，因為在這裡我主要是想要討論「現代主義美學」與民族主義的關聯，因此，我還是將焦點放在〈銅像城〉中對於語言的關注、以及對於現代性的歷史隱喻。

[4]張系國，〈銅像城〉，《星雲組曲》（臺北：洪範書店，1980 年），頁 89。

呼回民族的銅像崇拜，派出太空艦隊降臨，巨大的銅像在一瞬間就被高科技武器給氣化，而曾經盛極一時的呼回文明，也在銅像毀滅後，迅速衰落，只留下各式各樣關於銅像的傳說，穿鑿附會，繪聲繪影……。

這個寓言的骨幹彷彿不難辨認：在本土世界裡爭奪正統的兩套國家表述，還有從「進步」的遠處抵達本土、並隨之摧毀任何本土神話的「現代性」。一個很簡單的聯想就是，在張系國的呼回世界裡矗立的巨神，很有嫌疑地就是依舊在我們居住的島嶼上膨脹的民族主義外殼（隨便以哪一種面目都是如此）。故事中說，呼回世界每一次內鬥的勝利者都要替這銅像加上新一層的「臉孔」，似乎就是國家機器對於民族圖騰擅自挪用的過程。[5]

以這篇小說構想出來的世界觀為雛形，張系國事實上還創作了〈傾城之戀〉、〈翻譯絕唱〉等十多個短篇，後來更寫了〈銅像城〉續篇的三部科幻長篇：《五玉碟》、《龍城飛將》、《一羽毛》——他自己說這是「中國式的科幻」，李歐梵也認為張系國的科幻小說在精神上是繼承了五四以來寫實主義傳統。[6]不過，愛好科幻與歷史的明眼人當然更看得出，銅像城系列其實更多受到美國科幻巨匠艾西莫夫（Isaac Asimov）多部銀河帝國故事、以及吉朋（Edward Gibbon）的史學名著《羅馬帝國興亡史》的影響。然而，有種滄桑卻是西方語境下感受不到的，〈銅像城〉故事中那個文明衰敗的主題，對於遭逢「五千年未有之大變」的中華帝國來說，更加要是個親切的場景。於是，這種「歷史感」對張系國的銅像城史詩而言，就是一種揮之不去的根本的民族主義鄉愁：「縱然是花果飄零，索倫城終將復興」[7]，這

---

[5]這個銅像的「謎底」，可以參考張系國在接受訪問時的「夫子自道」：「那時候我去嘉義，然後去玉山，玉山上看到一個銅像；回到嘉義一看又是銅像，可是那個銅像並不討厭，是吳鳳的像。臺灣銅像之多！後來想，假如銅像會長大，多好玩，卻有很可怕的象徵意義——權力的膨脹……所以寫了〈銅像城〉。」引自龍應台，〈與張系國一夕談〉，《龍應台評小說》（臺北：爾雅出版社，1985年），頁 201。如果原諒我們出於後見之明、但又有些求全的苛責，就可以清楚看到，張系國對於銅像所隱含的「國家權威」是不無批判的，但同時，張系國又對於銅像「漢族沙文主義」的那一面缺乏足夠的敏銳。由此可見，中國民族主義即使對於洞察力敏銳的傑出小說家而言，也是埋藏得相當深入，以至於沒有清楚意識到在吳鳳故事背後，那種對於原住民族的貶抑與邊緣化。

[6]李歐梵，〈奇幻之旅——《星雲組曲》簡論〉，張系國，《星雲組曲》，頁3～7。

[7]「花果飄零」此一短語來自思想家唐君毅的《說中華民族之花果飄零》（臺北：三民書局，1978年）。唐君毅對於華人社會逐漸西化的問題，主張一種尋求自身文化根源、以中國文化自身標準為

是銅像城故事裡被所有呼回人不斷唸誦的一個口號，索倫城的偉大「銅像」，是人們永恆的眷戀。

但是〈銅像城〉這個「中國科幻」系列之所以被張系國擴充為三個長篇與十數個短篇，其野心可能不只在影射中華民族的歷史際遇，更在於某種美學現代主義尤其關注的目標，也就是饒有深意的「符號」層次：故事裡頭引進了一系列由作者「倉頡造字」而來的「呼回文字」。在此，我摘錄〈銅像城〉系列作的內文附註：「『□』（ㄉㄨˋ）、『□』（ㄇㄨˋ），讀做鹿睦，呼回語張望、打量的意思。引申義，窺伺亦做『□』、『□』……」。[8]類似的呼回文字在小說中層出不窮，其造型間有中國方塊字、易經或太極的線條，小說家並詳細地在頁緣加上註解，在註解中，許多中國古典的成語、典故，都被有意地曲解、拆除……甚至在其他架空呼回史詩中，還分別有兩個叫做〈邊城〉、〈傾城之戀〉的短篇，以「故事新篇」中國近代文學史上的經典之作。[9]

觀察這系列看似大眾取向的科幻文本，其實能夠發現兩種「現代主義」的要旨：首先，銅像城系列故事在內容上影射了中國民族花果飄零的「現代化」（modernize）歷史遭遇——這是現代主義中「疏離」（isolation）經驗的一種變形。所謂「疏離」作為歐洲急遽升起的現代性的一種衍生物，比如在卡夫卡（Franz Kafka）《變形記》那裡，是呈現為工業社會中與周圍人群剝離的那種孤寂，但是當這種孤寂移植到了〈銅像城〉系列後，卻變成了在現代化的歷史中，被迫與民族共同體切斷的另一種孤寂。其

價值判斷的，修正後的保守主義。但有趣的是，在唐看來，儘管已兩者皆為舶來品，但是基督教理想就能夠積極地與中國文化相容並著，馬克思主義則是對於傳統的徹底破壞。類似觀點在一些臺灣作家例如張系國、王鼎鈞也能看到，也許這反映了某種右傾的現代化路線。

[8] □□讀做鹿睦，呼回語張望、打量的意思。引申義，窺伺亦做□□，「你□□些什麼？」意思就是說：「你賊頭賊腦張望些什麼？」□□盔，是占人特用的頭盔。轉引自張系國，《五玉碟》（臺北：知識系統出版公司，1983 年），頁 27。

[9] 在張系國這浩大的、孺慕故國的呼回史詩中，到底選擇了哪些中國新文學名篇來作為其「致敬」的對象，其實就透露了某些政治性的訊息。相比起來，經過臺灣現代主義篩選後的「五四傳統」，更靠近沈從文一脈的抒情系譜，而非魯迅的批判傳統（儘管魯迅式的瘋狂當然更有現代主義文學的精神）。這也許能看出國民黨對於現代中國文學的那種有所篩選的繼承，是更偏好於溫潤的美學情調，以幫助其建立一種充滿民族主義的「深情」的公民教育。

次，更明顯的，則是現代主義對於語言與文字本身拳拳服膺的那種信仰。現代主義原本發端於工業革命後的大都會，那些大量湧入都市的各地方言，表明了「語言」僅僅是一種人為塑造與再塑造的媒介，而不是自然與先驗的事物。[10]同理，身為現代性後進，臺灣現代主義「大量使用本土日常生活中的雜匯詞彙，納入歐美句法，配合現代印刷、標點及符號表意系統，透過聲音的重新捕捉、語義創新、文字突變」，則是為了捕捉臺灣社會在（因為殖民歷史導致的）多重現代化過程中，同時並存的多元文化影響。[11]按照這一思路，我們能看到，〈銅像城〉其實同樣跟隨了七等生、王文興「另類中文」的寫作策略，對漢字書寫進行精細地炮製與變造。〈銅像城〉一方面「陌生化」了傳統民族文化，另一方面又藉由與古文經典的互相參照（張系國發明的字都是中國典故的轉化），而在架空世界中重置了中國性。但是必須注意到，與王文興、七等生不同的是，在此處藉由「回歸古典」的「另類中文」策略，有意識地繞開日本與歐美的現代性，它背後其實是「數千年來中國固有典籍構成的無邊無際的想像的圖書館，無盡的冊頁，回響著過去的聲音與沉默」。[12]正是因為現行語言的不足，才需要重新檢閱深埋民族傳統中那些還未被汲取的靈感來源，以求更為適當地表現（中國獨有的）「現代」的經驗。[13]可以這麼說，〈銅像城〉系列所努力的工作，不管是對於中國文字的諧擬，或是對於中文現代小說起源的諧擬，那都是為了在其採用的歷史隱喻中，尋求白話文運動與五四新文學的對價物，尋求那個足以重鑄「中國性」的文化資源，尋求「中國性」通過蟄伏

---

[10] Williams, Raymond. "Metropolitan Perceptions and the Emergence of Modernism" in *The city ultures reader*, edited by Malcolm Miles and Tim Hall (London: New York: Routledge, 2004) ,p.63.

[11] 廖炳惠，〈臺灣文學的四種現代性〉，《臺灣與世界文學的匯流》（臺北：聯合文學出版社，2003年），頁51～53。

[12] 黃錦樹，〈魂在〉，《文與魂與體：論中國現代性》（臺北：麥田出版，2006年），頁32。

[13] 〈銅像城〉的造字嘗試，其實類似於章太炎所提出的、卻沒有被採用的「中文」現代化途徑。章太炎認為能夠在漢代以前的古文中，找到「現代中文」的資源：「要應付當下的問題……一方面要創制新字詞，一方面則要啟用已經廢棄的古字或某字的古意」。張歷君，《邁向純粹的語言——以魯迅的「硬譯」實踐重釋班雅明的翻譯理論〉，《中外文學》第 30 卷第 7 期（2001 年 12 月），頁 142～143。

而新生的狹徑。

再從體制的層面講,「西方的美學現代主義⋯⋯擁護了國家本身所需要,以及通常只有國家協助才能實現的體制(經典、學院、『國家文學』甚至文化烏托邦)」。[14]張系國筆下的「銅像城」,確實接受了某種文化烏托邦的贊助:一部利用約定俗成的現代主義技術所建築成的虛幻城邦,這裡足以容納民族傳統羽化新生的現代化經驗、也能影射自足自給的符號體系所欲通向的文化故國。既然臺灣現代主義的謎底仍舊是中國民族主義的故土,那麼,「現代主義」與民族國家的文化合法性的關聯,恐怕也昭然若揭。正如 Gellner 所言,為了克服地方社群各自擁有的區域文化,現代國家必須創造一種根源性的、共通的「高層文化」。[15]這共用的高層文化為的是能夠在所謂「民族」內部那些不同社會群體之間,製造出有效的「橫向連結」(horizontal solidarity)。我們可以說,民族主義敘事對於「語言」的關注、對於精緻文化的鑄就,都表現了為了製作「民族文化」時所不可缺少的那種共通高層文化,而美學現代主義尤其是在這個意義上,與民族國家唇齒相依。

——選自《臺灣文學研究學報》第 18 期,2014 年 4 月

---

[14]林建國,〈現代主義者黃錦樹〉,黃錦樹,《馬華文學與中國性》(臺北:元尊文化出版公司,1998年),頁 8。
[15]Ernest Gellner 著;韓紅譯,《民族與民族主義》,頁 50。

輯五◎
研究評論資料目錄

作家生平、作品評論專書與學位論文

學位論文

1. 范怡舒　　張系國小說研究　臺灣師範大學國文學系　碩士論文　楊昌年教授
指導　1998 年　223 頁

本論文研究範圍起自 1963 年《皮牧師正傳》出版，迄於 1999 年 4 月新作《玻璃世
界》，凡張系國正式結集之小說，長篇、短篇乃至科幻類型，悉為探討析論對象，
採作品研討方式，深入探掘其豐沛之文學面貌。全文共 7 章：1.緒論；2.寫作歷程；
3.寫實小說的主題內容；4.寫實小說的形式風格；5.科幻小說的認知新意；6.科幻小
說的抽離技巧；7.結論。

2. 李　濤　　理智的尋夢者──論張系國的小說創作　山東師範大學　碩士論文
呂周聚教授指導　2004 年 4 月　45 頁

本論文對張系國的小說作品，進行文本解讀和藝術分析，從創作主題、藝術形式及
美學特徵等角度探討小說創作的個性特徵。前後有導言、結語，全文共 5 章：1.為人
生的藝術理想；2.海外遊子的民族情懷；3.對人類命運的終極思考；4.多元化的敘述
角度；5.陌生化的審美效果。

3. 陳玉燕　　科學、文學與人生──張系國科幻小說研究　彰化師範大學國文學
系　碩士論文　蔣美華教授指導　2004 年 7 月　176 頁

本論文研究的範圍為張系國所出版之科幻小說，包括《星雲組曲》、《夜曲》、
《金縷衣》、《玻璃世界》、《五玉碟》、《龍城飛將》、《一羽毛》，主要探析
小說中的意涵、與現實人生的關聯，及其創作技巧。全文共 6 章：1.緒論；2.張系國
其人及其著作；3.張系國與科幻小說；4.張系國科幻小說的主題；5.張系國科幻小說
的寫作技巧；6.結論。

4. 吳孟琳　　流放者的認同研究──以聶華苓、於梨華、白先勇、劉大任、張系
國為研究對象　清華大學中國文學系　碩士論文　呂正惠教授指導
2008 年 1 月　113 頁

本論文由 1949 年前後，遷臺的外省軍民裡在大陸出生，少年時期在臺灣度過，在崇
美的留學風潮下又遠赴美國這些族群中，擇取聶華苓、於梨華、白先勇、劉大任以
及張系國五位作家，來呈現多重認同的問題。全文共 5 章：1.緒論；2.流亡曲；3.放
逐之歌；4.尋根熱；5.結語：多重認同的問題。

5. **林家綺** 　華文文學中的離散主題：六、七〇年代「臺灣留學生文學」研究——以白先勇、張系國、李永平為例　清華大學臺灣文學研究所　碩士論文　邱貴芬教授指導　2008 年 1 月　154 頁

本論文以白先勇、張系國與李永平為討論對象，勾勒出 1960、1970 年代前後華文文學的特殊面貌；並以不同文學角度重新討論，開展留學生文學視野，發掘作品中傳達出的多層次訊息。全文共 5 章：1.緒論；2.永遠的紐約客與臺北人——白先勇的鄉愁、失根與放逐；3.飄泊的遊子魂：張系國小說分析；4.馬華文學或臺灣文學——迌迌的南洋浪子李永平；5.結論。正文後附錄〈白先勇作品創作與出版日期〉。

6. **沈曉燕** 　張系國小說研究　福建師範大學中國現當代文學所　碩士論文　朱立立教授指導　2008 年 4 月　58 頁

本論文以張系國小說作品為研究對象，透過新歷史主義的方法和美學的觀點，運用文學的相關理論，分析張系國小說精神世界以及作家對於小說功用的理解與運作。全文共 6 章：1.緒論；2.「中國符號」與「臺灣本土」——張系國小說中的族群認同；3.「中國是我們的原罪」——張系國小說中的歷史思辨；4.現代人的神話——張系國小說中的「道」；5.「島嶼社會生態」——張系國小說中的臺灣社會；6.結論。

7. **李家旭** 　張系國小說的救贖之道　臺北市立教育大學中國語文學系　碩士論文　邱珮萱教授指導　2008 年　253 頁

本論文針對張系國小說為探討對象，起自 1963 年《皮牧師正傳》之出版，迄於 2007 年《衣錦榮歸》。以其小說的主題去分析歸納小說創作如何成為他救贖的工具，從創作小說的目的進行研究與剖析。全文共 7 章：1.緒論；2.張系國求學經歷與小說創作的時代背景；3.激情與反省歲月的救贖（1963 年—1979 年）；4.理性歲月的救贖（1980 年—1992 年）；5.未來歲月的救贖（1980 年—2001 年）；6.張系國的理想國度；7.結論。

8. **陳韋廷** 　知識分子與疏離——張系國前期小說研究　東海大學中國文學系　碩士論文　彭錦堂教授指導　2011 年 6 月　135 頁

本論文以知識分子和疏離為題，透過威廉斯、Seeman 與 Urick 對於疏離的定義，探討張系國小說中的疏離現象。全文共 5 章：1.緒論；2.張系國生平與其文學創作；3.張系國小說中的異化社會；4.張系國小說中人物內心的疏離；5.結論。正文後附錄〈張系國生平、著作年表暨國內外文壇、時事紀要〉、〈張系國訪談整理稿〉。

9. **徐素玲** 　張系國小說《棋王》研究　彰化師範大學國文學系　碩士論文　王

年双教授指導　2015 年　112 頁

本論文針對張系國小說《棋王》，探討 1970 年代的臺灣在經濟掛帥下，當社會風氣和價值觀轉變後，迷失在「金錢至上」的社會風氣中的知識分子，該如何自省、改變以及對社會付出關懷與回饋，並找到生命的真正價值。全文共 8 章：1.緒論；2.張系國的創作路程；3.《棋王》的創作背景；4.《棋王》的情節與場景；5.《棋王》的人物性格；6.《棋王》的敘事觀點與敘述手法；7.《棋王》的主題意識；8.結論。

10. 王攸如　　張系國小說中的人道關懷與價值反思　逢甲大學中國文學系　碩士論文　鄭慧如教授指導　2016 年　154 頁

本論文旨在探究張系國小說中「人的主體性」，藉以呈現張系國小說中的人道關懷與價值反思。全文共 5 章：1.緒論；2.社會變遷中的人性與兩性問題；3.家國題材：淬鍊小我以成就家國情懷；4.科幻題材的未來感與大我的人道關懷；5.結論。正文後附錄〈張系國已出版作品書目表〉、〈張系國已出版作品書目之篇章原載時間表〉。

11. 鄭宛妮　　張系國科幻小說「城」與「海默城」系列比較研究　成功大學中國文學系　碩士論文　蔡玟姿教授指導　2018 年　112 頁

本論文從張系國後期長篇科幻「海默城」系列回望前期「城」系列作品，重新閱讀張系國長篇科幻經典，針對其科幻書寫之「呼回世界」發展脈絡進行探析。全文共 5 章：1.緒論；2.未竟之城：張系國「呼回世界」的興起與擴張；3.「城」與「海默城」前後三部曲之敘事比較；4.「城」與「海默城」前後三部曲中的科幻素材比較；5.結論。正文後附錄〈張系國著作年表〉。

作家生平資料篇目

自述

12. 張系國　　譯序　沙德的哲學思想　新竹　自印　1963 年 8 月　頁 1—6

13. 張系國　　譯序　沙德的哲學思想　臺北　雙葉書店　1964 年 3 月　頁 1—6

14. 張系國　　後記　地　臺北　純文學出版社　1970 年 9 月　頁 249

15. 張系國　　後記　地　臺北　洪範書店　2002 年 10 月　頁 199

16. 張系國　　後記　亞當的肚臍眼　臺北　雲天出版社　1971 年 1 月　頁 229

17. 張系國　　增訂版後記　地　臺北　純文學出版社　1973 年 5 月　頁 250—

252

18. 張系國　　後記　讓未來等一等吧　臺北　書評書目出版社　1975 年 3 月　頁 135—137

19. 張系國　　書評書目版「後記」　讓未來等一等吧　臺北　洪範書店　1984 年 1 月　頁 197—199

20. 張系國　　《快活林》後記　快活林　臺北　遠行出版社　1976 年 3 月　頁 221

21. 張系國　　《快活林》後記　快活林　臺北　遠行出版社　1976 年 4 月　頁 221

22. 張系國　　《香蕉船》後記　書評書目　第 40 期　1976 年 8 月　頁 31—34

23. 張系國　　後記　香蕉船　臺北　洪範書店　1976 年 8 月　頁 145—149

24. 張系國　　《棋王》後記　棋王　臺北　言心出版社　1977 年 3 月　頁 239—240

25. 張系國　　一片冰心在玉壺——後記　天城之旅　臺北　洪範書店　1977 年 8 月　頁 201—204

26. 張系國　　一片冰心在玉壺——後記　天城之旅　臺北　洪範書店　1979 年 6 月　頁 201—204

27. 張系國　　《昨日之怒》後記　中國時報　1978 年 2 月 17 日　12 版

28. 張系國　　後記　昨日之怒　臺北　洪範書店　1978 年 3 月　頁 299—300

29. 張系國　　後記　昨日之怒　臺北　洪範書店　1981 年 12 月　頁 299—300

30. 張系國　　情報販子及其他　中國時報　1978 年 3 月 31 日　12 版

31. 張系國　　情報販子及其他　我的第一步（上）　臺北　時報文化出版公司 1981 年 5 月　頁 91—97

32. 張系國　　漫談科幻小說　中央日報　1978 年 5 月 3 日　10 版

33. 張系國　　科幻小說的再出發——《海的死亡》代序　聯合報　1978 年 10 月 28 日　12 版

34. 張系國　　科幻小說的再出發（代序）　海的死亡　臺北　純文學出版社

1978 年 10 月　頁 1—4

35. 張系國　「洪範版」後記　孔子之死　臺北　洪範書店　1978 年 11 月　頁 221—222

36. 張系國　「洪範版」後記　孔子之死　臺北　洪範書店　1982 年 2 月　頁 221—222

37. 張系國　「洪範版」後記　棋王　臺北　洪範書店　1979 年 2 月　頁 199—200

38. 張系國　「洪範版」後記　棋王　臺北　洪範書店　1982 年 7 月　頁 199—200

39. 張系國　後記　皮牧師正傳　臺北　洪範書店　1979 年 2 月　頁 215—218

40. 張系國　後記（作者與皮牧師的對話）　皮牧師正傳　臺北　洪範書店　1981 年 9 月　頁 215—218

41. 張系國　「洪範版」後記　皮牧師正傳　臺北　洪範書店　1979 年 2 月　〔2〕頁

42. 張系國　「洪範版」後記　皮牧師正傳　臺北　洪範書店　1981 年 9 月　頁 219—220

43. 張系國　《星雲組曲》簡介　星雲組曲　臺北　洪範書店　1980 年 10 月　頁 1—2

44. 張系國　《星雲組曲》簡介　洪範雜誌　第 1 期　1981 年 3 月　1 版

45. 張系國　《星雲組曲》簡介〔節選〕　洪範雜誌　第 68 期　2002 年 12 月 31 日　3 版

46. 張系國　《香蕉船》增訂本後記　香蕉船　臺北　洪範書店　1981 年 5 月　頁 250—252

47. 張系國　小傳　張系國自選集　臺北　黎明文化公司　1982 年 8 月　頁 3

48. 張系國　不朽者　張系國自選集　臺北　黎明文化公司　1982 年 8 月　頁 211—216

49. 張系國　不朽者（代序）　不朽者　臺北　洪範書店　1983 年 7 月　頁 3—

10

50. 張系國　不朽者（代序）　游子魂組曲　臺北　洪範書店　1989 年 5 月　頁 1—8

51. 張系國　寫在「城」前面　洪範雜誌　第 10 期　1982 年 12 月　2 版

52. 張系國　五玉碟與獨悟魂——寫在《五玉碟》後面　五玉碟——「城」第一部　臺北　知識系統出版公司　1983 年 1 月　頁 225—227

53. 張系國　序　張系國短篇小說選　南昌　江西人民出版社　1983 年 2 月　〔2〕頁

54. 張系國　《英雄有淚不輕彈》後記　洪範雜誌　第 15 期　1984 年 1 月　1 版

55. 張系國　後記　英雄有淚不輕彈　臺北　洪範書店　1984 年 1 月　頁 201—202

56. 張系國　「洪範版」後記　讓未來等一等吧　臺北　洪範書店　1984 年 1 月　頁 201

57. 張系國　自序　夜曲　臺北　知識系統出版公司　1985 年 1 月　頁 1—3

58. 張系國　《夜曲》　洪範雜誌　第 19 期　1985 年 1 月　3 版

59. 張系國　《夜曲》自序　夜曲　臺北　洪範書店　1985 年 1 月　頁 1—3

60. 張系國　序　當代科幻小說選 1　臺北　知識系統出版公司　1985 年 2 月　頁 1—3

61. 張系國　關於《當代科幻小說選》　洪範雜誌　第 20 期　1985 年 2 月　1 版

62. 張系國　迎接科幻的豐收季　洪範雜誌　第 20 期　1985 年 2 月　2 版

63. 張系國　序　他們在美國　北京　中國文聯出版公司　1986 年 3 月　頁 1—2

64. 張系國　序　七十五年科幻小說選　臺北　知識系統出版公司　1987 年 2 月

65. 張系國　《七十五年科幻小說選》序　洪範雜誌　第 30 期　1987 年 3 月　1 版

66. 張系國　　一個作家的心路歷程　聯合報　1987 年 4 月 29 日　8 版

67. 張系國　　《沙豬傳奇》後記　洪範雜誌　第 37 期　1988 年 12 月　1 版

68. 張系國　　後記　沙豬傳奇　臺北　洪範書店　1988 年 12 月　頁 211—213

69. 張系國　　女人世界裡的殘燭——關於《沙豬傳奇》裡的真言警句　洪範雜誌
　　　　　　　第 41 期　1989 年 10 月　3 版

70. 張系國　　代後記：刺青的維納斯　男人的手帕　臺北　洪範書店　1990 年 1
　　　　　　　月　頁 203—205

71. 張系國　　向未來尋找歷史的根源——《科幻雜誌》發刊詞　洪範雜誌　第 42
　　　　　　　期　1990 年 1 月　2 版

72. 張系國　　向未來尋找歷史的根源　金縷衣　臺北　洪範書店　1994 年 11 月
　　　　　　　頁 143—146

73. 張系國　　賀詞　洪範雜誌　第 42 期　1990 年 1 月　2 版

74. 張系國　　開山成功　洪範雜誌　第 42 期　1990 年 1 月　2 版

75. 張系國　　《世界沙豬語錄》——序　洪範雜誌　第 43 期　1990 年 6 月　1
　　　　　　　版

76. 張系國　　序　世界沙豬語錄　臺北　知識系統出版公司　1990 年 6 月　頁 3
　　　　　　　—10

77. 張系國　　後記　一羽毛　臺北　知識系統出版公司　1991 年 5 月　頁 203—
　　　　　　　204

78. 張系國　　《一羽毛》後記　洪範雜誌　第 46 期　1991 年 6 月　1 版

79. 張系國，平路　　致《捕諜人》讀者／作者　洪範雜誌　第 49 期　1992 年 9
　　　　　　　月　1 版

80. 張系國，平路　　致讀者／作者——代序　捕諜人　臺北　洪範書店　1992 年
　　　　　　　10 月　頁 1—3

81. 張系國　　張系國的小說觀　八十二年短篇小說選　臺北　爾雅出版社　1994
　　　　　　　年 3 月　頁 231

82. 張系國　　幻想有理！——《金縷衣》代序　洪範雜誌　第 53 期　1994 年 11

月　1 版

83. 張系國　　　幻想有理！——代序　金縷衣　臺北　知識系統出版公司　1994 年
　　　　　　　11 月　頁 1—3

84. 張系國　　　大財主的日子　聯合文學　第 148 期　1997 年 2 月　頁 14—15

85. 張系國　　　自序　造自己的反　臺北　天下雜誌　1998 年 3 月　頁 1—2

86. 張系國　　　後記　玻璃世界　臺北　洪範書店　1999 年 4 月　頁 135—137

87. 張系國　　　《玻璃世界》後記　洪範雜誌　第 61 期　1999 年 5 月　3 版

88. 張系國講；張麗麗記　　　二十一世紀傳奇——張系國談未來世界　幼獅文藝
　　　　　　　第 546 期　1999 年 6 月　頁 40—42

89. 張系國　　　自序　Ｖ托邦　臺北　天下遠見出版公司　2001 年 5 月　頁 1—4

90. 張系國　　　民生主義系列小說總介（序）　大法師——民生主義系列的食書
　　　　　　　臺北　天培文化公司　2002 年 7 月　頁 4—9

91. 張系國　　　民生主義系列小說總介（序）　神交俠侶——民生主義系列育樂書
　　　　　　　臺北　天培文化公司　2002 年 7 月　頁 4—9

92. 張系國　　　民生主義系列小說總介（序）　張系國大器小說：住書　臺北　天
　　　　　　　培文化公司　2008 年 8 月　頁 6—10

93. 張系國　　　民生主義系列小說總介（序）　箱子　跳蚤　狗——民生主義系列
　　　　　　　的行書　臺北　天培文化公司　2003 年 7 月　頁 6—10

94. 張系國　　　民生主義系列小說總介（序）　城市獵人——民生主義系列住書
　　　　　　　臺北　天培文化公司　2004 年 7 月　頁 6—10

95. 張系國　　　民生主義系列小說總介（序）　張系國大器小說：食書　臺北　天
　　　　　　　培文化公司　2008 年 2 月　頁 4—9

96. 張系國　　　民生主義系列小說總介（序）　張系國大器小說：育樂書　臺北
　　　　　　　天培文化公司　2008 年 4 月　頁 4—9

97. 張系國　　　民生主義系列小說總介（序）　張系國大器小說：行書　臺北　天
　　　　　　　培文化公司　2008 年 6 月　頁 6—11

98. 張系國　　　虛擬的歌唱家　聯合報　2002 年 10 月 23 日　39 版

99. 張系國　　昨日之愛　中央日報　2002 年 12 月 13 日　16 版

100. 張系國　　我如何寫《城市獵人》　豐美的饗宴：第三屆桃園全國書展專題演講集　桃園　桃園縣文化局　2004 年 10 月　頁 12—18

101. 張系國　　最後的對手　文訊雜誌　第 247 期　2006 年 5 月　頁 47—49

102. 張系國　　最後的對手——談長篇小說創作　女人究竟要什麼？　臺北　洪範書店　2006 年 8 月　頁 185—189

103. 張系國　　十萬個為什麼　女人究竟要什麼？　臺北　洪範書店　2006 年 8 月　頁 209—211

104. 張系國　　男人究竟要什麼？　男人究竟要什麼？　臺北　洪範書店　2006 年 8 月　頁 3—6

105. 張系國　　自序　衣錦榮歸　臺北　洪範書店　2007 年 11 月　頁 2—6

106. 張系國　　自序兼導論　帝國和台客　臺北　天下雜誌公司　2008 年 10 月　頁 4—11

107. 張系國　　校友二三事　臺大八十，我的青春夢　臺北　臺灣大學出版中心　2008 年 11 月　頁 212—216

108. 張系國　　自序　城市獵人　臺北　洪範書店　2010 年 3 月　頁 1—3

109. 張系國　　我為什麼編「域外集」　文訊雜誌　第 316 期　2012 年 2 月　頁 83—85

110. 張系國　　我為什麼編「域外集」　臺灣人文出版社 18 家及其出版環境　臺北　文訊雜誌社　2013 年 12 月　頁 169—173

111. 張系國　　烏托邦與桃花源　聯合報　2013 年 11 月 16 日　D3 版

112. 張系國　　竹塹堡、科技城與烏托邦／我的科幻小說創作（演講）　自然、人文與科技的共構交響——第二屆臺灣「竹塹學」國際學術研討會　新竹　新竹教育大學中國語文系主辦；新竹縣政府文化局協辦　2015 年 11 月 13—14 日

113. 張系國　　知識系統出版社連累了兩代人　文訊雜誌　第 370 期　2016 年 8 月　頁 122—123

114. 張系國　　我的故事——真理・謊言・平行世界　第四屆全球華文作家論壇　臺北　臺灣師範大學全球華文寫作中心主辦；國家圖書館合辦　2017 年 10 月 21—22 日

115. 張系國　　自序　魔鬼的十億個名字（電子書）　臺北　群傳媒出版社　2017 年 10 月　〔1〕頁

他述

116. 潘芷秋　　張系國的怪癖　純文學　第 43 期　1970 年 7 月　頁 113

117. 呂一銘　　張系國的「左手」　聯合報　1977 年 8 月 29 日　9 版

118. 胡為美　　為「人」而寫作的電腦科學家——張系國　婦女雜誌　第 107 期　1977 年 8 月　頁 84—88

119. 桂文亞　　能源在我心——張系國返國小記　聯合報　1978 年 7 月 4 日　12 版

120. 〔愛書人〕　　感念倉頡以雙手握刀造字——作家部分系列〔張系國部分〕　愛書人　第 129 期　1980 年 1 月 1 日　2 版

121. 白先勇　　新大陸流放者之歌——美加中國作家〔張系國部分〕　聯合報　1981 年 3 月 15 日　8 版

122. 單德興　　論影響研究的一些做法及困難——以臺灣近三十年來的小說為例〔張系國部分〕　中外文學　第 11 卷第 4 期　1982 年 9 月　頁 94

123. 〔王晉民，鄺白曼編〕　　張系國　臺灣與海外華人作家小傳　福州　福建人民出版社　1983 年 9 月　頁 224—226

124. 呂正惠　　張系國　中國現代短篇小說選析 2　臺北　長安出版社　1984 年 2 月　頁 745

125. 〔黃維梁編〕　　作者簡介　中國當代短篇小說選（第一集）　香港　新亞洲出版社　1988 年 4 月　頁 235

126. 歐陽子　　鄉土・血統・根　生命的軌跡　臺北　九歌出版社　1988 年 5 月　頁 166—167

127. 〔明清，秦人主編〕　　張系國　臺港小說鑑賞辭典　北京　中央民族學院
　　　出版社　1994 年 1 月　頁 611

128. 李蔓青，張主美　　張系國──知性與感性的耕耘者　戰略生產力雜誌　第
　　　458 期　1994 年 4 月　頁 15—18

129. 宋　剛　　張系國　中國文學通典・小說通典　北京　解放軍文藝出版社
　　　1999 年 1 月　頁 1126

130. 胡芝瑩　　光譜人物──張系國　臺北畫刊　第 372 期　1999 年 1 月　頁
　　　10—11

131. 李令儀　　張系國寫食書，用菜單鑲邊　聯合報　2002 年 7 月 8 日　14 版

132. 廖淑惠　　重回辛志平故居・張系國唏噓　聯合報　2002 年 8 月 2 日　18 版

133. 蔡惠萍　　這條街，真人不露相　聯合報　2002 年 8 月 2 日　18 版

134. 陳希林　　科幻需要拐個彎──張系國談虛實循環，不鼓勵一般作者寫科幻
　　　小說　中國時報　2004 年 7 月 18 日　A8 版

135. 周美惠　　科學家張系國，研發「借時間」　聯合報　2004 年 7 月 22 日
　　　E6 版

136. 洪士惠　　「外星人」張系國降臨地球六十年　文訊雜誌　第 226 期　2004
　　　年 8 月　頁 95

137. 劉　輝　　畫貓的小孩──記臺灣科幻小說作家張系國　出版參考　2005 年
　　　3 月上旬刊　2005 年 3 月 5 日　頁 31

138. 宋雅姿　　見證時代的文學交響曲──深秋，向資深作家致最敬意──張系
　　　國，依隨時代科技求新求變　中華日報　2006 年 10 月 28 日　23
　　　版

139. 童小南，韓漪　　重返現代──白先勇、《現代文學》與現代主義國際研討會
　　　──「從現代文學到後現代文學」及「另類現代主義」〔張系國
　　　部分〕　聯合文學　第 284 期　2008 年 6 月　頁 115

140. 〔封德屏主編〕　　張系國　2007 臺灣作家作品目錄　臺南　國立臺灣文學
　　　館　2008 年 7 月　頁 717

141. 〔陳芳明編著〕　作者介紹／張系國　青少年臺灣文庫 2——小說讀本 2：
　　　約會　臺北　國立編譯館　2008 年 12 月　頁 179—180

142. 〔郝譽翔編著〕　作者介紹／張系國　青少年臺灣文庫 2——小說讀本 3：
　　　袋鼠族物語　臺北　國立編譯館　2008 年 12 月　頁 193

143. 李青霖　張系國至交大演講　文訊雜誌　第 318 期　2012 年 4 月　頁 152

144. 王申培　科學離不開幻想‧藝術離不開真實——張系國的科學與文學　中
　　　華日報　2013 年 3 月 21 日　D4 版

145. 馬　森　臺灣的現代小說與海外作家的回歸〔張系國部分〕　世界華文新
　　　文學史——中國現代文學的兩度西潮（下編）‧分流後的再生：第
　　　二度西潮與現代／後現代主義　臺北　印刻文學生活雜誌出版公
　　　司　2015 年 2 月　頁 1012—1013

訪談、對談

146. 張龍傑　張系國和中文電腦——從生活感想談到「漢字構字法」　青年戰
　　　士報　1972 年 12 月 27 日　3 版

147. 回　夏　使人們看見——走訪張系國先生　幼獅月刊　第 40 卷第 1 期
　　　1974 年 7 月　頁 52—54

148. 邱秀文　環抱無限理想：訪張系國先生　智者群像　臺北　時報文化出版
　　　公司　1977 年 1 月　頁 268—282

149. 桂文亞　奇想記：張系國的科幻小說天地　聯合報　1977 年 7 月 3 日　12
　　　版

150. 桂文亞　奇想記：張系國的科幻小說天地　墨香　臺北　皇冠出版社
　　　1979 年 11 月　頁 187—204

151. 夏祖麗　理智的尋夢者：張系國訪問記　書評書目　第 52 期　1977 年 8 月
　　　頁 33—44

152. 夏祖麗　理智的尋夢者——張系國訪問記　握筆的人　臺北　純文學出版
　　　社　1977 年 12 月　頁 151—168

153. 冉　亮　作一個好中國人——從閒談中看張系國　時報周刊　第 8 期

1978 年 4 月 23—29 日　頁 8

154. 林清玄　　黃河的兒女——訪張系國談《黃河之水》　難遣人間未了情　臺
北　時報文化出版公司　1980 年 9 月　頁 151—164

155. 林清玄　　黃河的兒女——訪張系國談《黃河之水》　難遣人間未了事　臺
北　時報文化出版公司　1989 年 10 月　頁 151—164

156. 張系國等[1]　科幻之旅：張系國與王建元談科幻小說　中國時報　1983 年 9
月 29 日　8 版

157. 張系國等　　科幻之旅——張系國與王建元談科幻小說　夜曲　臺北　知識
系統出版公司　1985 年 1 月　頁 121—144

158. 秦慧珠　　褐屋裡的夏夜：海外訪張系國這一家　女性　第 214 期　1984 年
9 月　頁 16—20

159. 龍應台　　畫貓的小孩——與張系國一夕談　新書月刊　第 13 期　1984 年
10 月　頁 26—30

160. 龍應台　　畫貓的小孩——與張系國一夕談　龍應台評小說　臺北　爾雅出
版社　1985 年 6 月　頁 195—212

161. 龍應台　　畫貓的小孩——與張系國一夕談　當代作家對話錄　臺北　傳記
文學出版社　1986 年 10 月　頁 152—164

162. 張系國等[2]　德先生・賽先生・幻小姐———九八二年文藝節聯副科幻小說
座談會　當代科幻小說選（二）　臺北　知識系統出版公司
1985 年 2 月　頁 209—256

163. 陳文芬　　小說家張系國返臺談「時間管理」　中國時報　1986 年 6 月 26 日
24 版

164. 李鹽水　　科幻・歷史・俠——張系國與葉言都談科幻小說創作　中國時報
1986 年 9 月 21 日　8 版

165. 李昂，張系國　　性愛與沙豬——李昂・張系國越洋筆談　中國時報　1987

---

[1]對談者：張系國、王建元；紀錄：呂學海、呂維琴。
[2]與會者：趙玉明、張系國、黃凡、黃海、沈君山、鄭文豪、楊萬蓮、戴維揚；紀錄：丘彥明。

年 2 月 12 日　37 版

166. 李昂，張系國　　性愛與沙豬——李昂·張系國越洋筆談　洪範雜誌　第 32
　　　期　1987 年 8 月 10 日　4 版

167. 〔聯合報〕　訪張系國　聯合報　1987 年 8 月 1 日　8 版

168. 李昂，張系國　　殺夫、殺妻、沙豬：張系國 V.S 李昂（上、下）　中國時
　　　報　1988 年 11 月 10—11 日　18 版

169. 李昂，張系國　　性愛與沙豬：李昂 VS 張系國〔摘錄〕　洪範雜誌　第 37
　　　期　1988 年 12 月 25 日　1 版

170. 黃美惠　　張系國擔心得罪一半人口，有套黑洞理論，實踐雙身主義　民生
　　　報　1988 年 12 月 19 日　14 版

171. 黃美惠　　張系國擔心得罪一半人口，有套黑洞理論，實踐雙身主義　洪範
　　　雜誌　第 38 期　1989 年 2 月 25 日　3 版

172. 陳幼石，張系國對談；莊美華記錄整理　　女人是男人世界裡的黑洞？　中
　　　國時報　1989 年 7 月 20 日　23 版

173. 陳幼石，張系國對談；莊美華記錄整理　　女人是男人世界裡的黑洞？：陳
　　　幼石·張系國解剖沙豬　洪範雜誌　第 40 期　1989 年 9 月 30 日
　　　2—3 版

174. 林少雯　　張系國——充溢家國之情的 60 年代青年　幼獅文藝　第 435 期
　　　1990 年 3 月　頁 30—34

175. 黃武忠　　談科幻小說——訪張系國先生　小說經驗——名家談寫作技巧
　　　臺北　富春文化公司　1990 年 8 月　頁 160—167

176. 楊塵一　　張系國淺談小說闊論視訊通訊　經濟日報　1993 年 12 月 14 日
　　　12 版

177. 李文冰　　充滿任何可能的臺灣——張系國訪談錄　幼獅文藝　第 502 期
　　　1995 年 10 月　頁 11—16

178. 蘇惠昭　　穿梭時間與知識領域，徘徊有情人間　臺灣時報　1996 年 7 月 3
　　　日　24 版

179. 張系國等[3]　　尋找「失落的一環」──張系國教授與 X 世代的交集　幼獅
文藝　第 517 期　1997 年 1 月　頁 5─15

180. 王開平　孤獨的星球──訪小說家張系國　聯合報　1999 年 4 月 12 日　41
版

181. 茹　願　張系國的系統心與盤古志　中國時報　2001 年 5 月 13 日　23 版

182. 丁文玲　張系國勤建電腦桃花源　中國時報　2001 年 5 月 21 日　13 版

183. 傅吉毅　科幻小說是一種追求理想的文類──專訪張系國先生　文訊雜誌
第 196 期　2002 年 2 月　頁 38─40

184. 孫嘉芳　城市是科幻的溫床──張系國談「港臺科幻小說」　中國時報
2002 年 4 月 3 日　39 版

185. 傅吉毅　張系國訪談紀錄　臺灣科幻小說的文化考察（1968─2001）　中
央大學中國文學系　碩士論文　康來新教授指導　2002 年 6 月
頁 150─162

186. 傅吉毅　張系國訪談記錄整理（2001／9／29）　臺灣科幻小說的文化考察
（1968─2001）　臺北　秀威資訊科技公司　2008 年 6 月　頁
179─202

187. 宋雅姿　當文學遇到科學──專訪張系國先生[4]　張系國大器小說：食書
臺北　天培文化公司　2002 年 7 月　頁 189─194

188. 宋雅姿　當文學遇到科學──專訪張系國先生　文訊雜誌　第 228 期
2004 年 10 月　頁 107─113

189. 宋雅姿　張系國，當文學遇到科學　作家身影：12 位作家的故事　臺北
麥田出版　2005 年 6 月 5 日　頁 228─247

190. 宋雅姿　今日文學界的異數──專訪張系國　張系國大器小說：育樂書
臺北　天培文化公司　2008 年 4 月　頁 207─212

191. 許秦蓁　張系國訪談錄　戰後臺灣的上海記憶與上海建構　中央大學中國

[3]與會者：張系國、王飛仙、商俞容、董致寬、張宏輔；紀錄：李文冰。
[4]本文後改篇名為〈張系國，當文學遇到科學〉、〈今日文學界的異數──專訪張系國〉。

　　　　　　　文學系　博士論文　康來新教授指導　2003 年 1 月　頁 268—278

192. 許秦蓁　　張系國訪談錄　戰後臺灣的上海記憶與上海建構　臺北　大安出
　　　　　　　版社　2005 年 9 月　頁 265—274

193. 滕淑芬採訪整理　　熔文學與科技於一爐：張系國　光華　第 29 卷第 11 期
　　　　　　　2004 年 11 月　頁 94—101

194. 陳韋廷　　張系國訪談整理稿　知識分子與疏離——張系國前期小說研究
　　　　　　　東海大學中國文學系　碩士論文　彭錦堂教授指導　2011 年 6 月
　　　　　　　頁 134—138

195. 姚嘉為　　心繫臺灣遊子魂——文學電腦兩棲的張系國　在寫作中還鄉　臺
　　　　　　　北　允晨文化公司　2011 年 10 月　頁 177—198

196. 張系國，舞鶴，廖炳惠　　另類現代：從外太空的科幻世界到原鄉部落的田
　　　　　　　野書寫　重返現代　臺北　麥田出版　2016 年 1 月　頁 137—155

197. 張系國等[5]　　現文盛會：全體作者座談　重返現代　臺北　麥田出版　2016
　　　　　　　年 1 月　頁 212—240

年表

198. 方美芬編　　張系國生平寫作年表　張系國集（臺灣作家全集）　臺北　前
　　　　　　　衛出版社　1993 年 12 月　頁 259—264

199. 陳韋廷　　張系國生平、著作年表暨國內外文壇、時事紀要　知識分子與疏
　　　　　　　離——張系國前期小說研究　東海大學中國文學系　碩士論文
　　　　　　　彭錦堂教授指導　2011 年 6 月　頁 118—133

其他

200. 夏　蟬　　張系國人忙喜事多　中國時報　2002 年 7 月 8 日　39 版

201. 周美惠　　張系國要到交大教建築　聯合報　2002 年 12 月 6 日　14 版

202. 陳希林　　走過一甲子張系國與讀者共享——早參加桃園書展演講，轉赴
　　　　　　　「外星人降臨地球村六十年」慶生會，老友故舊到賀　中國時報

---

[5] 主持人：王德威；與會者：聶華苓、葉維廉、白先勇、張錯、李渝、張系國、施叔青、舞鶴、朱
天文、裴在美。

2004 年 7 月 18 日　A8 版

203. 丹　墀　張系國獲華語科幻星雲獎中篇小說大獎　聯合報　2012 年 10 月 28 日　D3 版

作品評論篇目

綜論

204.〔書評書目〕　張系國　書評書目　第 18 期　1974 年 1 月　頁 100—102

205. 江成濤　張系國的小說世界　大學雜誌　第 97 期　1976 年 5 月　頁 45—49

206. 楊　牧　張系國的關心和藝術　香蕉船　臺北　洪範書店　1976 年 8 月　頁 1—11

207. 楊　牧　張系國的關心和藝術　文學知識　臺北　洪範書店　1979 年 9 月　頁 95—105

208. 楊　牧　張系國的關心與藝術　張系國集（臺灣作家全集）　臺北　前衛出版社　1993 年 12 月　頁 239—249

209. 楊　牧　張系國的關心和藝術　掠影急流　臺北　洪範書店　2005 年 12 月　頁 169—181

210. 劉紹銘　張生系國　中國時報　1977 年 7 月 12 日　12 版

211. 劉紹銘　張生系國　洪範雜誌　第 6 期　1982 年 2 月　3 版

212. 何　欣　三十年來的小說〔張系國部分〕　中華文化復興月刊　第 10 卷第 9 期　1977 年 9 月　頁 32

213. 何　欣　三十年來的小說〔張系國部分〕　中國現代小說的主潮　臺北　遠景出版公司　1979 年 3 月　頁 97—100

214. 如　理　天人之際——起自張系國的小說　無言寺夕之對話　臺北　暮鼓雜誌社　1978 年 5 月　頁 114—119

215. 王曉波　論張系國的道與志　良心的挑戰　臺中　藍燈文化公司　1980 年 2 月　頁 188—195

216. 冷之焚〔許素蘭〕　　失根者的悲歌——闡析張系國小說中三種追尋的類型[6]
　　　書評書目　第 86 期　1980 年 6 月　頁 58—71

217. 冷之焚　　失根者的悲歌——闡析張系國小說中三種追尋的類型　洪範雜誌
　　　第 2 期　1981 年 6 月　4 版

218. 許素蘭　　失根者的悲歌——闡析張系國小說中三種追尋的類型　昔日之境
　　　臺北　鴻蒙文學出版公司　1985 年 9 月　頁 1—23

219. Joseph S. M. Lau　　Obsession with Taiwan: The Fiction of Chang Hsi-Kuo
　　　Chinese fiction from Taiwan：Critical Perspectives　Bloomington
　　　Indiana University　1980 年　頁 148—165

220. 盧菁光　　他在探求什麼——臺灣作家張系國散論　新文學論叢　1982 年第
　　　1 期　1982 年 3 月　頁 91—98

221. 王晉民，鄺白曼　　論張系國的短篇小說　張系國短篇小說選　南昌　江西
　　　人民出版社　1983 年 2 月　頁 1—15

222. 廖宏文　　碧海青天夜夜心：張系國的小說世界　國語日報　1983 年 3 月 4
　　　日　6 版

223. 盧菁光　　獨樹一幟的臺灣小說家張系國　臺灣香港文學論文選　福州　福
　　　建人民出版社　1983 年 10 月　頁 179—193

224. 齊邦媛　　江河匯集成海的六十年代小說〔張系國部分〕　文訊雜誌　第 13
　　　期　1984 年 8 月　頁 54—55

225. 齊邦媛　　江河匯集成海的六〇年代小說〔張系國部分〕　霧漸漸散的時候
　　　臺北　九歌出版社　1998 年 10 月　頁 66—68

226. 隱　地　　作家與書的故事——蕭颯、張系國　新書月刊　第 11 期　1984 年
　　　8 月　頁 46—47

227. 隱　地　　張系國　作家與書的故事　臺北　爾雅出版社　1985 年 11 月　頁
　　　109—112

---

[6]本文從張系國的小說中，闡析「原始大地的依歸者」、「現代社會名利追逐者」、「寄身異國的的流寓者」三種追尋的類型。

228. 隱　地　　張系國素描　洪範雜誌　第 25 期　1986 年 2 月　2 版

229. 章心如　　關心中國人命運的知識分子：張系國的小說世界　大學雜誌　第
　　　　　　　183 期　1985 年 6 月　頁 25—29

230. 葉石濤　　臺灣文學史大綱（後篇）──六十年代的臺灣文學：無根與放逐
　　　　　　　〔張系國部分〕　文學界　第 15 期　1985 年 8 月　頁 167—168

231. 葉石濤　　六〇年代的臺灣文學──無根與放逐〔張系國部分〕　臺灣文學史
　　　　　　　綱　高雄　文學界雜誌社　1991 年 1 月　頁 128

232. 葉石濤　　臺灣文學史綱──六〇年代的臺灣文學──無根與放逐〔張系國部
　　　　　　　分〕　葉石濤全集・評論卷五　臺南，高雄　國立臺灣文學館，
　　　　　　　高雄市文化局　2008 年 3 月　頁 143—144

233. 王晉民　　張系國的小說　臺灣當代文學　南寧　廣西人民出版社　1986 年
　　　　　　　9 月　頁 313—329

234. 齊邦媛　　留學「生」文學──由非常心到平常心（2—3）〔張系國部份〕
　　　　　　　中國時報　1986 年 11 月 2—3 日　8 版

235. 齊邦媛　　張系國的中國結[7]　洪範雜誌　第 30 期　1987 年 3 月　3 版

236. 齊邦媛　　留學「生」文學──由非常心到平常心〔張系國部分〕　七十五
　　　　　　　年文學批評選　臺北　爾雅出版社　1987 年 3 月　頁 243—251

237. 齊邦媛　　留學「生」文學──由非常心到平常心〔張系國部分〕　千年之
　　　　　　　淚　臺北　爾雅出版社　1990 年 7 月　頁 160—168

238. 齊邦媛　　留學「生」文學──由非常心到平常心〔張系國部分〕　千年之
　　　　　　　淚──當代臺灣小說論集　臺北　爾雅出版社　2015 年 7 月　頁
　　　　　　　206—214

239. 呂正惠　　「政治小說」三論〔張系國部分〕　文星　第 103 期　1987 年 1
　　　　　　　月　頁 86—92

240. 呂正惠　　「政治小說」三論〔張系國部分〕　小說與社會　臺北　聯經出
　　　　　　　版公司　1988 年 5 月　頁 173—191

---

[7]本文後摘錄為〈張系國的中國結〉一文。

241. 夏志清　　時代與真實——雜談臺灣小說〔張系國部分〕　夏志清文學評論集　臺北　聯合文學出版社　1987 年 6 月　頁 240—242

242. 夏志清　　時代與真實——雜談臺灣小說〔張系國部分〕　夏志清文學評論集　臺北　聯合文學出版社　2006 年 10 月　頁 264—266

243. 宋田水　　要死不活的臺灣文學——透視臺灣作家的良心——王拓、張系國　臺灣新文化　第 14 期　1987 年 11 月　頁 45

244. 黃重添　　兩種文化撞擊中的海外遊子〔張系國部分〕　臺灣當代小說藝術采光　廈門　鷺江出版社　1987 年 11 月　頁 110

245. 〔黃維梁編〕　　對小說的看法和評論——張系國　中國當代短篇小說選（第一集）　香港　新亞洲出版社　1988 年 4 月　頁 417

246. 王德威　　紙上「談」科技：以李伯元、茅盾、張系國為例　眾聲喧嘩　臺北　遠流出版公司　1988 年 9 月　頁 69—73

247. 潘亞暾，汪義生　　剖開臺灣社會現實的一把利刃——張系國小說散論　上饒師專學報　1988 年第 3，4 期　1988 年　頁 50—53

248. 古繼堂　　六十年代臺灣鄉土小說的成就〔張系國部分〕　臺灣小說發展史　臺北　文史哲出版社　1989 年 7 月　頁 437—438

249. 彭瑞金　　回歸寫實與本土化運動（一九七○——一九七九）——鄉土文學的全盛時期〔張系國部分〕　臺灣新文學運動 40 年　臺北　自立晚報社　1991 年 3 月　頁 174—175

250. 黃重添　　科幻小說〔張系國部分〕　臺灣新文學概觀（下）　福建　鷺江出版社　1991 年 6 月　頁 239—243

251. 賴伯疆　　美洲華文文學方興未艾——美國華文文學〔張系國部分〕　海外華文文學概觀　廣州　花城出版社　1991 年 7 月　頁 182—184

252. 簡政珍　　放逐詩學——臺灣放逐文學初探〔張系國部分〕　中外文學　第 20 卷第 6 期　1991 年 11 月　頁 14—24

253. 陳思和　　創意與可讀性——試論臺灣當代科幻與通俗文類的關係〔張系國部分〕　流行天下　臺北　時報文化出版公司　1992 年 1 月　頁

278—283

254. 黃重添　　叢甦、張系國、馬森與後期的「留學生文學」　臺灣文學史
（下）　福建　海峽文藝出版社　1993 年 1 月　頁 269—274

255. 何笑梅　　兒童文學與科幻小說〔張系國部分〕　臺灣文學史（下）　福建
海峽文藝出版社　1993 年 1 月　頁 734—735

256. 林燿德　　臺灣當代科幻文學〔張系國部分〕　臺灣香港澳門暨海外華文文
學論文選　福州　海峽文藝出版社　1993 年 3 月　頁 281—283

257. 林燿德　　臺灣當代科幻文學〔張系國部分〕　新世代星空　臺北　華文網
公司　2001 年 10 月　頁 161—178

258. 林燿德　　臺灣當代科幻文學〔張系國部分〕　中華現代文學大系（貳）・臺
灣一九八九—二〇〇三評論卷（二）　臺北　九歌出版社　2003
年 10 月　頁 1184—1198

259. 林燿德　　臺灣當代科幻文學〔張系國部分〕　20 世紀臺灣文學專題 2：創
作類型與主題　臺北　萬卷樓圖書公司　2006 年 9 月　頁 203—
215

260. 許素蘭　　天涯漂泊遊子魂——《張系國集》序　張系國集（臺灣作家全
集）　臺北　前衛出版社　1993 年 12 月　頁 9—12

261. 許素蘭　　天涯漂泊遊子魂——《張系國集》　短篇小說卷別冊（臺灣作家
全集）　臺北　前衛出版社　1994 年 3 月　頁 167—170

262. 許素蘭　　天涯漂泊遊子魂——小論張系國的小說　文學與心靈對話　臺南
臺南市立文化中心　1995 年 4 月　頁 74—87

263. 〔陳賢茂等[8]編〕　　張系國、歐陽子　海外華文文學史初編　廈門　鷺江出
版社　1993 年 12 月　頁 637—649

264. 王建元　　科學意念與科幻小說之間〔部分舉張系國為例〕　幼獅文藝　第
481 期　1994 年 1 月　頁 6—9

265. 徐國倫，王春榮　　張系國的小說　二十世紀中國兩岸文學史（續編）　潘

---

[8]編者：陳賢茂、吳奕錡、陳劍暉、趙順宏。

陽　遼寧大學出版社　1994 年 3 月　頁 205—209

266. 王德威　一九八〇年代初期的臺灣小說（上、下）〔張系國部分〕　聯合報　1994 年 4 月 1—2 日　35，37 版

267. 趙順宏　論張系國的小說創作　海南師學院學報　1994 年第 2 期　1994 年 6 月　頁 67—70

268. 林燿德　小說迷宮中的政治迴路——「八〇年代臺灣政治小說」的內涵與相關課題〔張系國部分〕　當代臺灣政治文學論　臺北　時報文化出版公司　1994 年 7 月　頁 145—146，170

269. 林燿德　小說迷宮中的政治迴路——「八〇年代臺灣政治小說」的內涵與相關課題〔張系國部分〕　敏感地帶：探索小說的意識真象　臺北　駱駝出版社　1996 年 9 月　頁 1—68

270. 沈冬青　隱俠儒三位一體的創作者——張系國　幼獅文藝　第 487 期　1994 年 7 月　頁 28—33

271. 沈冬青　隱俠儒三位一體的創作者——張系國　我其實仍然在花園裡　臺北　幼獅文化公司　1998 年 8 月　頁 42—52

272. 張超主編　張系國　臺港澳及海外華人作家辭典　江蘇　南京大學出版社　1994 年 12 月　頁 657—658

273. 許素蘭　文學筆記〔張系國部分〕　文學與心靈對話　臺南　臺南市立文化中心　1995 年 4 月　頁 123—127

274. 簡政珍　張系國——放逐者的存在探問　中外文學　第 24 卷第 1 期　1995 年 6 月　頁 20—42

275. 簡政珍　張系國——放逐者的存在探問　放逐詩學：臺灣放逐文學初探　臺北　聯合文學出版社　2003 年 11 月　頁 147—180

276. 王淑秧　鄉土與尋根〔張系國部分〕　揚子江與阿里山的對話——海峽兩岸文學比較　上海　上海文藝出版社　1995 年 12 月　頁 175

277. 康來新　感時憂國中的基督宗教——側讀陳映真、張系國的關心文學[9]　臺

---

[9]本文探討陳映真與張系國作品中的宗教情懷。

灣文學中的社會：五十年來臺灣文學研討會論文集（一）　臺北
行政院文建會　1996 年 5 月　頁 279—289

278. 沈　薈　論張系國的放逐系列小說　世界華文文學論壇　1996 年第 3 期
1996 年 9 月　頁 63—66

279. 皮述民　多元的當代小說〔張系國部分〕　二十世紀中國新文學史　臺北
駱駝出版社　1997 年 10 月　頁 454

280. 蔡雅薰　七〇年代留學生小說述論——以於梨華、白先勇、張系國作品為
主　臺灣現代小說史研討會　臺北　行政院文建會　1997 年 12 月
24—26 日

281. 蔡雅薰　六、七〇年代留學生小說述論——以於梨華、白先勇、張系國作
品為主　臺灣現代小說史綜論　臺北　行政院文建會，聯經出版
公司　1998 年 12 月　頁 248—270

282. 游佩娟　從張系國小說看海外華人民族情節　第二屆文學社會學研討會
桃園　中央大學中國文學研究所　1999 年 4 月 30 日

283. 蘇　林　文學遊子夢土逆旅〔張系國部分〕　聯合報　2000 年 8 月 28 日
41 版

284. 樊洛平　張系國——「覺醒者」時代命運的見證　臺港澳文學教程　上海
漢語大辭典出版社　2000 年 10 月　頁 113—116

285. 樊洛平　臺灣旅外作家的創作——張系國——「覺醒者」時代命運的見證
臺港澳文學教程新編　上海　復旦大學出版社　2013 年 1 月　頁
81—83

286. 蔡雅薰　六、七〇年代臺灣重要旅美作家作品論——張系國　臺灣旅美作
家之留學生小說及移民小說研究（1960—1999）　高雄師範大學
國文學系　博士論文　何淑貞教授指導　2001 年 6 月　頁 241—
247

287. 蔡雅薰　六、七〇年代臺灣重要旅美作家作品析論——張系國（1944—）
從留學生到移民：臺灣旅美作家之小說析論　臺北　萬卷樓圖書

公司　2001 年 12 月　頁 280—288

288. 向鴻全　科幻文學在臺灣〔張系國部分〕　文訊雜誌　第 196 期　2002 年 2 月　頁 34—37

289. 王　敏　臺灣現代派小說群的崛起——張系國、叢甦、趙淑俠　簡明臺灣文學史　北京　時事出版社　2002 年 6 月　頁 329—331

290. 傅吉毅　張系國的「新中間科幻路線」　臺灣科幻小說的文化考察（1968—2001）　中央大學中國文學系　碩士論文　康來新教授指導　2002 年 6 月　頁 41—45

291. 傅吉毅　自「國族」至「性別」——前行代〔張系國部分〕　臺灣科幻小說的文化考察（1968—2001）　中央大學中國文學系　碩士論文　康來新教授指導　2002 年 6 月　頁 65—72

292. 何靜婷　張系國大器小說，開拓小說多重樣貌　臺灣新聞報　2002 年 7 月 19 日　13 版

293. 許秦蓁　另類個案——張系國的上海淵源　戰後臺灣的上海記憶與上海建構　中央大學中國文學系　博士論文　康來新教授指導　2003 年 1 月　頁 159—163

294. 許秦蓁　另類個案——張系國的上海淵源　戰後臺灣的上海記憶與上海建構　臺北　大安出版社　2005 年 9 月　頁 144—154

295. 林建光　政治、反政治、後現代：論八〇年代臺灣科幻小說——國族認同與冷戰對峙：張系國、黃海、葉言都的政治科幻小說　中外文學　第 31 卷第 9 期　2003 年 2 月　頁 134—145

296. 蔣淑貞　存在的意義與歷史的必然：正／誤讀張系國的後現代性[10]　2003 科幻研究學術會議　新竹　交通大學圖書館科幻研究中心主辦　2003 年 10 月 18 日

---

[10]本文以後現代主義討論張系國的科幻作品和評論。全文共 5 小節：1.後現代定義；2.全史；3.當代藝術與科學；4.文以載道；5.結論。

297. 蔣淑貞　科幻、創意與大學教育：兼論張系國的人文價值[11]　科幻研究學術論文集　新竹　交通大學出版社　2004 年 12 月　頁 59—79

298.〔鍾怡雯，陳大為主編〕　張系國和他的小說　天下小說選（一）　臺北　天下遠見出版公司　2005 年 1 月　頁 19—21

299. 李　倩　李昂、張系國作品的文化意蘊及特色　瀋陽師範大學學報　2005 年第 2 期　2005 年 3 月　頁 128—130

300. 姜韞霞　解讀中國科幻——中國科幻文學的人文精神與科學意識〔張系國部分〕　學術探索　2005 年第 3 期　2005 年 6 月　頁 136—141

301. 古遠清　自我放逐的旅外作家——張系國　分裂的臺灣文學　臺北　海峽學術出版社　2005 年 7 月　頁 72—73

302. 陳鵬文　開疆拓土的號令者——張系國　八〇年代臺灣科幻小說研究　中國文化大學中國文學系　碩士論文　李進益教授指導　2005 年　頁 41—49

303. 陳鵬文　張系國的影響　八〇年代臺灣科幻小說研究　中國文化大學中國文學系　碩士論文　李進益教授指導　2005 年　頁 81—91

304. 周芬伶　意識流與語言流——內省小說的宗教反思——宗教的懷疑者——張系國論真理　聖與魔——臺灣戰後小說的心靈圖像（1945—2006）　臺北　印刻出版公司　2007 年 3 月　頁 61—64

305. 王智明　敘述七〇年代：離鄉、祭國、資本化〔張系國部分〕　文化研究第 5 期　2007 年 10 月　頁 7—48

306. 葉石濤　七〇年代臺灣文學的回顧〔張系國部分〕　葉石濤全集・隨筆卷二　臺南，高雄　國立臺灣文學館，高雄市文化局　2008 年 3 月　頁 64—65

307. 郭筱庭　科幻棋王——悠遊科學與文學的張系國　張系國大器小說：住書　臺北　天培文化公司　2008 年 8 月　頁 203—207

---

[11]本文以張系國作品為例，探討人文與科學對立的盲點。全文共 8 小節：1.科幻預測未來；2.科幻學術化；3.高等教育的知識系譜；4.後現代科學的正當性——電子媒體；5.全史；6.當代藝術與科學；7.文以載道；8.結論。

308. 周倩鳳　　國／家認同的雙重性格——張系國與劉大任　七〇年代臺灣留學
生小說的國／家認同——以外省籍留美青年為例　臺灣師範大學
臺灣文化及語言文學研究所　碩士論文　林芳玫教授指導　2009
年 8 月　頁 75—107

309. 吳明宗　　舊硯新墨——從「民生主義系列小說」看張系國寫作風格的延續
與創新　第五屆中區研究生臺灣文學學術論文研討會　臺中　靜
宜大學臺文系主辦；靜宜大學臺文系碩士班所學會承辦　2010 年
5 月 22 日

310. 楊勝博　　幻想蔓延：科幻小說的跨國輸入與在地實踐——以張系國科幻創
作與翻譯為例　第八屆全國臺灣文學研究生學術論文研討會論文
集　臺南　國立臺灣文學館　2011 年 9 月　頁 379—405

311. 陳芳明　　一九八〇年代臺灣邊緣聲音的崛起——臺灣政治小說崛起的意義
〔張系國部分〕　臺灣新文學史　臺北　聯經出版公司　2011 年
10 月　頁 622—624

312. 吳明宗　　兩岸對峙與國際冷戰——臺灣科幻文學的時代感——中國風味的
延續——論張系國與黃海之科幻作品　當代臺灣科幻文學之政治
書寫研究　彰化師範大學臺灣文學研究所　碩士論文　葉連鵬教
授指導　2012 年 1 月　頁 49—55

313. 蔡明諺　　其命維新——保釣革新〔張系國部分〕　燃燒的年代：七〇年代
臺灣文學論爭史略　臺南　國立臺灣文學館　2012 年 11 月　頁
29—42

314. 陳韋廷　　70 年代政治事件對張系國小說創作的影響　第三屆東海大學文史
哲三系研究生論文聯合發表會　臺中　東海大學中國文學系，東
海大學歷史系，東海大學哲學系合辦　2013 年 4 月 17 日

315. 藍建春　　科幻作品中的人類世界毀滅根源及其想像：以張系國、黃凡、劉
慈欣為例　2013 年大眾文學與文化國際學術研討會　臺中　靜宜
大學臺灣文學系主辦　2013 年 5 月 25—26 日

316. 黃啟峰　　憤怒的知識青年圖像——論張系國、李渝與劉大任小說的國族關
懷與流離書寫　第十二屆國際青年學者漢學會議：華語語系文學
與影像　臺中　中興大學臺灣文學與跨國文化研究所，美國哈佛
大學東亞語言及文明系主辦　2013 年 7 月 30—31 日

317. 朱芳玲　　遊子尋根歸不歸？——七〇年代的留學生文學——遊／浪子的背
棄與救贖：張系國　流動的鄉愁：從留學生文學到移民文學　臺
南　國立臺灣文學館　2013 年 8 月　頁 60—77

318. 劉秀美　　張系國 70 年代書寫中的南方意象　全球化下的南方書寫：文化場
域與書寫實踐國際學術研討會　臺南　成功大學中國文學系主辦
2013 年 10 月 12—13 日

319. 劉秀美　　位移的南方、想像的鄉愁——張系國七〇年代小說中的故土想像
臺灣文學研究學報　第 18 期　2014 年 4 月　頁 241—260

320. 劉秀美　　空間移動下的想像與認同——論張系國小說中的地方感　眾生喧
「華」：華語文學的想像共同體國際學術研討會　臺北　中國現代
文學學會，東華大學華文文學系，國立臺灣文學館主辦　2013 年
12 月 18—19 日

321. 劉秀美　　空間移動下的想像與認同——論張系國小說中「地方」意義的形
塑與轉折　現代中文學刊　2015 年第 3 期　2015 年　頁 25—32

322. 何嘉俊　　從「世界」視野審視「本土」——論張系國科幻小說的原鄉情結
第五屆成功大學暨香港中文大學中國語言及文學系兩校研究生論
文發表會　臺南　成功大學中國文學系主辦　2014 年 6 月 14 日

323. 何嘉俊　　從「世界」視野審視「本土」——論張系國科幻小說的原鄉情結
雲漢學刊　第 29 期　2014 年 8 月　頁 184—204

324. 楊勝博　　文類挪移與空間翻譯〔張系國部分〕　幻想蔓延——戰後臺灣科
幻小說的空間敘事　臺北　秀威資訊科技公司　2015 年 3 月　頁
33—54

325. 黃啟峰　　被拋擲在外的「異鄉人」：現代主義世代的國族處境與流離書寫

〔張系國部分〕　戰爭‧存在‧世代精神——臺灣現代主義小說的境遇書寫研究　臺北　秀威資訊科技公司　2016 年 4 月　頁 223—224，228—232

326. 劉　健　　孤獨行者，文以載道——張系國科幻小說創作談　天津中德應用技術大學學報　2016 年第 3 期　2016 年 5 月　頁 104—109

327. 朱立立　　民族國家意識與個體生命選擇——從認同視角看於梨華、叢甦、陳若曦、張系國的小說　臺灣及海外華文文學散論　臺北　萬卷樓圖書公司　2016 年 12 月　頁 221—228

328. 須文蔚　　臺客知音：臺灣寫實主義小說奠基者張系國　第四屆全球華文作家論壇　臺北　臺灣師範大學全球華文寫作中心主辦；國家圖書館合辦　2017 年 10 月 21—22 日

329. 鄺國惠　　呼回命運與悲劇　第四屆全球華文作家論壇　臺北　臺灣師範大學全球華文寫作中心主辦；國家圖書館合辦　2017 年 10 月 21—22 日

330. 鄒冰晶，蕭浩樂　　從「獻祭」到「舍己」——張系國小說中的「救贖」　新餘學院學報　第 24 卷第 2 期　2019 年 4 月　頁 95—100

◆單行本作品

散文

《英雄有淚不輕彈》

331. 苦　苓　　《英雄有淚不輕彈》　書中書　臺北　希代書版公司　1986 年 9 月　頁 77—79

《男人的手帕》

332. 沈　怡　　難免男性本位　民生報　1990 年 2 月 18 日　26 版

333. 沈　怡　　難免男性本位　洪範雜誌　第 43 期　1990 年 6 月　4 版

334. 顏崑陽　　狠狠修理沙豬　民生報　1990 年 2 月 18 日　26 版

335. 顏崑陽　　狠狠修理沙豬　洪範雜誌　第 43 期　1990 年 6 月　4 版

336. 何春蕤　　男人的手帕該洗啦！　中國時報　1990 年 3 月 19 日　20 版

《亂世貝果》

337. 張瑞芬　　昨日之歌——二〇一〇年臺灣散文回顧〔《亂世貝果》部分〕
　　　　　　　春風夢田：臺灣當代文學評論集　臺北　爾雅出版社　2011 年 2
　　　　　　　月　頁 201—202

小說

《皮牧師正傳》

338. Lewis S. Robinson　　Chang Hsi-kuo's Reverend P'I　Tamkang Review　第 13
　　　　　　　卷第 4 期　1983 年 7 月　頁 351—366

339. 保　真　　煩惱的皮牧師——評張系國《皮牧師正傳》　中華日報　1997 年
　　　　　　　1 月 28 日　14 版

340. 保　真　　煩惱的皮牧師——張系國的《皮牧師正傳》　保真領航看小說
　　　　　　　臺北　九歌出版社　1999 年 5 月　頁 177—179

341. 馮元琪　　張系國的小說世界及評析《皮牧師正傳》　育達學報　第 17 期
　　　　　　　2003 年 12 月　頁 21—25

342. 應鳳凰　　張系國／《皮牧師正傳》　人間福報　2012 年 8 月 13 日　15 版

343. 應鳳凰　　作家第一本書的故事——之四：張系國 19 歲的小說　鹽分地帶文
　　　　　　　學　第 49 期　2013 年 12 月　頁 88—89

344. 應鳳凰　　張系國《皮牧師正傳》——理工生的長篇小說　文學起步 101——
　　　　　　　101 位作家的第一本書　新北　印刻文學生活雜誌出版公司　2016
　　　　　　　年 12 月　頁 206—207

《地》

345. 隱　地　　張系國《地》評介[12]　中華日報　1971 年 11 月 15 日　9 版

346. 隱　地　　評介《地》　隱地看小說　臺北　爾雅出版社　1981 年 6 月　頁
　　　　　　　293—302

---

[12] 本文後改篇名為〈評介《地》〉、〈讀《地》〉。

347. 隱　地　　　讀《地》　風簷展書讀　臺北　純文學出版社　1985 年 1 月　頁
84—93

348. 劉紹銘　　　張系國的《地》　靈臺書簡　香港　小草出版社　1972 年 1 月
頁 75—83

349. 劉紹銘　　　張系國的《地》　靈臺書簡　臺北　三民書局　1977 年 8 月　頁
74—83

350. 許素蘭　　　尋回失落的根——試析張系國的小說《地》的大地之情　書評書
目　第 34 期　1976 年 2 月　頁 4—12

351. 許素蘭　　　張系國《地》裡的大地之情　昔日之境　臺北　鴻蒙文學出版公
司　1985 年 9 月　頁 25—39

352. 高天生　　　從賽珍珠《大地》、張愛玲《秧歌》、張系國《地》看中國人對土
地的感情　明道文藝　第 14 期　1977 年 5 月　頁 150—158

353. 李利國　　　評張系國的《地》　瘦馬行　高雄　德馨室出版社　1978 年 5 月
頁 129—144

《棋王》

354. 余光中　　　張系國小說的新世界——天機欲洩話《棋王》　中國時報　1975
年 8 月 1 日　12 版

355. 余光中　　　天機欲洩看《棋王》——張系國小說的新世界　棋王　臺北　言
心出版社　1975 年 8 月　頁 1—13

356. 余光中　　　天機欲覷話《棋王》——張系國小說的新世界　青青邊愁　臺北
純文學出版社　1977 年 12 月　頁 269—278

357. 余光中　　　天機欲覷話《棋王》　棋王　臺北　洪範書店　1978 年 12 月　頁
1—10

358. 余光中　　　天機欲覷話棋王——張系國小說的新世界　余光中集（第五卷）
天津　百花文藝出版社　2004 年 1 月　頁 602—610

359. 余光中　　　天機欲覷話棋王——張系國小說的新世界　青青邊愁　臺北　九
歌出版社　2010 年 3 月　頁 275—284

360. 劉紹銘　天機洩後看《棋王》　中國時報　1975 年 9 月 14 日　12 版

361. 劉紹銘　天機洩後看《棋王》　文藝月刊　第 76 期　1975 年 10 月　頁 14 —20

362. 劉紹銘　天機洩後看《棋王》　小說與戲劇　臺北　洪範書局　1977 年 2 月　頁 61—69

363. 也　行　《棋王》這本書　中國時報　1975 年 9 月 16 日　12 版

364. 李師鄭　天機知多少？：探索張系國的風格轉變與《棋王》的主題　中國時報　1975 年 10 月 12 日　12 版

365. 陳曉林　清者自清濁者自濁——《棋王》與《家變》之對比　文藝月刊　第 77 期　1975 年 11 月　頁 3—11

366. 陳曉林　清者自清・濁者自濁——《棋王》與《家變》之對比　知劍一輕生　臺北　領導出版社　1976 年 11 月　頁 97—110

367. 陳克環　評《棋王》　文藝月刊　第 77 期　1975 年 11 月　頁 12—24

368. 陳克環　誰是《棋王》　陳克環自選集　臺北　黎明文化公司　1977 年 7 月　頁 351—357

369. 花　村　張系國《棋王》讀後　書評書目　第 34 期　1976 年 2 月　頁 13 —16

370. 顏元叔　我國當前的社會寫實主義小說〔《棋王》部分〕　中華文化復興月刊　第 10 卷第 9 期　1977 年 9 月　頁 10—22

371. 顏元叔　我國當前的社會寫實主義小說〔《棋王》部分〕　社會寫實文學及其他　臺北　巨流圖書公司　1978 年 8 月　頁 96—98

372. 狄　宜　張系國《棋王》重讀　中華日報　1978 年 8 月 12 日　11 版

373. 陳嘉宗　縱切橫剖論《棋王》　自立晚報　1979 年 1 月 14 日　3 版

374. 陳嘉宗　縱切橫剖論《棋王》　陳嘉宗短評集　臺北　照明出版社　1979 年 4 月　頁 187—192

375. 林雙不　評《棋王》　中央日報　1981 年 5 月 3 日　5 版

376. 林雙不　《棋王》　青少年書房　臺北　爾雅出版社　1981 年 10 月　頁

171—177

377. 林雙不　　評介《棋王》　洪範雜誌　第 5 期　1981 年 12 月　4 版

378. 封祖盛　　近二十多年來鄉土小說的發展──黃春明、王禎和、陳映真、王
拓、楊青矗等的創作〔《棋王》部分〕　臺灣小說主要流派初探
福州　福建人民出版社　1983 年 10 月　頁 157—158

379. 〔大學研讀社編〕　　獨來獨往的文化人──張系國──《棋王》與七○年
代的拜金社會　改變大學生的書　臺北　前衛出版社　1984 年 8
月　頁 65—78

380. 李　昂　　回到歌舞劇來看《棋王》　民生報　1987 年 5 月 5 日　4 版

381. 王明雄　　未卜先知──從《棋王》談神通　洪範雜誌　第 31 期　1987 年 5
月 10 日　3 版

382. 杭　之　　總論──從大眾文化觀點看三十年來的暢銷書──七○年代的暢
銷書──時代輪轉下的社會真實〔《棋王》部分〕　從〈藍與黑〉
到〈暗夜〉　臺北　久大文化　1987 年 5 月　頁 61—62

383. 蔡源煌　　時代的祭禮〔《棋王》部分〕　從〈藍與黑〉到〈暗夜〉　臺北
久大文化　1987 年 5 月　頁 142—143

384. 李雲林　　《棋王》　洪範雜誌　第 32 期　1987 年 8 月 10 日　3 版

385. Micheal S. Duke　　Two Chess Masters, One Chinese Way: A Comparison of
Chang Hsi-Kuo's and Chung Ah-ch'eng's Ch'i wang　Asian Culture
Quarterly　第 4 期　1987 年 12 月　頁 41—61

386. 張　荔　　張系國及其《棋王》　臺灣現代文學史　瀋陽　遼寧大學出版社
1987 年 12 月　頁 474—481

387. 鄭啟五　　《棋王》作品評析　臺灣百部小說大展　福州　海峽文藝出版社
1990 年 7 月　頁 246

388. 金天月　　海峽兩岸二棋王──張系國、阿城同名小說比較　昆明師專學報
第 12 卷第 3 期　1990 年 9 月　頁 85—89

389. 趙　朕　　都市文學：斑駁陸離的光束〔《棋王》部分〕　臺灣與大陸小說

比較論　福州　海峽文藝出版社　1992 年 9 月　頁 95—96

390. 萬榮華　　《棋王》　中國時報　1993 年 8 月 5 日　27 版

391. 曾仕良　　《棋王》　翰海觀潮　臺北　行政院文建會　1997 年 5 月　頁 56
　　　　　　　—58

392. 計璧瑞，宋剛　　作品解析——《棋王》　中國文學通典・小說通典　北京
　　　　　　　解放軍文藝出版社　1999 年 1 月　頁 1127

393. 張佳珍　　張系國及其長篇小說《棋王》研究　臺北市立師範學院語文教育
　　　　　　　學系畢業論文集第二輯　臺北　臺北市立師院語文教育學系
　　　　　　　1999 年 6 月　頁 137—172

394. 郭冠廷　　臺灣小說文學中的感性與理性〔《棋王》部分〕　21 世紀臺灣、
　　　　　　　東南亞的文化與文學　宜蘭　南洋學社　2002 年 11 月　頁 268—
　　　　　　　271

395. 徐錦成　　七〇年代的臺北神童歷險記——重新認識《棋王》　更生日報
　　　　　　　2004 年 5 月 2 日　9 版

396. 徐錦成　　張系國《棋王》評析　離心的辯證：世華小說評析[13]　臺北　唐
　　　　　　　山出版社　2004 年 5 月　頁 117—123

397. 應鳳凰，傅月庵　　張系國——《棋王》　冊頁流轉——臺灣文學書入門 108
　　　　　　　臺北　印刻文學生活雜誌出版公司　2011 年 3 月　頁 166—167

398. 蕭民傑　　「棋王」小說與電影之互文研究[14]　「棋王」小說與電影之互文
　　　　　　　研究　屏東教育大學中國語文學系　碩士論文　林秀蓉　2013 年
　　　　　　　7 月　頁 35—82

399. 劉紹銘　　十年來臺灣小說（一九六五——九七五）——兼論王文興的《家

---

[13] 本文後改篇名為〈張系國《棋王》評析〉。

[14] 本文以張系國的長篇小說《棋王》和大陸作家阿城的中篇小說〈棋王〉以及嚴浩執導的電影《棋
　王》為研究範圍，進行小說與電影的互文性研究。全文共 6 章：1.緒論；2.張系國《棋王》的時
　空、人物與主題；3.阿城〈棋王〉的時空、人物與主題；4.嚴號電影《棋王》的時空、人物與主
　題；5.「棋王」小說與電影的互文性；6.結論。正文後附錄〈《棋王》故事中的場景〉、〈張系國
　《棋王》的人物角色（一）有姓名者〉、〈張系國《棋王》的人物角色（二）無姓名或無全名
　者〉、〈「棋王」小說與電影的時空、人物和主題意涵比較表〉。

變》〔《棋王》部分〕　嘲諷與逆變——《家變》專論　臺北　臺大出版中心　2013 年 12 月　頁 16

400. 袁夢倩　創傷書寫、香港身份認同與國族寓言——重讀香港電影《棋王》二十一世紀　第 145 期　2014 年 10 月　頁 62—73

401. 趙映顯　試探兩岸的「棋王」及其文化意義——張系國的《棋王》與阿城的〈棋王〉　2016「臺灣研究在東亞」學術研討會：想像臺灣的新思維　臺中　中興大學人文與社會科學研究中心，韓國外國語大學臺灣研究中心主主辦　2016 年 1 月 15 日

402. 麥樂文　華語語系與香港：《棋王》電影改編的臺灣、中國想像與離散敘述「連結—臺灣」——第十五屆全國臺灣文學研究生學術研討會臺中　國立臺灣文學館主辦；中興大學臺灣文學與跨國文化研究所承辦　2018 年 10 月 6—7 日

403. 麥樂文　華語語系與香港：《棋王》電影改編的臺灣、中國想像與離散敘述「連結—臺灣」——第十五屆全國臺灣文學研究生學術研討會論文集　臺南　國立臺灣文學館　2018 年 12 月　頁 145—174

《香蕉船》

404. 弦外音　遊子魂組曲構成張系國《香蕉船》　臺灣日報　1976 年 12 月 15 日　9 版

405. 黃武忠　從「遊子魂組曲」談張系國的精神世界　中華文藝　第 75 期　1977 年 5 月　頁 13—19

406. 黃武忠　張系國的精神世界：從「遊子魂組曲」談起　文藝的滋味　臺北　自立晚報社　1983 年 10 月　頁 151—157

407. 隱　地　隱地談《香蕉船》　洪範雜誌　第 6 期　1982 年 2 月　3 版

408. 郭明福　漂泊的靈魂——談張系國的《香蕉船》　洪範雜誌　第 20 期　1985 年 2 月 25 日　2 版

409. 郭明福　漂泊的靈魂　琳琅滿書目　臺北　爾雅出版社　1985 年 7 月　頁 229—232

410. 李寶玲　魂兮歸來──張系國「遊子魂組曲」上卷六篇初探　竹塹文獻雜誌　第 18 期　2001 年 1 月　頁 53─63

《昨日之怒》

411. 劉紹銘　釣魚遺恨──論張系國的《昨日之怒》　中國時報　1978 年 3 月 11 日　12 版

412. 劉紹銘　釣魚遺恨──論張系國的《昨日之怒》　昨日之怒　臺北　洪範書店　1978 年 3 月　頁 5─12

413. 劉紹銘　釣魚遺恨──論張系國的《昨日之怒》　傳香火　臺北　大地出版社　1979 年 5 月　頁 5─19

414. 林海音　霜降之後──讀張系國《昨日之怒》有感　中國時報　1978 年 3 月 11 日　25 版

415. 林海音　霜降之後──讀《昨日之怒》有感　昨日之怒　臺北　洪範書店　1978 年 3 月　頁 1─4

416. 林海音　霜降之後讀《昨日之怒》有感　愛書人　第 79 期　1978 年 7 月 1 日　2 版

417. 林海音　霜降之後──讀《昨日之怒》有感　洪範雜誌　第 4 期　1981 年 10 月　4 版

418. 林海音　霜降之後：讀《昨日之怒》有感　芸窗夜讀　臺北　純文學出版社　1982 年 4 月　頁 191─195

419. 林海音　霜降之後──讀《昨日之怒》有感　林海音作品集 12・芸窗夜讀　臺北　遊目族文化公司　2000 年 5 月　頁 62─66

420. 陳代民　張系國欲語還休──談保釣運動、《昨日之怒》　自立晚報　1978 年 3 月 19 日　3 版

421. 吳　琴　《昨日之怒》　愛書人　第 73 期　1978 年 5 月 1 日　1 版

422. 應鳳凰　解剖刀──張系國著《昨日之怒》　書評書目　第 66 期　1978 年 10 月　頁 112─113

423. 應鳳凰　解剖刀　洪範雜誌　第 4 期　1981 年 10 月　1 版

424. 韓　韓　阡陌之間——評張系國的《昨日之怒》　中國時報　1978 年 11 月 29 日　12 版

425. 李漢呈　重讀《昨日之怒》　中國時報　1978 年 12 月 18 日　10 版

426. 吳子衿　淺析《昨日之怒》　出版與研究　第 37 期　1979 年 1 月　頁 9— 10

427. 許建崑　每家人都費了一番精神：評張系國的《昨日之怒》　書評書目 第 74 期　1979 年 6 月　頁 96—105

428. 陳　肯　張系國《昨日之怒》的品與評　青年戰士報　1979 年 7 月 31 日 10 版

429. 傻子〔吳建庭〕　書評——觀張系國《昨日之怒》　青杏　第 56 期　1982 年 12 月　頁 140—142

430. 吳建庭　書評——觀張系國《昨日之怒》　洪範雜誌　第 12 期　1983 年 4 月　3 版

431. 煙　嵐　《昨日之怒》讀後　洪範雜誌　第 17 期　1984 年 7 月　2 版

432. 林聰舜　迷茫的現實關懷——論張系國的《昨日之怒》　文星　第 103 期 1987 年 1 月　頁 92—97

433. 南方朔　反應臺灣現實的政治小說〔《昨日之怒》部分〕　中國時報 1989 年 10 月 16 日　20 版

434. 黃重添　《昨日之怒》作品評析　臺灣百部小說大展　福州　海峽文藝出 版社　1990 年 7 月　頁 242—243

435. 林燿德　《昨日之怒》　文學星空　臺北　國家文藝基金管理委員會 1992 年 9 月　頁 102—104

436. 郭玉雯　《昨日之怒》　錦囊開卷　臺北　國家文藝基金管理委員會 1993 年 6 月　頁 183—185

437. 南方朔　張系國《昨日之怒》　中國時報　1997 年 1 月 28 日　14 版

438. 郝譽翔　我是誰？——論八〇年代臺灣小說中的政治迷惘——認同：建立 想像的社群〔《昨日之怒》部分〕　智慧的天堂——第一屆全國

大專學生文學獎得獎作品專集　臺北　行政院文建會　1998 年 5 月　頁 483—487

439. 郝譽翔　我是誰？！──論八〇年代臺灣小說中的政治迷惘──認同：建立想像的社群〔《昨日之怒》部分〕　大虛構時代　臺北　聯合文學出版社　2008 年 9 月　頁 42—45

440. 蔡雅薰　臺灣旅美作家小說之人物論──留學生眾生相〔《昨日之怒》部分〕　從留學生到移民：臺灣旅美作家之小說論析　臺北　萬卷樓圖書公司　2001 年 12 月　頁 111—115

441. 陳大道　有婚姻關係的愛情故事類型──異國婚姻的悲歡離合〔《昨日之怒》部分〕　留美小說論──以 1960、70 年代《皇冠》、《現代文學》、《純文學月刊》短篇小說為核心　臺北　知書房出版社　2013 年 10 月　頁 251—252

442. 陳大道　無婚姻關係的愛情故事類型──舊愛與新歡之間的抉擇〔《昨日之怒》部分〕　留美小說論──以 1960、70 年代《皇冠》、《現代文學》、《純文學月刊》短篇小說為核心　臺北　知書房出版社　2013 年 10 月　頁 284—285

443. 張重崗　失敗的潛能：關於釣運的文學反思──《昨日之怒》：保釣運動的文學證言　暨南學報　第 39 卷第 11 期　2017 年　頁 37—39

《黃河之水》

444. 〔愛書人〕　《黃河之水》　愛書人　第 130 期　1980 年 1 月 11 日　3 版

445. 門外人　漫談《黃河之水》　書評書目　第 82 期　1980 年 2 月　頁 111—112

446. 許素蘭　我讀張系國的《黃河之水》（上、下）　自立晚報　1981 年 6 月 7—8 日　10 版

447. 許素蘭　我讀張系國的《黃河之水》　洪範雜誌　第 10 期　1982 年 12 月　2 版

448. 許素蘭　讀張系國的《黃河之水》　昔日之境　臺北　鴻蒙文學出版公司

1985 年 9 月　頁 41—46

449. 劉紹銘　　臺北風情畫——論張系國《黃河之水》　上帝・母親・愛人　臺
北　四季出版公司　1981 年 6 月　頁 61—77

450. 劉紹銘　　張系國的《黃河之水》　道德・文章　臺北　時報文化出版公司
1984 年 1 月　頁 15—27

《星雲組曲》

451. 李歐梵　　奇幻之旅——《星雲組曲》簡論　聯合報　1980 年 9 月 28 日　8
版

452. 李歐梵　　奇幻之旅——《星雲組曲》簡論　星雲組曲　臺北　洪範書店
1980 年 10 月　頁 1—3

453. 李歐梵　　奇幻之旅——《星雲組曲》散論　洪範雜誌　第 1 期　1981 年 3
月　1 版

454. 李歐梵　　奇幻之旅——《星雲組曲》簡論　浪漫之餘　臺北　時報文化出
版公司　1981 年 9 月　頁 153—162

455. 林雙不　　評《星雲組曲》　書評書目　第 93 期　1981 年 1 月　頁 57—58

456. 林雙不　　《星雲組曲》　洪範雜誌　第 2 期　1981 年 6 月　1 版

457. 夢石〔苦苓〕　　《星雲組曲》裡的三個世界　明道文藝　第 60 期　1981 年
3 月　頁 46—51

458. 苦　苓　　《星雲組曲》裡的三個世界　書中書　臺北　希代書版公司
1986 年 9 月　頁 123—132

459. 陳春秀　　科幻小說的新天地　書評書目　第 98 期　1981 年 7 月　頁 129—
142

460. 詹宏志　　小說〔《星雲組曲》部分〕　中華民國文學年鑑 1980　臺北　時
報文化出版公司　1982 年 11 月　頁 19—20

461. 黃　海　　科幻小說〔《星雲組曲》部分〕　中華民國文學年鑑 1980　臺北
時報文化出版公司　1982 年 11 月　頁 28

462. 文蘭方　　為未來文明修史的張系國　新書月刊　第 24 期　1985 年 9 月　頁

84—88

463. 白蘊華，王苔雲　　「跨越時空靈視無線」的科幻小說——談張系國的《星雲組曲》　文藝月刊　第 207 期　1986 年 9 月　頁 31—43

464. 王建元　回應萬物人神的呼喚——《星雲組曲》的詮釋意義　當代　第 32 期　1988 年 12 月　頁 138—143

465. 王建元　張系國《星雲組曲》的詮釋主題　中國現代文學新貌　臺北　臺灣學生書局　1990 年 10 月　頁 237—250

466. 陳玉燕　關懷現實的科幻小說——論《星雲組曲》　臺灣師範大學國文研究所 85 學年度資優生論文發表會　臺北　臺灣師範大學國文研究所　1997 年 5 月 17 日

467. 葉李華　《星雲組曲》——中文科幻的里程碑　誠品好讀　第 12 期　2001 年 7 月　頁 72

468. 余昱瑩　《星雲組曲》之神話意涵初探　東吳中文研究集刊　第 15 期　2009 年 9 月　頁 165—178

469. 蔡秉霖　中方科幻小說的文化性舉隅——張系國《星雲組曲》的愛情糾纏英雄歷險與困境糾纏——中西科幻小說的文化性差異　臺東大學語文教育研究所　碩士論文　周慶華教授指導　2012 年　頁 99—107

《五玉碟》

470. 張大春　《五玉碟》的ㄅㄆㄇ——讀《五玉碟》　新書月刊　第 1 期　1983 年 10 月　頁 20

471. 湯芝萱　換隻眼看小說世界——由張系國《五玉碟》談起　幼獅文藝　第 460 期　1992 年 4 月　頁 57—69

472. 樊發稼　假想時空環境中發生的動人事件——讀張系國的科幻小說《五玉碟》　兒童文學面臨新的超越　鄭州　海燕出版社　1995 年 12 月　頁 193—200

473. 張漢良著；蔡松甫譯　字形學和小說詮釋——以王文興為例〔《五玉碟》

部分〕　無休止的戰爭——王文興作品綜論（下）　臺北　臺大
出版中心　2013 年 12 月　頁 29—32

《不朽者》

474. 林佩芬　小說的不朽——讀《不朽者》　文訊雜誌　第 4 期　1983 年 10 月
頁 129—133

475. 林佩芬　讀《不朽者》——不朽的小說　洪範雜誌　第 17 期　1984 年 7 月
3 版

476. 黃武忠　張系國的小說集《不朽者》　婦女雜誌　第 182 期　1983 年 11 月
頁 63

477. 黃武忠　張系國的小說集《不朽者》　洪範雜誌　第 15 期　1984 年 1 月
3 版

478. 萬胥亭　萬古常新的缺憾——試論張系國的《不朽者》　洪範雜誌　第 25
期　1986 年 2 月 5 日　2 版

《夜曲》

479. 楊菁惠　《夜曲》　洪範雜誌　第 21 期　1985 年 4 月　3 版

480. 李　昂　從遠古到未來不變的愛〔《夜曲》部分〕　洪範雜誌　第 22 期
1985 年 6 月　3 版

481. 王德威　科幻與寫實的交集——評張系國《夜曲》　聯合文學　第 11 期
1985 年 9 月　頁 212—213

482. 王德威　科幻與寫實的交集——評張系國的《夜曲》　閱讀當代小說　臺
北　遠流出版公司　1991 年 9 月　頁 197—201

《沙豬傳奇》

483. 劉紹銘　沙豬、婦解、文評　中國時報　1987 年 8 月 11 日　8 版

484. 徐嘉宏　評介《沙豬傳奇》　臺灣春秋　第 4 期　1989 年 2 月　頁 206—
207

485. 徐嘉宏　《沙豬傳奇》　洪範雜誌　第 40 期　1989 年 9 月　3 版

486. 李元貞　現代沙豬的危機意識：評張系國的《沙豬傳奇》　自立早報

1989 年 6 月 18 日　16 版

487. 李元貞　現代沙豬的危機意識——評張系國的《沙豬傳奇》　解放愛與美
臺北　婦女新知基金會出版部　1990 年 1 月　頁 81—85

488. 廖咸浩　狂想騎士的夢幻追逐——評張系國《沙豬傳奇》　聯合文學　第
58 期　1989 年 8 月　頁 192—194

489. 廖咸浩　狂想騎士的夢幻追逐——評張系國的《沙豬傳奇》　洪範雜誌
第 41 期　1989 年 10 月　3 版

490. 王溢嘉　女人的最佳損友：張系國和他的《沙豬傳奇》　洪範雜誌　第 40
期　1989 年 9 月　3 版

491. 施寄青　世間男女——施寄青談李昂《殺夫》與張系國《沙豬傳奇》　聯
合文學　第 64 期　1990 年 2 月　頁 53—55

492. 〔鄭明娳，林燿德選註〕　沙豬的迷思　乾坤雙璧／男人　臺北　正中書
局　1991 年 9 月　頁 24

493. 袁瓊瓊　張系國：《沙豬傳奇》　聯合報　1993 年 5 月 20 日　38 版　本文
後改篇名為〈不道德書評：張系國《沙豬傳奇》〉。

494. 袁瓊瓊　不道德書評——張系國《沙豬傳奇》　洪範雜誌　第 53 期　1994
年 11 月　3 版

《一羽毛》

495. 李有成　歷史與銅像：評張系國《一羽毛》　中時晚報　1991 年 8 月 25 日
15 版

496. 李有成　歷史與銅像——評張系國的《一羽毛》　洪範雜誌　第 48 期
1992 年 1 月　3 版

《捕諜人》

497. 莊裕安　評介《捕諜人》　洪範雜誌　第 49 期　1992 年 9 月　1 版

498. 張芬齡　評介《捕諜人》　洪範雜誌　第 50 期　1993 年 2 月　3 版

499. 楊　照　「後設」的道德教訓——評平路、張系國的《捕諜人》　文學的
原像　臺北　聯合文學出版社　1995 年 5 月　頁 112—117

500. 胡錦媛　多層折疊反轉的書信——《捕諜人》　女性主義與中國文學　臺北　里仁書局　1997 年 4 月　頁 421—437

501. 蔡雅薰　臺灣旅美作家小說之書信體小說——書信體小說類型簡介〔《捕諜人》部分〕　從留學生到移民：臺灣旅美作家之小說論析　臺北　萬卷樓圖書公司　2001 年 12 月　頁 213—214

《我們戀愛吧！電腦》

502. 龔小文　張系國新作，章回小說介紹電腦　民生報　2001 年 6 月 6 日　D7版

《大法師》

503. 徐耀焜　餐桌上的風景——臺灣當代飲食書寫版圖的共構——書寫域外／域外書寫——書寫的空間推廓〔《大法師》部分〕　舌尖與筆尖的對話——臺灣當代飲食書寫研究（1949—2004）　彰化師範大學國文學系　碩士論文　王年雙教授指導　2006 年 1 月　頁 38—39

《城市獵人》

504. 丁文玲　張系國讓小說《城市獵人》站起來　中國時報　2004 年 6 月 21 日　B1 版

505. 徐開塵　張系國寫小說趙寧畫插圖——名家聯手立體書　民生報　2004 年 6 月 27 日　A7 版

506. 王凌莉　《城市獵人》書中自有模型屋——張系國六十歲小說新點子　自由時報　2004 年 7 月 22 日　49 版

507. 王蘭芬　張系國《城市獵人》民生主義添新說　民生報　2004 年 7 月 22 日　A13 版

508. 周美惠　外星人張系國打造立體小說——《城市獵人》書頁放紙雕，以「住」串連大樓住戶小故事　聯合報　2004 年 7 月 22 日　E6 版

509. 陳希林　張系國發表小說《城市獵人》　中國時報　2004 年 7 月 22 日　A14 版

《張系國大器小說：行書》

510. 康來新　　器與道：張系國的百姓日用、長征短章　張系國大器小說：行書
　　　　　　　臺北　天培文化公司　2008 年 6 月　頁 215—220

合集

《V 托邦》

511. 徐開塵　　《V 托邦》，勾勒虛擬新紀元　民生報　2001 年 5 月 19 日　A11
　　　　　　　版

◆多部作品

《昨日之怒》、《不朽者》

512. 龍應台　　最好的與最壞的——評張系國小說《昨日之怒》與《不朽者》
　　　　　　　中華現代文學大系（臺灣 1970—1989）評論卷（貳）　臺北　九
　　　　　　　歌出版社　1979 年 5 月　頁 511—520

513. 龍應台　　最壞與最好的——評張系國小說《昨日之怒》與《不朽者》　新
　　　　　　　書月刊　第 13 期　1984 年 10 月　頁 31—41

514. 龍應台　　最壞的與最好的——評張系國《昨日之怒》與《不朽者》　龍應
　　　　　　　台評小說　臺北　爾雅出版社　1985 年 6 月　頁 51—62

「遊子魂組曲」——《香蕉船》、《不朽者》

515. 齊邦媛等[15]　　「遊子魂」集評　洪範雜誌　第 39 期　1989 年 4 月 30 日
　　　　　　　1 版

516. 王淑秧　　張系國「遊子魂組曲」的敘述藝術　海峽兩岸小說評論　北京
　　　　　　　中國人民大學出版社　1992 年 4 月　頁 269—284

517. 陳宜誼　　從三家短篇小說中解讀旅外小說的特色——張系國短篇小說集
　　　　　　　「遊子魂組曲」　萬里故園心——北美華文小說中的家國意識
　　　　　　　淡江大學中國文學系碩士在職專班　碩士論文　趙衛民教授指導
　　　　　　　2006 年　頁 60—64

---

[15]本文節選齊邦媛、隱地、黃武忠、劉紹銘、郭明福及林珮芬的評論。

《皮牧師正傳》、《黃河之水》、《棋王》

518. 黃重添　　病態的社會變態的人〔《皮牧師正傳》、《黃河之水》、《棋王》部分〕　臺灣長篇小說論　福建　海峽文藝出版社　1990 年 5 月　頁 167—181

《昨日之怒》、《黃河之水》

519. 林燿德　　80 年代臺灣政治小說〔《昨日之怒》、《黃河之水》部分〕　臺灣的社會與文學　臺北　東大圖書公司　1995 年 11 月　頁 121—122

《V 托邦》、《我們戀愛吧！電腦》

520. 李令儀　　張系國：最喜歡還是寫小說——推出《V 托邦》及《我們戀愛吧！電腦》兩書　聯合報　2001 年 5 月 19 日　14 版

521. 陳玲芳　　張系國對 e 化新世界的觀想——從《V 托邦》到《我們戀愛吧！電腦》　臺灣日報　2001 年 5 月 20 日　14 版

《地》、《昨日之怒》

522. 蔡雅薰　　臺灣旅美作家小說之主題論——尋根與回歸〔《地》、《昨日之怒》部分〕　從留學生到移民：臺灣旅美作家之小說論析　臺北　萬卷樓圖書公司　2001 年 12 月　頁 174—175

523. 簡政珍　　張系國——放逐者的存在探問[16]　洪範雜誌　第 68 期　2002 年 12 月 31 日　3 版

《捕諜人》、〈紅孩兒〉

524. 蔡雅薰　　臺灣旅美作家小說之書信體小說——書信體小說中之發音功能與修辭技巧〔《捕諜人》、〈紅孩兒〉部分〕　從留學生到移民：臺灣旅美作家之小說論析　臺北　萬卷樓圖書公司　2001 年 12 月　頁 226—237

《神交俠侶》、《大法師》

525. 王凌莉　　食書《大法師》、育樂書《神交俠侶》，張系國「民生主義系列」

---

[16]本文原載於 1993 年 6 月《中外文學》，後節錄《地》、《昨日之怒》兩部小說之評論部分。

嘗新鮮　自由時報　2002 年 7 月 8 日　34 版

526. 李維菁　　張系國新著，寫民生主義　中國時報　2002 年 7 月 8 日　14 版

527. 張夢瑞　　張系國大器小說無所不包　民生報　2002 年 7 月 8 日　A6 版

528. 洪士惠　　張系國「民生主義系列」新書問世　文訊雜誌　第 203 期　2002
　　　　　　　年 9 月　頁 95—96

「城三部曲」──《五玉碟》、《龍城飛將》、《一羽毛》

529. 李知昂　　訊息理論與未來猜想──論張系國「城」三部曲的科學背景
　　　　　　　2003 科幻研究學術會議　新竹　交通大學圖書館科幻研究中心主
　　　　　　　辦　2003 年 10 月 18 日

530. 李知昂　　訊息理論與未來猜想──論張系國「城」三部曲的科學背景　科
　　　　　　　幻研究學術論文集　新竹　交通大學出版社　2004 年 12 月　頁
　　　　　　　251—273

531. 詹秋華　　張系國的「科幻中國化」──以「城」三部曲為例　臺灣少年科
　　　　　　　幻小說的文化考察──以 1968 年以來在臺灣地區出版之少年科幻
　　　　　　　小說為例　臺南大學語文教育學系教學碩士班　碩士論文　張清
　　　　　　　榮教授指導　2005 年 1 月　頁 112—113

532. 沈曉燕　　張系國科幻三部曲「城」的歷史思辨　安徽文學　第 25 期　2008
　　　　　　　年 1 月　頁 254—259

《地》、「遊子魂組曲」──《香蕉船》、《不朽者》

533. 陳韋廷　　從《地》到「遊子魂組曲」──論張系國短篇小說的進化　2012
　　　　　　　年東海大學中文系與浸會大學中文系研究生學術研討會　臺中
　　　　　　　東海大學中國文學系主辦　2012 年 5 月 25 日

「城三部曲」──《五玉碟》、《龍城飛將》、《一羽毛》、「海默三部曲」──
《多餘的世界》、《下沉的世界》、《金色的世界》

534. 吳明宗　　新遺民‧移民‧反帝國：論張系國「城三部曲」與「海默三部曲」
　　　　　　　（上、下）　名作欣賞　2019 年第 4 期　2019 年　頁 115—118，
　　　　　　　110—113

單篇作品

535. 顏元叔　人類工程學──兼談〈超人列傳〉與〈潘渡娜〉　文學批評散論　臺北　驚聲文物供應公司　1970 年 1 月　頁 137—144

536. 陳曉林　談張系國的〈超人列傳〉　新夏　第 17 期　1970 年 12 月　頁 5—8

537. 陳曉林　談張系國的〈超人列傳〉　知劍一輕生　臺北　領導出版社　1976 年 11 月　頁 111—124

538. 葉永烈　張系國與〈超人列傳〉　世界科幻博覽　2005 年第 12 期　2005 年 12 月

539. 黃　海　臺灣科幻文學源流──張系國〈超人列傳〉　臺灣科幻文學薪火錄（1956—2005）　臺北　五南圖書出版公司　2007 年 1 月　頁 40—44

540. 吳明宗　試析張系國〈超人列傳〉的理性、權力與他者　中正臺灣文學與文化研究集刊　第 7 期　2010 年 12 月　頁 39—58

541. 鄭明娳　〈割禮〉附註　六十年短篇小說選　臺北　大江出版社　1972 年 3 月　頁 119—123

542. 鄭明娳　〈割禮〉附註　六十年短篇小說選　臺北　爾雅出版社　1981 年 7 月　頁 119—123

543. 壹闡提　我讀《六十年短篇小說選》〔〈割禮〉部分〕　年度小說選資料篇　臺北　爾雅出版社　1983 年 2 月　頁 141—147

544. 林柏燕　〈香蕉船〉　書評書目　第 11 期　1974 年 3 月　頁 115—116

545. 林柏燕　〈香蕉船〉附註　六十二年短篇小說選　臺北　爾雅出版社　1974 年 3 月　頁 301—303

546. 劉秀美　試論留外華人題材小說中之「悲情意識」〔〈香蕉船〉部分〕　中國現代文學理論季刊　第 10 期　1998 年 6 月　頁 303

547. 劉彼德　張系國〈香蕉船〉中主題和結構分析　世界華文文學論壇　2008 年第 1 期　2008 年 3 月　頁 61—64

548. 劉彼德　　　觀點和記憶——試比較白先勇〈謫仙記〉和張系國〈香蕉船〉
　　　　　　　　世界華文文學論壇　2009 年第 3 期　2009 年 9 月　頁 60—64

549. 覃雲生　　　試析〈藍色多瑙河〉　書評書目　第 20 期　1974 年 12 月　頁 88
　　　　　　　　—90

550. 覃雲生　　　〈藍色多瑙河〉附註　六十三年短篇小說選　臺北　爾雅出版社
　　　　　　　　1975 年 3 月　頁 65—69

551. 覃雲生　　　〈笛〉的試析　書評書目　第 20 期　1974 年 12 月　頁 90—92

552. 覃雲生　　　〈笛〉附註　六十三年短篇小說選　臺北　爾雅出版社　1981 年
　　　　　　　　6 月　頁 93—95

553. 殷張蘭熙　　導言〔〈笛〉部分〕　寒梅　臺北　爾雅出版社　1983 年 1 月
　　　　　　　　頁 10

554. 呂正惠　　　簡析〈笛〉　中國現代短篇小說選析 2　臺北　長安出版社　1984
　　　　　　　　年 2 月　頁 768—769

555. 董玉梅，孟慶羽　　〈笛〉作品鑒賞　臺港小說鑑賞辭典　北京　中央民族
　　　　　　　　學院出版社　1994 年 1 月　頁 626—627

556. 陳芳明　　　作品導讀／〈笛〉　青少年臺灣文庫 2——小說讀本 2：約會　臺
　　　　　　　　北　國立編譯館　2008 年 12 月　頁 208—209

557. 陳克環　　　張系國〈本公司〉　書評書目　第 23 期　1975 年 3 月　頁 85—
　　　　　　　　87

558. 許素蘭　　　走在「文學邊緣」的「科技樂園」——新竹科學工業園區文化生
　　　　　　　　態初探〔〈本公司〉部分〕　解嚴以來臺灣文學國際學術研討會
　　　　　　　　論文集　臺北　萬卷樓圖書公司　2000 年 9 月　頁 304—307

559. 黃榮村　　　從心理學的觀點看三個癥狀〔〈征服者〉〕　中國時報　1982 年
　　　　　　　　1 月 9 日　8 版

560. 葉啟政　　　從社會學的觀點看：一線之隔的危機〔〈征服者〉〕　中國時報
　　　　　　　　1982 年 1 月 9 日　8 版

561. 顏元叔　　　從文學的觀點看迪斯可結構〔〈征服者〉〕　中國時報　1982 年

1月9日　8版

562. 周　寧　　喜悅之種種編序〔〈征服者〉部分〕　七十一年短篇小說選　臺北　爾雅出版社　1983年2月　頁1—2

563. 周　寧　　喜悅之種種——《七十一年短篇小說選》編序〔〈征服者〉部分〕　年度小說選資料篇　臺北　爾雅出版社　1983年2月　頁117—124

564. 周　寧　　評介「遊子魂之十一」——張系國的〈征服者〉　洪範雜誌　第13期　1983年7月　2版

565. 周　寧　　〈征服者〉附註　七十一年短篇小說選　臺北　爾雅出版社　1987年6月　頁27—31

566. 蘇偉貞　　關於〈征服者〉　各領風騷　臺中　晨星出版社　1990年10月　頁210—211

567. 林承璜　　論八十年代臺灣小說新的格局與特點——兼與葉石濤先生商榷〔〈征服者〉部分〕　臺灣香港文學評論集　福州　海峽文藝出版社　1994年2月　頁38—36

568. 沈君山　　張系國和〈決策者〉　聯合報　1982年2月2日　8版

569. 沈君山　　評介「遊子魂之十」——張系國的〈決策者〉　洪範雜誌　第13期　1983年7月　2版

570. 王德威　　里碑下的沉思——當代臺灣小說的神話性與歷史感〔〈決策者〉部分〕　世界中文小說選（上）　臺北　時報文化出版公司　1987年10月　頁14

571. 陳慶元　　決策能力檢定〔〈決策者〉〕　寫作教室：閱讀文學名家　臺北　麥田出版公司　2004年3月　頁268—272

572. 沈萌華　　漏聲催曉問諸天——年度小說選作品〈夜曲〉評析　聯合報　1982年5月19日　8版

573. 沈萌華　　〈夜曲〉附註　七十年短篇小說選　臺北　爾雅出版社　1984年4月　頁15—18

574. 鄭雅云　　評介《七十年短篇小說選》編選序言〔〈夜曲〉部分〕　年度小
　　　　　　　說選資料篇　臺北　爾雅出版社　1983 年 2 月　頁 161—162

575. 呂　　昱　　香草與幽香——試論《七十年短篇小說選》〔〈夜曲〉部分〕
　　　　　　　年度小說選資料篇　臺北　爾雅出版社　1983 年 2 月　頁 181—
　　　　　　　182

576. 翁林佩芬　　小說記年——評《七十年短篇小說選》〔〈夜曲〉部分〕　年
　　　　　　　度小說選資料篇　臺北　爾雅出版社　1983 年 2 月　頁 191—192

577. 王淑秧　　人類未來奇異的暢想曲——海峽兩岸的「科幻小說」〔〈夜曲〉
　　　　　　　部分〕　海峽兩岸小說評論　北京　中國人民大學出版社　1992
　　　　　　　年 4 月　頁 121—122

578. 王建元　　賞析〈銅像城〉　當代科幻小說選 1　臺北　知識系統出版　1985
　　　　　　　年 2 月　頁 113—115

579. 萬胥亭　　天若有情天亦老——論張系國《星雲組曲》中的〈銅像城〉　洪
　　　　　　　範雜誌　第 28 期　1986 年 9 月　3 版

580. 鄭明娳　　通俗文學與純文學〔〈銅像城〉部分〕　流行天下　臺北　時報
　　　　　　　文化出版公司　1992 年 1 月　頁 26

581. 陳大為　　張系國〈銅像城〉賞析　臺灣現代文學教程：當代文學讀本　臺
　　　　　　　北　二魚文化公司　2002 年 8 月　頁 261—263

582. 林運鴻　　統治者那無中生有的鄉愁——現代性、文化霸權與臺灣文學中的
　　　　　　　中國民族主義〔〈銅像城〉部分〕　臺灣文學研究學報　第 18 期
　　　　　　　2014 年 4 月　頁 274—279

583. 郭繐綺等[17]編　　〈銅像城〉賞析　萌閱讀　臺北　三民書局　2018 年 2 月
　　　　　　　頁 172—174

584. 劉紹銘　　恐怖的新世界〔〈吾家有女〉〕　聯合報　1985 年 12 月 16 日　8
　　　　　　　版

585. 荊　　棘　　佛洛依德與現代沙豬〔〈試妻〉〕　中國時報　1987 年 8 月 11 日

---

[17]編者：郭繐綺、張惠喬、陳惠茵、陳雋弘、黃心華、黃琪。

8 版

586. 謝　海　也談大陸婚姻觀〔〈臺灣太太受騙記〉〕　聯合報　1989 年 7 月 22 日　22 版

587. 薛興國　笑眼看女人，溫柔與堅忍〔〈柴玲贊——不情願的英雌〉〕　民 生報　1989 年 8 月 5 日　22 版

588. 陳幸蕙　〈尹縣長與黃中國〉編者註　七十八年散文選　臺北　九歌出版 社　1990 年 1 月　頁 132

589. 張錦忠　南洋論述／本土知識：他者的侷限〔〈霧鎖南洋〉部分〕　中外 文學　第 20 卷第 12 期　1992 年 5 月　頁 54—55

590. 張錦忠　南洋論述／本土知識——他者的局限——華族文化在南洋的重重 問題，以馬來西亞為例〔〈霧鎖南洋〉部分〕　後殖民理論與文 化認同　臺北　麥田出版公司　1995 年 7 月　頁 90—97

591. 丁士琦　我的 SO 餐〔〈ROC 大戰三 S 黨〉〕　聯合報　1992 年 8 月 3 日 24 版

592. 劉麗娟　《傾城之戀》的兩種類型——張愛玲與張系國小說創作藝術之 〔〈傾城之戀〉〕　傳習　第 11 期　1993 年 6 月　頁 203—212

593. 郭文涓　試論張系國科幻小說〈傾城之戀〉　大明學報　第 1 期　2000 年 6 月　頁 23—35

594. 向鴻全　我們正在挖出時空膠囊……〔〈傾城之戀〉〕　臺灣科幻小說選 臺北　二魚文化公司　2003 年 5 月　頁 11—12

595. 林黛嫚　作品賞析〔〈傾城之戀〉〕　臺灣現代文選小說卷　臺北　三民 書局　2005 年 5 月　頁 190—191

596. 郝譽翔　性別越界的年代〔〈傾城之戀〉部分〕　青少年臺灣文庫 2——小 說讀本 3：袋鼠族物語　臺北　國立編譯館　2008 年 12 月　頁 8

597. 郝譽翔　作品導讀／〈傾城之戀〉　青少年臺灣文庫 2——小說讀本 3：袋 鼠族物語　臺北　國立編譯館　2008 年 12 月　頁 216—217

598. 林叡姍　論張系國〈傾城之戀〉中人的主體性　第二十二屆南區中文系碩

博士生論文發表會　屏東　屏東教育大學中國語文學系主辦
2009 年 11 月 21 日

599. 張佩玲　一種傾城兩種情：張愛玲與張系國〈傾城之戀〉的敘事空間建構
思辨集　第 16 期　2013 年 6 月　頁 206—225

600. 陳惠齡　「傾城故事」的摹寫、續寫與改寫——張愛玲／言情、李歐梵／懺
情和張系國／奇情的互文共構性〔〈傾城之戀〉〕　「文與道：
漢語世界的文化與詮釋」國際學術研討會　臺北　政治大學中國
文學系，臺灣中文學會主辦　2017 年 10 月 27—28 日

601. 陳惠齡　「傾城故事」的改寫、摹寫與續寫——張愛玲／言情、張系國／奇
情和李歐梵／懺情的互文共構性〔〈傾城之戀〉〕　民國文學與
文化研究集刊　第 3 期　2018 年 6 月　頁 218—252

602. 陳義芝　小說一九九三——臺灣短篇小說年度觀察報告〔〈長征〉部分〕
八十二年短篇小說選　臺北　爾雅出版社　1994 年 3 月　頁 19—
20

603. 陳義芝　小說 1993——臺灣短篇小說年度觀察報告〔〈長征〉部分〕　文
字結巢　臺北　三民書局　2007 年 1 月　頁 56—57

604. 陳義芝　〈長征〉附註　八十二年短篇小說選　臺北　爾雅出版社　1994
年 3 月　頁 241—242

605. 呂正惠　讀張系國〈職業兇手〉　中外文學　第 25 卷第 10 期　1997 年 3
月　頁 94—96

606. 張子樟　讓未來等一等吧！〔〈珍妮的畫像〉〕　俄羅斯鼠尾草：名家的
少年小說 1976—1997　臺北　幼獅文化公司　1998 年 6 月　頁 70

607. 張子樟　青春歲月的片段紀錄——短篇作品評析——讓未來等一等吧：〈珍
妮的畫像〉　青春記憶的書寫：少兒文學賞析　臺北　幼獅文化
公司　2000 年 10 月　頁 53—54

608. 蔡雅薰　臺灣旅美作家小說之人物論——移民人物〔〈冬日殺手〉部分〕
從留學生到移民：臺灣旅美作家之小說論析　臺北　萬卷樓圖書

公司　2001 年 12 月　頁 136

609. 伍燕翎　記憶、土地與他鄉的呼喚：論張系國的〈土地游魂〉　第二屆馬來亞大學、新加坡國立大學中文系研討會——漢學的研究趨勢　馬來西亞　馬來亞大學中文系，新加坡大學中文系　2002 年 5 月 25—26 日

610. 王澄霞　兩性爭戰何時休——從〈殺夫〉、〈殺妻〉到〈人妻〉和〈夥伴〉　揚州大學學報　2005 年第 4 期　2005 年 7 月　頁 34—38

611. 許琇禎　導讀〈不朽者〉　二十世紀臺灣文學金典：小說卷（戰後時期‧第二部）　臺北　聯合文學出版社　2006 年 1 月　頁 122—123

612. 侯如綺　王鼎鈞〈土〉、劉大任〈盆景〉與張系國〈地〉中的土地象徵與外省族裔的身分思索　臺北教育大學語文集刊　第 17 期　2010 年 1 月　頁 235—264

613. 侯如綺　本土的震盪——離散族裔面對本土化的身分調適與思索——尋根的象徵：張系國〈地〉　雙鄉之間——臺灣外省小說家的離散與敘事（1950—1987）　臺北　聯經出版公司　2014 年 6 月　頁 367—375

614. 黃鈴君　教科書中科普散文的教學探析——張系國與科幻小說〔〈望子成龍〉〕　中學階段國文教科書科普類課文之分析研究　高雄師範大學國文教學碩士班　碩士論文　杜明德教授指導　2012 年　頁 105—107

多篇作品

615. 龍應台　評張系國的《不朽者》〔〈決策者〉、〈不朽者〉〕　洪範雜誌　第 22 期　1985 年 6 月 30 日　2 版

616. 王震亞　在科幻海洋中遨遊——張系國與〈超人列傳〉、〈望子成龍〉　臺灣小說二十家　北京　北京出版社　1993 年 12 月　頁 247—261

617. 張念誠　試以「漂泊——歸屬」的思想架構，詮釋張系國〈地〉、〈笛〉、〈紅孩兒〉的內在義理世界　崑山技術學院學報　第 3 期　2000

年 2 月　頁 175—184

作品評論目錄、索引

618. 呂正惠　　重要評論　中國現代短篇小說選析 2　臺北　長安出版社　1984
年 2 月　頁 769—770

619. 方美芬，許素蘭編　　張系國小說評論引得　張系國集（臺灣作家全集）
臺北　前衛出版社　1993 年 12 月　頁 251—258

620. 〔封德屏主編〕　　張系國　臺灣現當代作家評論資料目錄（四）　臺南
國立臺灣文學館　2010 年 11 月　頁 2465—2491

其他

621. 曹郁美　　柳暗花明又一村——評介科幻小說《海的死亡》　書評書目　第
74 期　1979 年 6 月　頁 60—64

622. 曹郁美　　柳暗花明又一村　風簷展書讀　臺北　純文學出版社　1985 年 1
月　頁 148—153

623. 黃美惠　　帶給中國少年一份《幻象》，張系國美夢成真　民生報　1989 年
12 月 7 日　14 版

624. 黃美惠　　科學＋幻想＝小說，文人卯上了，向未來尋找歷史的根源　民生報
1989 年 12 月 24 日　31 版

625. 徐開塵　　不再飄浮作家腦海，《幻象》昨創刊　民生報　1990 年 1 月 3 日
14 版

國家圖書館出版品預行編目資料

臺灣現當代作家研究資料彙編. 117, 張系國/須文蔚編
選. -- 初版. -- 臺南市：臺灣文學館, 2019.12
　　面；　公分
ISBN 978-986-5437-39-8 (平裝)

1.張系國 2.傳記 3.文學評論

863.4　　　　　　　　　　　　　　　108018297

【臺灣現當代作家研究資料彙編】117

張系國

發 行 人　蘇碩斌
指導單位　文化部
出版單位　國立臺灣文學館
　　地　　址／70041 臺南市中西區中正路 1 號
　　電　　話／06-2217201　　　　　　傳　　真／06-2218952
　　網　　址／www.nmtl.gov.tw　　　電子信箱／pba@nmtl.gov.tw

總 策 畫　封德屏
顧　　問　林淇瀁、張恆豪、許俊雅、陳義芝、須文蔚、應鳳凰
工作小組　王譽潤、沈孟儒、李思源、林暄燁、陳玟希、蘇筱雯
編　　選　須文蔚
責任編輯　林暄燁
校　　對　杜秀卿、林暄燁
計畫團隊　財團法人台灣文學發展基金會
美術設計　翁國鈞・不倒翁視覺創意
印　　刷　松霖彩色印刷事業有限公司

著作財產權人　國立臺灣文學館
　　本書保留所有權利。欲利用本書全部或部分內容者，須徵求著作財產權人
　　同意或書面授權。請洽國立臺灣文學館研究典藏組（電話：06-2217201）

經銷展售　國立臺灣文學館藝文商店（06-2217201 ext.2960）
　　　　　國家書店松江門市（02-25180207）
　　　　　一德洋樓羅布森冊惦（04-22333739）
　　　　　三民書局（02-23617511、02-25006600）
　　　　　台灣的店（02-23625799）　　　府城舊冊店（06-2763093）
　　　　　南天書局（02-23620190）　　　唐山出版社（02-23633072）
　　　　　後驛冊店（04-22211900）　　　五南文化廣場（04-22260330）
　　　　　蜂書有限公司（02-33653332）
初版一刷　2019 年 12 月
定　　價　新臺幣 440 元整
　　　　　第一階段 15 冊新臺幣 5500 元整　第二階段 12 冊新臺幣 4500 元整
　　　　　第三階段 23 冊新臺幣 8500 元整　第四階段 14 冊新臺幣 5000 元整
　　　　　第五階段 16 冊新臺幣 6000 元整　第六階段 10 冊新臺幣 3800 元整
　　　　　第七階段 10 冊新臺幣 4500 元整　第八階段 10 冊新臺幣 3600 元整
　　　　　第九階段 10 冊新臺幣 4000 元整　全套 120 冊新臺幣 37000 元整

GPN　1010802253（單本）　ISBN　978-986-5437-39-8（單本）
　　　1010000407（套）　　　　　　 978-986-02-7266-6（套）

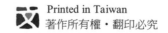